天边

/ 王弥宗 · 著

中国出版集团
现代出版社

图书在版编目（CIP）数据

天边 / 王弥宗著. -- 北京：现代出版社，2018.1（2024.1重印）

ISBN 978-7-5143-6778-2

Ⅰ. ①天… Ⅱ. ①王… Ⅲ. ①长篇小说－中国－当代

Ⅳ. ①I247.5

中国版本图书馆CIP数据核字(2018)第006895号

天边

作　者	王弥宗
责任编辑	杨学庆
出版发行	现代出版社
地　址	北京市安定门外安华里504号
邮政编码	100011
电　话	010-64267325　　010-64245264（兼传真）
网　址	www.1980xd.com
电子邮箱	xiandai@vip.sina.com
印　刷	成都巨林印务有限公司
开　本	880mm×1230mm　　1/32
印　张	10
字　数	238千
版　次	2018年1月第1版　　2024年1月第3次印刷
书　号	ISBN 978-7-5143-6778-2
定　价	39.80元

他是抗日救亡斗争中无数默默牺牲者之一
他没有共产党员的称号
没有波澜壮阔光彩夺目荡气回肠
只有执着的追求与不屈的抗争
只有真挚的恨与爱
当信仰的明灯点燃
生命便具有了特殊的意义

一

　　秦若轩挨打了。他鼻青脸肿，硬壳的学生制服帽檐被撕扯掉了一半，如鸟儿断翅般耷拉着，身上黑色卡其布的校服上沾满了土，裤腿上还留有被人踢踹过的印记。肿胀的右眼阻碍了视线，他用左眼吃力地看着脚下的街道，一瘸一拐地走。挨过拳脚的腰腿还在痛，他怀疑腰上是否有内伤。他眯起眼睛，抬头向天空张望，傍晚落日的余晖中，上百只归巢乌鸦呀呀地叫着，不紧不慢地扇动着翅膀从头顶飞过，一时间遮住了半个天空。他看着乌鸦飞到大街尽头那座用水泥浇筑而成的水塔上空，盘绕几圈后落下，那里是乌鸦晚上的栖息地，顷刻间，灰色的水塔顶就变成了黑色。九年前，日本人霸占了东北并拉着从北平紫禁城里逃出来的皇帝溥仪成立了满洲国，东北大地的国号变了，城头的旗帜变成了五色旗，但乌鸦每天早晨从城里飞到城外觅食，傍晚飞回城里水塔上栖息的习性并未因此有任何改变。它们日复一日，顽固地占据着潭城的这处制高点，冷眼审视着被日本占领者蹂躏的城市和乡村。

　　秦若轩无力地收回目光，疲惫地扫视着眼前这条并不宽阔的以灰黑为主色调的街道，这是他每天上学和放学回家的必经之路。从读小学至上中学，在这条街上，他来来回回走过几千遍，他认识街边每一根刷着黑油的电线杆子，记住了这条街上的每一块石板，完好的，破损的，缺失的。他看烦了街旁店铺门框上斜插着的日本膏药旗和满洲国旗，多少次极不情愿地躲闪着迎面走过来的身穿和服脚蹬木屐的日本男女和飞扬跋扈的日本兵，尤其是那些喝得醉醺醺的日本兵更要格外当心,尽可能躲他们远一些。遇到日本人要主动礼让,这是满洲国建立以后给国民定下的规矩。每当他斜眼看着日本人从身边走过之后他都会悄声咒骂,什么狠骂什么,什么解气骂什么,但从不敢大声,他不知道街边的闲人当中哪个是保安局或警察局的探子,那些败类专靠告密挣酒钱。

几个衣衫褴褛的叫花子迎面走来,看见了狼狈的秦若轩便指指点点地窃笑。秦若轩不理睬,不怨恨,面无表情,目不斜视,他知道在满洲国的统治下穷人更可怜,他同样不知道在这些叫花子当中是否也混有保安局或警察局的探子。日本人的探子无所不在。

秦若轩步履沉重,慢吞吞地在大街上走着,苦闷与烦躁塞满心头,加之周身疼痛,让他更加感到极度疲惫,索性在一处药铺门前的台阶上坐下不走了。药铺大门两侧,分别悬挂着两幅上下对角相连的木质金漆膏药幌子,幌子的下角底,坠着金色木雕双鱼,用麻绳将其拴牢在地面上。药铺大门上方,黑底金字牌匾高挂,上书"仁芝堂"三个饱满大字。这三个字,秦若轩不知停下脚步细细揣摩过多少回,每每被其字体的遒劲饱满、结构布局的严整优美所折服,但是今天,他无心研摩匾额书法,肉体和心灵的疼痛占据了他的全部。秦若轩坐在药铺门前膏药幌子旁边的台阶上,用手揉着隐隐作痛的腰背和大腿,让他再次想起今天打他的人,他的冤家对头,市警察局副局长马长利的儿子马占超。

秦若轩就读的学校是由原市第一中学改名的市国民高等学校,民众将其称为国高,学校里有一个长着一副猴子脸的副校长和长着猪脸的训育主任,他们都是日本人,是专门被派来负责推行满洲国奴化教育,监控教师和学生的,防止有进步师生反满反日。他们向全校师生灌输武士道精神和阶级服从思想,强行要求下级必须绝对服从上级,低年级学生必须服从高年级学生,并授予高年级学生对违反学校规定的低年级学生施以戒训的权力，被戒训者还要做到打不还手骂不还口。有了这种特权，个别平时就喜欢动手动脚的高年级学生便有了逞霸道泄私愤找乐子的机会，让低年级学生见了高年级学生，如同老鼠遇见猫，唯恐避之不及，生怕哪一天倒霉，被人抓住什么借口挨打挨骂，不然，出身大户又天性倔强的秦若轩不会吃今天这样的大亏。

秦若轩出身于富家，他的父亲秦如海在东北中部这座城市里名气很大，是满洲国中央银行潭城分行的副行长。银行的正行长是日本人，名叫谷田拓。谷田拓是军人出身，对银行金融业务一知半解，所以他虽然骄横，但是离不开在金融界滚打了二三十年的秦如海，表面上对秦如海十分恭敬。秦家还开有米铺、当铺、货栈、烧锅，其富庶程度在潭城市名列前茅。秦若轩对每日西装革履洋车出入的父亲很不屑，他和学校里很多同学都认为，溥仪为帝的满洲国是日本人的狗，父亲为满洲国的银行做事是满洲国的狗，是孙子辈儿的狗，为此，秦如海不止一次训斥过他，骂他不懂世事，大逆不道，但是越挨骂，他的逆反心理越重，在家里几乎不跟父亲说话了。

带人打秦若轩的马占超比秦若轩高一个年级，他姓马，长相也与马相似，个子细高，长脸，眯缝眼，皮肤粗黑，倚仗着有个当警察局副局长的爹，在学生中飞扬跋扈，无人敢惹。因为谁都知道，警察局的上头是日本人的保安局，万万得罪不得，否则，随便抓来"反满反日"的帽子给你扣上就得进大狱，而凡是进了大狱的，鲜有人能囫囵着出来，轻则被打伤打残，重则不是被酷刑折磨至死就是被送去当劳工累死。秦若轩从父亲的口中听说过警察局副局长马长利的来历，他原来曾经在大帅张作霖手下当差，因屡屡不守规矩遭贬，怀恨离开张作霖而投靠了日本人。满洲国成立了，马长利一夜之间时来运转，被委任警察局副局长一职，帮着由日本人直接管控的保安局四处抓捕和镇压反日反满分子。他的儿子马占超则狐假虎威，忘记了自己的骨头有几斤几两，纠集了几个小混混，借着老子的权势在街面上横行霸道。学校内有日本人制定的校规管束着，马占超虽然嚣张但不敢做太出格的事情，那位猪脸训育主任可不管你是什么马占超还是驴占超，违反校规照罚。对违规学生用什么办法处罚，全凭猪脸训育主任当时的心境，兴致不好的时候，他常常命令违规学生自扇耳光或者让学生之间互扇耳光，而当他兴致好的时候，往往要亲自动手，展示其拳脚功夫，而且不见血不罢手，令学生见了训育主任就浑身打战。出了学校门，没有了校规管束，马占超就可以肆无忌惮为所欲为了，被他欺负过的学生敢怒而不敢言。

秦若轩对马占超极为反感，首先是他的爹认贼作父甘当日本人鹰犬，令秦若轩和学校里很多学生十分鄙视，因为学生虽然天天受着日本校长和训育主任的管，天天唱着日本歌学着日本语，但大家心里清楚自己是中国人，不是什么满洲国人。其次是母亲佟莲曾无意间透露过，父亲秦如海跟警察局副局长马长利之间有过节而且较深，究竟是为了什么事情结下的梁子尚不得而知，但在家里只要有谁一提起马长利，秦如海就无名火起。马占超在学生中间骄横跋扈，秦若轩则尽可能躲着他，有几次对方故意挑衅，秦若轩都是怒目而视，用目光逼退马占超，并不张口更不动手，唯恐惹上违反校规的麻烦。秦若轩不鸟马占超并公然与其对峙，在学生中具有极强的带头示范效用，引得一些跟他一样讨厌马占超的学生围在四周起哄，令马占超颜面大失，如鲠在喉，非要把秦若轩制服不可。今天下午放学，马占超就纠集了几个经常跟在他屁股后面转的混混专门等在校门外，当秦若轩走出校门，故意拦住去路，以秦若轩看见他没有主动敬礼为由，一哄而上，把秦若轩按在地上暴打了一顿。马占超狠狠地踹了秦若轩几脚，嘴里骂道："妈了个巴子，你爹狗眼看人，你小兔崽子也他娘的有眼无珠！今天马爷爷先给你松松皮子，让你长个记性，往后再敢跟老子瞪眼，小心把你的眼珠子剜出来当泡儿踩！"

一伙人拥着马占超远去了，秦若轩艰难地从地上爬起来，吐了一口带血的唾沫，牙根咬得咯咯响。

秦若轩坐在药铺门前的台阶上，药铺门里飘出中药材特有的清苦之气，他贪婪地大口将其吸入肺腑，忽然觉得，这种味道正与自己此时的心情一般，产生了一直坐下去不再离开的念头。

一个约五六岁的男孩子蹦蹦跳跳地从药铺里跑出来，他的母亲紧随其后，不停地招呼着，生怕孩子摔倒。男孩子的手里拿着一个包裹着山楂丸的小圆盒，迫不及待地把小圆盒打开，取出裹有一层薄薄糯米纸的绛红色药丸，慢慢送入口中咀嚼，脸上弥漫着无限的愉悦与满足。此景让秦若轩不禁想起小时候也曾经多次向妈妈讨要零钱买山楂丸当作零食吃并以此为乐，口中似乎感觉到了山楂丸酸甜微苦的味道，肚子里也随之咕咕鸣叫起来。

城市慢慢地被无声的夜色笼罩，昏黄的路灯把行人的影子拉长了再缩短，缩短了再拉长。街上的行人已经很少了，秦若轩远远地看见了自家院落高大的黑色门楼和门楼下方吊着的那盏门灯。门灯已经早早地亮起来了，把门前的街道照得一片明亮。他艰难地站起身来，继续往家走。家总是要回的，此时他想的是明天怎么办，今后怎么办。能够想象得到，他挨打的消息，明天一定会在同学中间传播开来，他再跨进校门遇到马占超的时候，对方的目光一定是傲慢的、得意的、鄙视的、嘲讽的、淫邪的，一定是撇着嘴、歪着头、梗着脖子抱着膀子，甚至还要问："服不服？不服等放学以后再会会？"秦若轩当然不服，不但不服，还要以牙还牙，给马占超个教训，他也要找人在学校外把那个王八蛋狠狠地揍一顿，要打得他哭爹喊娘跪地求饶。打马占超找同学帮忙不行，他第一个想到能够帮助自己的人，是前面当铺里的学徒周东林。

周东林是家里的看门人周大通的儿子。周大通在秦家当门房已经十几年，人老实，办事利索，细致周到，每日除了看门，招呼迎来送往，还干一些如扫院子倒垃圾以及背背扛扛的零碎活儿，从来不闲着，深得秦若轩的父亲秦如海的器重。他的儿子周东林与秦若轩同龄，为了让秦若轩有一个放心可靠的伙伴，由秦如海出钱，安排周东林跟秦若轩一起读小学并结伴拜师习武，周大通为此对东家感激不尽。周东林在文化学习上不如秦若轩，但在习武方面悟性很高，加之体质比秦若轩强，拳脚功夫比秦若轩好过很多。小学毕业之后，周大通忧世道混乱，便不让儿子继续上中学了，一是不好意思再让东家为自己的孩子念书掏钱，二是他一心想让儿子好好学一门手艺。自己因为没有手艺干了大半辈子伺候人的活儿，他不想让儿子走同样的路。周大通把这个想法跟秦如海说了，请东家帮忙拿个主意，看看儿子学什么手艺好。秦如海说："孩子要学徒，就在咱自家的店铺里吧，上下也好有个关照。"秦家开有米铺、当铺、货栈、烧锅，周大通左挑右选，觉得安排儿子到当铺学徒比较合适，在当铺做事，需要具备深厚的辨物识人本领，真正学到家了够一辈子受用。他相信凭借儿子周东林的聪明，又有小学文化，今后攀升到当铺掌柜都有可能。他把这个想法说给秦如海，得到同意，周东林便顺利地进当铺做了学徒。

秦家开的所有店铺均以"勤诚"命名，其中"勤"字暗隐是秦家的产业，再加"诚"字，彰显秦如海崇尚以诚为先的经营理念，故秦家的当铺就叫作"勤诚典当行"，跟秦家大院在同一条街上且相距不远。

秦若轩没走几步，当铺就到了。当铺门前的台阶一般都比其他店铺多设计几阶，使欲进此门之人未进门先仰视，心头平添了几分畏难与低下之气。当铺的高台阶又仿佛在警告来送物典当之人，东西送进去容易赎出来难，需要认真权衡利弊，痛下决心。秦若轩今天不是来当当的，此处又是自家的买卖，高台阶对他来说没有任何心理压力，只是因为腰腿着实疼痛，要踏上去更艰难一些。

秦若轩咬牙刚要踏上当铺的台阶，周东林出来了。在平常当铺营业的时候，作为学徒的周东林主要是陪着三柜在柜台外头接待客户，干些端茶倒水扫地擦桌子等杂活，偶尔也进入柜台里面替账房先生写当票。因为他识字，也是当铺大掌柜有意栽培周东林，否则一个学徒要走进柜台里面，没有几年打杂的工夫想也别想。当铺里的二柜主要负责在柜台里面，对客户送来典当的物品进行鉴定和谈价定价，而资格最老的大柜一般在后堂不露面，仅在有特别重要客户来谈生意，或者二柜对接到的典当物品其品相、材质、价值等拿捏不准的时候，才请大柜出来上眼定夺。今天天色晚了，当铺已经到了打烊之时，做学徒的周东林出来上门板，看见了台阶下狼狈的秦若轩。

"少爷！咋整的灰头土脸的，打架啦？"

听到周东林的惊呼，当铺里的二柜、三柜等几个人也先后出来了，他们都认识秦若轩，首先因为他是秦家大公子，其次又跟周东林要好，往常放学了经常到当铺找周东林玩，此刻见他异常狼狈的模样，都紧走几步出来帮忙。周东林几大步跳下台阶，上前搀扶秦若轩。周东林长得人高马大，浓眉豹眼，肩宽背厚，一身整洁的青布裤褂衬得人格外精神。周身疼痛的秦若轩虽然有周东林搀扶，蹬上当铺的高台阶也比较困难，三柜赶紧也过来搀扶。

当铺里，青砖墁地，进门后的左右两侧各摆了两对太师椅，每对太师椅的中间是八仙桌，桌上摆有青花瓷的茶壶茶碗，这些设施专门用于接待有头面有身份的客户，根据来人的身价地位不同，沏茶的档次自然不同。正对着当铺大门，是一排两头顶着山墙的柜台，靠东墙开了一扇小角门进出。柜台很高，来典当东西的人需要踮脚抬头才看得见柜台里面的人。周东林扶着秦若轩在太师椅上坐下，身穿长衫马褂，脑袋上扣着一项黑缎子圆帽头的二柜恭敬地亲自给秦若轩斟茶，所选茶叶自然是当铺里最好的。

几口热茶下肚，秦若轩感觉周身血液流动得顺畅多了，胸中压抑的气息暂时得以些许释放。他抬眼看了一周站在他身边的几个人，周东林焦急地问："到底咋回事儿，跟谁打架了？"

"妈的，真是打架就好了，是挨揍！"秦若轩把茶碗重重地蹾在八仙桌上，愤愤地说。

"少爷您和东林不是都练过八极拳吗，咋还吃这么大的亏？"三柜吃惊地问，二柜也接着问："敢欺负咱秦家少爷，胆子也忒大，谁呀？"二柜的嗓门很大，语调急促，再不似平时跟当主砍价报价时那种故意捏嗓子拉长声的派头，那种腔调秦若轩每回听见都会忍俊不禁。

"马占超领头。他们人太多，十几个，手里还有家伙，容不得我还手。"

"是这个狗崽子，少爷别恼，等我找人收拾他，保准让他跪地上给您磕响头叫爷爷！"周东林从容地说。

"敢带着人打少爷，是仗着他那个王八蛋爹的势力。"三柜打湿了一条热毛巾递过来，请秦若轩擦脸，秦若轩推开了。"咱秦老爷的财力势力也不小，咋就任他姓马的欺负？"三柜好像在自问也似在问别人。听见前面有事，刚从后堂走出来的大柜在柜台后面插了话："咱家老爷是商人，文明人，咋能跟马长利那号人一般见识？再说那个姓马的有枪，身后还有日本人，不然咱家老爷能容他几次三番地欺负？你们都记住我的话，姓马的长不了，日后他要是到咱们铺子里寻事找碴儿，你们都给我收着点儿，别给老爷添乱。"大柜的年纪有五十多岁，在典当行经验老到，是秦家重用的人。

"就是，这两年马长利手下的人闹过咱家的米铺、货栈，听说都没占着啥便宜，还没到咱这当铺来过，真要小心些了。"二柜接着大柜的话说。周东林见秦若轩休息得差不多了，说："少爷，等我把门板上完，扶你回家吧。""东林，门板我替你上，你快搀扶少爷回家吧。"三柜主动出去了。

从当铺到家的距离约有百米，周东林扶着秦若轩慢慢地走。"若轩，你打算啥时候收拾姓马的，我得提前准备准备。"在没有其他人在场的时候，周东林对秦若轩不称少爷而是直呼其名，这是他们两个人的约定。秦若轩沉思了半晌："等等吧。立马就动手，他肯定能想到是我找人办的。等过些日子，他放松警惕不提防我了再说。现在我还没想好用什么法子治他，既要让他吃大亏，又找不上咱的麻烦才好。"

"若轩，你这倒霉样子，还是别让老爷和你娘看见才是。今晚住我家去吧，洗洗衣裳，再让我娘把你的帽子缝缝，等明天你脸上的青肿处消退了再回家。"

秦若轩果断地摇头："不，让我爹看见才好。我要让他知道，他一天到晚弯腰撅腚地给日本人出力，给满洲国卖命，他的儿子照样受欺负，被人打得不能还手、满地找牙。我还想让他知道，有钱不如有枪。马占超不是仗着他爹有枪，敢这么猖狂吗？"秦若轩越说越气，被打肿的半边脸扭曲得更难看了。他突然感到呼吸困难，心头堵滞，眼眶里瞬间充满了泪水。他在挨打的时候没有流泪，浑身骨折般疼痛没有流泪，此时却忍不住热泪盈眶。泪水浑浊，泪中含血，这是恨与辱的释放。秦若轩双目血红，嘴唇战抖，拳头攥得咯咯响，他几乎要大叫起来。秦若轩表情的急剧变化，让周东林看了有些害怕。

秦若轩和周东林踏上台阶的脚步声惊动了看门人周大通。周大通年过五旬，身板硬朗，腿脚利落。他从门房出来，第一眼就瞧见了狼狈的秦若轩，脸上显出惊讶的神色，紧走几步上前，帮着儿子搀扶秦若轩。

"少爷这是怎么了？哪儿受伤了，要紧不要紧？"

秦若轩没有直接回答周大通的问话，而是反问道："周叔，我爹回来了吗？"

"还没有。但是到了眼下的辰光，我琢磨着若是没有什么应酬，也应该快到家了。你爹是大忙人，官面儿上的事儿，说不准哪。"

周大通的话音刚落，便听见大门外的马路上有洋车铃铛响，众人回头看，是秦如海回来了。专门给周家拉车的老刘熟练地把洋车停稳，服侍着秦如海下车。按照秦如海的地位和家境的富裕程度是有能力买一辆汽车的，市里的商界大佬中有两位各方面都不及秦如海的，早就坐着屁股冒烟的汽车招摇过市了，虽然他们买的汽车都是国外淘汰下来的二手三手货，但是在北方这座城市里，已经是凤毛麟角。也有汽车商几次主动找过秦如海，向他推销汽车，都被他婉拒了，至今坚持坐人力车出入，一来他舍不得辞去伺候秦家多年的车夫老刘，二来他从小信佛向善，如何用财，有与众不同的想法。

刚下车的秦如海看见了被周大通父子左右搀扶着的儿子，冷冷地问："怎么回事？"未等秦若轩开口，周东林代替回答说："少爷在学校被人打了。"秦如海止住脚步，上下打量了秦若轩，面无表情地说："去收拾一下，然后到我房里来。"

秦若轩住在院子的东厢房，周东林扶着他进屋，帮他打水洗脸换衣服。周东林见秦若轩收拾完了，说："我回去了，你啥时候想好了整治马占超那个王八犊子的招儿就告诉我，我也替你想想。赶快去上房吧，老爷等着呢。"

"好，明天放学，咱们还是当铺见。"

周东林转身出门，迎头碰上了急匆匆赶来的秦若轩的娘佟莲。佟莲推门进屋劈头便问："儿子，咋回事？跟谁打架了，伤着没有，疼吗？"

"爹喊我上他屋呢，一块儿说吧。"秦若轩出门前再次用冷毛巾捂了一下肿胀的脸，把毛巾扔在水盆里。母子二人来到院子里，佟莲喊道："张妈，来把少爷的校服拿去洗熨了，明天上学还要穿。"

"是嘞是嘞。"用人张妈从西厢房出来答应着。

秦家大院，上房有七间，中间进门是三间房大小的客厅，靠东边两间是秦如海夫妇的卧房，西边两间是书房，此时，秦如海正坐在书房里长条书案后面的太师椅上，面色阴沉地等着儿子，身上的西装都没换。

秦如海身材匀称，五官端正硬朗，目明有神，不怒自威。他和夫人佟莲都极为重视家教，家中规矩森严，信奉严父出孝子的古训。佟莲的娘家三代经商，本身又是念过几年私塾的，自小受孔孟影响颇深，丈夫对子女施以严教她十分支持。

秦若轩走进父亲的书房，小心地叫了一声爸，便规规矩矩地垂首站立，等待父亲的问话。佟莲则给秦如海斟茶后，坐在了书案旁边的一只春凳上。

"说吧，怎么回事？"

秦若轩在屋内静肃压抑的气氛下，心境反而安静了许多，他把马占超如何纠集校外小混混把自己堵在校门口暴打的经过，平淡而又简洁地讲述了一遍，语调平和，语速平稳，好像挨打的是别人，他只是个旁观者，他不愿意在父母面前流露出半点懦弱或胆怯，他甚至在讲述的过程中，头脑中突然跳出了惩治马占超的好办法，令他一时兴奋不已，以至于表现出片刻的心不在焉。这一切没能逃过秦如海的眼睛，他发现了儿子表情的细微变化，虽然不知道这个变化意味着什么，但他可以断定，儿子此时的脑海中，一定是波涛汹涌、天马行空。

秦若轩平淡地将被打的经过讲述完了，佟莲愤愤地说："这个姓马的，太欺负人了。"秦如海看了一眼妻子，转而问儿子："你打算怎么办？"

"没想好。"

佟莲问："用不用让你爸找马副局长打个招呼，让他好好管教他的流氓儿子？"

"用不着，我能处理。"秦若轩的语调依然平静。

秦如海的目光在儿子的脸上停留了足有三分钟，没说一句话，一扬手，示意秦若轩可以出去了。

秦若轩给父母鞠躬，退出了父亲的书房。他回到自己住的东厢房，一头倒在炕上，拉过被子来盖了。这一夜，秦若轩似睡非睡，似醒非醒，周身疼痛令他翻身都十分困难。朦胧中，他来到了一处极为空旷的所在，地面是用小方石块铺就，周边一览无余，空无遮挡，目光所及，天上无云，无太阳，无星星，无月亮，地上无树无草无风，一切被一片惨白刺眼的光线笼罩着，自己身上穿着幼小时候跟好友周东林一同习武时的松散衣裤，但明显小了，衣襟下摆不及腰，裤脚齐于小腿，腰带用不上了，被他扔在了场地上。这里是他跟马占超相约决斗的地方，他要跟马占超单打独斗。马占超此刻正叉着双腿站在他的对面，穿着他汉奸爸爸的警服，肥肥大大。马占超见了他并不言语，咬牙切齿，抡起警棍劈头砸来。秦若轩不慌不忙，闪电般躲闪腾挪，令马占超手中呼呼带风的警棍屡屡砸空，急得马占超长脸扭曲，红得似猴子腚。秦若轩瞅准对方手中的警棍又一次砸空身体趔趄的机会，原地纵身跃起五尺多高，在空中，他左腿盘牢，右腿劲摆，随着全身三百六十度高速旋转，一腿击打在马占超的长脸上。这一招，是他的独门绝技"盘龙旋风腿"。马占超受此一击，立刻眼珠迸出，下巴脱臼，一声惨叫，重重地摔倒在方石铺就的地面上。秦若轩的身子轻轻落地，收势转身刚要离开，一支冷冰冰硬邦邦的枪口顶在了他的脑门上，他抬眼一看，是马占超的爹马长利。他身穿白衬衣、黄马裤、黑马靴，头上歪扣着满洲国警察的帽子，面目狰狞。秦若轩微微冷笑，一招"神猿摘桃"，那支日本王八盒子枪转瞬就握在了自己的手中。马长利左手握着右手腕嗷嗷地叫，仿佛手腕骨被秦若轩扭碎了一般。秦若轩冷冷地说："你们这一对舔日本人腚吃日本人屎的癞皮狗，活着干什么，去死吧！"说完，他扣动了手枪的扳机，但是枪没响，急得他口中模仿着枪响的声音"砰！砰！"马长利随着砰砰声，在他的面前趔趄着，险些倒地。忽然，学校里猪脸训育主任出现在秦若轩与马长利的中间，训育主任怒目圆睁，用戴着白手套的手指，点着秦若轩的鼻子骂。秦若轩听不见他吼叫的声音，只看见一副肥脸上，一撮仁丹胡子下面的血盆大嘴一张一合，喷出一股股绿色的烟，奇臭无比。秦若轩下意识地后退了两步，因为他看见父亲来了，父亲的身边还有银行行长日本人谷田拓，他们并肩站在训育主任身后不远处瞧着自己。父亲的表情僵硬，谷田拓的表情暧昧。秦若轩不知道他们来此的目的。他权衡着利弊，思考着进退，他有把训育主任和马家父子一并开枪打死的冲动，或不给父亲添麻烦，索性缴枪任凭日本人处置。正在犹豫不决之时，猪脸训育主任在绿色臭烟的掩护下，冷不防一拳打来，这一拳的力道竟然出奇的重，疼得秦若轩大叫一声。秦若轩醒了，是被突然袭来的周身剧痛惊醒的。他咬紧牙关，屏住呼吸，挨过好长时间疼痛才过去。他长长地呼出一口气，抬眼看，窗外已然大亮，屋角的落地钟不紧不慢地敲响了六下，又该起床上学去了。

年轻的数学教师刘娜是秦若轩的班主任，昨天秦若轩在校外被马占超带人殴打的消息，今天一早她就从快嘴的学生口中听到了，心头微微一震。秦若轩是她喜欢的几名学生之一，她喜欢秦若轩的善良、耿直、聪慧，虽然出身富家，但身上并没有某些膏粱子弟惯有的坏毛病。她更喜欢秦若轩的疾恶如仇和积极上进，作为老师，刘娜认为有责任保护和引导好这些有热血有正义感的青年，尤其是在日满统治的特殊环境之下。

　　刘娜曾就读于东北大学，九一八事变以后，她随着东北大学的师生流亡关内。刘娜的父亲是东北军的一名团长，在一次与日军的交战中不幸阵亡。父亲的离去，东北沦陷以后民不聊生的惨状以及流亡关内的境遇，在她的心中播下了仇恨的种子。在天津学习期间，平津地区进步学生如火如荼的抗日救亡运动，让她接受了进步思想的熏陶并加入了共产党。大学毕业以后，她毅然返回东北，一来是为照顾母亲，二来是决心尽自己最大的能力，唤起普通民众抗日的激情。在给秦若轩所在班级授课的几位教师中，只有她敢于乘着猪脸训育主任未在教室外的走廊来回巡视之时，潜移默化地给学生讲日本侵略东北的真相和关内军民抗日斗争的形势，提醒学生时刻牢记自己是中国人，不是什么"满洲国"人。刘娜主教的课程是数学，这些爱国反日的内容只能只言片语地夹杂在授课内容当中，她不知道学生当中有谁会向校方告密，更多的宣传与鼓动，只能在班级里有限的几名进步学生中间，通过组织读书会的形式进行。读书会的成员中就有秦若轩。最近，刘娜明显感觉到周围的气氛有些异样，训育主任在她授课时，在教室窗外停留的时间更长，两人偶尔目光相对，对方流露出毫不掩饰的敌意，刘娜的回应是平静与漠然，她分析，自己目前尚无实际把柄被校方抓住，否则不会容忍她仍然站在讲台上。读书会的活动应当改变形式并减少频次，防止发生意外。今天听说秦若轩被打，她不禁有些心痛，虽然秦若轩和马占超的父亲在本市都属于知名人物，但是在日满政权的黑暗统治下，警察比商人更强势。她要告诉秦若轩，今后的道路还很长，现在需要的是理智和冷静，绝不能争个人意气逞一时之勇，要往远处看。

师生陆续到校，急匆匆奔向操场，列队参加每日例行的朝会。刘娜等教师身着草绿色的协和服站在前排，学生分班级站在后面。对站在班级队伍中的秦若轩，她留意多看了两眼。秦若轩面色苍白，半边脸明显肿胀，但一身熨烫平整的学生制服和目光中流露出的坚毅，让他显得比平日更有精神。

朝会的内容呆板烦琐而无聊，先是例行的升日本国旗和满洲国旗，唱日本国歌和满洲国国歌，然后全体师生面朝日本东京方向，向天照大神和天皇陛下三鞠躬，身体再转个方向，朝着满洲国首都新京方向再次三鞠躬，以遥拜皇帝。遥拜仪式结束，校长上台，先用日语宣读溥仪皇帝的"回銮训民诏书"，随后开始每天的训话。

对朝会的过程和内容，秦若轩厌烦至极，特别是受到刘娜老师进步思想的影响之后，他对这些就更加反感了，每次行三鞠躬礼的时候他都很想放屁。朝会上的校长训话当中，日复一日翻来覆去地讲着日满亲善日满一心民族和谐东亚共荣努力学习锻炼身体早日成才报效国家云云，秦若轩想，这些宣传与鼓噪，校长本人可能都讲烦了，否则，为什么讲起来是那么生硬呆板，如小学生在先生面前背诵课文一般毫无生气。校长冰冷单调的训话，通过扬声器扩散到操场上空，震动着操场上木然站立的师生们的耳膜，秦若轩觉得脑壳被嗡嗡的共鸣声充满了，似乎随时能够从七窍冲击出来。他脑门胀痛，他努力睁圆双眼，目视前方，脚跟并拢，手臂垂直，尽力保持僵硬专注的状态，因为在校长身后，猴脸副校长和猪脸训育主任正一左一右站在那里，瞪着狗一样的圆眼，扫视着操场上从校长到学生的每一个人，他们要用一切机会展示，日本人才是这所学校和这片土地的主宰，任何不守规矩的举动，都将被视为对大日本帝国和满洲国的不敬和挑衅，都将受到严惩。每个学期，都会有几名违规的学生在朝会上被训育主任点名出列当场受罚。今天也不例外，校长训话结束，一名长得又矮又瘦的低年级男生不知什么原因被叫出列，被罚的内容是当众背诵溥仪皇帝的"即位诏书"。那个小男生吓得浑身筛糠，面色惨白，嘴唇哆嗦，但总算是磕磕巴巴地把诏书完整地背诵下来了，躲过了训育主任的拳脚。

　　朝会散了，秦若轩松了一口气，刚才过去的每一分钟他都格外难熬，不仅是因为周身仍然疼痛，重要的是他不知道下一分钟，训育主任会不会喝令他跟马占超出列，追究昨天放学以后在校外打架的事情，庆幸的是，那个倒霉的小男生被罚以后，值日教师就宣布解散了。秦若轩机械地跟着其他同学往教室走，刘娜老师等在了前面，待他走近了，轻声说："课间到我办公室来一下。"

　　"咋样，皮子还痒不痒？放学再给你熟一遍？你要是愿意，打今儿往后，一天替你熟一遍也成，我不怕麻烦。"马占超从一旁摇晃着肩膀走过来，挡住了秦若轩的去路，他显然并不在乎刘娜老师就在秦若轩的身边。他斜着眼睛看了看刘娜："别以为你们干的那些事情能背人，老子门儿清，小心让我爹把你们这些反满分子都抓起来关大牢。"

　　马占超的目光中充满淫邪、骄横、狂妄，秦若轩并不示弱，欲开口回击，被刘娜老师用目光制止了，因为她发现训育主任正在远处注意着他们三个人。马占超顺着刘娜的目光也看见了仍然站在讲台上注视着这边的训育主任，鼻子哼了一声，悻悻地走了。刘娜问："听说你昨天被他带人打了，伤得重吗？我看你的脸上还有点肿。"

"无所谓。"秦若轩若无其事地说。

"马占超之流都是渣滓，有他老子撑腰，什么坏事都干得出来。今后还要小心才是，别跟他硬碰，能躲就躲着，并不代表你软弱。"

"谢谢老师提醒，我能保护好自己。"

"还讲硬话，能保护自己还被打成这样，不疼啊？"

"吃一堑长一智，人不能吃两次同样的亏。"秦若轩肯定地说。

刘娜从秦若轩的回答中感受到了他的自信，但还是轻声说："你总得让我们大家放心才行。"秦若轩一时无语。刘娜一句极为平淡的话语，在他的心头激起一股暖流，这股暖流从心底涌出，直冲眼窝，他险些没有控制住眼泪。从昨天被马占超一伙人痛打开始，秦若轩一直沉陷于极度的愤懑之中，面对凶狠的拳脚，他不仅没有一丝恐惧，内心反而变得冷酷了，心中瞬间树起了一堵墙，一堵厚重坚硬的墙，把家人、朋友的关心体贴都阻挡在了墙外；他周身的骨头甚至每一根汗毛都仿佛变成了刺刀利剑，随时准备与他仇恨的人一决雌雄，但此时在刘娜老师面前，他意识到自己实际上并没有那么坚强，他感受到了自己的软弱。刘娜老师对待他如同亲姐姐一般，尤其是参加了刘娜老师组织的读书会以后，他读到了高尔基的《母亲》、托尔斯泰的《复活》、巴金的《灭亡》、鲁迅的《呐喊》，这些书让他体会到了什么是如饥似渴。他的心头如洞开了一扇大窗，阳光明媚，清风拂面，心旷神怡，热血沸腾。秦若轩没有姐姐，心灵的撞击让他认定刘娜就是他的亲姐姐，他愿意听刘娜讲课、说话，愿意听她笑。她的笑是甜的、润的、暖的、能入心的、绕梁三日的。他对学校安排的课程除了数学之外其他全然没有了兴趣，他企盼着每一次读书会活动的来临。在他的记忆中，父亲从来没有对他说过一句关心的话，母亲的呵护又令秦若轩十分抵触。用人张妈见到他就嘘寒问暖，细致入微，但他认为那是张妈对他这位东家少爷的虚伪客套，是口不对心。他十分不愿意成为别人眼中的阔少，始终认为自己和门房周大通、拉车的老刘、发小周东林没有任何差别。当他挨打之后，他讨厌周围人的问候与怜悯，讨厌同学们瞧他的异样目光，把这些等同于对他的耻笑，但刘娜老师的关心除外。秦若轩准备即刻下手整治马占超的念头更强烈了，他不忍老师再为自己的安危担心，他看不得老师那双深含痛惜的眼神。秦若轩跟刘娜说："老师，我先走了。"刘娜点头，秦若轩甩开大步，又加上了一段小跑，往教室奔去。

今天的前两节课是国民教育和日语，是秦若轩最不愿意听的，加之心绪烦乱，学生们跟随老师朗读日语的声音犹如鸦噪，吵得他烦躁至极。他头晕，恶心，面色苍白。任课老师发现了秦若轩的异样，问他是否病了，秦若轩说我想吐，要上厕所。老师同意了。秦若轩如逃离瘟疫一般跑出了教室。他背靠走廊的柱子，仰望飘动着白云的蓝天，大口呼吸着室外新鲜的空气。一群鸽子掠过天空，留下一阵祥和的哨音。秦若轩突然很想化身为鸽子，离开脚下这片阴霾遍布的土地，在自由的天空尽情翱翔，带给人们和平的希望。他再没有回教室，直到老校工手摇着铜铃铛从传达室走出来。铃铛声跟随着老校工从传达室飘过操场，又从每一间教室前经过。下课的时间到了，秦若轩迫不及待地到数学组教师办公室找刘娜，他还不知道朝会以后，老师让他课间到办公室有什么事情。他忐忑地敲开教师办公室的门，但是没有看见刘娜老师，另一位女教师告诉他说，第一节课以后，刘娜就被副校长叫走了，一直没有回来。秦若轩的脑海中立即浮现出日本人副校长的那副猴子脸，心中涌出不祥的感觉。他站在办公室门口愣了一会儿，木然地离开。直到下午放学了，都没有再看见刘娜老师。

天擦黑的时候，周东林终于等到了放学回来的秦若轩，远远地看见秦若轩从大街上走过来的时候，他已经在当铺门口张望了有半个时辰。周东林回身对二柜说："先生，少爷回来了，他约我有事情商量，我先走了。"坐在柜台里正在记账的二柜头也不抬，一摆手，表示应允了。

周东林迎着秦若轩走过去问："咋样，想好怎么整治姓马的了吗？"秦若轩自信地一笑，指着街边的一处小面馆："进去说。""好咧。"周东林爽快地答应了。

面馆很小，只有四张桌子，二人挑选靠角落的桌子坐了。这家面馆秦若轩在上小学的时候来过几回，那时候面馆主要卖打卤面和馄饨，偶尔也有好吃的羊肉水饺卖，他最愿意吃这里的打卤面。日本人来了，民众的生活一日不及一日，满洲国又颁布了米谷管理法，取消了对汉族人的大米和白面供应，如果发现有汉族人吃大米饭，抓住了就以经济犯论处，轻则吃耳光，重则送去充劳工。市面上买不到白面，面馆只能用混合面做的杂面汤维持，而混合面的供应也是时断时续，面馆随之开开关关，难以为继。自从这里没有了打卤面可卖，秦若轩就再没有光顾过。

面馆老掌柜见二人进来坐了，问也没问，无精打采地端来了两碗杂面汤摆在桌子上，转身走了，好像他亏欠着客人什么似的。杂面汤在暗弱灯光的映照下，反射出亮亮的土红色，里面还裹杂着几片菜叶，让人联想到猪食，所不同的，是汤面上浮着几滴油花。周东林问："你吃么？"秦若轩说："都是你的。"周东林并不推辞，端起面前的一碗杂面汤，一大口喝下去少半碗，抹了一把嘴问："什么招数，我听听。"秦若轩把身子往前探了探，看着周东林的眼睛说："想办法找几只死耗子就行。"

"什么意思？"

"我听马占超他们班的同学讲过，那小子有癫痫病，一犯病全身抽筋口吐白沫还尿裤裆。你知道吗，有这种病的人最怕受惊吓刺激。我还听说，别看马占超生得人高马大，平时骄横跋扈，举手打张三抬腿踹李四，胆子却小得可怜，尤其怕耗子，据说是小时候被耗子啃过耳朵，如今他那只左耳朵还有个豁儿。咱们就给他来一个怕啥整啥，你寻几只死耗子，最好是血丝呼啦缺脑袋少腿儿的，用漂亮的礼盒装了，打发一个他日后找不着的人送去就得。"

"好，这比公开揍他强多了。如果这招儿管用好使，能让他犯几天病，以后再用什么东西吓唬他就不劳你想辙，好东西多了，说不定哪一回，他犯了病就直接蹬腿见阎王。"

"一定要小心妥帖，不能让他蹑摸到咱们哥儿俩头上。"

"放心吧，我听说抽羊角风的人犯病的由子可多了，吓、累、高兴、伤心、喝醉酒，都能犯病，只要抓住马占超这根小辫子，不愁他不中招。"

两碗杂面汤喝下肚，秦若轩付了账，二人离开小面馆。天已经黑透了，周东林说："你快回家吧，昨天刚挨了黑拳，今天再回去晚了让你娘担心。其他的事情交给我了，两天之内准见亮儿。"

整治马占超的办法果然奏效，他真的被几只死耗子吓得犯病了，多亏犯病的地点是在他的家里面，否则不知道结果会怎样。那天在马家大门口，一个穿着利落店铺小伙计模样的少年毕恭毕敬地手捧礼盒等在那里，看见马占超就用双手把礼盒递了过来。马占超问送礼的是谁，小伙计说我家东家交代，有信在礼盒里，您打开看看就知道了。小伙计伸手跟他讨赏钱，马占超正欲发火骂人，但是想起俗话说狗不咬拉屎的，官不打送礼的，便极不情愿地从衣兜里摸出五分钱硬币丢在地上，头也不回地进了院子，急于打开礼盒，想看看究竟是谁又孝敬了什么好物件。

自从马长利投靠日本人当上了警察局副局长，登门送礼的人便日渐多了起来，这类人往往都是不方便把礼品当面送到马长利的办公室，或是直接送礼给马长利不收，就拐个弯儿把东西送给马长利的老婆或儿子。对这类人的礼，马长利不是不想要，而是可能有诸多原因让他不能公开收受，他甚至还要声色俱厉地对送礼人加以训斥和拒绝，摆出一副正人君子清廉刚正的样子。他表面上拒礼，内心并不情愿，他恨不得世界上所有财物珍宝皆归己所有。他知道不争气的老婆和儿子财迷的程度与自己相比有过之而无不及，便特别交代，如有人登门送礼，尽可来者不拒照单全收，但是有个规矩，如果收到的礼品是钞票、金银、古玩、珍宝，必须如数上交给他；如果收到的是其他实物礼品，交或不交自便，但必须如实相告，他要做到心中有数，以便日后处事时加以斟酌权衡。

马占超手托礼盒走进自己的房间，急于打开盒子看看里面装的是什么稀罕物件，喜欢的就留下。万万没想到的是，礼盒盖子一掀开，是几只血肉模糊的死耗子，一下子把马占超吓得翻了白眼，大叫一声，身体直挺挺倒下，然后就抽搐起来，嘴眼歪斜口吐白沫。马占超的叫声惊动了家人，家里立刻乱成了一锅粥，忙着打电话给马长利报信的，跑到大门口喊洋车的，抱枕头被子张罗抬人上医院的，上上下下忙得颠三倒四。马占超从小就患有羊角风，也曾经多次发病，但发病的程度不同，发病轻时，请个大夫上门扎几针就好了，而病重时就要住医院，这回发病属于较重的，险些迈进阎王殿的门槛子。

马占超住院了，秦若轩在学校里暂时缺少了需要时时提防的冤家对头，但他的心情并未轻松，因为刘娜老师自那天被副校长叫走之后再无音讯。顶替她来班级代课的老师是个男的，矮个子，小眼睛，头发稀疏，每每踩着上课铃铛声进门，下课了夹起课本就走，教学之外的话不多说一句，仿佛在这个班级的教室里多呼吸一次，就能传染上肺痨病一般。读书会的几个同学背地里聚在一处，互相打探刘娜老师的消息，不仅都是一无所知，有人还听说，与刘娜老师同日忽然失去消息的还有另外两位其他年级的教师，就是说，他们三个人都是被校方叫走之后再没回来，更加重了秦若轩对刘娜老师的担忧。他想起那天马占超当着自己和刘娜老师的面毫不掩饰地说过，小心让他当警察局长的爹把他们当反满反日分子抓起来，看来马占超的威胁不是空穴来风，说不定刘娜老师等人就是被日本人抓起来了。但是仔细想来又不像，如果真的一下子被抓走了三位教师，学校里一定会搞得沸沸扬扬，朝会上，副校长和训育主任定然以此为例，恐吓震慑师生中思想不规矩的人，而近几天的朝会上并未见异常，让秦若轩百思不得其解。

安静地过了七八天，在学校操场上，秦若轩又见到了马占超，他脸色苍白，比住院以前消瘦了一些，腮帮子松弛，但是与秦若轩对视的目光依旧凶狠。他不能肯定指使人送死耗子的是不是秦若轩，但是他已经把秦若轩列入几名主要怀疑对象之一，且排名在前。宝贝儿子受到惊吓，令当爹的马长利十分恼火。他自从当上了警察局副局长这个差事，替日本人做鹰犬，天天抓人、打人、枪毙人，结下的仇家太多，一时理不清此事究竟是冲他而来还是单纯针对宝贝儿子。他儿子是什么德行，马长利的心里比谁都清楚，在外面免不了顶着自己的牌子招灾惹事，但其能量和接触人的范围必定有限，他分析，不管是自己的仇家还是儿子的对头，知道马占超有病且能够掐准七寸的人并不多。马占超出医院回了家，爷俩盘腿坐在炕上掰着手指头一个一个地摆，其间，马占超说出了曾经带人教训过秦若轩的事情，马长利听后一愣，想起了跟秦若轩的爹秦如海的几次过节，越琢磨越感觉到秦若轩暗中使坏的可能性最大。怀疑归怀疑，毕竟没有抓到真凭实据，笨蛋儿子甚至连给他送礼盒的小伙计长什么模样都不记得，何谈追查。全市那么多店铺，那么多大户人家，哪家不养着几个小伙计？另外，从衣着打扮看是小伙计，脱了那身衣裳还不知道是个干什么的。马长利父子这回尝到了吃哑巴亏的滋味，心里有气也只能往肚子里咽。马长利把儿子骂了个狗血喷头，警告他再不准惹是生非，特别是再不许跟秦若轩产生摩擦。这几年，他仗着副局长的权势，在秦如海的身上没少揩油，他不想跟秦如海撕破脸，一旦闹翻，不仅断了自家的一方财路，凭着秦如海在日本人眼中的分量，说不定人家会杀个回马枪，把自己捅上七八个血窟窿。在没有能够一招置对方于死地的把握之前，他还不急于出手。马占超不理解他老爹的小算盘，对马长利的训斥，心里七个不服八个不忿，不管指使人送死耗子的是不是秦若轩，他都要找机会再教训一下这小子，否则堵在心里的恶气吐不出来。

马占超吃了一次大亏，心眼儿反而多了起来，真可谓吃一堑长一智，他也要向秦若轩学习，想办法从其他渠道找麻烦，不再直接出面。近几日，秦若轩与马占超有过几次碰面，从对方的眼光中，秦若轩感觉到了仇恨、算计、狡诈、阴毒，丝毫没有休战的意思。他把自己的预感跟周东林说了，周东林答应在每天放学的时候，躲在学校附近暗中监视保护，防止马占超再纠集人对秦若轩下黑手。几天过去，什么异常情况也没有发生，这种平静反而让秦若轩和周东林越发紧张起来。这天晚上，秦若轩从学校出来，在预定的监视地点没有看见周东林，便直接到当铺去找，当铺的三柜说，周东林的表妹翠儿下午得了急病，家里来人喊他回去，东林带着翠儿上医院了。翠儿是门房周大通老伴儿的远房外甥女，秦若轩见过翠儿多次，印象很好。周大通的老伴儿身体不好，常年哮喘，周大通在秦家当门房，身子把得紧，顾不上家，几年前就把翠儿从乡下接来，帮着照顾老伴儿以及料理家务。翠儿人长得俊，懂事又勤快，老夫妇俩很是喜欢，有心把翠儿娶进门，当自家的儿媳妇，只是至今尚未跟翠儿的父母正式提亲。周东林与翠儿相处几年，虽不是青梅竹马也是日久生情，对她比亲妹妹还亲。眼见翠儿就要满十八岁了，越发出落得丰满可人，周东林对她越发疼爱。今天下午得知翠儿得了急病，他急得如同火上房，向柜上请了假就跑回了家。

秦若轩从当铺出来独自往家走，街边的路灯又开始有气无力地亮了起来，一根根木质的路灯杆被沥青涂过，黑漆漆的默默矗立于街道旁。它们互相间被电线连接着拉扯着，西北风吹过，呜呜地响。秦若轩感到了孤独。他思绪起伏，觉得此刻能够跟他对话的唯有这些路灯杆，它们正直坚毅。秦若轩慢慢地走着，伸出手来，逐一抚摸，喃喃地问起它们来自何处，大兴安岭？长白山？路灯杆似乎也在跟他慢慢地讲述着曾经的浪漫与辉煌。它们曾经是一棵棵参天大树，生机勃勃，枝繁叶茂；它们曾经展开臂膀，自由地呼吸山岭间清甜的空气，与山风共舞，与鸟儿对唱；它们曾经尽情享受着春风的爱抚，夏雨的沐浴，冬雪的装扮；它们曾经骄傲地为战胜暴雨狂风闪电雷鸣而欢呼。如今，它们被粗暴地砍去臂膀，剥去外衣，在翻滚的沥青锅里浸过，被狂躁的钻头钻过，被冰冷的铁丝捆绑过。它们失去了应有的自由，它们窒息了。秦若轩觉得窒息的不仅仅是已失去生命的路灯杆，还有他自己。他喘不过气来。他觉得还不如一根路灯杆。它们虽然失去了自由，但依然可以用挺直的肢体撑起一盏盏灯，为从它们身旁走过的人提供一片光明。自己失去了作为中国人的自由，却不能为屈辱地苟活在日本侵略者铁蹄和满洲国黑幕统治下的人民重新步入自由民主的艳阳天尽一份力。秦若轩想起了刘娜老师，刘娜老师就是不甘屈辱、不甘压迫、努力寻找一切机会与强权不屈抗争，能够为大众带来希望的人，无疑是自己效仿的楷模。自己是一心干大事的人，眼下却在跟马占超这种败类争一时之高下，值得吗？自己应当做老师没有做完的事，应当把因为老师的突然离去而停止活动的读书会恢复起来，坚持下去，至于马占超，可以暂时放下不予理睬。主意已定，秦若轩把扶在电线杆上的手抽回来，转身欲回家去，不经意间回头，发现身后不远的房屋拐角处有一个身影一闪不见了。他立即警觉起来，装出若无其事的样子继续朝前走。前面的一根电线杆上贴着一张巴掌大的红纸条，上面写着："天皇皇，地皇皇，我家有个哭夜郎，过路君子念三遍，一觉睡到大天亮。"这是谁家专为小孩子闹夜不睡觉而张贴的，秦若轩装作看帖子，在电线杆前停下脚步，略回头用眼角的余光观察身后，又发现了那个身影。对方见秦若轩不走了，也停下来装作抬头看墙上"仁丹"广告画上的美女。有人跟踪。秦若轩肯定了自己的判断。此刻街上行人寥寥，他没有理由怀疑那个家伙跟踪的是别人。是谁在跟踪他，为什么跟踪，被跟踪几天了，跟踪人与马占超有没有关系，那个家伙会不会突然冲上来打自己闷棍。一连串的问题瞬间涌入脑海。好在此处已经离家不远，他紧走慢走，小跑着上台阶进大门，转身闪进门房，从临街的窗户往街上张望。他看见跟踪人也走到粘有红纸贴的电线杆旁边仔细看过，小心地把那帖子揭了下来，折叠好塞进怀里，又往秦家大门口张望片刻，转身一拐一拐地走了。那人是个跛脚。秦若轩长出了一口气，用双手使劲搓脸，为的是稳定情绪，让头脑更清晰。

从秦若轩急匆匆跨入门房直接奔向窗户，坐在门房值守的周大通就很诧异，见秦若轩一直专心观察外面就没有跟他说话，待秦若轩紧张的情绪松弛下来才问："瞅啥呢？""有人跟踪我。""是吗？我出去看看。"不等秦若轩回话，周大通从门后抄起一把扫帚，跨大步走出门房来到大门口，装作打扫台阶的样子往刚才秦若轩走过来的方向观察，他只看见了一个瘸子远去的背影。

派人跟踪秦若轩并不是马占超所为，他还是在校学生，没有那个能力，是他爹马长利私下安排的，没让马占超知道。马长利要监视的目标不仅仅是秦若轩，还有刘娜，他听儿子说，平常愿意围着刘娜转的都是些有反日反满倾向的学生。

监视和拘捕镇压反日反满分子是警察局的重要职责之一，反日反满这顶帽子自然成为马长利之流任意擎在手中，用来镇压百姓草菅人命勒索敛财的手段，既可肥己又能媚主，何乐而不为。以马长利的本意，学生当中即便有反日反满分子他也不愿意抓，这些学生如同刚出炉的烤地瓜，烫手，抓了惹上的麻烦就不小。麻烦首先来自学校的日方管理者，他们总是希望通过抓一两个进步学生杀一儆百，要求警察局一旦抓住了就往死里整，而敢于顶风闹事的学生往往都是天生一根筋死硬派不服软不忌死活，如果真的顺了日本人的意，把学生弄死个把，警察局就成了社会舆论的众矢之的，如果再有幕后指使者鼓动其他学生上街闹事示威，后果则更加不堪设想，自己这个警察局的小头目不仅吃不了兜着走，搞不好失财又丢官，落个上下里外不是人，北平和天津的几次学生运动不都是这样闹起来的吗？若想向日本主子献媚表功，抓学生远不及多抓几个偷吃大米饭的经济犯，处置起来可以为所欲为。所以他虽然在儿子遭人暗算这件事上窝心，也高度怀疑是秦若轩使人所为，有借此机会整治一下秦家父子的念头，但是转念一想，毕竟是自家的倒霉儿子打人在先，再者也没有抓住是秦若轩指使人对儿子下黑手的把柄，仅是怀疑而已，他决意咬牙忍一忍，不愁日后找不到报仇的机会。让马长利不能左右的是，国高的日本人副校长主动找上门来，要求警察局协助调查教师刘娜和与她关系密切的学生，他们怀疑刘娜可能是共产党，她不仅涉嫌在校内师生中散布反日反满言论，还可能在校外组织学生进行非法活动。日本人发话了，不敢不执行，虽然对方不是警察局的顶头上司，但人家是日本人就足够了。日本人副校长还告诉他，校方已经对刘娜采取了措施，其措施不是恐吓打压，而是做出欲重用刘娜的姿态，特别安排刘娜和学校里另外两名教师，去参加满洲国文教部组织的观摩团，到新京、奉天等地的学校观摩日式教育，目的是监视她在观摩过程中和回来以后的反应。你不是反日吗，就让你做日式教育的领头人，看你如何对待。在学校内部，校方则故意把事情做得很突然，疑似刘娜等三位教师突然失踪的样子，为的是观察事后学校里其他师生的动态。此举正可谓一箭双雕。果不其然，因为没有人敢直接找校领导询问刘娜等人的去向，一时间教师中流言猜测暗涌，胆小的不免露出惶惶之相，怕事的则利用各种可能的方式，千方百计跟校方撇清与刘娜等三人的关系，平日思想激进多语者也暂时三缄其口，各个教师办公室比过去安静了许多，互相见面点个头算是打过招呼，再无他言。教师如此，学生则不然，尤其是平时刘娜喜欢的几名学生，表现出了与其他学生所不同的焦躁与不安，课下不时聚在一起，商议什么校方不得而知。这几名表现异常的学生中就有秦若轩。单纯与不成熟，让他们轻易地暴露在捕猎者的视野中。这几名学生的名单被校方交到了马长利的手上。马长利对其他几名学生不感兴趣，秦若轩的名字让他盯着看了许久，他的眼角流出凶光，嘴角撕出冷笑："妈的，先拿这小子开刀！"

秦若轩回到自己住的东厢房，把书包往桌子上一扔，一头倒在炕上，身体伸展成"大"字，双目瞪得溜圆看房顶。房顶有光滑的房梁，红松木的，粗大笔直，上面涂过桐油，呈现着古铜的颜色。他无聊地数着房梁上的节疤，连着数了几遍结果总是不一致，不是多了就是少了，数得有些困倦起来。他索性闭起眼睛，头脑中浮现出刚才那个跛子跟踪者的身影。不管那人是谁，被人跟踪便意味着危险，准备恢复读书会活动的想法肯定行不通了，唯一可做的就是什么都不做，静观其变，还要通知读书会其他几名同学也要如此。他记得不久前一家人在吃饭时偶然谈起如何应

028

对日本人，父亲曾经意味深长地说，强势之下，智者不争一时之气，不逞一时之勇。当时他心里还嘀咕父亲是懦夫胆小鬼，如今轮到自己头上，忽然领悟父亲讲得有几分道理。他睁开双眼，想再仔细地重新数一次房梁上的节疤以平复心绪，但被轻轻的敲门声打断了，是张妈来喊他吃晚饭，秦若轩应了，起身整理衣服，又到屋角的脸盆架前，把毛巾在铜脸盆中打湿了又拧干，擦脸。他不想让父母在饭桌上看到自己有任何异样。

秦若轩来到餐厅，看见饭桌中间已经摆好了一盆高粱米粥，几样小菜。母亲佟莲已经入座，父亲在一旁洗手，然后也坐下。秦若轩坐在了母亲的旁边，妹妹坐在了父亲的旁边。张妈从厨房端出一小盆大米饭，给每个人盛了一小碗之后又把饭盆端走了。大家都没言语，用较快的速度把碗里的大米饭吃完，再盛上高粱米粥。这样做的目的是防止有经济警察突然闯进来看见吃大米饭而受罚。粥盛到碗里，吃饭的气氛松缓下来，秦如海看看儿子问："最近在学校里怎么样，又遇到什么麻烦了吗？""没有。"秦若轩轻声回答。"我听从奉天来的同事说，前几天那边有学生上街闹事，抓了不少。最近咱们这边日本人管控得也更紧了，你要小心，学习之外的闲事别掺和，本分老实些，少给家里惹麻烦。"父子二人对视，秦若轩未搭腔。秦如海又问："你的日文学得怎么样？""一般。""一般不行，要学好。""我讨厌日文。中国人学鬼子话干什么，中文还没学好呢，我又不想毕业以后给日本人做事。""鼠目寸光！"秦如海严厉地训斥道。

看到父子间说话的气氛越发紧张，佟莲温和地说："老话儿说技多不压身，听你爸的没错。"秦若轩用鼻子哼了一声，埋头喝粥。秦如海看着儿子，无奈地摇头，放下碗筷出去了。秦若轩用眼角瞄着父亲出门的背影，心绪复杂，他不清楚为什么总是对父亲所讲的每一句话都有反驳的冲动，不管他讲得正确与否。遗憾的是自己没有真正反驳的勇气和胆量，毕竟还没毕业，还得靠老子吃饭。他忽然产生了出走自立的念头，为什么不能像周东林那样凭付出劳动吃饭呢？窗外，传来刺耳的警报声，听得出，警车从大门前的街道上飞快地开过去了。秦若轩想象着警车上那个专司摇警报器的警察，那个家伙一定是个新来的或者是受气包，其他警察坐在车厢里优哉游哉地抽烟聊天，他站在车厢前头摇警报器累得手腕子酸。佟莲看着儿子说："听听，这几天街上警车真是跑得勤，不知道又在抓什么人呢。刚才你周叔叔还说看见大门外有人盯着咱们家，小心点吧。"说完，她又转头喊站在门外的张妈进来，对她说："你跟厨房招呼一声，最近几天别做大米饭了，仓房里的大米也要藏好，防备突击检查。""那可委屈老爷太太跟孩子们了。""没办法的事，过了这阵子再说吧。"

秦若轩很快地吃完饭，走出西厢房，站在回廊下看着静寂的院子。上房点着灯，父亲的身影映在书房的窗户上来回移动，那是他每天吃完晚饭都要在书房踱步抽烟的老习惯。周大通疾步从大门口走过来，径直向上房走去，秦若轩迎过去问："周叔，有急事？""来了两个道士，声称要见老爷。他们俩在咱家门口转悠半天了。""是吗？"秦若轩跟着周大通进了上房。

听说有不速之客来访，秦如海的脸上闪过惊异，但很快平静下来，对周大通说："请他们进来。若轩去告诉你娘她们暂时别出来，然后你过来陪我见客人。"秦若轩此时不知道为什么，百分之百地信从了父亲的吩咐。他跑到餐厅跟母亲通报以后，返身回到父亲的书房。在书房门口，他看见了在周大通引领下大步走来的两个人。二人身材魁梧，身着黑布道袍，头戴方巾，脸庞黑瘦，风尘仆仆。秦若轩与他们迎面对视后并未搭话，伸手示意二人进屋，然后跟在他们的身后进了书房。周大通没有跟进来，他站在了正房门外的回廊下，耳朵可以听见书房里的动静，眼睛则盯着大门口，防止还有其他人来。

两位道士进书房，与秦如海分宾主落座，秦若轩给二人倒茶。在走近二人身边时，他看见身材较高的一位左额头上有一道明显的刀疤，像趴着一条虫子，在灯光下闪闪发亮。

"我是秦如海，这是我的大儿子。不知二位登门有什么见教，我们之间好像不认识。"秦如海语调平和地说。来的二人对视了一下，刀疤说："是的，我们兄弟是慕名而来，有些冒失，请秦先生见谅。"

"恕我冒昧，我看二位先生不像羽流。有什么话就请直说吧。"

秦若轩听父亲这样一说有些发愣，父亲是怎么看出对方是假道士的，竟然开门见山毫不客气地给说破了，难道不怕对方尴尬恼了？不想刀疤听后竟十分坦然，微微一笑说："先生好眼力，我们兄弟俩这身装束瞒过了警察瞒过了鬼子，没能瞒过您的法眼。既然说开了，咱就明人不做暗事。我们是抗日义勇军，东北军的杨德林营长您听说过吧？我们就是他的部下。"秦如海的眉头一皱，不自觉地朝窗外瞄了一眼。天黑，屋里亮，窗外什么也看不见。来人看出了秦如海的担心，坦然地说："秦先生不用害怕，今天来府上的只有我们两个人，街上抓人的警车刚才已经过去了，日本人晚上一般不出来，放心吧。"

"听传说你们不是被日本人打散了吗，怎么还在活动？"

"您的消息真灵通。我们的确被打散了，原本近千人的队伍，现在所剩不多。但是杨营长讲了，哪怕打得只剩下一个人，也要坚持跟日本人干下去！我们眼下的处境非常困难，缺粮缺钱缺弹药。您在本地是数一数二的大户，找您求助应当没错吧。"

室内瞬间极其安静，来人紧盯着秦如海的反应，秦如海的脑海中顷刻间翻腾起来：这两人是真义勇军还是假义勇军？万一是日本人派来下套试探自己的怎么办？如果他们是真义勇军我出钱资助了，事后被警察特务和日本人知道了怎么办？他故意慢慢地端起茶杯，喝了两小口，柔和地说："你刚才提到的杨德林营长我还真的有幸见过，那是几年前在奉天张大帅府的祝寿宴席上。那人仗义，好酒量。他有个表弟叫杨玉林也在你们东北军，那个杨玉林现在跟你们一块儿干呢还是跟少帅退进关里了？"

听到秦如海的问话，秦若轩的心中涌出了一串疑问，以前父亲也曾经只言片语地谈起过东北军的一些事，但从未听父亲说起过他认识东北军的杨营长。来的二人听了秦如海的问话，对视交换了一下眼光，另一位说："惭愧，我们不知道杨营长还有个表弟。秦先生对杨营长的了解比我们当下属的还多。"

"哪里，不过是碰巧听了那么一耳朵。"秦如海的心里有些踏实了。其实他并不认识什么杨营长，关于杨德林决意不跟随张少帅进关，私自从东北军拉出一支人马进山抗日的事情他只是听说过，杨营长表弟的情节是自己临时编的，为的是试探对方虚实，如果对方顺着他的话说杨营长的表弟目前如何如何，那来人一定是假的。他把手中的茶杯放在书案上说："好吧，既然二位专程登门求助，就是看得起我秦如海。端了我的茶，咱们就是朋友。朋友有了难处，我能伸手就伸一把手，不管你们是不是义勇军，是不是杨营长派来的，就当我为贵道观捐一些香火钱。我如今是为日本人做事，天天跟日本人打交道，我非常清楚，跟日本人斗没有好果子吃，但是朋友又要帮，怎么帮呢？先说粮食，如今城里的粮食都是按人头定量配给供应的，多余的很难搞到，我家开的烧锅都因为缺粮快要关门了。退一步说，眼下日本人看得紧，就是搞到粮食你们也运不出城去。再说钱，给少了不济事，给多了你们带在身上也不方便。"

见秦如海说的话似乎在封门，另一个人有些心急，刚要张口说话被刀疤按住了。刀疤脸色阴沉地说："秦先生，我们也知道难，不难我们哥俩就不会冒险进城直接来您府上求助。"

"别急,听我把话说完。"秦如海站起身,从书柜的抽屉里拿出一张银行的便笺纸,又从一只小盒子里取出一枚印章,蘸上蓝色印油,在空白便笺纸的正中间端端正正地盖了印,秦若轩知道,那枚印章是父亲的名章。秦如海走到刀疤的近前,拿着那张盖有蓝色名章的纸说:"龙河镇东边有一个郑家围子,兄弟不知道?""知道,在山湾里,挨着古清河。""对,就是那儿。"听到肯定的回答,秦如海的心里进一步踏实了。郑家围子周边的土地是秦家的产业,他听佃户说杨营长带领的义勇军在那一带活动过,还跟日本人交过手,郑家围子的老乡都听见了枪炮声,他曾经为那边的安危担心。来人不仅知道龙河镇的郑家围子,还熟悉那边的地形,再一次证明来人的身份不假。秦如海又说:"兄弟拿着这张纸,去郑家围子找郑老三,几千斤粮食千把块钱他是拿得出的。"

刀疤和另一个人站起身,刀疤把纸条接到手里反复看了看,问:"不写几个字?"

"用不着,这方印就好使。"

看着秦如海沉着自信的表情,刀疤说:"好吧,俺们兄弟信您一回,先谢谢了。您应当清楚哄骗我们的代价。"说着,他瞟了一眼站在秦如海身后的秦若轩,犀利的目光把秦若轩吓得一激灵。秦如海仍然笑容不改:"知道,知道。兄弟俩还没吃晚饭吧,不嫌弃的话在这垫补点再走?"

"不麻烦了,后会有期。"

秦若轩陪着二人出门,和站在房门口的周大通一起,把他们送出大门外。秦若轩看着二人远去的背影,心中不禁对父亲刚才的表现佩服起来,既帮助了义勇军,又没有留下任何文字上的把柄,那张盖了名章的纸头即便被日本人或者警察拿获了也说明不了什么问题，但是过去自己为什么总是对父亲没有好感呢？帮助抗日义勇军的罪名有天大，秦若轩为父亲捏了一把汗。周大通问秦若轩："这两个老道是打哪座道观来的？老爷这么快就把他们打发走了，给布施了吧？"

"不给能走吗？"秦若轩淡淡地回答。

"我看老爷可能上当受骗了，那两个人不像老道，假装的。"

"你怎么知道？"

"他们的腰里都带着家伙呢，走道儿的姿势也不对，像当过兵的。"

"瞧出来了？"秦若轩不免为那两个人担心起来，连周大通都看出了破绽，难保不被巡街的警察发现。秦若轩的心里暗暗嘀咕着：你们快走吧，快出城吧，走得越远越好。

这一夜，秦若轩没有睡好，一忽儿梦见那两个道士被日本兵追得满城跑，二人被追至城门下，受到守城的警察和追来的日本兵前后夹击。二人飞身上房，穿房越脊不见了。一忽儿又梦见马长利带着一群警察闯进自家院子，把父亲从上房里抓了出来，塞进停在大街上的警车。警车响着警报声扬长而去，自己跟在警车后面追呀追，心急如焚，但脚下就是跑不快，急得快要尿裤子。如此昏昏沉沉，抬眼看窗户纸已显白，天快要亮了。他索性不睡了，起来穿好衣裤，来到院子当中，吸了几口清晨略带甜味的新鲜空气，展臂，踢腿，练了一趟八极拳，觉得浑身的筋骨都舒展开了，心情也随之好了许多。秦若轩走到大门前，拉出门栓敞开大门，出门站在台阶上仰天望去，大群乌鸦正呀呀叫着从头顶飞过，黑压压一片。他看着飞向郊外的乌鸦群，估摸着现在城门该开了，昨天晚上来的那两位自称是抗日义勇军的人不知赶早出城了没有。秦若轩正凝眉沉思，身旁传来周东林喊他的声音："今天是星期日，你不用上学咋还起这么早？"秦若轩转头细看，见周东林手里提着一只包袱走了过来，问："这是要干什么去？""给翠儿送早饭。""啥好吃的？""哪儿有好吃的。她昨天刚做手术，还不能吃干的，熬了苞米糊糊。""我跟你去吧，也看看翠儿。"不等周东林回答，秦若轩已经快步走下台阶。

街上行人稀少，街边的早点摊炉火熊熊，铁锅里往外冒着大团大团的白色蒸气。远处传来叫卖青菜的吆喝声。一辆毛驴拉的掏粪车从身旁经过，留下浓浓的屎尿臭味。他们屏住呼吸，等待臭味从空气中散去。秦若轩和周东林并肩走着，秦若轩说："翠儿有你这么个表哥真有福气，亲哥哥也不过如此。""哪里，你不知道，翠儿命苦，她家孩子多，养不起，小小年纪就送到我们家来了。我们两家虽说隔得远，但毕竟翠儿跟我们一块儿过了这么多年。我跟你说个秘密，我爹还打算让我娶翠儿当媳妇呢。""真的？才多大就急着娶媳妇？"再过三个月我就满十九了，上个月我爹还问我是个啥意思，同意不同意。我当然同意，你看翠儿长得多俊，人又好。""你们不是亲戚吗？不忌讳？""出五服了，没关系。"从周东林的眼睛里，他看到了幸福、甜蜜、渴望，他甚至有些嫉妒。秦若轩莫名地给了周东林一拳，他真为兄弟高兴，能找到可心的知冷知热的人一生为伴，活得值了。

翠儿住的病房是医院当中最差的，大房间，摆了十几张生了锈的铁床，上面铺着乱糟糟的草垫子，空气中弥漫着来苏水的气味。病房里仅有四个病人。穷人瞧不起病更住不起医院，翠儿能住医院做手术，全仗有秦家的资助。翠儿躺在靠窗户的一张床上，身上盖着从家里拿来的粗布被子。看见周东林和秦若轩来了，苍白的脸上显出甜甜的笑。翠儿认识秦若轩，知道他跟周东林是最好的朋友，但秦若轩是秦家少爷，能来看她，还是感到很意外。她轻声地跟秦若轩打招呼，秦若轩一时不知该如何作答，好在周东林不待他张口，就从包袱里取出盛着苞米糊糊的瓦罐，准备喂给翠儿吃。翠儿轻声告诉他，医生交代过，要等放屁以后才能吃东西。周东林手里捧着瓦罐诧异地说："还有这事儿？糊糊白熬了。那你喝点水吧。"翠儿点头答应了。周东林要喂她，翠儿坚持要自己坐起来。周东林拗她不过，只有上前帮忙。秦若轩从二人对视的目光中看见了异样的光彩，甚至发现了翠儿两腮瞬间闪过的红晕，那是少女的羞涩，是爱情的荡漾。秦若轩忽然觉得自己在这里是多余的，他对周东林说："东林，翠儿这没别的事我就先回去了。她刚做完手术，喝苞米糊糊不行，得补。我回家让厨房熬小米粥，中午你来拿，顺便带些小米回去。"周东林欲拒绝，秦若轩一摆手，转身快步离开了。

　　星期一上学，让秦若轩意外惊喜的是刘娜老师回来了。刘娜走进教室时，脸上依然带着习惯性的微笑，很多同学围上去问老师近几天去哪儿了，刘娜并不作答，只是问新课学得怎样，代课老师讲得明白不明白。当她的目光扫过站在教室后面的秦若轩时，秦若轩看到的是平静与深沉。这一节课，秦若轩听得格外专注，生怕漏掉老师讲的每一个字。失去方知拥有的可贵。刘娜虽然仅仅离开了几天，今天再听到那熟悉的略带甜味的语音，真如枯草逢甘霖般直入心扉。他说不清楚这是一种什么样的感觉，它已越过了姐弟感情的层次，既像是对心上人的暗恋，又像是对慈母的依托，这种感觉复杂而又真实，如饥似渴，温暖如春。下课了，秦若轩跑出教室，快步赶上了走在前面的刘娜，悄声问："老师，您借给我的那本茅盾的书我看完了，什么时候还给您？"刘娜停住脚步说："不急，你把它传给读书会的其他同学吧，他们都还没看过，记住千万不能把书带到学校里来。另外你通知他们，读书会什么时候活动等我的通知。"秦若轩答应了。
　　读书会已经发展到八个人，其中小赵和小鲁是活跃分子，跟秦若轩的关系最好。小赵是个高个子，长得胖乎乎，他的父亲在铁路局做事，读书会在校外活动的时候，他经常把父亲的铁路职工制服拿来穿，很精神。小鲁的父亲是中医，擅长针灸，家里开了一间小诊所。小鲁立志随父学医，悬壶济世。秦若轩觉得刘娜老师对今后读书会活动的安排应当先告诉小赵和小鲁，再由他们传达给其他人。放学了，秦若轩借口找小鲁的父亲扎针，约上小赵一起去小鲁家。他知道今天仍然会有人跟踪，也果真发现了一直悄悄跟在他们三人后面的瘸子，但他没有把这个情况告诉小赵和小鲁，怕他们沉不住气。

　　小鲁父亲开的诊所只有两间临街的门脸，门前挂着鲁氏针灸的招牌。进门一间屋是候诊区，靠墙摆着两排木条凳，旁边一间是诊室。诊室的里面有一道门，通向后面的走廊，沿着走廊隔出三四间小屋，里面都摆着长窄的诊床，用于给病人做针灸治疗。秦若轩跟着小鲁进来的时候，诊室里已经没有病人了，小鲁的父亲也没在诊室。小鲁带着秦若轩和小赵直接进了走廊里的一间小屋，那里安静，且从街上看不见。秦若轩把刘娜老师对读书会的要求讲完，小赵和小鲁情绪低落，半天没作声。过了好一会儿，小赵憋红了脸看了看秦若轩和小鲁，终于开口说："不瞒着你们了，告诉你们，读书会就是不活动甚至解散了也没什么大不了，咱还有别的渠道。你们看。"说着，他从书包里掏出了一个薄薄的油印本，封面上印着醒目的两个大字"热土"。"这是什么？"小鲁问。"这是高年级同学搞的秘密刊物，上头刊登的文章带劲极了，这样的文章咱们也能写。"秦若轩接过小册子翻看着很兴奋，问小赵："在哪儿搞到的？""我跟他们有联系。"小赵显得很自豪。小鲁问："咱们写的东西人家能用吗？""那就看你的文章水平如何。我觉得上回读书会活动的时候，若轩发言谈《呐喊》的读后感就很好，整理成文稿准差不了。"秦若轩的眼睛亮了，说："就咱们仨写吗？要不要动员读书会的其他几个同学都来写？"小赵思索了片刻说："别急，咱们三个先投稿看看效果再说。不过我提醒你们，写这类文章风险可是大大的，要用笔名，不能署真名字。""那是自然。我的笔名就叫山东，好不好？"小鲁抢先说。小赵摇头否定："不好，你姓鲁，万一出了事，联想到你太容易，再想一个。"秦若轩说："我的笔名想好了，叫八极刀，学的武术功夫里我最喜欢的就是八极刀，如何？""那我的笔名就改叫秦砖，大秦筑长城的砖，专砸侵略者的脑袋。"小鲁又抢着说。小赵击掌道："好！一把钢刀，一块秦砖，我叫洪流，抗日的洪流，淹死那些狗日的。"秦若轩用手揉了揉依旧隐隐作痛的腰，说："我觉得在这些小刊物上发表文章的影响力还是太小了，能看到的同学有限。应当想个办法，让更多的同学参与到反抗行动中才好。"小鲁把房间门打开向外探身看看没有人，转回身来说："我有一招儿肯定灵。""什么招儿？"小赵问。小鲁的眼珠转动着说："我问你们，现在大伙儿每天最烦的是什么？""朝会呗，还用问？"秦若轩十分有把握地回答。"对呀，天天的朝会那么讨厌，不参加又不行，怎么办呢？咱就给朝会添点儿乐子，改歌词，改满洲国国歌的歌词，改成咱们愿意唱的，咋样，好主意吧？"小赵一拍巴掌："太好了，天天唱那个什么天地内有了新满洲，近之则与世界同化，远之则与天地同流，念丧经一样，烦死了。"秦若轩全身的血也涌动起来，兴奋地说："还等什么？现在就改吧。"小鲁从书包里拿出纸笔说："一句一句来，你们说，我记。"

　　小鲁建议改动满洲国国歌歌词，三个人都很兴奋，但是真要改起来着实不易，因为新编的词既要诙谐可笑好玩，简单易记，能够被同学们迅速接受，又要与原词的辙口相同或相近，这样才能在众人齐唱时浑水摸鱼，否则一唱出来就败露了。三个人苦费了一番脑筋，足足憋了有半个时辰，你一句我一句地终于凑成了。

天边 TIANBIAN

一试唱，禁不住大笑，猜想着这样的歌词如果传到同学们当中，将会上演一出怎样的朝会好戏。看看时间不早，秦若轩对小鲁说："把你父亲请来给我扎几针怎么样，现在我这腿和腰还疼呢。""没问题，不过事先说好，一针两毛钱啊。"小鲁爽快地回答。小赵站起来说："若轩，你在这儿扎针，我先走了。"秦若轩制止了他，说："等我把针扎上你再走。""为什么？害怕扎针，让我给你壮胆子？""不是。万一日后有人问起，今天咱俩到这儿干什么来了，你就说陪我来找小鲁的爹看病扎针。我扎了几针，扎的哪些穴位，你都应当亲眼得见，否则别人问了，你答不出来就麻烦。"秦若轩相信此时此刻，跟踪自己的那个跛脚人一定躲在外面监视着。小赵说："你想得真周到。好，等你扎上针我再走。"

小鲁的父亲果然在针灸方面有造诣，他看过秦若轩的伤，问明情况之后，分别在肩、手、腰、腿等处选了几个穴位扎上针之后，又给他做了局部按摩，秦若轩觉得周身的疼痛感减轻多了。离开小鲁家之前，他把刚才交代给小赵的话又跟小鲁重复了一遍，小鲁说知道了，二人道别。从小鲁家出来已经很晚了，秦若轩凭耳朵听，就知道身后仍然有人在跟着他，跛脚人走路，两只脚落地轻重不一的声音十分清晰。刚刚做过治疗，全身难得轻松，刚才又跟两个好友商议妥当下一步的行动计划，他的心情格外好，为何不戏耍一下身后这条讨厌的尾巴？前面不远处就该拐弯了，机会绝好。秦若轩快走了几步，拐弯后，迅速闪身躲进街边一户人家的门洞里。他隐好身形，耳听那个轻重不一的脚步声接近了，突然从门洞里出来迎上去，险些与那个人撞个满怀。那人趔趄着倒退了两步，右手欲伸向腰间掏家伙，又止住了。秦若轩看得清楚，跛子的身高胖瘦都与自己相仿，如果对打，凭自己的武功底子，赢他应该没问题。那人的年纪在三十岁上下，脸上皮肉松弛粗糙，绿豆眼儿，眼袋凸出，一副酒色过度的猥琐相。跛子虽然被秦若轩的举动搞得措手不及，但并不示弱，瞪起绿豆眼儿跟秦若轩对视。两人如同一对斗鸡般僵持了足有三分钟，秦若轩笑了，跛子也尴尬地咧了咧嘴，露出满口黑黄的牙。秦若轩转身走了，他仔细听着身后，再没有一轻一重的脚步声跟来，想必那人自感无趣，索性不跟着了。

今天晚上秦若轩在外面耽搁的时间太久，早已过了平常吃晚饭的时间，不见秦若轩放学回来，家里人开始着急起来。佟莲三次到大门口张望，连儿子的影子也不见，她打发拉车的老刘出去朝着学校的方向迎一迎，老刘答应了，拉上洋车跑出去。门房周大通看见佟莲着急的样子，觉得秦若轩昨天晚上放学时发现被人跟踪的事情不应当再瞒着老爷太太，便跟着佟莲到上房，把昨天的情况跟秦如海夫妇讲了，之后担心地说："少爷到现在还没回来，不会真出事了吧？"听了周大通的话，秦如海的脸色凝重起来，联想起前些日子儿子被打，昨天发现被人跟踪，今天又这么晚没回来，不免忧虑重重。佟莲焦急地问："用不用报警？"秦如海说："警察局不是给咱家开的，他们才不愿意管这些闲事。若轩如果真回不来，说不定就是警察局干的，等着你给他们送钱呢。""那怎么办，干等着？""沉住气，再等等。我猜想不至于出什么大事。即便咱家若轩真有什么不规矩的把柄被警方抓住了，要对他下手之前也应当跟我打个招呼，他们还没有不顾忌我的胆子。"周大通说："老爷说得是，我上大门口望着去，需要我跑腿尽管吩咐。"周大通出去了，张妈来敲门，催促老爷太太吃饭，说再不吃就都放凉了。秦如海跟佟莲对视，佟莲无奈地说："别等了，天大的事也要吃完饭再说。"秦如海点头应了。夫妇到西厢房餐厅，刚在饭桌前坐定，秦若轩坐着老刘的车回来了，周大通便招呼秦若轩先别回房间，直接上餐厅见父母，他们等急了。

佟莲见儿子回来了，一颗悬着的心落了地，嗔怪地问："干什么去了回来这么晚，不知道大人担心着急吗？""爸、妈，没什么事，放学我上同学小鲁家了，请他爸给我扎几针，就是鲁氏针灸，还做了按摩，耽搁时间长了。"秦如海不动声色地问："听老周说昨天有人跟踪你，今天还有吗？""有哇，不过今天那家伙跟一半儿就不跟了。""跟你的是什么人知道吗？"佟莲问。秦若轩把双手一摊，没言语。秦如海说："吃饭吧，从明天起，放学以后立刻回家，不准到其他地方去。"

小赵、小鲁和秦若轩三人合伙改编的满洲国国歌歌词很受同学们的欢迎。可能是出于好奇、好玩、逆反或者其他什么原因，另类歌词在学生中间流传得很快，其范围之大完全出乎他们的预料，如此麻烦就跟着来了，终于有人向校方告了密，校方专门派了几名教师，负责在朝会唱国歌时在队伍中巡视，监听是否有人唱错了歌词。这个办法无效是显而易见的，有谁会傻到当着巡视教师的面越轨呢？抓不到现行，想追查源头就更无从谈起。秦若轩这些日子在学校里表现得格外规矩，他把全部心思都用在了晚上回家以后写文章上，几天时间里，他完成了三篇小文，题目分别是"我也吃过人吗""天堂与地狱""唱诗者"，其中第一篇便是读了鲁迅《呐喊》的读后感。他把三篇小文交给了小赵，由他转交给秘密刊物《热土》的编辑同学。昨天小赵悄悄找到他，塞给他新一期《热土》，上面刊载的第一篇文章，就是署名八极刀的"我也吃过人吗"。小赵兴奋地对他说，大家看了你的文章，都说写得太好了，笔锋犀利，一针见血。小赵的话让秦若轩简直不敢相信自己的耳朵。他把这本油印刊物格外小心地塞进书包，回家后关上门，迫不及待地拿出来翻看，果然，自己写的那篇文章赫然刊载在《热土》的首页。第一次给刊物投稿就被采用已经足够令人激动，文章的内容还得到了读者的肯定，引起思考与共鸣，那就更了不起。想想吧，手中的笔已经化作刺向敌人的利刃，化作呼唤人们奋起反抗黑暗统治的号角，秦若轩兴奋不已。这天晚上他做了一个梦，梦见自己处在一高坡之上，胯下白龙马，身着银盔银甲，肩披白色战袍，手中的笔一晃，变成一杆亮银长枪。他的前面是刘娜老师，骑红马，着金甲，披红袍，持令旗，他们的身后是数万铁甲战将。他将手中的长枪向空中一举，战将们的吼声惊天动地，战马咴咴，尘土飞扬，其势足以荡平任何魑魅魍魉。只见刘娜把手中的令旗一挥，自己一马当先，带领众兵将向坡下的敌军阵营冲去。秦若轩看见，在敌军的阵营里，有学校的日本人副校长和训育主任，有马长利和马占超，他们每个人的怀里都抱着一挺机关枪，嗒嗒嗒扫射过来，子弹密如雨点。子弹打在身穿的盔甲上叮当作响，火花四溅，却穿不透甲胄。敌军阵脚大乱，猴脸副校长、猪脸训育主任和马长利马占超等人纷纷弃枪奔逃，无数面日本国膏药旗和满洲国五色旗被踏碎于马蹄之下，胜利的欢呼声震耳欲聋。忽闻耳边警报之声响起，有人喊着敌机来了快隐蔽，秦若轩抬头望去，只见敌人的飞机如每天早晚从城市上空飞过的乌鸦群一般黑压压一片，他奋力翻身下马，但左脚被卡在马镫里抽不出来，他用足力气使劲一抽，惊醒了。秦若轩努力睁开眼睛，听见窗外传来凄厉的警报声由远而近又迅速远去，他听得出来，摇响警报器的警车不止一辆，好像还跟着几辆消防车，两种警报声混合在一起，听起来更加恐怖，不知道今夜城里又发生了什么大事情。

　　早晨，周大通来到餐厅，对正在吃早餐的秦如海父子说，今天凌晨，马长利家失火了，烧了他们家半个院子。听说多亏消防队来得快，否则他的全部家当都将化为乌有。这场火是他们自家人用火不慎引起还是有外人故意纵火不得而知。秦如海说："不是外人放火也会是外人放火，马大局长又要名利双收了。"秦若轩听到马家失火的消息，立即有了去火灾现场看看的冲动，转念一想又克制住了，眼下还是小心为好，不能主动送上门去自找麻烦，他相信警察局长大人的宅邸半夜失火的新闻和相关照片，最迟明天就能见诸报端。马长利平日作恶太多，幸灾乐祸者大有人在。

秦若轩如同往常一样按时上学了，到学校以后他听到了新的消息，马占超被昨夜的大火惊吓又犯了病，住医院了。秦若轩忽然间想起了周东林，这场火不会是他放的吧？秦若轩的心立刻紧张得提到了嗓子眼，一整天都是在极度忐忑中度过。好不容易挨到放学，他飞快地跑到当铺，把周东林拉出来问，得知不是周东林所为，一颗悬着的心才落了地。他狠狠地捶了周东林一拳说："你得请我喝茶压惊，还以为是你替我报仇去了，吓得我够呛。"周东林说："你不是告诉我姓马那个小子最近老实了吗，还动手干什么，再说照顾翠儿就够我忙乎的了，哪有闲工夫理那个瘪犊子。"秦若轩说："不是你干得最好，别人替咱们出气也是一样的。"

马长利家的这场大火烧得蹊跷，火势最大的地方就是他的宝贝儿子马占超住的房间，几乎完全烧光了。马占超在睡梦中被大火惊醒，吓得当场就犯了病，抽搐在炕上动弹不得，若不是给马长利看家护院的几个警察及时把他从屋子里拖拽出来，马占超非烧死在屋里不可。大火被扑灭了，马长利站在院子当中看着被烧成废墟的一半房屋，暗自庆幸自己睡觉的房间没有过火，否则他几年来敛的黑财将损失殆尽。想想昨夜，尽管烈火熊熊之下老婆在院子中哭天抢地，左邻右舍竟无一人主动出手相助，恨得他牙齿咬得咯咯响。天亮了，马长利去警局上班，警察局的上头是日本人管理的保安局，保安局长让他去报告情况，马长利装出一副受害者的可怜相，一口咬定是反满反日分子纵火，让他这个满洲国的忠实保卫者家庭财产蒙受巨大损失且险些丧命，咬牙跺脚地发誓，要坚决抓住纵火犯，为大日本帝国和满洲国除害。上司安慰了他，许诺奖励给他一笔钱，以弥补损失，褒奖忠诚。果然没过多久，一名流浪汉被当成共产党和纵火犯被公开处决了，枪毙罪犯现场的大幅照片刊登在当天的报纸上，占了半个版面。马长利借机大兴土木，宅子翻建得比火灾之前宽大了一半，原来他家的两户邻居也在他的百般威逼之下搬走了。

　　从保安局回来，马长利把负责跟踪秦若轩的跛子唤来，询问跟踪进展情况。跛子是警察局从流氓地痞闲汉混混当中特别招雇的外围便衣探子，跛子汇报说，经过多日跟踪，没发现秦若轩有什么不轨行为，每天放学直接回家，进了院子就不再出大门。仅有的一次，看见秦若轩跟赵姓鲁姓两个同学去了鲁氏诊所，经了解，那天秦若轩确实是找鲁医生看病扎针，并无其他异常。马长利听过跛子的汇报以后在地上转了好几圈，突然问："你被秦若轩发现过吗？""没有没有。""真没有？""真的没有，如果有，你挖我一只眼，让我又瘸又瞎。"跛子慌乱地辩白赌咒发誓，不敢承认他的盯梢行为已经被秦若轩发现，更不敢承认自从被发现那天起，他就在家里躲清闲，不再劳神费力地当尾巴。他认为，既然戏法已经变漏了，再跟下去也是瞎子点灯。这些情况都不能让马长利知道，否则，不仅应得的酬金拿不着，还可能被暴打一顿。马长利盯着跛子看了半天，对跛子交代说："姓秦的不用再跟了，改跟那个姓赵的。如果姓赵的有问题，姓秦的就一定有问题。"他怀疑跛子说了假话，秦若轩一定发现什么了，否则不会如此老实规矩，而赵姓学生不一定有警惕，从他身上很可能得到意外斩获。果然，没过几天，跛子就向马长利报告说，经过跟踪，发现赵姓学生校外活动频繁，而且接触的都是警局已经关注的几名高年级进步学生。马长利喜出望外，让手下的警察接手对小赵进行监视并伺机动手抓捕。

　　翠儿出院了，跟踪秦若轩的跛子尾巴多日不见，马占超受火灾惊吓犯病住进医院没上学，秦若轩心情大好，又产生了找周东林畅玩畅叙的冲动。盼到星期日，秦若轩到当铺寻周东林，看见柜上的人和周东林都在忙活着，不好打扰，便坐在柜台外边的椅子上喝茶看报纸。有秦家少爷在场，柜上的人都打足了精神，格外卖力。临近中午，秦若轩准备回家，可巧门外来了一个拉车的，给柜上送来一张字条，说有一位小姐要赎当，请上门服务。按照当铺的规矩，所有交易都应当在柜台当面进行，一手钱一手货，防止发生差池，特别是如果有人典当贵重的或易损易碎物品，则更加马虎不得，一般情况下不提供上门服务。但是也有例外，比如主家行动不便，或者不愿意抛头露面被人看见进当铺典当过东西，面子上不好看，另外所当物品不是特别珍奇娇贵，还是可以指派柜上的人上门完成交易的。三柜接过车夫送来的字条看过又转交给二柜，二柜按照字条上写明的当票号查账，得知这位主家典当的物品是一件真丝面料棉旗袍，典资三十块钱。生意简单，二柜有意让周东林带个小伙计去，又碍于有秦若轩在场，犹豫了一下，改派三柜去上门办理。如此简单的小生意，派三柜亲力亲为显然是大材小用，秦若轩看出其中端倪，主动说："让我跟东林去吧。"三柜说："柜上的生意，咋能劳动少爷？"秦若轩说："我坐了快一个上午，也该活动活动腿脚，路上还能跟东林说说话。"三柜看了一眼坐在柜台里面的二柜，二柜点头答应了，他让伙计从库房里把那件旗袍取出来，当着周东林和秦若轩的面，把包裹旗袍的包袱皮解开，展开旗袍，将旗袍的里外前后、领头、袖口、纽襻滚边等各个部位均仔细查看过，没有任何损坏，又小心地把旗袍包裹起来交给周东林，交代说："记得把当票拿回来。"秦若轩看见，这件真丝面料的棉旗袍做工精细，色彩雅致，用料考究，想象着拥有这件旗袍的一定是位富家小姐，但怎么又舍得拿出来典当呢？家道败落？周东林把包袱挎在肩上，接过写着主家地址的字条，二人出门而去。三柜在身后喊着："少爷辛苦您了！"秦若轩挥了挥手算是作答，他很高兴有这样的机会，既可以经历一下当铺的业务，又有了更多的时间跟周东林独处。

字条上写明的主家地址在北码头路，步行过去需要半个小时，两人一路上说说笑笑并不觉得远，说话间便走到了。抬眼望去，是一座临江的二层青砖小楼，每层住有三四户人家。旗袍主家住在二层楼。秦若轩跟着周东林沿着楼外侧的木楼梯上去，迎着楼梯是一条狭长的走廊，主家靠近走廊的尽头。周东林上前轻轻叩门，里面一个甜润的女声答应着。秦若轩听见了屋子里的脚步声。房门开了，秦若轩大吃一惊，开门人竟然是刘娜。刘娜看见门外的秦若轩，也露出了意外的表情，他们互相对视愣了片刻，刘娜礼貌地说："请进来坐吧。"

刘娜所住的房间仅有一间半大小，进门的半间屋是厨房，里面的一间是卧室，通过卧室窗户，可以看见楼房后面的江景。刘娜刚从关内回到东北的时候，是在家里陪着母亲一同住的，后来她考虑所从事的反满抗日活动危险性太大，为了防止母亲跟着受牵连，便从家里搬出来，租下了江边这处住宅。

周东林把挎在肩上的包袱取下来说："小姐，我是勤诚典当行的，听说您要赎当，就把东西带来了，请过目检验。"说完，周东林就要动手解包袱，被刘娜制止了，问道："等等，若轩你怎么跟来了？"秦若轩很忐忑，低声说："勤诚典当行是我家开的，今天到当铺玩，遇上了这单上门服务的业务，就跟着来了。他是我的好哥们儿周东林。东林，这位就是我常跟你说起的刘娜老师。"周东林十分惊喜，眼睛放光，兴奋地说："您就是刘老师呀，若轩总跟我提起您，他最敬佩您了。您推荐给他看的书我都看过，真好。"借着周东林跟刘娜搭话的机会，秦若轩快速地观察了刘老师的住所。在进门的半间厨房里，地上有一只煤炉子，墙边简易的台子上摆着擦拭得很亮的锅具，干净的白布帘遮挡着挂在墙壁上的小柜子，想必里面是碗筷等餐具。卧室里，一张单人铁床，上面铺着蓝白格子的粗布床单，屋角摆了两只藤条箱，地上靠墙摆放着一张两屉书桌，书桌上有简易书架、绿色纱质灯罩的台灯和插着几枝野花的花瓶，给狭小的空间增添了无限生机。屋子里洁净得几乎一尘不染。按秦若轩对刘娜的了解，她的家境并不差，靠工资完全可以养活自己，不至于拮据到需要典当物品维持生计的地步，他百思不得其解，忍不住问："老师，您怎么也典东西？"刘娜坦然一笑："典东西又不是什么丢人的事情。今年春天的时候，突然需要一笔费用，积蓄不够。我就想，天气已经暖和了，棉旗袍暂时穿不着，哪怕再来寒流也冷不了几天，再说我上班穿学校的制服，下班以后穿旗袍的机会也不多，不妨先拿去当了筹钱应急。经过这几个月，经济状况缓解了，该把它再赎回来。这件旗袍我还是蛮喜欢的。"

　　刘娜坦诚的讲述并没有完全打消秦若轩的疑问，他注意到，老师没有明说她需要钱做什么。他听说过老师有过出钱接济班级里一时凑不齐学费的学生，但那不足以让她去典当东西。秦若轩疑惑的目光瞒不过刘娜的眼睛，她清晰地看见了那眼神中流露出的不解，但是她不能把这笔钱的真实用途告诉任何人。那是在春天，原来在大学里的几个同学找到刘娜，说他们要结伴到关里去寻找共产党参加抗战。这几位同学在日本占领东北以后，没有跟随大多数师生流亡关内，而是加入了从东北军分离出来立志留在家乡抗日的队伍。经过日军反复围剿，队伍被打散了，他们几个侥幸活了下来。艰苦的斗争和残酷的现实让他们切身感悟到，要想把日本侵略者彻底赶出中国，继续跟着越打越少的东北军残部希望渺茫。他们听说共产党已经在陕北建立了抗日根据地，国内很多仁人志士热血青年纷纷奔向那里投身抗日救亡大业，他们也决心进关去陕北。但是不讲山海关能不能顺利闯过去，一路上所需的盘缠也是个大问题，便找到了旧友刘娜求助。刘娜倾其所有积蓄，包括典当了自己最值钱的衣服还不够，又找可靠的朋友相借了一些，送几位同学上路。

刘娜给秦若轩和周东林倒了两杯开水，然后从书桌抽屉里取出当票和三十块钱递给周东林。周东林此时已将包袱打开，拿出旗袍请刘娜检验。刘娜说不用看了，我相信你们。秦若轩抢先周东林一步，把刘娜手中的当票接了过来，说："当票拿回去交柜，钱不要了。"刘娜说："不收钱怎么能行？"秦若轩说："买卖是我家开的，我来处理。"刘娜坚持要给，周东林说："刘老师您就听若轩的吧，能给您帮忙我们求之不得，老师还有什么好书借给我们看比还钱更有意义。"刘娜不再争执，思考了片刻，对秦若轩说："你在《热土》上刊出的文章我看到了，写得不错，很有战斗性，但是思想性还有欠缺。我这儿有一本十分重要的书，你们看了以后，思想上一定会产生质的飞跃。"刘娜说完，找出钥匙，打开藤条箱，从里面存放的衣物中间翻出了一本小册子，小册子的封面，是一幅长着大胡子的外国人的半身像。秦若轩把小册子接了过来，看到封面上那外国老头儿像的下面还写着三个字：马格斯，小册子上部的标题是：《共产党宣言》。秦若轩惊呆了，不禁问道："老师，您怎么有这种书？我听说这是第一禁书哇！"刘娜笑了："正因为是第一禁书才格外宝贵。如今的统治者把它列为禁书，但它却是孙中山先生极力推荐的好书。它是敲响埋葬资本主义的丧钟，是动员全世界无产者团结起来，推翻资产阶级统治的号角。书很薄，里面阐述的理论却很深很深，拿回去仔细看吧，千万保密，被人发现不得了。"周东林问："老师，您说如果大家都看了这本书，就能自觉起来把日本侵略者赶出中国吗？""当然。"刘娜肯定地回答，"现在中国已经有那么一大批人按照这本书中阐述的思想和道路在奋起斗争了，他们的代表就是中国共产党。在关内，共产党领导的八路军和新四军正在与日寇浴血奋战，打了很多漂亮仗；在咱们东北，也有共产党领导的抗日武装东北抗日民主联军。中国的希望在共产党。共产党不仅要号召和团结全国军民共同抗日，还要推翻资产阶级的统治，建立一个由无产阶级当家做主的像苏联那样的新国家。"讲这番话的时候，刘娜的眼睛里闪出异样的光彩。

"老师，您是共产党吗？"秦若轩突然问。刘娜笑而不答，她转向周东林说："回去谢谢你们家掌柜的，大老远的专门跑一趟。"

"老师您客气了，应当的。"

秦若轩把书塞进怀里藏好，与周东林离开刘娜的家。他的心情激动极了，他为知道了所尊敬的老师可能是共产党而激动，为怀里的小册子而激动，他似乎觉得小册子封面上那幅红色的马格斯像如一面大鼓，在震动着他的心。周东林的问话打断了他的思绪，周东林问："这张赎单没收钱，柜上平不了账，回去怎么说呀？"秦若轩回答："说什么，这会儿咱俩先回家把书藏起来，揣着禁书满大街跑不安全，随后我拿三十块钱给你，回当铺你交钱交票，什么多余的话也别说。"

当天的整个下午，秦若轩把自己关在屋子里，插上门，埋头读《共产党宣言》，里面那么多全新的名词和全新的概念，让他如饥似渴却又似懂非懂。看完第一遍之后他又更加仔细地读第二遍，还把看不明白的地方记下来，准备找机会向刘娜请教。

马长利手下的警察果然比雇来当探子的跛子专业多了，他们不仅发现学生小赵与同校高年级的几个进步学生来往频繁，甚至跟码头上的工人也有联系。他们通过查对笔迹，发现前几日码头工人闹罢工时张贴的标语就是小赵帮着写的。听过这些情况，马长利下达了抓捕令，他要通过小赵，挖出其背后的共产党，他坚信小赵的背后指使人一定是个共产党。小赵是在上学的路上被捕的，警察在他的书包里不仅发现了鼓动工人罢工的传单，还有刚刚油印好的新一期进步刊物《热土》，这个情况如果不是朝会上副校长手里挥舞着警察局缴获的《热土》破口大骂，刘娜和秦若轩还不知道小赵已经被捕了。看着猴脸副校长手中挥舞的"热土"，秦若轩的心一下子揪紧了，他知道那是新的一期刊物。小赵告诉过他，新一期《热土》上刊载了他投稿的第二篇文章"天堂与地狱"，文章虽然用的是笔名，但谁又能保证小赵在警察的威逼拷打之下不说出什么来呢？说不定下一个被捕入狱的就是自己。

　　小赵被捕了，为此担忧的不仅仅是秦若轩，刘娜的担心更重，她既为秦若轩担心，更为班级里其他几名参加过读书会活动的学生担心。情况紧急，刘娜找到秦若轩，让他通知读书会的同学，利用第二天学校组织集体看电影的机会，在电影院的后台碰面，这样可以躲开警察的监视和跟踪。那天放映的电影是一部赞美满洲国建设成就的纪录片，大家利用电影放映结束散场的混乱时间，迅速集合到后台。刘娜严肃地对大家说："小赵同学被捕了，现在是非常时期，我们一切都要往最坏处设想，不能抱有任何侥幸心理。提醒每个人的书包里和家里，都不能保存敏感书籍和刊物，要防范特务和警察的突击搜查。万一警方或者学校追查读书会活动，大家要统一口径，就说我们都是外国文学的爱好者，聚在一起就是交换阅读外国文学作品，交流阅读体会，没有其他的目的和动机。"大家对刘娜的嘱咐都点头称是。一位同学担心地问："小赵有没有生命危险？万一他经不住警察的拷问，把我们都揭发出来怎么办？"秦若轩说："老师刚才已经讲过了，警察问到我们其中的任何一个人，都说是因为爱好外国文学，大家志同道合才偶尔聚在一起。只要坚持统一口径且不要有其他把柄被抓住，警察不会对我们怎么样。小赵就是太大意，让警察拿到了物证。我们应当相信小赵，他被抓已经两天多了，大家不是还安然无恙吗？这就很说明问题。"刘娜接着说："若轩同学分析得有道理，大家切不可因为紧张而表现出任何异常，不能自乱阵脚。万一有哪一位同学被抓或者被校方叫去询问，一定要相信自己，相信同学，防止被警察或者校方的假话恐吓、欺诈所迷惑。我们大家就好比是一堵篱笆墙，每个人就是一根扎篱笆的木条，保证每一根木条都不腐蚀不折断，才有集体的安全。好，大家分头走吧，不要同时出去。"秦若轩看着几名同学先后离去，对刘娜说："老师，您住的地方太小，有什么需要藏起来的东西交给我吧，我家院子大房子多，还开了好几处店铺，我藏的东西别人肯定找不着。""不必了，我自有对付警察的办法。"刘娜自信地说。

刘娜担忧的事情果然应验了，当天晚上，警察以查户口为名，突然搜查了刘娜住的那栋二层楼，把房间里翻了个底朝天，一无所获。第二天一早，受到惊吓的几户邻居聚在一起议论此事还心有余悸。一楼的一户人家说："警察前不查后不查左不查右不查，偏偏查咱们这栋楼，太邪行，不安全，得换个地方搬家了。"

这次突击搜查是马长利安排的，事先没有向他的上司报告，怕别人知道了抢他的功劳。抓捕小赵有了意外收获，不仅搜出了学生们私下油印的反满刊物，还掌握了小赵参与码头工人罢工的证据，让他喜出望外，只盼望通过进一步拷问，能挖出更多的反日反满分子，如果能挖出个把共产党来就更好了，而刘娜是共产党的嫌疑最大，他认为，小赵和秦若轩等学生都还是毛孩子，他们积极活动的背后必有成年人指使，跟踪调查发现，这几名学生与刘娜的关系最近，他们身后的指使人不是刘娜又是何人？况且日本人也明确表示了对刘娜的怀疑。虽然目前日本人和警察局都尚未掌握刘娜是共产党的任何证据，但是证据是坐等不来的，既

051

然已经把她列为重点嫌疑目标，为什么不能像抓小赵那样，通过采取突然措施，打对方一个措手不及？如果搞成了就是大功一件，而一旦失败了，以后再想从刘娜身上取得突破将会更难。思来想去，急于求成的马长利决心赌一把。搜查的结果令他大失所望，他擅自安排行动，还遭到了上司的一顿臭骂。马长利沮丧透顶，他的眼睛更红了，责令手下抓紧对小赵进行严刑拷打，一定要撬开小赵的嘴。

小赵被捕，刘娜老师的家遭突击搜查，这些情况让秦若轩不能不担心自身的处境，说不准下一个小时警察就会找上门来。他把这些担忧跟周东林讲了，周东林一时也拿不出什么好主意，他说："你找个借口出去避几天风头怎么样？"秦若轩说："那不成了此地无银三百两？"

从周东林那里回来，秦若轩心神不定，设想着可能发生的各种情况和应当如何应对，他想象着如果自己也被抓进警察局，能够经得住如狼似虎般的威逼利诱严刑拷打吗？会不会吓得尿裤子？会不会把刘娜老师可能是共产党给说出去？刘老师也被抓了怎么办？自己如果被抓了还会连累到谁？直到吃晚饭的时候，他在饭桌上还不时地发愣。秦如海发现了儿子神情的异样，问道："你不好好吃饭，傻愣愣地想什么？"秦若轩转过神来，他想，应当把自己的危险处境适度向父母透露一些了，防止万一发生不测，他们措手不及。他把碗筷放下说："最近警察把我们学校的几位老师和学生盯得很紧，我的一个同学已经被抓了，昨天他们又突然搜查了班主任老师的家，我现在可能也不安全。"母亲佟莲急问："你们参加反满活动啦？"秦若轩说："没有。你们知道我跟马局长的儿子有过节，我担心他们爷俩找借口对我进行报复。那些狗东西想给谁安个什么罪名还不是信手拈来，哪管什么真假。"听儿子说完，秦如海的心情沉重起来，他知道近期日本人加紧了对反日反满分子的镇压，他们不仅对进步师生下手，最近商会里也有几个老板被抓，所涉店铺被抄，罪名都是涉嫌帮助共产党帮助抗联。依据他对马长利人品的了解，找个借口对儿子下手是完全有可能的。想到此处，秦如海说："苍蝇不叮无缝的蛋，你如果规规矩矩念书，不惹是生非，警察怎么就无缘无故找到你的头上。我看这样吧，前些天我看了你们的课本，现如今的高中也学不到什么真东西，安排你去日本留学吧，像我一样学习金融。社会发展到哪一步，不管什么人什么党当权当政都离不开金融，捧上这个金饭碗能吃一辈子。"父亲做出的决定太突然，秦若轩完全没有思想准备，他大声拒绝道："不行！我不去日本。你给日本人开的银行做事，帮着日本人搜刮中国人的钱财已经挨万人骂了，还让我也去日本学金融，我才不去呢。如果真心打算送我走，就送我进关内或者上苏联。""胡说！"秦如海啪地一拍桌子，训斥道，"你以为上日本留学是容易的吗？现在上头对送学生出国控制得越来越紧，不是有钱就能出去的，像你现在闹成这个样子，能不能通过审查都很难说。就这么定了，不想蹲监狱，不想让全家人跟着你受牵连就赶紧走，走得远远的，看他马长利能奈我何。"父亲的坚定让秦若轩愤怒，他用从来没有过的大嗓门嚷道："真把我送日本，我就远走高飞，再也不回来了，你们可别后悔！"秦如海狠狠地瞪了儿子一眼，把碗筷一推，恨恨地说："不知好歹的东西！"说完，气哼哼地走了。眼见父子争吵，佟莲的脸色很不好看，对儿子说："你可真不让大人省心哪！"跟着丈夫离开了餐厅。

房间里只剩下了秦若轩一个人。桌子上的饭菜凉了，杯盘静寂，他的头脑也冷静下来。他了解父亲，知道父亲决定的每一件事情都是经过深思熟虑的，从不冒险，他确定了的目标就一定要达到，否则坐不到如今的位置。日本是秦若轩从心底就抵触的国度，难道当了亡国奴还嫌不够，又要花钱去顶礼膜拜？何去何从，他陷入了极度苦闷之中，他真想即刻就能见到老师刘娜，把遇到的难处向她倾诉，但是老师的住处不能去，那里一定有警察局的探子日夜监视，他无奈地回到自己的房间，彻夜未眠。

佟莲跟着秦如海回到书房，刚才丈夫说要安排儿子去日本留学她也感到很突然，之前二人从未商议过。俗语说儿行千里母担忧，如今儿子可能就要远赴千里之外的异国他乡，当母亲的怎能不心焦。佟莲给丈夫倒了一杯茶，问："送若轩去日本是真的还是吓唬他？留学可不是说去就能去的，何况他还差一年才高中毕业。"秦如海坐在书案后面的太师椅上，把茶杯端到唇边吹了吹，说："吃饭之前还没有这个打算。前几天听文教部的人说新一批留日学生的甄选开始了，又议论新的选拔条件如何如何苛刻，必须经过驻日大使馆的介绍推荐等，我听了并没在意。刚才听若轩讲他们学校里最近发生的那些事，我觉得真实情况一定比他跟咱们讲的要严重得多。你想，前一段时间他为什么遭人跟踪？那就是被马长利这条疯狗盯上了，一定有什么小辫子抓在人家手里，他的处境可能很危险，现在不赶紧躲出去，日后万一被抓进去，咱们后悔都来不及。到了那个时候，就不是破财免灾那么简单。躲出去的最好办法就是去日本，恰好现在是个机会，不至于引起其他怀疑。他距离高中毕业虽然还差一年，可以过去先读大学预科，不然他的日语水平也不行。"佟莲担心地问："你说现在针对外送留学生审查得更严，若轩如果已经被警察局关注，能通得过审查吗？""找行长谷田拓帮忙，他跟满洲国驻日大使说得上话。我料定马长利这条小泥鳅在日本人面前翻不起大浪。""你相信谷田拓一定肯帮忙？"佟莲又问。秦若轩苦笑："这个忙他一定要帮而且求之不得。你想，目前银行业务离不开我，日本人最担心我三心二意或者哪一天撂挑子不干。如今咱亲手把儿子奉上当了他们的人质，相当于自己拉过绞索套在脖子上，日本人对这等求之不得的大好事偷着乐还来不及，小小的马长利如何挡得住？"听到丈夫这番话，佟莲的脸上布满忧伤，说："真难为你了，可恨若轩这孩子咋就不理解大人的这片苦心呢？"秦如海叹气，说："咱们做父母的尽了心，理解不理解的由他去吧。"佟莲说："你没听若轩讲吗，要是非送他去日本，就远走高飞再不回家，这怎么办？凭他的性子，绝情的事情干得出来。"秦如海沉思半晌说："这样吧，我这边抓紧办若轩留学报名审批，你呢，留心踅摸一个差不多的姑娘，如果审批通过了，就赶在若轩出国之前把他的婚事办了。有个媳妇拴着腿，看他往哪儿跑。"佟莲很为难："这么急三火四的，上哪儿找那么合适的姑娘？市里跟咱家来往多的几个富户，家里好像都没有跟若轩年纪相仿的姑娘，即便有，还得人家同意才行，太难办了。"秦如海说："眼睛别只盯着富家，只要人好，不一定强求门当户对。"

令秦若轩颇感意外的是，他把父母准备送其赴日留学的事情跟刘娜讲了以后，老师竟然不假思索地表示赞同。他是在早晨例行的朝会结束以后，乘着操场上人比较多的时候，悄悄跟刘娜老师说的，并表示自己实在不想去，问该怎么办。刘娜确认周边人听不见他们的谈话内容才说："有机会去日本学习没有什么不妥。第一，可以暂时避开警察特务追查进步学生的锋芒；第二，能够开阔眼界。日本军国主义分子发动侵华战争固然可恨，但是不可否认，日本在经济、技术、工业制造等方面都比中国先进得多，中国革命的很多先驱人士都曾经在日本学习过。"刘娜又朝周边看了看说："你留学的行程最后确定下来之后，我给你介绍几位在日本留学的朋友，去了以后可以跟他们联系。"听了老师的话，秦若轩原本沮丧无助的心情变得敞亮了，他又关切地问："听说警察上你家搜查过，是不是也被那帮狗盯上了？"刘娜笑笑："他们这是狗急跳墙，没什么大不了的。"

　　随着战事的发展和国内反日浪潮高涨，留日学生中的反日救国活动也频频发生，日方对留学生的相应管理措施一年紧似一年，中国青年到日本留学的名额逐年减少，审批过程更加繁杂严格，满洲国文教部制定了更加严格的留学生监控管理规定，从选派、学习到毕业分配，实行全过程控制。为了防止在为儿子办理留学事宜过程中节外生枝，秦如海直接去找了行长谷田拓，请其帮忙。果然不出所料，谷田拓毫不犹豫地应承下来，主动提出，不仅要尽全力促成此事，还要亲任秦若轩赴日学习的副保证人。有了谷田拓的承诺，儿子留学日本的申请便成功了大半，谷田拓如何去办理，自然不用秦如海操心，回家等消息便是。秦若轩由于得到了刘娜对他赴日留学的支持，也不再抵触，全家人一时间风平浪静。

　　父子二人各怀心思，相互间的话语更少了，对这些，佟莲都顾不上，给儿子找媳妇的事情让她伤透了脑筋。她找亲戚朋友等凡是认识的人都打探了一遍，听说秦家公子要招亲，兴致都很高，能攀上秦家高枝的机会实在难得，虽然有人介绍了几个，但都没有佟莲中意的。特别是昨天，娘家的邻居给介绍了一个姑娘，家里是开绸缎铺的，生拉硬拽非让佟莲去看一看。不看则已，一看如冷水泼头。那姑娘比秦若轩高半头，生得黑黑胖胖，大脸盘，大胯骨，大脚丫，厚身板，估计扛二百斤麻袋都不带大喘气的，佟莲气得跟邻居连一句感谢的话都没说就回来了。走到自家大门口，碰见了正在打扫台阶的门房周大通，她猛然想起，老周的家里不是有他老伴儿的外甥女小翠吗，那姑娘长得水灵，人也文静，勤快晓事，跟周家又知根知底。她分析，如果选择了翠儿，丈夫秦如海也肯定会同意，真可谓："梦里寻她千百度，蓦然回首，那人却在灯火阑珊处。"

周大通看见佟莲回来了，赶紧迎上前去打招呼，佟莲说："老周，进屋里，有话跟你说。"周大通应了，把手中的扫帚拿到门边的角落立好，跟着佟莲进了门房。门房里只有两条木板凳，二人分别坐了，佟莲先开了口："老周，有个事儿问你一下，你家的翠儿找婆家了没有？"东家太太突然问起翠儿，老周感到很意外，未作多想便回答："没有哇，太太怎么问起那闺女来了？"佟莲又问："翠儿今年多大了，想找婆家吗？"周大通说："翠儿眼见就要满十八，正打算找呢。"佟莲喜形于色："我给说一个怎么样，你也认识的。"周大通问："谁家的小子，还是我认识的？"佟莲直截了当地说："我家若轩，你看咋样？"听到东家介绍的人是秦若轩，老周慌忙摆手说："不中不中，咱下人家的闺女，粗手笨脚，又没个文化，哪攀得上若轩这个高枝，这种玩笑开不得。"佟莲笑笑说："看您说的什么话，咱们之间老东老伙十多年的交情，在我们心里早就把您当成一家人了，哪还有高攀低就之说。先说愿意不愿意吧。"周大通显得很为难，翠儿在他和老伴儿的心里，早已经是儿媳妇了，只是一直没有说破而已，他也看出儿子周东林很喜欢翠儿，翠儿对他表哥的感情也很好。他原来打算等到翠儿年满十八岁，就跟翠儿的父母提亲，现在突然横里杀出个秦太太，要娶翠儿当秦家的儿媳妇，一时令他十分作难。东家提出的要求他不好意思拒绝，明说翠儿已经是自家认下的儿媳妇的话难以出口，而翠儿如果真嫁给了秦若轩，那就是一步入豪门，要享一辈子的福，比嫁给自己的儿子强得多。不论是从与东家的面子关系还是为翠儿的未来着想，这桩亲事都是不好拒绝的，只是苦了儿子周东林。佟莲见周大通迟迟不开口，揣摩到他可能有什么难处，便把口气一转说："要不然您回家跟老伴儿和翠儿商量商量，我等你的回话。"周大通赶紧回答："就是哩，我正琢磨怎么跟翠儿的爹娘说。我们毕竟不是翠儿的亲爹娘，不好擅自替他们做主。"

　　按照佟莲的想法，若轩和翠儿的婚姻成功率应当在九成以上。秦家是市里数一数二的富户，大户人家的公子要讨媳妇，想巴结上门的还不多得踏平了门槛子？如今秦家不等别人上门来争，反而主动向下人家的外甥女伸出橄榄枝，是他们做梦都想不到的大好事，哪有拒绝的理由？待晚上秦如海下班回家以后，她把打算选翠儿当儿媳妇的想法跟丈夫讲了，秦如海也认为可行。他见过翠儿姑娘，家里逢年过节或者有客人来访，下人们忙不过来的时候，就让周大通把他的外甥女唤来帮忙。翠儿干活麻利，会说话，模样又好，且每次来秦家之前，都特地换上体面的衣裳，再仔细梳洗打扮一番，更显得光彩照人。下人体面，也给主家增色。用过两回以后，佟莲有意把翠儿正式招到家里来，帮着张妈干些杂活。秦如海说，那孩子还小，等长大些再说吧。如今听佟莲说翠儿马上就要满十八岁，很是吃惊，在他眼里，翠儿还是个小姑娘。既然年纪可以，人也没得挑，自己又讲过可以不求门当户对，且时间紧迫不等人，该决断就要决断了。秦如海说："把若轩喊过来告诉他，让他有个精神准备。"佟莲答应后让张妈去喊儿子。

　　秦若轩在东厢房正插着门专心读《共产党宣言》。这本书他虽然已经读过好几遍，但还是有奇特的诱惑力，尤其是他已经答应周东林明天就把这本书借给他看，今天更要抓紧时间再仔细读一遍。听到张妈敲门说父亲唤他去上房，赶紧把书藏好。出门问张妈：知道老爷子喊我有什么事吗？张妈回答说不知道。秦若轩进了上房，见母亲也在，预感到父母一定有什么特别的话要说，便规规矩矩地站立，等着父母开口。佟莲见丈夫没有首先说话的意思，就把正在给他找媳妇的事情说了一遍。佟莲刚刚提到翠儿，秦若轩立刻嚷了起来："你们别乱点鸳鸯谱好不好，翠儿早就有人家了，准备嫁给周东林，两人相好好几年了。"佟莲一听吃惊不小，问："你是怎么知道的，真的吗？"秦若轩叹了口气，把自己所知道的周东林跟翠儿之间的故事从头至尾讲述了一遍，最后说："你们这么干，是夺周叔一家人之美，这桩亲事就算是你们和周叔都答应了我也不答应。我若跟翠儿成亲，日后怎么见东林？我们俩是好兄弟。"听了儿子的讲述，秦如海有些愕然，问佟莲："怎么还有这档子事，你跟老周提亲的时候他没讲吗？"秦若轩抢过话来回答："你们是东家，你们提出来要娶翠儿，他敢说什么？人家一定是忍了没说。"佟莲恍然大悟："对呀，我说当时老周怎么吞吞吐吐的不痛快。这个老周哇，十几年的老东老伙，有什么话不能当面讲呢？"秦若轩说："快去跟周叔道个歉吧，别让周叔两头作难。"佟莲说："不行，哪有东家给下人道歉的道理，何况我事先并不知情，不知者不怪嘛。我倒是觉得你娶翠儿没错。翠儿是东林的表妹，虽说隔得远，那也是表兄妹呀，万一结婚以后生出个傻茶残的孩子，后悔就晚了。明天我去跟老周说，翠儿如果嫁给若轩，东林的媳妇我负责给他找了，保证不比翠儿差。我相信老周和东林都是懂事理的人，明白咱们这么做是为大家好。"秦若轩仍要开口反驳，被佟莲制止了。对待儿子，她从来没有像今晚这么强势过。

想必周大通回家以后跟家里人讲了秦家决定娶翠儿做儿媳妇，否则周东林不可能接连几天不露面。秦若轩到当铺去找，当铺的人都支支吾吾不肯说出周东林的去向行踪。秦若轩意识到这是周东林在有意躲避，让他的心里很难受。他极力想当面跟好友解释清楚事情的缘由，向他表白这完全是父母的主意，他们是牛不喝水强按头，他要告诉周东林，即便父母强逼着他跟翠儿成婚，他也会坚决抵制，翠儿永远是属于周东林的。

几桩事情搅和在一起，搞得秦若轩心烦意乱，对上学更加没有任何兴趣，但是去日本留学的批准文书一天办不下来，他就还要坚持去学校，好在那里还有他天天想看见的刘娜老师和其他几名志同道合的同学。这一天早晨，秦若轩刚跨进校门，就遇上了冤家对头马占超。因为受家里火灾的惊吓又一次犯病，害得马占超的相貌更加难看了，左半边脸不时抽搐，抽搐时左眼和嘴角跟着一起抖动，十分滑稽。马占超撇着嘴蛮横地说："姓秦的，你那个老不死的爹挺他娘的有本事，听说要把你整日本镀金去？告诉你，没那么便宜。要不是你那个死党同伙狗胆包天在监狱里抢狱警的枪，叫人家一枪给崩了，你小子早就进大牢吃官司了！不过也别着急，用不了几天就轮到你，把脖子洗干净等着吧！"马占超说完，摇摇晃晃地走了。

秦若轩站在原地看着马占超的背影半晌未动，马占超的话让他震惊。原来，小赵被警察局抓进去之后，马长利就急盼着能从他的嘴里掏出有用的东西，比如，从他身上搜出来的油印进步刊物的编辑者组织者以及跟秦若轩、刘娜等人的关系等，完全没有料到的是，小赵格外强硬，不仅在威逼拷打下只字不吐，还在从审讯室押回牢房的途中，乘狱警不备，突然扑上去夺枪，其结果可想而知。马长利在小赵的身上没有捞到想要的东西，安排手下对刘娜住所的突击搜查也落了空，不仅遭到上司的严厉训斥，学校的日本人副校长也极度不满，他们本来采取的是欲擒故纵之术，想放长线钓大鱼，马长利的贸然行动打乱了他们的部署，气得猴脸副校长直接闯进他的办公室，砸着他的桌子点着他的鼻子，把他骂了个狗血喷头。马长利正在窝气之时，又有下属来通报银行行长谷田拓差人来了，要求警局在秦若轩赴日留学的审查文件上盖章。他本想挡着不办，但是他惹不起谷田拓，他听说过这位日本人行长是个有背景的人。一连串的计划落空，让他瞬间如同一只泄了气的皮球。回到家里，马长利把憋了一肚子的恶气全都撒在不争气的儿子身上，否则马占超怎能知晓秦若轩准备留学的消息。

小赵死了，秦若轩的心里万分酸楚，小赵用鲜血和生命保护了他和身边的同学，保护了刘娜老师，他的眼泪禁不住簌簌地流下来。为了防止被其他同学发现自己的异常，他跑到操场边上无人处，默默地站在那里释放悲情。他的面前，是一排修剪整齐的榆树墙，一棵棵齐胸高的榆树被修剪成圆球状，如同小赵胖乎乎的脸，小赵的音容笑貌仿佛就隐藏在这些球状树冠里，他有太多的话想跟小赵说。直到听见值班教师吹响了朝会集合的哨子声，秦若轩才强迫自己把情绪稳定下来。他紧攥双拳，心里狠狠地发誓：小赵不能白死，早晚有一天，要让害死小赵的人付出代价。

秦若轩留学的申请获得了特别批准，可以直接到日本读大学预科。在国内的新京和奉天也设有为准备留日的学生而开设的预科班，秦如海认为，儿子只有到了国外才能保证安全，在谷田拓的协调下，这个目的达到了。由于提出申请的时间比其他学生晚了许多，相关文书拿到，距离出发的时间也就没剩下几天，秦若轩需要首先赶赴新京，然后从那里乘火车再转乘轮船去日本。出发之前要办的事情很多，最重要的一件大事是和翠儿完婚。秦如海和佟莲把有限的日子左掂量右算计，成婚的大日子只能安排在儿子动身出国的前一天。时间紧，大操大办来不及，秦如海把周大通请来商量，决定婚礼简办，仪式就在家里举行，除了平日走得特别近的挚友之外不请外人，老周同意。佟莲安排了一辆马车，去翠儿的老家接她的父母。

为了秦若轩出国和婚事，秦家的用人们在佟莲的指挥下忙得昏天黑地，秦若轩也被搞得懵懵懂懂，弄不清楚一天在忙些什么。

院子里的红灯彩绸挂起来了，秦若轩平时住的东厢房被布置成新房，新房里红绸子、红喜字、红帐子、红被褥、红蜡烛，让人看了头晕目眩。天终于黑下来，疲倦的秦若轩独自呆坐在屋子里，想着明天就要和翠儿拜堂，后天就要离家远行，他觉得自己如同一个无生命的提线木偶，被他人操纵着，演出貌似热烈光彩的人生戏剧，不禁心生伤感与惆怅。他从箱子里翻出刘娜老师写给他的字条，上面有三个人的名字，是到日本以后可以联系的人。字条上，依稀带着老师的气息和柔和的目光，这也是目前支撑他精神支柱的唯一希望。房门被轻轻叩响，不等他回应，一个人开门进来，是多日不见的周东林。秦若轩百感交集，站起身扑上去，与周东林紧紧拥抱在一起，泪水夺眶而出。二人相拥了好一阵子，周东林拍了拍秦若轩的肩膀，推开了他，很不自然地说："别像个娘们儿，我又没死。"秦若轩说："还以为临走之前再也见不着你，快把我急疯了。"周东林环视着室内的布置，说："兄弟一场，我没那么绝情。"秦若轩把周东林拉到身边坐下，说："有两件特别重要的事情必须跟你交代清楚。第一件，从刘老师那儿借来的《共产党宣言》还在我这儿，你拿走，看完了想办法还给刘老师。怎么还书你自己想办法，反正她家不能去，那儿已经被警察局的探子盯上了。第二件是关于翠儿。我对天发誓，娶翠儿绝对不是我的主意，我不会干对不起兄弟的勾当。趁着还有时间，你回去赶紧把翠儿藏起来，让明天的婚礼办不成，反正后天我就走了。只要躲过了明天，满天云彩就散了。"周东林苦苦地摇头："说得轻松。你以为我没想吗？这些天我想了太多太多。我带着翠儿躲了，走了，我的爹妈怎么办？我爹还能继续留在你们秦家吗？这几天我已经想开了，命里没有的东西强求也得不到。在这个世界上，穷人太弱小，官僚、军阀、富豪却可以为所欲为强取豪夺，这样的世界这样的国家不打碎它，穷苦人就永无出头之日。翠儿虽然被人从我的身边夺走了，但是幸运的是，接受她的是我的好朋友，我相信她在秦家一辈子都不会受委屈，翠儿有了好的归宿，就是对我最好的安慰。"秦若轩急了，说："东林，跟你说实话，我已经下定决心，后天出了这个家门就不再回来。翠儿明天如果嫁给了我，就是嫁给了一个永无归期的郎君，你能忍心吗？"周东林沉默了，伤感地说："如果真有那么一天，也只好听天由命了。"秦若轩欲张口争辩，被周东林拦住，站起身说："别再劝我，小心忍不住揍你。刘老师的书我拿走，明天你的婚礼我不参加，后天也不能送你上火车站，保重吧，后会有期。"说完，转身出门。秦若轩看着那扇被重重关上的门，泪水再次从眼眶中涌了出来。

二

　　日本东京日比谷公园，秋光璀璨，姹紫嫣红，是一年当中各种植物色彩最丰富的时节，足以令人暂时忘却战争的炮火硝烟。秦若轩一大早就来到公园，他无心观赏园中美景，一个人躺在心字池旁边的老松树下，透过茂密的松枝眺望天空。湛蓝的天上，大团大团的云朵缓缓飘过，那是从西边飘过来的云朵，是从祖国的上空飘过来的云朵，是依稀带着侵略者刺刀上散发出血腥之气的云朵，是裹挟着战火硝烟的云朵。有的云朵像老人愁苦的面容，有的云朵似孩童哭号的泪脸，有的云朵如炮弹爆炸后腾起的烟雾，看得他无比伤感。

　　来到日本几个月了，除了繁重的学习课程之外，秦若轩最大的苦恼就是孤独与恐惧。孤独，是苦于找不到能够向其直抒胸臆的人，与他从新京一同乘车船进入日本的几个留学生中，不是奴颜婢膝之辈便是利欲熏心之徒，胸无大志，不可为伍。他原本希望到了日本以后，就按照刘娜给他的名单，去寻找那三位可以联系的人，结果事与愿违，在一个陌生国度，寻人是需要时间、环境、机会等诸多条件的，并不能一蹴而就。而随着时间的推移，他越发不敢随意寻人了，因为他发现，自踏上日本国土的那一刻起，从中国来的留学生就被严密地监视起来，这种监视是公开的，赤裸裸的，无孔不入的，充满敌意的。监视者毫不掩饰他们的身份，在任何时间、任何地点都可能粗暴生硬地直接对你的各种行为进行盘问，连收到的家信都明显被人拆看过。这种监视令人讨厌和恐惧，如同天天生活在澡堂子里，赤条条示人，连哪里生个痦子都被人瞧得一清二楚。今天是星期日，秦若轩一大早就来到公园，不仅是为了躲避警方监视，更是为了静下心来想想今后的路应当如何走，日子怎么过。他合上双眼，呼吸着身下草坪散发出的清新的青草香，听着树上鸟儿啾啾，不禁回忆起曾经和好友周东林一起，躺在城外小山坡上的日子。草香风清，梦想飞扬，渐渐近乎昏睡。他听到附近有脚步声响起，秦若轩微睁双目，见一个头发梳得整齐光亮，身着棕色条纹西装的青年也来到水池边的松树下，他看了看躺在草地上的秦若轩，不客气地挨着他坐下了。秦若轩坐了起来，仔细打量来人。青年人长得清瘦，戴着一副棕色镜框的近视眼镜，从其衬衫领子、领带及皮鞋的洁净规整程度猜断，对方是一个对生活很认真的人。青年首先对着秦若轩一笑，露出整齐洁白的牙齿。他用浓郁的南方口音问："中国人？新来的？"秦若轩点了点头。青年主动伸出白皙的右手，很绅士地说："自我介绍一下，胡炳叙，东京大学法学院的。"秦若轩被动地伸出手来，轻轻地握了一下对方，说："你好，我姓秦，秦若轩，正在读明治大学预科。""准备学什么专业？""金融。""好啊，我学法律，你学经济，我们将来都是国家的栋梁之材。""未必吧。"秦若轩毫不客气地否定了对方的自负。胡炳叙露出不解的眼神："小老弟怎么对自己如此没有信心，难道国家不需要法律的完备和经济的强盛吗？我们学成之后，正可为国家效力。""国家？"秦若轩冷笑道："如今的国家似大厦将倾，国家都亡了，哪里还有什么国家栋梁可言，真是笑话。"说完这些话，秦若轩有些后悔，因为与对面自称叫胡炳叙的人相识还不过几分钟，初次交谈就把自己的思想倾向暴露给他，岂不危险？胡炳叙对秦若轩的不礼貌似乎并不介意，反而用欣赏的眼光看着他，又说："看来老弟还是具有栋梁之抱负的。既然如此忧国且雄心未泯，何不留在国内奋斗，千里迢迢来日本做什么？"秦若轩苦笑，双手一摊说："父命难违，身不由己。"胡炳叙听后喜形于色："真巧，咱们是同病相怜，我也是家父逼着来的。"接着，他便主动将如何来日本的经过跟秦若轩讲了一遍。据胡炳叙说，他的家在广东，父亲在马来西亚开了一个规模很大的橡胶园，因父母之间感情不睦，上中学时，母亲就带着他回广东生活。到了该上大学的年龄，父亲回来与他摊牌，说如果想得到父亲的继续资助抚养，一是随父去马来西亚，学习经营橡胶园以继承家业，二是上日本留学，两条道路任选其一，没有第三条路。胡炳叙对母亲的感情深厚，想到如果随父去了马来，就要与母亲分离，而如果选择到日本读书，毕业以后回国仍可孝敬母亲，他便选择了后者。胡炳叙说："以我比你早来日本两三年的感受，能够出国学习，好处还是蛮多的，机会难得，经历难得，具体的好处三言两语很难说清楚，还靠老弟日后慢慢体会。"

在接下来的谈话中，秦若轩意识到对方有意深入了解自己的情况，引起了警觉，他几次故意岔开话题，聊一些无关痛痒的琐事。他的回避，胡炳叙自然也觉察出来，无心在此更多逗留，站起身说："认识你真高兴，又多了一个朋友。我下周过生日，已经筹划好搞一次生日聚会，请我的好友参加，如果你不介意，给你也发一张请柬如何？"秦若轩问："当局对组织团体活动不是有限制吗，不会惹麻烦吧？"胡炳叙坦然地说："我已经申请登记了，而且得到了批准。来吧,这是你扩大社交圈子的好机会。""我一定来。"秦若轩答应了。

果然,两天以后,胡炳叙把请柬寄来了,时间是星期日的晚上,地点在新宿车站附近的"枫叶居酒屋"。到了星期日的下午,秦若轩对究竟去不去参加这场生日聚会还在犹豫,他之所以当场爽快地答应赴约,是源于着急开辟寻找刘娜老师介绍的三位联系人的渠道。与胡炳叙见面认识的时间虽然不长,但印象不坏,觉得他文雅大度,有修养,似乎是一个可交之人,但俗语说,防人之心不可无,何况是在陌生复杂的环境之下。另外,胡炳叙那天出现得太过突然,自己去公园的时间已经比较早了,他为什么也去得那么早呢,是不是已经被他注意到了。如此关注自己的人,非敌即友。经过反复权衡,秦若轩还是决定赴约,对方的真假深浅,只有做一步的接触才能准确了解,他又记起了另外一句话,物以类聚,人以群分,看看胡炳叙周围的朋友都是哪些人也是好的,可以从另一个侧面对其进行综合判断。

新宿车站附近的街道上,散落着许多家餐馆和居酒屋,枫叶居酒屋是其中很不起眼的一家,只有一间门脸,门楣上挂着两幅半截的蓝布门帘,每幅门帘上都印着一片醒目的红枫叶。进门后里面有两层,一层是厨房和三四个单间,楼上则比较宽敞,把活动隔断都拉开之后,可以容纳三十几个人聚会就餐。秦若轩进门脱鞋上楼,在楼梯口,有一位穿黑色制服的年轻人拦住了他,要求出示请柬。那人表情生冷,目光中充满敌意,令人很不舒服。通过审验,秦若轩被允许上楼,他看到榻榻米上,顺向摆了两排条桌,条桌的两侧已经有十几个人坐在那里谈笑风生。胡炳叙最先看见了进来的秦若轩,热情地打招呼,并对其他人说:"来来,我给大家介绍一位刚认识的新朋友,我们俩一见如故。他叫秦若轩,明治大学预科。"秦若轩礼貌地向大家鞠躬,之后准备坐在靠门边的位置上。一个深厚好听且带有浓郁四川口音的男声传来："小兄弟坐到我们中间来吧。"招呼秦若轩的是一个戴着厚镜片眼镜的人，看得出他的个子很高，坐在那里比旁边的人高出半个头。秦若轩应邀走过去，坐在了高个子左边的空位。"我姓谢，谢已然，大伙儿都叫我谢大哥，你也这么叫吧。"说着，高个子伸出大手跟秦若轩握手。秦若轩感觉到了这只大手的厚实与有力，礼貌地回答："谢大哥好。"坐在秦若轩左边的是一个蓄长发，双目凸出，嘴巴很大的年轻人，他也拍了一下秦若轩的肩膀说："胡君的朋友就是我们大家的朋友，我姓曾，也认识一下吧。""曾君好。"秦若轩加以回应。

"大嘴，光口头上说是朋友不行，要照顾好我的这位小兄弟啊。"胡炳叙对姓曾的嚷道。显然，身边这位姓曾的人外号叫"大嘴"。

"那是自然，来，秦兄弟，我帮你把酒满上，不然胡君怪我不照顾你。"曾大嘴边给秦若轩斟酒边说。

因秦若轩的到来而引出的小插曲很快就结束了，他此时才有机会扫视摆在餐桌上的菜肴。在日本举国投入战争的困难时期，今天生日聚会上的菜肴难得丰盛，有海胆、扇贝、海虾天妇罗、三文鱼寿司、豆腐、炒面、水果及清酒。秦若轩到日本几个月了，虽然在经济上无问题，但他还从未如此奢侈过。

聚会进入正题，老谢显然是这群人中间年龄最长者，他端起酒杯大声说："龙门阵过一会儿再摆。今天是胡君的生日，他做东，咱们大家来捧场，既为打牙祭，又为难得有机会相聚一叙，先共同干一杯，祝胡君生日快乐，学业有成。"众人齐响应，喝干了杯中酒。胡炳叙很兴奋，倒上了一杯酒说："诸君今晚能赏光来聚，是我胡某的荣幸。想想在国内硝烟四起兵戎相向的形势下，我等能够在此安静求学，实乃难得幸事，诸位更应格外珍惜。"此时，秦若轩发现，刚才在楼梯口检查请柬的那个黑制服青年探头向室内张望，片刻后把头缩回去了。黑制服青年的举动，室内大多数人也都发觉了，人们的表情瞬间严肃起来。胡炳叙发现了大家情绪的变化，笑着说："列位不必在意，门外那个家伙是当局派来监督咱们的，不过据我了解，他的中文水平还不够幼稚园级，咱们说的话他不一定全能听明白，加之诸位不同的地方口音，他就更该糊涂了。只要大家说话的声音小一点，别讲对日本政府过于刺激的话题，还不至于惹麻烦。"有人接着说："咱国内的糟事还顾不过来，哪有闲心关心他日本国的事。"曾大嘴显然是个活跃分子，他抢过话头说："是啊，如今国内形势不容乐观，南京沦陷，重庆被炸，中条山战役失利，究竟下一步是战是和还没有定论。我真搞不明白，按汪主席的意思办，跟日本讲和有什么不好，非要打得人死国伤遍地焦土吗？能打得赢也成啊，明明打不赢非要打，早一天讲和早一天结束战争，对国计民生都有利嘛。"

"老弟，你这可是汉奸论调，危险哪！"老谢严肃地说。

曾大嘴反驳道："被人叫作汉奸就是汉奸了？汪主席早就被共产党骂成头号大汉奸了，但是他主和的立场仍然坚定不移。对任何事物的分析判断根本是要看最后的结果，蒋委员长嘴上说他不当汉奸，他的焦土政策对国家对民众的伤害比汉奸更甚；共产党大骂汉奸，抗日的调子喊得最高，但他们是醉翁之意不在酒，想通过高调抗日，达到倒蒋的目的。他们提倡的所谓游击战，完全是游而不击，策略是打得赢就打，打不赢就跑，放几枪装装样子而已，等着国家垮了他们来接掌政权。最实际的还是咱的汪主席，只要能结束战争，凡事皆可为。"

听到曾大嘴如此说，秦若轩简直不敢相信自己的耳朵，有人竟以投降卖国当汉奸为荣，还讲得头头是道大言不惭，实在不可思议。

曾大嘴还在不停地说着，刚才塞进嘴里的一个寿司尚未完全咽下去，不时有米粒从他张张合合的大嘴中喷出来。在秦若轩的眼里，曾大嘴的脸仿佛变成了一条出水后垂死的鲇鱼，眼珠突凸，弯曲扁平的大嘴一张一合，喷出股股黑幽幽的腥臭气。曾大嘴不停地说着，越讲兴致越高，有人想打断他说话几乎不可能。其他人索性不再听他一个人的演讲了，纷纷跟坐在左右的人互相攀谈起来，形成了几个谈话中心。老谢问秦若轩："你对曾兄的观点怎么看？"秦若轩一时不知该怎样回答，在不了解对方底细的情况下，他不敢贸然表明真实态度。他敷衍地说："曾君的意思我没有完全听懂。可能我一直生活在东北，关内的消息不灵通。"老谢笑了笑："对如何抗日，关内也有好几种态度，以后有时间慢慢跟你聊。"

　　老谢的言谈给秦若轩留下了好印象，他觉得此刻正是寻人的好机会，便跟老谢单独喝了一杯酒之后问："谢大哥，您来日本的时间长，认识的人一定不少，我打听一个人，不知道您认识不认识。""你说。"老谢没有拒绝。"我想打听的人也姓谢，叫谢忠贤。"听到谢忠贤的名字，老谢显出吃惊的样子，紧盯着秦若轩看了半晌问："你跟那个谢忠贤是什么关系？""没有关系，是我的一位朋友托我帮着打听的，他们有好几年没联系了。""哦。"老谢夹起一片生鱼片，在酱油碟里蘸了，慢慢放入口中说："我帮你问问。现在留在日本的中国留学生数量不多，找到他应该不难，何况跟我又是本家。等找到了就跟你联系，最迟不超过下周。另外，小老弟你记好，刚来日本，对这边的情况不熟，留学生里也是鱼龙混杂，哪一党哪一派的都有，不是每个人都是可以做朋友的。找人的事就别再托付其他人，我给你负责到底，免得上当受骗。"

　　"谢谢大哥了。"秦若轩礼貌地表示了感谢，内心却又生疑团，老谢说留学生中成分复杂，不让他乱交朋友，那么你老谢就是我可信可交的朋友吗？但是有一点是足以欣慰的，就是找人的事情终于有了眉目，他相信老谢能够办得到。

不知不觉间，众人已至酒酣，桌子上的菜肴被吃得所剩无几，满桌大大小小的空盘空碗空碟子演奏着酒席尾声的协奏曲。坐在秦若轩旁边的曾大嘴喝多了，耷拉着脑袋已进入梦乡，大嘴微咧，鼾声阵阵，口水顺着嘴角流出来，浸湿了衬衣领子。其他人的谈兴也没有起初那么盛，想必该说的话互相都倾倒得差不多了。胡炳叙的脸上泛着红光，他端起空酒杯站起来说："天下没有不散的筵席，今天的聚会到此为止，我再次感谢诸君的光临。刚才大家谈兴最高的话题无非是国家命运，因为国家维系着我们每一个子民，没有国家的强盛就没有子民的尊严。想想历史上，我们泱泱中华也曾经在世界上强盛过，如大秦大唐时期，经济繁荣国力殷厚，引四方进贡八方来朝，而现如今，日本之区区四岛之国力竟强过我中华数倍，其军队进我疆土如入无人之境，国军屡战屡败，几个月国土就沦陷大半，怎不令吾辈汗颜。那么如何才能重振中华之威呢，唯有以夷制夷。我们来此读书，既为学习夷人之术，回国仿效之，以扶正兴邦。今夜此屋檐下之学子，明日必为国家之栋梁。为我们的明天，干杯！"曾大嘴此时也从酣睡中醒了，身体摇摇晃晃仍不忘大声说："我等诸君一定要全力说服同学和国民，理解汪主席的一片苦心，支持汪主席努力争取停战的措施啊！"有人表示支持，但是更多的人已然顾不上曾大嘴了，因为都喝得不少。大家互相搀扶着下楼梯，穿鞋，出门后朝不同的方向散去。谢已然不忘拉着秦若轩的手问："怎么样，喝多了吗？""没事，这种清酒度数低，我喝得又少。""好吧，下周等我的消息。"谢已然走了几步又转回身来问："你是东北人，托你帮忙找人的朋友也是东北人吧？""是的。""男的女的？""女的。""好，我知道了。"谢已然迈着大步走了，高大的身影在路灯下显得很长。

秦若轩回到住处，胡炳叙生日聚会的场景让他很难平静入眠。没来日本之前，他从刘娜老师和周边熟识的人当中所得到的都是如何抗日的信息，虽然关东军在满洲国很强大，且满洲国实质上已经成了日本侵略者铁蹄下的傀儡，但中华民族的热血，仍然在人们的血管中涌流，民族自强的基因是外力无法根除的，但是为什么在曾大嘴的眼里，为获苟安，这些都是可以被忽视甚至能够用来与侵略者做交换的筹码，哪里还有国家意志和民族气节可言？秦若轩还观察到，今天参加胡炳叙生日聚会的人，大多数似乎都认同曾大嘴的观点，他们无疑都是拥在汪精卫麾下，都是希望日后能在汪精卫领导的国民政府中谋个一官半职分一杯羹的。他想起老谢提醒过，留学生当中成分复杂，不是哪一个人都是可以做朋友的，那么老谢跟胡炳叙、曾大嘴他们是一派的吗？刚刚偶然有机会接触结识了一个留学生小群体，没想到这个群体的政治倾向与自己截然不同，孔子说："道不同，不相为谋。"那么今后是否继续与他们来往相处呢？秦若轩陷入苦闷的矛盾之中。曾某那张鲇鱼大嘴一直占据着他的脑海不肯退去，耳边不停鸣响着曾大嘴滔滔不绝的鼓噪演说。秦若轩索性不睡了，披着毯子走到室外看星星。漆黑无月的夜空上，银河犹如一条宽宽的光带横亘天际，他不知道此时此刻，世界上还有多少人也同他一样在仰视宇宙，这些人当中，可能有人在感叹银河的无尽浪漫，但也一定有人在仰天呼喊，祈求上帝佛祖神灵的庇佑，那是一些生活在战乱中饥寒交迫的人们，是战火硝烟使之妻离子散无家可归的人们，是陷入生存绝境的人们。那些人中，有自己的同胞，甚至可能有自己的朋友。他猛然间格外想念好友周东林，他现在身在何处，在做什么，他在想我还是在恨我？夜深了，风凉了，夜空中

071

闪烁的星星更多了，秦若轩的心绪更乱了。

转眼又是一周时间过去，秦若轩没有等到老谢的消息，胡炳叙却主动找来了，他说上周生日聚会上人太多，对秦若轩关照不够，约他晚上单独喝酒。他问秦若轩爱吃什么，秦若轩说想吃螃蟹，自己家那里离海远，很少见到螃蟹。胡炳叙答应了。上次的生日聚会上，秦若轩虽然对曾大嘴其人其言很反感，但对胡炳叙的印象还是可以的，至少没有被破坏。从聚会参加人对胡炳叙的态度，秦若轩感受到了他在那些人中间的影响力和号召力。

天黑了下来，胡炳叙和秦若轩又来到新宿车站附近的一条小街上，在散布的几家餐馆中，有一家餐馆的门楣上，挂着一只约两平方米大小的假螃蟹做广告，那只假螃蟹被成串的电灯泡装饰着，映照得餐馆门前亮堂堂的，离得很远就看得见。二人进入餐馆，餐馆的规模并不大，仅有七八张桌子，其中有一半的位置上已经有人了。胡炳叙选了最里面靠墙的一张餐桌，二人对面坐下。秦若轩十分不习惯坐在榻榻米上就餐，感到此时的两条腿几乎成了多余的东西，而胡炳叙却坐得很自然，可能与他来日本的时间较长有关。胡炳叙自作主张替秦若轩点了餐和清酒，秦若轩说："今天我做东。"胡炳叙说："是我请你，怎能让你做东？"秦若轩说："算作对你让我认识了那么多朋友的感谢吧。"胡炳叙点头说："也成，理由说得过去。"

片刻，所点的菜肴和清酒陆续端了上来，禁不住螃蟹美味的诱惑，二人各自取了一条螃蟹腿来吃，秦若轩大呼过瘾，之后，端酒对饮。俗话说，一回生二回熟三回见面是朋友，今天是第三次见面，话题敞开了许多。很快，各自喝光了一壶酒，又要了两壶接着喝。胡炳叙的酒量不及秦若轩，脸上已泛起红光，说话也更加随意。他问秦若轩："听说了吗，又有两名中国留学生被遣返了。""为什么？"秦若轩不解地问。"为什么，还不是反日反政府。这些共产党分子真是吃错了药，跑到千里之外的日本本土来反日反政府，简直就是沽名钓誉。""你能认定被遣返的学生是共产党吗？""不是共产党也是亲共分子，如果在国内，抓住了就该关大牢，杀头！"

从对方的言谈中，胡炳叙对共产党的态度已经清晰无疑，秦若轩谨慎地问："胡兄，日本侵占了我们的国土，作为中国人，主张抗日总归没有错吧？""抗日？"胡炳叙冷笑了："作为中国人，谁不想抗日。委员长不想抗日？汪主席不想抗日？你们东北军的张学良将军不想抗日？但是抗日谈何容易！我们有强盛的国力吗？有强大的军队吗？有足够的金银财力支持吗？共产党叫嚷抗日叫嚷得最凶，他们那是不当家不知柴米贵，坐着说话不腰疼，躲在西北的土山沟里光说不练，真为国家操心的是汪主席，忍辱负重，宁愿担着汉奸卖国贼的骂名，也要尽力促成跟日本政府的和谈，挽民众于水火，值得吾辈钦佩呀。"秦若轩又问："胡兄，我请教个问题，您所讲的汪主席倡导和谈是什么意思，是跟日本政府谈如何结束战争吗？如果战争结束了，日本人能把已经占领的国土全部归还吗？""这些都是需要谈的呀，谈就会有结果，不谈连希望都看不见，国土会被日本人越占越多，这是显而易见的。""那么已经建立的满洲国呢，何去何从？"秦若轩过去从来没有想过这个问题，今天突然觉得满洲国是个大问题了。胡炳叙又喝了一杯酒，脸色更红了，眼睛也开始充血，他不屑地说："满洲国算个什么东西？东北原本就不是中国领土，是满族人从东北打进关内建立大清的时候自带的嫁妆。如今溥仪在满洲国当了皇帝，不外乎是把他的老祖宗从娘家带来的东西再拿回去。日本人在东北建立满洲国，就当中央政府给日本人和满清遗少送个人情而已。""你们对东北三省是这样看的？"秦若轩惊愕了，胡炳叙的这种观点他是第一次听说，且又如此理直气壮，让他感到坐在对面的胡炳叙一下子变得陌生起来，甚至有些可怕。

接下来的谈话，秦若轩已是完全心不在焉，杂乱的心绪让他如坐针毡，诱人的螃蟹吃在嘴里味同嚼蜡，再没有任何视觉、味觉上的冲动。他甚至忘记了二人是如何结束这场小聚的，脑子里全被胡炳叙的那些话占满了，如果不是餐馆老板礼貌地提醒，他甚至忘记了付钱。

出了餐馆，胡炳叙独自摇摇晃晃地先走了，秦若轩看着他的背影远去，是那么冷漠。冷风吹来，秦若轩打了一个寒战，觉得头有些发晕，但是没有喝醉，回宿舍的路他还是清楚的。战争让东京的城市人口急速减少，现在时间已经很晚，街上行人更是难得一见。餐馆门前的广告灯熄灭了，仅有街边的路灯无力地散发着昏黄色的光。他数着路灯杆往前走，当走到一处十字路口，感到肠胃翻滚，有些恶心，想吐，便坐在了人行道边的马路牙子上，把头埋在双膝之间，闭上眼睛，做了几次深呼吸，恶心的感觉好多了。他听着耳边不时响起的阵阵风声，那风声如泣如诉，如哨如鼓，就像他目前的处境。刚刚扩大了交往的圈子，没想到遇上的竟是陌路人，让他更加孤独与迷茫。一个小纸团顺着马路边唰啦啦地被风吹了过来，滚到了秦若轩的脚下，停住了。纸团是被他的脚挡住的。他睁开眼睛盯着那纸团看，他觉得自己仿佛就是被人无意之中丢弃的小纸团，随风翻滚，吉凶难测。父母要左右他的命运，把他的前程像揉搓纸团一样残暴地揉团起来，丢到日本，任其在风暴中翻滚，前面等待他的是无数的未知。但是，作为一个有血有肉有思想有追求的青年，决不逆来顺受。他不做纸团，要化为钢球，砸不碎压不扁的钢球，可以装进火药枪里当子弹，需要的时候打出去，打碎敌人的脑壳，射穿敌人的心脏！他听见有两个人的脚步声由远而近，在静寂的夜里，皮鞋踏在马路上，咔咔的格外响亮。脚步声在他的身边停止了，他抬起头来看，站在面前的是一位五十岁上下的男人和一位漂亮的姑娘，男人身穿铁路员工的工装，制帽的边沿露出花白的头发，脚下穿翻毛皮鞋。男人肩宽背厚，五官硬朗，姑娘生得眉清目秀，大眼睛，长睫毛，小鼻子，年龄与自己相仿。从年龄和面容上看，秦若轩认定他们是父女俩。那男人问："怎么一个人坐在这儿，需要帮助吗？""谢谢，不需要。"那姑娘忽闪着大眼睛认真地看着秦若轩，让他感到很亲切、很温暖，心情也舒展了一些。父女俩走了，已经走出去了十几步远，姑娘又回头看了一眼秦若轩，还给了他一个灿烂的微笑，秦若轩想还给她一个笑，但是姑娘已经扭头走了，那温馨的眼神和灿烂的笑容在他的脑海里久久散之不去。

在胡炳叙的生日聚会上，谢已然答应秦若轩，一周之内告诉他寻人的结果，七天过去了，他没有等到老谢的任何消息。

谢已然的爽约，与他的两位好友最近被日本当局遣返回中国有关。事情发生在胡炳叙生日聚会的那天晚上。在学校里，警察几乎每天都会随意到中国留学生的宿舍里搜查，大家对此已经习以为常。那天下午，警察又来搜查了那两名学生的宿舍，他们误判当天警察不会再来，便放松了警惕，晚上把留学生自办的进步刊物《京都学联》带回宿舍几本，准备第二天分发给其他同学。殊不知，他们两个早已是警察关注的重点，天黑以后，巡视的警察又来了，他们来不及隐藏那几本刊物，被抓了个正着。

好友被遣返，对谢已然的打击太大，近几天，他都在想方设法营救，无奈成效甚微。前天，他远远地看着那两名同学在几个着便装人员的押解下，登上了赴中国的客轮。天降大雨，老谢被淋得透湿，加上心情急躁郁闷，回来就病倒了，高烧不退，在宿舍里躺了两天。与他住同一宿舍的留学生名叫郝喆，几次劝他去医院，谢已然坚持不去，说挺一挺就过去了。两天里，他只喝了一些水，粒米未进。第三条早晨，老谢的体温终于降为正常，头晕的症状也减轻了许多，他起床下地，仍然感到头重脚轻，身体虚弱，脚下如同踩着一团棉花。郝喆给他煮了一碗面条，还特别在面条汤里放了很多姜丝和胡椒粉，用以发汗解表。热乎乎的面条吃下去，老谢出了一身透汗，体力亦有所恢复，便让郝喆抽时间给秦若轩捎个口信，约他近两天来见一面。

秦若轩自从清楚了胡炳叙的政治倾向，得知其并不是同道之人，更急于见到老谢，盼望尽早寻到刘娜给他介绍的谢忠贤。接到老谢要见他的口信，当天晚上，秦若轩就按照郝喆提供的地址，辗转找到老谢的住处。他对东京市区不熟，走了很多冤枉路。当看见谢已然的时候不禁大吃一惊，老谢眼窝深陷，面色苍白，说话的底气都没有了，他急问："谢大哥，几天不见，您这是怎么了？"老谢不在意地笑笑，示意让秦若轩在床边坐下，说："着凉了，感冒发烧了两天，无大碍。"

"你病了怎么不早告诉我，我来日本之前，家父特别从名中医手里为我索要了几张药方，治感冒的、治咳嗽的、治拉肚子的、治胃肠病的都有。"

"这不是已经好了吗？我身子骨硬，基础好，小病小灾放不倒我老谢。"老谢故作轻松地回答。他咳嗽了两声，又说："若轩，今天找你来不为别的事情，就是上次你托我替你的朋友寻人。记得你说要找的人叫谢忠贤是吗？"

"对，找到了？"

老谢沉默了一会儿，像是在心里又做盘算，之后慢慢地说："不用找了，我就是谢忠贤。"

秦若轩有些惊讶，他的警惕性瞬间提升了，担心会不会遇上骗子或者其他别有用心的人，听说他要找的人叫谢忠贤就顺杆儿爬，诱他上当，便问："您不是叫谢已然吗，怎么又叫谢忠贤了？"

老谢说："谢忠贤这个名字是我爷爷给取的，他老人家在满清时中过举人，推崇为人做事要忠诚贤达。上中学以后，我逐渐明白了一些道理，开始讨厌忠贤二字。如今的国民政府腐败无能，不值得新一代青年为之忠贤。但是，中国并非没有希望，一代又一代革命先驱已经为我们树立了榜样，他们倾一腔热血，求大众新生；他们冒枪林弹雨，争民主自由；他们不畏强权暴政，毅然前赴后继，当为吾辈楷模。所以，来日本留学之前，我把名字改为已然，表示我已经清楚了今生今世应当走什么路，做什么样的人。"

秦若轩听后沉默不语，几番犹豫终于直接问："怎么能相信你讲的是真话呢？"他担心老谢是编了一个改名字的故事，编这种故事太容易了。老谢拍了一下秦若轩的肩膀说："小兄弟的警惕性蛮高。我再说一件事你就会相信我讲的话不假。托你来日本寻人的一定是刘娜，而且她让你寻找的不止我一个人，最少是两个，其中一个姓高，没错吧？"

谢已然说出了刘娜的名字，秦若轩释然了，兴奋地说："对，刘老师给了我三个人的名字，那两位一位姓高，另一位姓顾。""这就对了。"老谢坦然地说："但是我要告诉你的是，他们两个目前都已经不在日本，高君去年就回国了，有消息说他参加了共产党领导的八路军。顾君前几天刚刚被当局遣返，现在他乘坐的轮船不知回到中国没有。他是被遣返的，未来的命运凶多吉少。"

"顾君为什么被遣返？"秦若轩问。

"警察在他的宿舍里搜到了我们自办的刊物《京都学联》，认定他是反日分子。小兄弟，这里的斗争环境十分险恶残酷，切不可掉以轻心。"

"我一来就感觉到了，天天被人监视，还几次发现宿舍里的东西被人翻过。"

"谢大哥，您和刘娜老师是怎么认识的，能说说吗？"秦若

天边 TIANBIAN

轩想再深入了解一些情况，以便进一步证明谢已然可靠。

老谢的目光中闪动着忧郁的神情，他说："东北沦陷以后，你的刘娜老师跟着东北大学的师生流亡到我们天津，在一次街头游行的时候，她站在市中心劝业场门前的一张桌子上演讲，控诉日寇在东北的暴行，大家都被她的精彩真情演讲感动了。军警来抓人，我们几个学生就把她围在中间，掩护着跑了出来，然后我又把她带回家里躲了半天。我家住在英租界，相对比较安全。也就是那次偶遇，闲谈中我跟刘娜透露了可能来日本留学的信息。此后我们又见过两次面，她回东北以后互相通过两次信，最后一次就是我来日本的临行之前，所以她知道我在日本。"听过谢已然的叙述，秦若轩相信这些都是真的，他非常欣慰，坚信谢已然一定和刘娜老师一样，倾向于共产党，而且可能就是共产党员，自己终于又有了可以信赖可以倾诉心声的好朋友。

老谢从书桌的抽屉里拿出一盒香烟，抽出一支点燃，又问道："既然刘娜给你介绍了我们几个人，她一定对你很信任。没来日本之前，参加过什么进步活动吗？""老师组织我们成立了读书会，另外学校里也有学生秘密办的油印刊物，名叫《热土》，我写过文章。我的一个同学因为警察从他的书包里发现了《热土》被捕，牺牲在监狱里。"谢已然点了点头："敌人是残暴的，提醒我们更要处处小心谨慎。这里留学生自办的刊物也不少，不同的团体有不同的刊物，有公开的，有秘密的，但观点各异，良莠不齐。你不要贸然参加那些组织的活动。前几天你接触的胡炳叙就是个比较敏感的人物，对于他们那个圈子，可以认识，不可以深交。我参加进去是另有打算，暂时不方便告诉你。但是既然你已经跟他们有联系，就不要轻易中断，有利于自我保护。我们现在有一个刊物叫《文艺杂谈》，与《京都学联》相比，偏中性一些，但总的基调是进步的。你如果对文学艺术有兴趣，也可以写一些稿子，语言方面不要过于暴露激进，有些刊物被查被封，就是因为没有掌握好尺度。我这里有一本最近一期的《文艺杂谈》，可以拿回去做个借鉴。"秦若轩接过谢已然从书桌抽屉里拿出来的刊物翻了翻说："说实话，我对文艺不感兴趣，更谈不上什么造诣，写这类文章连班门弄斧的资格都没有。我更倾向于直接表达抗日救亡思想和有号召力的东西。"

谢已然站起身在屋子里慢慢地走了两圈，擦了擦额头上浸出的汗珠，身体显然还很虚弱，他拍着秦若轩的肩头说："大声呐喊当然痛快，但是目前我们身处异邦，大环境不允许。表达抗日救亡思想的形式可以多种多样，鲁迅先生的小说和杂文看过吗，笔锋是何等犀利，号召力是多么巨大。我们把刊物定名为《文艺杂谈》，就是为投稿者留下更广阔的回旋余地和表达空间。文艺是什么，是文学和艺术的合称，文学里面，包括了小说、诗歌、散文、戏剧等，而艺术呢，涵盖的范围就更大了，之后又是杂谈，可以用来表达思想的载体非常丰富，就看如何巧妙运用。当然，不是每个人都具有写好文章的天赋，你现在还在读预科，今后的时间很长，先试着写一点。除了为刊物投稿，还可以适当参加一些外围活动，搞一点事务性的工作。我们的斗争需要新鲜血液，胡炳叙主动接触你，可能也是为了拉你入伙，扩大他们的队伍。"

谢已然的话让秦若轩很兴奋，他真想直接问问老谢是不是共产党，就像问刘娜老师那样，想了一想他忍住了，觉得还不是时候。他控制了一下情绪说："我感到住在学校宿舍里不安全，也不利于参加其他活动，我打算在市里租民房住，更方便些。"老谢肯定地说："租住民房当然好，在校外可以躲开一些日方的监视，但是相应的花销比住宿舍大，很多人承受不起。另外变更住所，事前要去使馆审核登记批准，否则不允许。"

"经济上没有问题，家父虽然对我留学的费用有所限制，但是租房子住的花销是正当的，他不会反对。只要可行，近日我就找个地方搬出去。"秦若轩说完，看到谢已然露出了疲惫之色，就提出告辞，临走时说，"明天给你送一张壮元补气的方子来。"

从谢已然那里回来不久，秦若轩果然在同学的帮助下，在东京市区的边上寻到了一间有意出租的房子。房东是一对老夫妇，男主人的名字叫木原纯一，他们有个儿子，原来是医生，三年前应召入伍。据老人讲，他儿子所在的部队就驻扎在中国的东北。由于他家里有人在军队当兵参战，秦若轩办理住所变更登记时比较顺利。

木原纯一夫妇俩都长得慈眉善目，他家的房子紧邻路边，屋后是一畦畦方方正正的稻田。租给秦若轩住的那间房，是木原夫妇的儿子原来住的房间，他们之所以把这间房租出去，一是增加收入补贴日用，二是有一个年轻人与其同住，可以部分减轻老人思念儿子的寂寞。木原家还有一辆自行车，一并租给了秦若轩，他可以骑着自行车上学。从木原家到学校，骑行四十多分钟就到了，很方便。秦若轩很喜欢新住所的整洁安静，白墙黑瓦，深棕色的木栅栏门，屋外顺着墙根养了几盆花，虽然花的品种很普通，但培植得花繁叶茂。木原家共有三间房，秦若轩住的是进门以后厨房旁边的第一间，有三张榻榻米大小，对着屋门的北墙上有一扇窗户，拉开以后可以看得见屋后的稻田。入夜，秦若轩跟木原夫妇打过招呼，便独自一人来到屋外，坐在屋后的田埂上看星星。这里已离开市区，没有了街市的人流与灯光，四周静寂，秋虫唧唧。一弯下弦月挂在天上，远方隐约可以看见黑黝黝的山脉轮廓。脚下的稻田里，正在灌浆的稻穗沉甸甸的，在微风中轻轻摇曳，发出阵阵迷人的声响，如同在窃窃私语，他真想能听懂稻穗们在谈论着什么。周围的一切是那么安静怡然，谁能想得到千里之外的炮声隆隆，血肉横飞，饿殍横陈，妻离子散，背井离乡。

秦若轩自从租住在了木原家，如同住进亲戚家里一样，早餐和晚餐都和木原夫妇一起吃，让他有了家的感觉。遇到周日，他还抽时间帮助木原纯一到田里干农活，木原夫妇很喜欢这个中国小伙子，所以当警察来调查他的情况时，老夫妇说了许多好话，夸奖他礼貌、懂事、守规矩，之后警察便不再来了。

　　找到了想找寻的人，日常生活状况又有所改善，秦若轩开始适应了留学生活。谢已然跟他交代过，除非有重要的事情，不要主动去找他，秦若轩理解老谢的用心，毕竟来日本的时间不长，且还没有正式进入大学学习，另外社会经验少，不想让他承担更多的风险。利用这段时间，秦若轩除去应对学业之外，把老谢给他的那本《文艺杂谈》上的文章看了一遍，学习其他人的文章都是怎么写的，读过之后，他甚至觉得那刊物里的个别文章读起来并不解渴，有隔靴搔痒的感觉，同样的题目，如果自己写出来可能更好，可见很多事情并不是高不可攀的。

　　秦若轩的心境平稳了，生活也更有规律，他每天早晨按时从木原纯一家里骑自行车出发，一路上观赏着东京市区的街景，看着从身边经过的各种车辆、步履匆匆的行人、或开或关的店铺，他甚至记住了沿途所有的固定景致，哪怕发生了微小的变化他都能敏锐地发现，如某家店铺门上的锁头换了，某处台阶的一个角新近破损了，某根路灯杆上的广告招贴画昨夜被人胡乱涂了两笔，每天某个时段在某个地点应当出现的一辆什么车没有按时出现，某个天天在某段街道上夹着皮包步履匆匆的男人换了一件与昨天不一样的西服，等等。这一天，秦若轩出门的时间稍稍晚了一些，进入市区以后，骑行到一处十字路口，恰好有七八名小学生正在排着队过马路，秦若轩放慢了骑车速度准备停下来，他的前面，一位姑娘的背影闯入他的眼帘，那姑娘身穿高中生制服，也骑在自行车上，她用一只脚支撑着地面，在等待着小学生们走过去。

姑娘的背影是那么熟悉。当小学生们走过了马路,姑娘开始骑行,秦若轩下意识地脚下使劲蹬了几下追上去,当两人并行时,正巧姑娘也转头朝他看了一眼。长睫毛,大眼睛,小鼻子,这不是那天晚上跟胡炳叙喝酒以后,自己一个人坐在马路边所见过的那位姑娘吗?秦若轩的心头为之一动,禁不住对她一笑,姑娘似乎也认出了秦若轩,回给他一个微笑。这个眼神和微笑,简直就是那天晚上姑娘回身对他一瞥一笑的重演。很快到了下一处路口,姑娘向左转弯,与他分道扬镳了,秦若轩下意识地停了下来,不舍地望着姑娘离去的背影,那美丽的背影似乎有强大的吸引力拖拽着他的目光。这一整天,他的心都被姑娘的大眼睛所占据,以致听课都始终不在状态。傍晚返回木原家的路上,他希望能与姑娘再度相遇,结果失望了。一路上尽管他把骑行的速度放得很慢很慢,直到快要离开市区也没有发现姑娘的身影。晚上,秦若轩又失眠了,姑娘闪动的睫毛和清甜的微笑,顽强地占据着他的脑海,他有一种从未有过的冲动与贪恋,这种感觉过去从未有过,那是一种无论如何也赶不走放不下的思念,能催人产生无边际浪漫遐想的思念,他甚至敏感地隐约嗅到了姑娘身上散发出的特有香味,久久不散,那气息,始终萦绕在他的周围,渗透到他的头发里,衬衫上。一个他国女孩,一个素不相识的女孩,一个仅仅对他一笑的女孩,竟然让他恋情萌动,不能自持。

转天早晨,秦若轩把出门的时间选择在与前一天出门时间相同,当骑着自行车再度来到昨天与姑娘偶遇的那个十字路口时,依然看见了那一队小学生排队经过路口,但是姑娘没有出现。他继续向前,骑行到昨天姑娘转弯的路口停下来等,等待了约有十五分钟也未见姑娘的影子。上课的时间不允许他继续等待下去,只好沮丧地去上学,糟糕的心情陪伴了他一整天。又是一个新的早晨,秦若轩改变了方法,他提前十分钟出门,然后提前一个路口停下来等，他不时扭头朝身后张望，脖子都扭酸了，终于等到了姑娘身影的出现。他的心怦怦地跳，忐忑地等待着姑娘从后面赶上来。姑娘骑着自行车从他的身边经过，他与她并排骑行，秦若轩转头看她，轻声地打招呼："嘿！"姑娘的脸上露出惊奇，也回答"嘿"。又到了那个幸运的路口，又见一队小学生排着队走过，秦若轩利用等待的机会问姑娘："上学去？""是的。""我也是。我叫秦若轩，你呢？""不告诉你。"姑娘顽皮地笑着回答。秦若轩的脸一下子红了，他虽然看不见自己的脸，但是感觉得出来，热乎乎的，额头甚至有细细的汗珠浸出来。他意识到，第一次见面搭话就问人家姑娘叫什么名字，显然太冒失且不礼貌，是急切的心情使然，是一种情不自禁和无从按捺。在他发愣的时候，姑娘已经加快速度，骑行到他的前面十几米远了。秦若轩的脚下加劲，追赶上去。他们很快到了姑娘应当转弯的路口，姑娘毫不犹豫地左转弯，但是在转弯的同时，回头冲他一笑，那笑容格外灿烂，他甚至发现了姑娘脸颊上瞬间闪过的一抹红晕，让他有一种瞬间触电的感觉，这股电流在他的心头烙下了一块酸痛又美丽的疤，永久留存，消失不去。

从这一天开始，每天早晨，秦若轩都会在去学校的路上跟姑娘相遇，两人见面，约好了一般相视一笑，然后并肩骑行，全程无语。到了姑娘应该转弯的路口，二人分开，各奔目的地，天天如此。一晃许多天过去了，秦若轩再没有开口问过姑娘的名字。即便每天默默相伴骑行的路段并不长，伴行时间不超过十分钟，他已经非常满足了，他感觉到姑娘也十分愿意每天与他结伴而行，因为有两次出门晚了，急匆匆骑行到那段路时，看见姑娘正以极慢的速度前行，显然是有意等着他的到来。早晨跟姑娘见过一面，秦若轩的心里全天都会很踏实，专注学习，心无旁骛，而每每到了星期日不上学的这一天，缺少了那一幕，就会感到莫名的空虚，做什么事情都静不下心来，姑娘娇美的笑容在他的眼前不停地晃动，挥之不去。更有甚者，每当夜间躺在被窝里想起姑娘的时候，他的下体都会顽强地勃起，胀得他心烦气躁。他骂自己下流、龌龊、无耻、流氓坏子，但那孤傲的顽强挺立，并不因为他的咒骂而消退，这又让他对爱慕姑娘的动机产生了怀疑，究竟是真心相爱，还是男生在青春期接触异性以后荷尔蒙的本能释放。秦若轩怀疑自己是否进入了一种病态。这样的日子，既深浸着心底的幸福，又让他深陷生理冲动的煎熬。他很讨厌这种感受，又对这种感受依依不舍。忽然有一天，姑娘没有在特定的时间和地点出现，他在路上等待了多时也未见到姑娘的身影，他分析姑娘是否生病了，但是之后的连续多日，姑娘如同在人间蒸发了一般再没有出现，连他在空气中特别敏锐地感觉到的那种气息也消散得荡然无存。不安和迷茫，让秦若轩体会到了姑娘在自己心中不可或缺的分量。已经进入了十一月，寒潮袭来，天空被铅灰色的云层笼罩，西北风裹挟着雪花，时急时缓地飘落，极似秦若轩此时凄冷孤独的心境。木原纯一夫妇家的小屋后面，收割后的稻田被白皑皑的积雪覆盖着，雪面上露着一簇簇枯黄的稻秧茬。秦若轩躺在榻榻米上，耳边听着窗外呼呼的风声，心绪杂乱。他索性什么也不想，任由自己昏昏沉沉地睡去，朦胧中，隐约听见有人在呼喊他的名字，那呼喊声小心而又模糊，高一声低一声，似乎遥远又似近在咫尺。脑海中，忽然浮现出传说中的阴间小鬼白无常的形象，一手持蒲扇，一手拎铁链，正满世界寻他，吓得秦若轩缩头屏气，不敢应答，生怕一声回应便被无常鬼锁了去。好在那呼喊声停止了，他惊出了一身冷汗，头脑有些清醒，睁开眼睛，想着刚才为何做此不祥之梦。门外有木屐声响，之后是几声轻轻的叩门，然后是木原老人和蔼的话音："秦先生在吗？有你的信。"这几句话秦若轩听得清清楚楚，他忙回应了一声，翻身爬起来去开门。书信对于远居日本的秦若轩来说是极稀罕的东西，他能接到的来信仅限于两处，一处可能是老谢或胡炳叙，另外一处就是家里。与家里通信十分不易，一封信来回至少需要一个多月，自从来到日本，他仅收到过一封家信，那是他给父母写了一封报平安的信之后收到的回信，当他收到那封信的时候，已经在日本生活两个多月了。

秦若轩拉开房门，木原纯一老人把信封递给他说："刚才邮差在门外喊你的名字，你没应，我还以为你不在。"秦若轩抱歉地说："对不起，刚才睡着了，没听见，打扰您了。""没什么。家信吧？难得呀。"说完，老人转身返回自己的房间。秦若轩接过信，回身坐在榻榻米上，急迫地把信封撕开。虽然对父亲强送他来日本读书十分不悦，也曾经放下狠话，说如果一定要逼迫成行，便跨出家门永不再回，但心里对家的思念却是难以彻底根除的。

家信是母亲的手笔，整齐的小楷，字体娟秀。信中内容不外乎是问寒问暖学业如何及各种叮嘱，字里行间，散发着母亲的体温和气息，秦若轩似乎看见了母亲在灯下伏案，手持毛笔，一笔一画凝神书写的形象和温慈的目光。在信的后半段母亲写道："你的媳妇翠儿很贤惠，孝顺、勤快、文静，深得你父亲的赏识，一家人对她都很好，勿念。"另外，信中还告诉他一个消息说，母亲已经兑现了在决定秦若轩与翠儿婚事时所做的承诺，就是出手帮忙为周东林找一个好女孩成亲，以弥补拆散小翠与东林的歉疚。找的女方是车夫老刘的女儿，名叫珍莲，年纪比翠儿大半岁，也是个老实淳朴的姑娘。但遗憾的是，双方老人刚刚表示同意这门婚事，周东林就离家出走了，至今未归，家人四处寻他不见。母亲在信中询问是否知道周东林可能出走的方向，或者周东林走后是否与他有过书信联系，如有任何消息，迅速在回信中告知云云。

信中的最后几行字，宛如晴天霹雳在秦若轩的头顶炸响，又如一记重锤，狠狠地砸在他的心头，胸口闷痛，他几乎忍受不住，不禁仰面倒在榻榻米上，双目泪涌，眼前浮动的都是周东林的身影。东林为什么出走，他再清楚不过了，原因就是自己娶了翠儿。东林翠儿两小无猜，东林难以忍受与翠儿分离的现实，翠儿的心里也一定还念念不忘她的东林哥，而一旦东林娶了珍莲，两人的情缘便真的一刀两断，再难接续。

　　沉重的罪恶感在秦若轩的心头油然而生。新婚之夜，他虽然没有和翠儿同房，之后又远赴日本，自认为对得起好友周东林，而如今一波未平一波又起，东林的毅然出走，就是对他秦若轩和那个虚伪的富豪家庭的谴责和抗争。东林的具体去向他无从知晓，但他坚信，东林一定是去当兵了，那是他多次表达过的夙愿，尤其是日本人占领了东北以后，他当兵的意愿与日俱增。东林不止一次跟他说过，空有一身武功，不能上战场杀敌，是令人痛至筋骨的悲哀。每当东林谈起对当兵上战场的憧憬，都会双眼放光，脸颊涨红，精神振奋。在此之前，周东林虽有夙愿但一直未有行动，一是没有遇到适当的机会，二是他的心里深深恋着翠儿。如今，翠儿意外出嫁，给了他毅然出走的动力。秦若轩想象着周东林一身戎装的样子，想象着他在战场上闪转腾挪无人能敌的矫健身影，既羡慕又悲苦。想想东林，看看自己，竟然被一个至今不知姓名的日本女孩搞得神魂颠倒，真是太没有出息。自己不情愿地来到日本，已经是对家威父权的屈从，而今又在对异性贪恋上不能自持，这难道不是意志消沉精神颓废的开始？秦若轩仿佛听见了所有熟悉的声音都在对他进行谴责，那些声音里，有母亲，有刘娜，有周东林，其中最大的声音是另外的一个自己，这些声音混合在一起，如雷如鼓，震耳欲聋，令他浑身颤抖。他坐起身，用颤抖的双手把信纸整齐地折叠起来塞进信封，起身来到窗前拉开窗扇，一股清冷的风裹挟着冰雪的味道扑面而来，瞬间从头凉到脚，让他的头脑更加清醒，秦若轩自问：现在最应当做的事情是什么？
不是沉溺于对女孩美丽双眸与甜笑的思恋，而应当马上参加到留
学生进步团体的抗日救亡活动中去。"丈夫志，当景盛，耻疏闲"。
他想起了谢已然。老谢曾经嘱咐他不要急于参加留学生社团活动，
他照此做了，之所以照做，是源于对老谢的信任。细细想来，老
谢让他暂时谨言慎行，可能顾虑他处事经验尚不成熟，对新的斗
争环境不熟悉，防止因小失大，同时是否存在需要进一步考察他
的政治倾向与斗争能力也尚不可知，老谢不可能仅仅依据他搬出
刘娜老师的引荐就完全信任，他迫切意识到，不应当坐等老谢的
召唤和安排，应当主动去找谢已然。不参加活动，不能有所表现，
怎能让老谢了解和完全相信自己？这一念头顷刻间充斥着他的全
部思维，心中的焦虑又增添了几分。他眼望着窗外被白雪覆盖的
田野和依稀可辨的远山，山峰连绵，山间的松林呈现着一团团墨
绿色，那是松柏不屈于冰雪的顽强抗争。近处，十几只乌鸦在稻
田里跳跃觅食，在雪地的映衬下黑白分明。是的，这个世界就应
当是个黑白分明的世界，侵略者如何粉饰其行为，都不能掩盖其
强盗的嘴脸，面对侵略者，是顺服投降还是反抗斗争，必应从中
做出选择。他想起了胡炳叙和曾大嘴，他们在忧国忧民的虚伪外
表之后，掩匿的是肆无忌惮彻头彻尾的卖国求荣，有这样一群亲
日媚日分子跟随在国民政府的高官周围鼓噪，中国如何不亡？满
洲国的今日，就是整个中国今后悲哀前景的预演。他的眼前，又
浮现出家乡江边的码头上，那些在日本监工的皮鞭棍棒威慑下，
汗流浃背扛抬搬运的劳工，那些携幼扶老流离失所的难民，那些
衣衫褴褛沿街讨要的乞丐，那些蜷缩于街角饥冻而死的饿殍。日
本侵略者踩躏下的家乡父老，天天在淌血、流泪、呻吟、哭号、
呐喊，谁来拯救他们，唯有满腔热血一心抗日的仁人志士，自己
就是他们中的一员，怎能不参加到战斗中去！秦若轩心中的激情

被重新点燃，他麻利地穿好外套出门，他要马上去找老谢，等不到明天。出门之前，没有忘记带上刚刚为《文学杂谈》撰写的小文，文章的题目是《从中国戏剧脸谱对忠奸的表达说开去》，文中隐含了对坚决抗日与和日投降两种立场的评说。他不清楚文章的尺度把握得是否准确恰当，先拿给谢已然看看，如果可以，将是他在《文学杂谈》上发表的第一篇战斗檄文。自行车的轮胎与柏油马路疾速摩擦，发出沙沙的响声，宛如秦若轩急切的心情，他心中不停地抱怨，为什么没有早一点想到主动到谢已然那里去。

谢已然这几天正在为一桩大事奔波。随着日军对中国南方的大举进攻，战局日趋吃紧，国内那些原来表示赞同汪精卫政权与日求和立场的势力骤减，迫使汪精卫加紧了与日方的卖国交涉。留日学生们得到消息，下周，将有外交部要员来日本进行紧急斡旋。对这一龌龊卑鄙行径，老谢所在的共产党东京留日学生支部决定，在那名要员来日本期间，组织留学生开展请愿活动，以表达大多数留日学生驱日寇反投降救中国的决心，但同时他们也得到秘密消息，有几名激进学生已经组成了铁血青年团，准备对外交部高官实施暗杀，以图制造更大的轰动效应。事关重大，党支部成员特别进行了讨论，大家都不赞成激进学生策划的暗杀计划，理由是，在严酷的外部环境和极度悬殊的敌我力量对比之下，暗杀的成功率极低，很可能导致刺杀不成，反而把参与行动的铁血青年团成员折进去。那几名留学生虽然不是共产党员，但也是有正义感和抗日激情的爱国青年，应当加以保护。另外，不论他们的行动成功与否，都将对依然在校学习的中国留日学生群体造成负面影响，促使日方增强对留学生的监控力度，压缩留学生进步社团本来已经十分有限的活动空间，对今后开展斗争十分不利。党支部安排由老谢负责紧急接触铁血青年团中的两名主要成员，尽力劝说他们放弃暗杀计划。费了许多周折，谢已然终于联系上了他们，但劝说的效果甚微，对方根本听不进老谢的善意规劝，抵触老谢对暗杀行动成败因素的任何分析与解释，甚至产生了敌意。老谢回到住处，焦虑的心情胜过了劝说受阻的沮丧，因为不论是组织请愿活动还是阻止暗杀的实施，都还有一个重要环节无法超越，那就是必须提前准确掌握外交部高官来日本以后的计划活动项目、时间、路线、吃住行等相关安排信息，掌握了这些，哪怕是粗略地知道，才可以依其大概，选择最为合适的请愿地点，同时对铁血青年团的暗杀行动采取相应的阻止措施，否则一切都是纸上谈兵。未知的问题纠结在一起，让谢已然感到肩上的压力格外沉重。他打开宿舍门，同住的郝喆不在，不知道出去做什么了，老谢闷闷地坐到书桌前，打开台灯，摊开笔记本，扭下钢笔帽，却一个字也写不出来，眼睛盯着台灯陷入沉思。

　　谢已然是支部几名党员中，在留学生群体里表现最活跃的，这是党组织根据斗争环境和特点做出的针对性安排，为的是减少其他人暴露的风险，便于开展隐蔽斗争，保护有限的党员力量。在当初讨论选择由谁来出任这项工作时，老谢主动请缨，理由是与其他几名同志相比，自己具有年龄大，来日本的时间相对较长以及在留学生群体中人缘比较好等优势，他跟东京地区中国留日学生中的几个主要社团都有联系，有的关系还很好，尽管他们各自组建社团的目的和政治倾向不尽相同，老谢都能巧妙地融入其中。眼下外交部要员即将来日本，而对其相关活动日程计划信息尚一无所知，党支部交给他的任务无法完成，怎能不让他心急如焚。他端起书桌上的搪瓷茶缸喝了一大口水，茶水是早饭后冲泡的，一天时间过去，茶水的颜色已经变得深浓，温度冰冷。微苦的凉茶触动味蕾，顺着食管流进胃里，整个胸腔都凉爽起来，瞬间打了个寒战，头脑似乎清楚了许多。他索性把茶缸中剩下的凉茶几大口全部灌进胃里，激起咕咕的肠鸣，这才想起今天的晚饭还没吃。如果事情理不出头绪，想不出一个妥帖可行的办法，虽然腹中饥饿，也全然顾不得了。他凝视着茶缸褐色的内壁，那是长期泡茶留下的茶渍。几个留学生社团的状况在老谢的脑海中依次闪过，他把可能利用的关系与渠道逐一筛选，思路逐渐清晰起来，如茶缸内壁褐色茶渍中，需要仔细分辨才看得清楚的细纹。身后传来门锁被扭开的声响，应该是郝喆回来了，谢已然回头看，果然是郝喆，他的身后还跟着秦若轩。看见意外出现的秦若轩，老谢的心头一亮，感叹秦若轩来得真及时，自己刚刚还在想到他。老谢主动打招呼："若轩来了。最近一直穷忙，正打算明后天去找你呢。"秦若轩走过来，坐在老谢从床边拉过来的一把椅子上，从裤子口袋里抽出专门带来的文稿递给老谢说："这是我刚刚试着写的一篇稿子，您给看看符合不符合《文艺杂谈》刊物的要求。"

谢已然接过文稿，粗略地翻看了一下，转手放进书桌的抽屉里，对秦若轩说："稿子等我忙完了最近几件紧要的事情之后再细看。先说说你吧，最近怎么样，学习还顺利吗？"

"一切正常，就是太寂寞。"秦若轩没有把认识了日本女孩儿的事情说出来。

郝喆边洗手边问："若轩吃饭了没有？我准备煮面条，带你一份？"

"还没吃呢。不然咱们出去吃，我请客。"秦若轩回答。老谢阻止了，说："还是煮面条吧，时间紧迫，吃完饭，还要跟你说一件非常重要的事情，在馆子里说话不方便。"

"什么事情那么急，现在就说吧。"

"有一项重要任务，看你能不能完成。"

听说老谢要交给自己重要任务，秦若轩紧张又激动，他早就盼望着能参加到留学生社团的抗日救亡斗争中去，但是老谢一直没有给他融入的机会，如今机会来了，岂能放过。他赶紧表态道：

"什么任务，只要是有利于抗日的，坚决完成！"老谢拍拍他的肩膀说："别急着表态，等我把任务讲清楚了，咱们共同商议以后再表态不迟。郝君也过来听听。"谢已然此时的想法还没来得及跟郝喆说。郝喆在煤油炉前照看着锅里煮着的乌冬面，头也不回地说："你说吧，我听得清。"老谢便把外交部要员即将来日本以及必须尽可能提前打探到其行程计划等相关信息的重要性，详细讲述了一遍。秦若轩听后眉头紧锁，试探着说："从您已经得到的信息分析，这名要员此行，应当是一次紧急的临时性安排，且不说还不清楚他来日本的行程计划，就是知道了他的大概行程，他到了这里以后能不能完全按预定计划走还很难说。""就是嘛，汪伪政府在日本人眼里就是一条狗，狗在主人脚下只有摇尾乞怜的份儿，这位要员不论他的官位有多高，来到日本的地面儿上，能见到谁不能见到谁，在哪儿见在什么地方见在什么时间见，还要听日方的安排摆布，不可预见的情况太多了。"郝喆端着两碗面走过来并接着秦若轩的话说。

对秦若轩和郝喆所提到的不确定性，谢已然表示赞同，他接过面碗，慢吞吞地用筷子挑着碗里滑爽的乌冬面，眼睛却看着秦若轩问道："若轩，最近你跟胡炳叙还有联系吗？"

"他来找过我两回，相约去泡温泉，我推说感冒了，没去。怎么，你打他的主意？"

"是啊。你们想想，胡炳叙那一伙人，都是希望毕业回国以后能在国民政府里谋个职位的，需要借各种机会攀上政府要员的高枝。如今机会来了，能不争相表现对汪精卫政权的忠诚？反之，政府也希望借助留日学生的力量早日促成卖国交易，我分析，外交部大员来了，胡炳叙他们一定跟打了强心针一样蹦跶起来，像狗皮膏药一样主动贴上去。所以，从胡炳叙、曾大嘴他们那里，很可能捕捉到我们需要的信息。"

"我的任务是主动接近胡炳叙?"秦若轩猜到了谢已然此刻的心思,问道。谢已然肯定地点头:"对,你最合适。他们暂时对你没有设防,而我和郝君就不行了,他们清楚我的政治倾向,平时主动跟我交好假装热情是另有所图,眼下必然处处防着我,唯恐坏了他们的好事。"

"没问题,明天我就去找他。"秦若轩毫不犹豫地回答。

"好,不管胡炳叙他们有没有特别活动,都要及时告诉我,如果我和郝喆都不在宿舍,你就把消息内容写在纸头上,塞到门旁的信箱里。另外,跟胡炳叙他们接触,千万不要表现出任何异样,万一暂时融不进那个圈子也不要勉强,咱们再想其他办法。"

秦若轩紧着把一碗面都吃了,还喝光了碗里剩下的汤,用手一抹嘴巴说:"放心吧谢大哥,等我的好消息。"秦若轩临出门,没忘记谢过郝喆煮的乌冬面,急匆匆出去了,好像心急得等不到明天。郝喆收拾着碗筷,担心地问老谢:"这小子行吗?别误了大事。"老谢从烟盒里抽出一支纸烟点着了吸着,思考片刻说:"若轩的年纪虽然尚小,但是在抗日的问题上态度坚决,我看好他。另外,咱们应当把手中所有的资源都利用起来,你在明治大学不是还有几个朋友吗?明天去访访,了解一下各方动态。"

"请愿的事怎么办?"

"做好准备,包括请愿书、横幅标语、互相联络方式等,保证一声招呼,请愿队伍就能迅速集合起来。既然行动的具体时间地点难以提前确定,就要考虑打游击战了。"

秦若轩从老谢那里接受了任务,当时很兴奋,出门以后心情反而沉重起来。一盏盏路灯映照着车辆稀少行人寥寥的街道,他不紧不慢地蹬着自行车,思索着明天该以何种方式与胡炳叙见面,怎样才能随意自然,不至于引起猜忌。借书?借钱?讨教问题?这些理由似乎都有些假惺惺生硬蹩脚。快要回到住处了,也没琢磨出更合适的路数来。他索性不想了，决意明天中午下了课就去找胡炳叙，见面以后随机应变可能更妥当。心情刚刚有所放松，秦若轩又谴责起自己来，不就是跟姓胡的见个面，然后通过察言观色闲谈探听消息吗？如此简单的小事闹得心神不定绞尽脑汁，日后如果有更难更重的任务如何承担得起？刚刚自我谴责过，又自我安慰起来，接受任务之后就放心不下，说明自己的责任心强，又有什么不好？

可能该着秦若轩命好，昨天他反复揣摩权衡而不得满意结果的难题，在跟胡炳叙见面的那一刻，瞬间解决了。

下午，秦若轩忐忑地敲响胡炳叙宿舍的门，胡炳叙谨慎地把门拉开一条缝，看见是秦若轩，严肃警觉的面孔立刻换成笑容，高兴地说："我们之间是不是心有灵犀呀？刚刚提到你，你就上门了。"

"真的吗？"秦若轩微笑着回答。他脱鞋进到室内，看见榻榻米上散坐着四五个人，正在商讨问题，空气中呛人的烟草味表明，他们在这里已经有一段时间了。此时正在侃侃而谈的是上次在胡炳叙生日聚餐上结识的曾大嘴，其他几个人也都是那次见过的。秦若轩压低了声音问："你们在开会？"胡炳叙点头："商议个事儿，你也来听听。"曾大嘴向秦若轩微微点头算作打过招呼，但并未中断他的发言。秦若轩靠着门边坐下，胡炳叙递给秦若轩一杯茶和一块小煎饼，然后坐到了曾大嘴的对面。秦若轩喝茶，掰了一点小煎饼放进嘴里品尝，这些动作首先是出于对主人款待的礼貌，另外也是为了掩盖自己可能会流露出来的不自然，毕竟此番来访是带有探听消息的任务，心里不踏实。小煎饼微咸且有海苔的味道，他不大喜欢，索性把茶杯和小煎饼放在一边，专心听大家在说些什么。仅听了一两句，他便紧张和兴奋起来，浑身的细胞和毛孔似乎瞬间都在膨胀，曾大嘴他们讨论的话题，正与他今天来此的目的有关。他集中精力倾听，生怕漏掉一个字。不到十几分钟，已然大致了解了事情的来龙去脉。原来，即将来日本斡旋的外交部官员不是外人，正是曾大嘴的舅舅，难怪他今天成了讨论发言的主角，其他人都成了听众。据曾大嘴说，因为国内局势紧迫，他舅舅此行仅计划在日本逗留两天，无论最终是怎样的结果都要速速返回。受胡炳叙指派，他昨天已经跟大使馆联系妥当，争取安排他舅舅在回国之前，能够抽时间跟留日学生代表见个面，宣讲国内形势，以便发挥留日学生在促成政府与日本当局和谈中的民间助力作用。见面地点有两处选择，一处是大使馆，另外一处是选择一家酒店，但这只是初步意向，具体如何安排，还需要等他舅舅到了以后再说。使馆方面倾向于把见面会地点选择在大使馆之外，防止众多留学生进入使馆办公区而引起混乱；另外召开见面会的请求是留学生提出的，非官方行为，安排在使馆内举行有官办之嫌。曾大嘴抹了一下积在嘴角的唾沫，说："我老曾能办的事情都办妥了，余下的就看诸位如何表现。提醒各位，使馆方面特别交代，如果我舅舅跟留学生见面的地点选择在酒店，一定要采取必要措施，保证现场安全，留学生当中的主战派为数不少，防止他们有过激行为。"

"你讲的酒店是你舅舅下榻的酒店吗？"有人问。

"不不不。"曾大嘴的头摇得似拨浪鼓，"我舅舅下榻哪家宾馆对外保密，我都不知道。开见面会的酒店需要咱们另选，但是不能距离大使馆太远，以备不测。"

"大家都听清楚了吧？曾君办成了一件大事，争取到了外交部特使先生跟留日学生代表见面的机会，难得呀。"胡炳叙双眼放光，满意地看着曾大嘴，又环顾众人说，"怎么组织好这次活动是一场考验，切实保证特使先生的人身安全是基本前提，因此当务之急应当做好两件事情，第一件，筛选好参加见面会的人员名单，防备在见面会现场有人故意捣乱或者给特使先生出难题。第二件，即刻选好酒店，然后才能根据酒店的内部及周边环境，制订保护特使的方案。大使馆方面人力有限，见面会的安防工作只能由我们自己人承担。"

"见面会地点选在酒店我认为不妥，不仅租用场地的费用不菲而且过于张扬，不如退而求其次，找一处宽敞些的民宿更具可操作性。"坐在曾大嘴旁边的一位戴着花格毛呢帽子的人说。那人戴的帽子是软帽檐，灰色，咖啡色的格子纹，格外醒目。他的建议得到了其他几个人的赞同，曾大嘴想了想试探着问："日比谷公园附近有一家'清风驿'如何？里面是个大园子，客房和回廊宽敞，只要守住园子大门，非请莫入，见面会的安全问题就有保证了。"

"那园子你去过吗？"胡炳叙问。"去过，不然我怎么知道。"曾大嘴回答。"周边环境怎么样？"胡炳叙又问。未等曾大嘴回答便有一人抢着说："那个园子处在街角，有两边的院墙邻靠马路，特使先生乘车过去应当很方便。"胡炳叙见其他人再没有提出不同意见，便说："既然大家都认为清风驿比较合适，那就作为一个选项，曾君负责带人到现场再看看，各方面问题尽可能考虑得周全些，如果可以，征求一下大使馆的意见，若不反对就定下来。散了会你们就去，抓紧落实。"曾大嘴点头同意了。戴着花格毛呢帽子的人又开口说："参加见面会的人选，我看胡君你来拟订一个名单就好了，我们几个负责跑腿通知，诸君看呢？""同意""同意。"其他人纷纷响应。胡炳叙沉思了片刻说："既然诸君信任我，名单就由我来拟定了，参会人员数量控制在三十人以内。会场内部得到控制以后，最容易发生意外的时间节点在特使先生到达和散会以后离开这两个环节，所以场外的警戒工作十分重要。如果真有意外情况发生，今天我们在座的诸君，要立即围成人墙把特使先生保护住。除了我们几位，特别要给若轩安排一项重要任务。"秦若轩正在专心听着胡炳叙等人商议的内容，生怕漏下什么，突然胡炳叙把头转向他，说要给他安排专门任务，心里即刻紧张起来，问："什么任务？""由你负责对场外人员的监视。你的优势是来日本的时间短，留学生中很少有人认识你，回旋余地大。怎么样？愿意做吗？"

"当然愿意，监视哪些人呢？"

"当然是及时发现人群当中行为异常的人。如果有人图谋不轨，必有非正常表现。"曾大嘴回答说。

"万一我发现了异常情况，怎么通知你们呢？"

胡炳叙说："你可以在手里拿一本卷起来的杂志或者报纸，有情况就举起来发信号，以便我们采取应急措施。"

"万一判断错了呢？"秦若轩问。

"首先要相信自己的观察力和判断力，其次是不要犹豫，不怕一万就怕万一，小心无大错，即便判断失误也比未能及时发现异常情况让特使先生受到冲击或者伤害强得多。另外我还会再安排其他人跟你一起负责外围监视任务。有两三双眼睛，应当足够了。"胡炳叙鼓励秦若轩。

聚会散了，秦若轩离开胡炳叙的住处，心中既有完成了谢已然所交付任务的喜悦，又有如何落实胡炳叙所做安排的忐忑。他一刻也不敢耽搁，直接赶到老谢的宿舍通报情况。

听完秦若轩的讲述，老谢十分满意，跟他说，如果特使跟留学生代表见面的时间和地点没有新变化，就不要再互相联系了，一切按照胡炳叙安排的做。秦若轩心里清楚，这是老谢对他采取的保护措施。秦若轩问："如果我真的在现场发现了异常情况，要不要给胡炳叙他们发信号呢？"

"当然要发。"老谢肯定地回答，又说，"特使的车子一到，不管现场有没有异常，你都要立即发信号。切记！""为什么？事后老胡问起我发现了什么，当做如何回答？"谢已然笑了笑说："到时候你就清楚了。"

秦若轩明白了，谢已然的心里已经有了行动计划，只是不方便透露而已，便不再追问。

两方面的任务合并成了一个，简单得不能再简单，如同一句俗语：举手之劳。秦若轩不能预测和想象当他在现场把手中的杂志或者报纸向空中举起来之后会发生什么，那就等待吧。没有了心理负担，没有了胡思乱想，只等待他的一个行动。世间万般事物的缘起与结果往往具有惊人的相似之处，不论过程多么复杂跌宕，结果却是简单甚至是单一的，人为的苦闷与煎熬，均不过是自寻烦恼。

两天以后所发生的事情极具戏剧性。留日学生中主张坚决抗日的一派组成的请愿团，堵住了国民政府驻日使馆的大门口，引来众多警察干预。大使馆派出一名三等秘书与请愿留学生接洽，留学生们并不买账，最后不得不由参事出面，解释大使先生因为有重要公务活动不在馆内，答应一定把留学生的诉求毫无保留地转达并正式接受了请愿书，请愿的学生才暂时作罢。傍晚，秦若轩按照胡炳叙的安排，赶到了特使计划与留日学生代表开见面会的民宿清风驿。他自以为来得够早，哪知道更有早来人。他把自行车靠在一个路灯杆下，看到清风驿院墙外的街上，已经聚集了胡炳叙、曾大嘴等几十个人，而聚在马路对面的一群留学生更是抢眼，他们拉了一条写有黑色大字的白布横幅，上书八个粗犷大字："膝软极耻，卖国当诛。"事后得知，这些留学生是因为上午到大使馆请愿，未能见到特使本人，故又转移阵地来此请愿的。在请愿的留学生队伍里，秦若轩没有发现谢已然和郝喆。

请愿队伍的出现，让这一区域的气氛紧张起来，空气都似乎令人窒息，几名警察在周边警觉地巡视，因为请愿学生拉起的横幅上，并没有明确书写反日的文字，他们不好干预。比警察更紧张的是胡炳叙等人，他带领着七八个人挡在清风驿门前的人行道边，时刻防备请愿学生在特使到达的时候冲过来。胡炳叙脸色铁青，曾大嘴则不安分地来回走动，透露出难掩的焦躁与担心。秦若轩没有跟任何人打招呼，他走过马路，在距离请愿学生群十几步远的地方站定，这里视线好，有利于观察周围的人。他今天穿了一件很随意的夹克衫，这件衣服是来日本之后买的，外表更像一名偶尔路过、停下脚步看热闹的日本青年。他把双臂交叉放在胸前，右手醒目地紧握着一本卷起来的《朝日新闻》，随时准备把它举起来向胡炳叙发出信号。他向对面的清风驿门前观看，胡炳叙也看见了他，四目相对，胡炳叙没做任何反应，看来他对秦若轩选择的位置是认可的。秦若轩意外发现了等候在清风驿院门里面的谢已然，显然老谢也是被选定并邀请参加特使与留日学生代表见面会的一员。秦若轩的目光从清风驿的大门前开始从左至右扫过，周围聚集的人有逐渐增多的迹象，来人中大部分是中国留学生模样，但是也有日本民众模样的人，他们中的大多数驻足片刻就离去了，暂时不走的也都站在较远的地方默默地观看，那些人中，明显夹杂着秘密警察和大使馆派来监视这次活动的人，他们并不掩饰其特殊的神态。秦若轩那天在谢已然处得知有激进留学生策划要刺杀特使，近两天，老谢说服他们同意放弃计划了吗？如果说服未成功，刺客如何在这众目睽睽之下动手？他甚至为刺客的安危担心起来。秦若轩睁大眼睛扫视人群，希望能够发现谁可能是刺客。他看到了一张张亢奋的脸、愤怒的脸、木然的脸、紧绷的脸、阴冷的脸、嘲笑的脸、松弛的脸、烦躁的脸、无任何表情的脸。刺客在动手之前应当是一副什么表情？什么表情都有可能或又都不可能。一辆笨头笨脑的黑色凯迪拉克轿车从远处驶来，这是大使馆的车，特使应当就乘坐在这辆汽车里。人群出现了骚动，请愿的留学生们把横幅举过头顶并从人行道移到了马路上，大有拦截之势，几名警察见状急忙过去阻拦，以维持车辆正常通行，胡炳叙带领的众人如临大敌般紧张起来，摆出了准备迎接和保护特使的架势。秦若轩顿觉浑身热血沸腾，肌肉紧张，关键的时刻来到了！他瞪大了眼睛，就在凯迪拉克车减速靠边刚要停车的一刻，秦若轩毅然把握有《朝日新闻》报纸的右手高高举了起来，尽管他什么特别情况都没有发现，但这是谢已然安排他这样做的。随着他的右手突然举起，一条蓝色的烟雾划着弧线，从请愿学生群的头顶越过，准确地落在凯迪拉克车的前头，之后便是一声惊人的爆竹炸响，顷刻间人们慌乱了，纷纷弯腰低头后退躲避，警察吹响了尖锐刺耳的口笛。秦若轩清楚地看见胡炳叙的脸色刹那间变得紫红，双目惊恐地张大，不等他和周围的人们醒悟过来，凯迪拉克车猛然轰响了油门，如一头被惊怒的公牛，全速冲出即将围拢的人群，一溜烟开走了，把发动机的轰鸣声留在了空气中。秦若轩的目光迅速穿过慌乱的人群，他吃惊地发现了郝喆的背影，一闪就消失了。一个念头瞬间涌进脑海：是非之地不可久留，他迅速转身跑向他的自行车，甩腿跨上自行车，脚下紧蹬飞快骑行，不再回头看现场一眼，哪怕后面发生天大的事情都与己无关。但为时已晚，秦若轩的特殊举动，已经引起隐藏在围观人群当中秘密警察的注意，一辆黑色小汽车不远不近地尾随在了他的后面，只要他一回头就可以看见，但秦若轩一路上都没有回头。

计划多日的留日学生代表与特使见面会被爆竹炸泡汤了，胡炳叙大为光火，大家悻悻地散去，曾大嘴问胡炳叙是不是把秦若轩找来问一问，他发出信号之前发现了什么，是否看见了扔爆竹的人，是谁胆敢故意捣乱。胡炳叙说："算了吧，若轩一定发现有人点爆竹才发出信号，已经尽责了。即便他看清楚了故意扔爆竹制造混乱的人，能追查吗？追查出张三李四，你我又能怎么办？对方肯承认吗？对待那些反对政府的叛逆分子，大使馆自有办法，用不着你我操心。"

"那就不了了之？"曾大嘴十分不甘心地问，毕竟受到惊吓的是他的亲舅舅。

"还能如何？但是这次拦车请愿和捣乱事件对我们也并非半点好处都没有，它能让你舅舅更加体会到我们的难处，彰显我们对政府和汪总统的忠心。"

爆竹搅局，特使先生在惊吓之余当天就急匆匆回国了，谢已然心里的一块石头落了地，因为直到最后时刻，他也没能说服执意要刺杀特使的那几名留学生罢手。现场的突然混乱，把特使先生吓得没敢下车，一溜烟跑了，躲过了一劫。

秦若轩没有看错，现场那只爆竹就是郝喆点燃的。秦若轩突然高举《朝日新闻》的动作，吸引了现场某些特殊人物的目光，同时也为躲藏在人群后面的郝喆发出了信号，他利用这转瞬即逝的机会，在人群后面点燃爆竹扔了出去。郝喆是把三只爆竹捆绑在一起扔出去的，爆炸以后声响巨大，借人们慌乱躲避之际他迅速离开了现场。这一串动作都是他跟谢已然事先策划好的，如果爆竹因故没有炸响，他们还有一个由谢已然负责实施的补救计划，总的目的是，既要明确表达大多数留日学生对政府一味对日屈膝求和的反对，又让那几名激进的留学生没有对特使下手行刺的机会。计划的目的达到了，郝喆很兴奋，谢已然却沉闷忧郁，坐在书桌前默默地抽烟。郝喆看出了老谢的异样，问道："怎么，计划成功了，应当喝点儿小酒祝贺，怎么还跟霜打了似的蔫头巴脑？"谢已然回答："事情还没完，我替你和若轩两个人的安全担心。"郝喆不以为然地说："我？这不是全须全尾地回来了？

警察没跟着追过来抓人就说明没事了，不过若轩的安全确实是个问题。原来极少有人认识和关注秦若轩，这回他在现场的举动太突出太明显，一定被人怀疑我们俩是一伙儿的，他负责发信号，我负责点爆竹。警察要动手，应当先抓他。但是即使警察抓了他，若轩也说不出扔爆竹的是谁，咱们的计划他不知道，反而他可以把一切都推到胡炳叙的身上，他是按照胡炳叙的安排办事，因为发现了有人欲制造骚乱才及时发出报警信号，不仅无过，反而有功，我相信老胡能为他做证，老胡他们又是亲日的一派。"

对郝喆的分析，谢已然没有否定，仍然心事重重地说："如果事态的发展真如你所分析当然最好，只怕没有那么简单。秘密警察不会轻易放过秦若轩，他将会成为被监视的重点。所以最近我们不要跟他有任何接触，你也不能大意，随时防备警察上门。"

果然，秦若轩自那天从清风驿现场回来以后的连续几天，谢已然和胡炳叙都没有找他联系，他意识到情况有些复杂，也没敢贸然去找他们。他每天依旧按时去学校上课，下午按时回来，尽管如此，他隐约感觉到，这些天房东木原纯一夫妇看他的眼神不一样了，互相交流的言语少了，对他的态度失去了原有的纯朴与温情，反而增添了几分怀疑、警惕和生硬的礼貌，他房间里的物品亦有被翻动过的痕迹。秦若轩不知道，这些变化，均源于他不在家时，秘密警察曾经到访。

枯燥的学习，无朋友的孤独，让秦若轩度日如年，让他体会到了人属于群居动物的真谛。难忍的孤独让他胡思乱想，他不理解老虎和猫为什么可以享受独居，自得其乐，而猴子和狼却不能承受孤独，听说猴子和狼一旦离开了猴群和狼群，离死就不远了。人类则天生惧怕孤独，孤独与恐惧、焦虑、烦躁、不安是同生姊妹，制造孤独是对人施以惩罚的最好手段。每个人都需要有归属感，或归属于一个族群，一个家庭，或归属于一个团体，人与人之间需要交流，需要关心，需要分享，不管是快乐还是痛苦。人需要依附，把愿意依附视为忠诚，把不愿意依附视为自私、虚伪或反叛。秦若轩尽力想要挣脱孤独的惩罚，但是熟识的朋友处不能去，木原夫妇对他又疏远冷淡，让他倍感煎熬，做什么事情都打不起精神来。其他事情可以暂时放下不做，但不能不上学。去学校的路上，他蹬自行车的双腿感到柔弱无力，路程也变得出奇的远，而突然间发现的一件事，却让他的神经紧张起来。那一天，他骑着自行车路过一家裁缝店，门前有一个推着自行车、着深色西装的中年人引起了秦若轩的注意，那中年人似乎在等人，看见他骑着自行车经过，二人目光相对，那人有意避开了秦若轩的目光，且装作若无其事的样子。那种不自然的神态深深印在了秦若轩的大脑中。第二天，还是在那家裁缝店的门前，依旧是着深色西装的中年人等待在那里，秦若轩远远地发现了，但是故意不看他，脚下紧蹬了几圈，之后借着在十字路口拐弯的机会向后面扫视了一眼，发现那人在不远处尾随着。秦若轩的潜意识告诉他，早晨发生的这种异常情况，晚上回家的时候也应当存在。果然，在当天骑自行车返回木原纯一家的途中，在一处邮政局的门口，他再次发现了那个目标。虽然中年人的着装由深色西装换成了邮递员的制服，但那件制服实在不合他的身，略显肥大。秦若轩暗骂道：换皮换不了瓤，你那贼一样的相貌，老子早就记住了。

已经被人跟踪是不争的事实，秦若轩理解了为何突遭木原夫妇冷落的原因，他不仅没有感到害怕和紧张，多日被孤独感所困扰的苦闷心情竟顷刻间荡然无存，我他娘的不孤独，有人明里暗里陪着呢。白天有人陪，晚上怎么办？他决定看书，用书中的人物和故事来陪伴时光。秦若轩所租住房间的主人原来是木原纯一的儿子，书架上仍然摆放着十几册图书，其中有一本《平家物语》引起了他的注意，一直想读，苦于总是静不下心来，如今正好可以心无旁骛地读书了。他用了三个晚上读完了《平家物语》，小说中，平家因贵族化导致由昌盛滑向衰落，源氏因崇尚武士精神而毅然崛起，对比泱泱中华与日本国的兴衰，何尝不是如此。民国政府的腐败导致国力衰败民不聊生，难抵倭寇入侵导致国土沦丧，日本军队则依其武士道精神，肆无忌惮地烧杀抢掠，铁蹄所至，皆为焦土，作为中国人，这是何等的悲哀！人弱被人欺，马善被人骑，我秦若轩不能做待宰的羔羊，任人监视而无所作为，他决意明天要小小地挑衅一下那个天天跟踪监视自己的家伙。

早晨，秦若轩的心情极好，未等出门，心里就想象着如何主动出击了。他轻松地吹着口哨，屁股离开了自行车座，左右摇晃着身子，把自行车骑得飞快。一处处民宅、一家家店铺从身边闪过，他都无心细瞧，一心奔着那间裁缝店和每天在裁缝店门前等待他的那个中年人。突然，一声银铃般的呼唤在他的前面发出，秦若轩抬头一看，哇！竟然是久久不见一度令他神魂颠倒夜不能寐的美丽姑娘，他双手紧急捏住车闸，还没等把自行车停稳，就甩腿跳下来，脱口大声问："你躲哪儿去了，总是看不见你？"话语出口，秦若轩自己也不好意思起来，暗骂真没出息，猴急猴急，一点儿也不绅士不含蓄。姑娘顽皮地笑了，没有直接回答，腼腆地问："最近好吗？""谈不上好不好，日子一天天过。""我的自行车坏了，带上我走好吗？""愿意服务。"秦若轩笑着回答。

秦若轩又骑上自行车，姑娘坐在了自行车后座上。刚才还觉得有满肚子的话要说，不知为何一下子消失得无影无踪。他索性闭口不语，紧贴在身后的姑娘让他心旷神怡。不觉间那处裁缝店映入眼帘，同时看见的还有那个着深色西装的中年男子，那人显然也看见了他。秦若轩顿时觉得如同吞了一只苍蝇般搅了难得的好心情，原来准备挑衅一下对方的念头更盛了。他减速下车，对坐在后座上的姑娘说："先等一下，我跟那人说句话。"说完，他把自行车交到姑娘的手上，三步并作两步迈上人行道，来到中年男子的近前，凑上去低声问："这位大叔，你每天跟着我够辛苦吧？"

对突然跑到面前的秦若轩，中年男子深感意外，眼神中一丝惊异闪过，随后便是警觉和镇定。男子没有回话，默默地注视着秦若轩，目光中透出几分犀利。秦若轩又说："下午您不用换装，那身衣服您穿着不合适。"说完，秦若轩的嘴角掠过一丝冷笑，转身跑回来，从姑娘手中接过自行车把，大声说："走喽！"姑娘再次坐在了他的身后，问道："那个人是谁？""卖牛肉的。""他在后头跟着呢。""也许同路吧。"秦若轩满不在乎地回答。

很快就到了姑娘照例应当拐弯的路口，姑娘说："停下吧，我走过去就行，百十步路。"秦若轩没有下车，他把双腿岔开支撑着地面，回头问："放学就在这儿等着我？""好啊。"姑娘爽快地回答。"该告诉我你的芳名了吧？""上川真子。""上川真子，真好听。再见。"

与上川真子的再次意外相见，让秦若轩对她更加依依不舍，生怕心上的姑娘再次莫名其妙地突然消失。下午秦若轩早早地等在和上川真子约好的路口，等待的时间并不长，但他觉得似乎有半天那么久，两人见面后相视一笑，一前一后跨上自行车。姑娘柔软的双手搂在秦若轩的腰间，如同有两股电流传入他的体内，瞬间全身充盈着暖暖的满足感，秦若轩忽然产生了就这样带着姑娘一直骑行到天尽头的冲动。过了好一阵子，他的心绪才平静下来，他问上川真子愿不愿意星期日一起去逛公园，真子姑娘同意了。秦若轩带着满心的喜悦和抑制不住的兴奋回到住所，木原纯一老人在门前等着他，面色凝重。秦若轩放好了自行车向木原老人问好，木原老人默默地交给他一封信，低声说："看看吧，送信的人说事情很重要。"话说完，木原纯一迈着老态的脚步，回到自己的房间去了。秦若轩撕开信封，里面是一纸通知，让他两日内，务必到满洲国驻日本大使馆，有要事通告。看过通知，秦若轩的心里产生了不祥的感觉，他无法判断通知中所讲的要事指的是什么，看看天色尚早，他索性没有进屋，回身推过自行车骑上便走，刚才满身充盈的喜悦，被一纸通知清扫得飞到九霄云外。一路上他设想着各种可能，又逐一被自己否定掉了。

满洲国驻日大使馆对秦若轩来说并不陌生，他到达日本的第二天就在那里完成了注册，之后定期领取助学补贴以及登记变更住所等很多事情都需要到大使馆办理。以往接待他的都是一个姓肖的胖男人，今天在那儿等着秦若轩的还是他。姓肖的胖子头发稀少，小眼睛，相距很远的短眉如同两条毛毛虫趴在光光的脑门儿上，鼻子下面黑漆漆的胡子与光溜溜的下巴形成鲜明对比。肖胖子见到秦若轩的时候，面目生冷而且没有让他坐下的意思，秦若轩知趣地站在办公桌的对面。肖胖子翻着小眼睛，从架在鼻梁上的花镜框上部看着秦若轩问："你就是秦若轩？""是。""知道通知你来干什么吗？""通知上说有要事通告。"肖胖子用鼻子哼了一声说："好吧。我正式通知你，从明天开始，不允许你单独在校外租住民房，必须住回学校指定的宿舍，听清楚啦？""清楚。""清楚就好。秦若轩，政府选你们来日本留学而且支付资金补助，目的是鼓励你们认真修学，将来学成之后为国效力。你们作为满洲帝国与大日本帝国两国精神结合之纽带，国之栋梁，应当敦品行，重体面，精励于身心之修练学术之钻研，以期不负国家之所望，而你呢，行为不检，初来数月，就参与他国留日学生的不轨活动，是很危险的。当局有关部门已经把你的情况通报我处，特命全权大使先生对此很是不满，如果不是你父亲跟大使先生本人有些交情，必对你处以重罚。他委托我特别警告你，下不为例。从今往后，不允许你参加任何留学生社团的活动，若有再犯，定要取消你的留学资格，遣送回国，能做到吗？"

"什么社团的活动都不能参加？"

"是的。"

"文学的、网球的、摄影的、美术的、品酒的，都不行吗？"

"我说的是任何留学生社团，任何！任何！听不懂吗？"

"懂。"

"写下保证书你就可以走了。"

秦若轩极不情愿地接过肖胖子递过来的纸和笔，弯腰伏在桌面上写字的姿势着实不舒服。他抬头瞄了一眼肖胖子，对方正眯着眼睛在用一只粗肥的小手指挖鼻孔，脸上显出极不耐烦的样子。秦若轩咬咬牙，狠狠地在白纸上写下："保证今后不再参加留学生社团活动。"草草地签上自己的名字，签名的潦草程度，他相信下次就是自己本人再看见也不一定能分辨清楚写的是什么。他把写好的保证书递给肖胖子，对方看也没看就塞进了办公桌。

从大使馆出来，天色已近黄昏，云层灰暗，如同此刻秦若轩的心情。他是为了躲避学校里那些猖狂至极、无处不在的便衣警察的监视才选租民房的，如今又要回去，重新生活在压抑的环境之中，着实无奈。他判断现在应当没有警察在监视自己，正是去找老谢的好机会，必须把当前的处境告知谢已然。今后应当怎么办，全靠老谢的指点和帮助了。想到此，他毫不犹豫地加快了脚下蹬自行车的速度。

谢已然近些天很辛苦，他日夜守在宿舍里照顾着受伤的郝喆。为了防止发生意外，谢已然和郝喆在清风驿事件发生以后连续两天没有出门，他们清理了房间内一切可能涉嫌违禁的私人物品，但是两天时间过去，没有等来警察上门。其间有平时负责监视这一留学生宿舍区的便衣警察开门探头看过两次，但这是每天都要发生的例行动作，互相间已经习惯了。郝喆说："怎么样，我分析得有几分道理吧？我那天把爆竹扔出去就跑了，现场的人根本来不及反应，更谈不上被追踪。咱们就不要杞人忧天了。"

第三天又过去了大半天，郝喆说："我去图书馆借几本书，写论文要用，顺便买点肉和菜回来，咱们的储备已经空了。"谢已然想了想说："好吧，快去快回，注意安全。"郝喆从图书馆出来的时候已是黄昏，天色越来越暗而路灯尚未开启。郝喆把借来的几本书抱在怀里，急匆匆往附近的一处市场赶去，如果去得再晚些，市场里大部分摊位都要收拾打烊了。郝喆只顾埋头朝前走，不料从他的侧后突然蹿出来几个人，抡起手中的短棒一阵乱打，郝喆顿觉头晕眼花，周身剧痛。他本能地扔掉抱在怀里的书，用双手和小臂把脸和头紧紧护住并蹲下，尽力将身子缩作一团。一阵棍棒之后，那几个人扬长而去，郝喆在恍惚中，听见了日语的辱骂声。又有从图书馆出来的学生发现了蜷曲在地且身上多处流血受伤的郝喆，赶紧搀扶他坐起身，还有人喊来了巡警。巡警粗略地询问了情况，认定为街头斗殴且被打伤的是中国留学生，未予理睬。巡警走了，两位日籍男学生搀扶着郝喆到诊所检查诊治。当谢已然得知消息赶到诊所时，医生已经把郝喆身上的伤口处置完毕。郝喆的眼眶青肿，被打破的头以及骨折的右小臂和食指拇指都缠着厚厚的绷带，肋骨和身上还有多处软组织挫伤。郝喆见谢已然来了，二人相视不语。他们感谢过了热心帮助送医的男学生，老谢支付了医药费，然后搀扶着郝喆回宿舍。天色早已黑了下来，街上几无行人，郝喆的牙齿咬得咯吱咯吱响，愤愤地骂道："他奶奶的，明的警察不来，跟咱玩儿黑的，这帮人下手真他妈狠。""你指的是谁，看清楚打你的是什么人了吗？"郝喆摇头："从身后蹿上来的，一棒子就把我打蒙了，但肯定是日本人没错，中国留学生极少有那么骂人的。"老谢沉重地说："刚出门就遭黑手，说明他们这几天都在盯着你呢，还是麻痹了。"浑身伤痛让郝喆紧皱眉头："躲得过初一躲不过十五，该来的总会来，只求着学校方面别再出来凑热闹。"

几天来，听说郝喆被打，来探望的留学生很多，从他们的口中得知，那天在现场手持请愿标语的两名留学生也遭遇不测，他们租住的宿舍突发火灾，幸亏被及时发现，大家全力扑救，才没有造成大的损失。人们分析，显然是有人故意纵火。谈论起来，大家愤愤不已。秦若轩来到谢已然和郝喆的住处时，老谢刚刚送走几位来探望郝喆的同学，正在擦洗刚刚用过的茶杯。秦若轩敲门进来了，一进屋就闻到了浓浓的药味，问："谁病了？"不等有人回答，他看见了脑袋和右胳膊、右手都缠着绷带，在床上躺着的郝喆。

"怎么回事？"秦若轩快步走到郝喆的床前关切地问。郝喆苦着脸无奈地回答："挨打了。"秦若轩很惊讶："为什么？谁打的？"郝喆摇头不语，秦若轩的心里似乎明白了，试探着问："那天放炮炸特使座驾的是你吧？遭警察报复了？"谢已然用毛巾擦着湿手说："从初步了解到的情况分析，打伤郝君的不是警察，警方如果决定立案处置郝君，完全可以公开抓捕，用不着搞背后偷袭打闷棍这一套。最大的可能是有人指使或者雇用了黑势力对他下手。"

"是不是老胡他们，你搅了人家的好事，他们肯定咽不下这口气。"秦若轩问。

老谢的脸上浮现出嘲笑的表情，反问秦若轩："天天围着胡炳叙转的那些货你都见识过，个个都是嘴皮子上的功夫，哪有一个是敢动拳脚的？他老胡咽不下这口气也得咽。"

"他们不可以在幕后指使吗？"

"日本社会的黑势力非常强大，不是胡炳叙他们这类跟着粪球子转的屎壳郎能够买得动的。"老谢肯定地回答。

"那还有谁？"

"大使馆。留学生组织的请愿活动和郝喆扔的爆竹，让驻日使馆在日本政府和特使先生面前颜面扫地，又苦于无权在日本国土上对敢于挑战他们卖国政策的留学生直接施以任何惩罚措施，只好使出雇人下黑手这种下三烂的流氓手段。这样腐败的国民政府不倒台，天理难容！"

谢已然的一番分析，让秦若轩对郝喆的处境更加担心起来，问："如果真是大使馆暗中指使，今后郝君的学习还能继续吗？会不会被遣送回国？"

"遣送就遣送，省了回国的船票钱。"郝喆咧着嘴忍痛满不在乎地说。

谢已然坐在了郝喆的床边，安慰道："在现场没有被人抓住，警方的手里没有任何证据证明郝君有过错，拿什么理由责令遣返？只是提醒我们今后更要处处格外小心，不能给那些别有用心的人留下任何可以找碴儿利用的口实。"

"别净说我的倒霉事儿了，你最近怎么样？老谢可担心你，天天念叨。"郝喆转移了话题。秦若轩的脸上也现出了一丝苦笑，然后便把最近被人跟踪，以及刚才在满洲国驻日大使馆受到训斥并被责令搬回学校宿舍的情况讲述了一遍，郝喆听了嘲弄地说："你的处境跟我相比也好不到哪里去嘛！""我没挨黑拳。"秦若轩说完，两人都笑了。谢已然问："害怕吗？"秦若轩把头一扬："有什么可怕的，不就是换个地方睡觉嘛。"老谢拍了拍秦若轩的肩膀说："行，没看错你，是一块好料。前些日子你为《文艺杂谈》写的那篇稿子我看过了，准备在即将出版的新一期刊物上采用。文章通过对忠奸的论述，影射国内抗战现实，角度非常好。戏剧舞台上用红脸白脸区分忠奸，看客一目了然，而实际政治斗争中的爱国与卖国，英雄与奸佞，则必须通过严酷的血与火的考验方能分辨清楚。汪精卫之流举忧国忧民之名，行媚日卖国之实，还有一群民族败类追随其后摇旗呐喊，真正的爱国抗日之士却反遭迫害，凡是胸有热血的中华男儿，怎能等闲视之。我们现在身处敌国日本，环境严酷，自身力量弱小，但是决不能被敌人的强大所吓倒，要不屈不挠，坚持斗争，百折不回。当然，敢于斗争还要善于斗争，这几天，我们这间宿舍已经成了各种力量关注的焦点，不知道被多少双眼睛盯着，所以今后你轻易别到这儿来，我们之间改在帝国大学图书馆联系。"秦若轩严肃地点头。谢已然又说："借着大家来探望郝君的机会，我跟中华留日学生联合会的几名骨干已经商议好了，筹备以《东京学联》增刊的形式，撰文对郝喆遭人施暴事件进行集中声讨，你如果愿意参与也可以投稿。"秦若轩毫不犹豫地表示："我当然要写，不知道用什么文体合适。"

"评论、杂文、诗歌等都可以，不拘一格。总之要让社会听见我们的抗争呐喊，戳穿某些人的罪恶嘴脸和豺狼之心，要向他们大声表明，我们坚决支持抗战的意志是强权和恶势力压不倒、摧不垮的，一息尚存，就要跟腐败的政府做殊死斗争。提醒你，这份增刊内容敏感，一定要用笔名。"

"我的笔名是八极刀，用过好几回了。"

"为什么选择八极刀，有什么特别的含义？"

"我学过八极拳和八极刀，尤其喜欢八极刀法，招式漂亮，实战性强，不是那种耍弄起来给人看的花架子。我的功夫不行，但是我的好朋友周东林练得好，日后如果有机会，我让他给你练一趟八极刀看看，那才是虎虎生风，刀刀逼人。"

"好啊，希望你笔下的八极刀够威风。文章写好以后直接送到帝国大学图书馆去。这个星期的每天下午三点钟以后，在图书馆二楼靠窗户的一排，东京帝国大学的林小姐会在那儿看书，把

天边 TIANBIAN

文稿交给她就行。她剪短发，戴白色化学框眼镜，好认。"

　　到了相约一起去逛公园的星期日，秦若轩按时来到日比谷公园，两天来，因为更换驻地和为《东京学联》增刊赶写文章，精神耗损和体力付出都很大，他感到疲惫，需要把自己投入到大自然的怀抱中释放身心。没等多久，就看见上川真子从远处款款走来。她穿着一件深红色格子的毛呢大衣，颈子上围着白色纱巾，脚穿黑色短靴，更显得清纯美丽。她的神情并不愉快，脚步犹豫，看见了正在等待她的秦若轩，嘴角闪出一丝勉强的笑。

　　二人默默地并肩步入公园，谁都没有开口说话。他们保持着这种互相认可的沉默，沙沙地踩着脚下厚厚的落叶，漫无目的随意前行，各自的心中如同汹涌的江河，他们甚至能够听得见对方的心跳声。秦若轩忽然想起了两句古诗：青山如主复如宾，相对无言意自真。上川真子今天的神态为什么不自然，他无从猜测，也不想猜测，索性什么都不想，尽情享受着眼前这久盼的美好时光。他把双手斜插在上装口袋里，手心攥出了汗，他真想轻轻地拉着姑娘的指尖，随着脚步一前一后地悠荡，那该多么浪漫，可惜他没有那个胆量，他等待着姑娘主动伸出手来。上川真子的心情比秦若轩纷乱得多，第一次跟一个异国男生独处，甜美与不安搅得她的心怦怦乱跳。

　　上川真子有一个严厉的父亲，职业是火车司机。她还有一个哥哥和一个弟弟，哥哥名叫上川正雄，弟弟名叫上川善雄。三年前，哥哥正雄入伍，几个月前在缅甸战场阵亡，最近家里才收到辗转运送回来的骨灰盒，真子的母亲悲痛欲绝，大病不起。战争规模的不断扩大，让父亲所服务的铁路运输繁忙不已，无暇照顾生病的妻子，弟弟正在参加预备役军训，真子不得不请假在家陪伴和照顾重病的母亲。最近，母亲的身体状况逐步好转，她才又

111

能正常上学，这也是上川真子突然在秦若轩的视野里消失了许多日子的原因。原来上川真子对在上学路上偶遇秦若轩并不是很在意，她虽然意识到自那日偶遇之后，秦若轩便每天都在路上等她是刻意而为，但她只把那短暂的相伴而行当作一场游戏，所以一直没有告诉秦若轩自己的名字叫什么。有一天，当母亲沉沉地睡去，她坐在母亲的身边静思时，秦若轩那张年轻英俊的脸庞闯入她的脑海，不仅意外地挥之不去，甚至膨胀到近乎占据了她的全部思维空间，如此一有闲暇或者思念哥哥的时候，秦若轩就成了她意念中的陪伴。上个星期，重新正常上学的她早早地等在路边，企盼秦若轩的到来。当熟悉的身影如愿以偿地出现在她的视线里，她抑制不住内心的兴奋，情不自禁地大声呼唤，四目相对，秦若轩惊讶喜悦的神态让她格外满足，幸福感瞬间在心中荡漾。遗憾的是第二天秦若轩就告诉她，要搬回学校住了，早晨相伴而行的事情就此终结，让她顿感失落，回家以后精神不振。细心的父亲发现了她的异样，询问起来，她犹豫多时，还是把实情告诉了父亲。从父亲的神态中她看出了不满。她知道父亲不喜欢满洲人，曾经不止一次跟家里人讲过，满洲人狡猾，自私，不能交往。另外那天深夜秦若轩酒后独自坐在马路边，恰好她和父亲从其身边经过，父亲还曾上前问话，因而见过酒气醺醺的秦若轩。今天跟他讲认识并喜欢的男朋友竟然就是那天晚上偶遇的酒鬼而且是个满洲国留学生，急于出门上班去的父亲一时无言，目光中露出失望与冷冷的责备，这种眼神是上川真子从来没有见过的，不免心中生畏。她帮助父亲换鞋出门，父亲说："明天下班回来我们好好谈一谈。"从父亲的态度里，上川真子预感到今后她和秦若轩的交往，很可能因为父亲的干预而障碍重重，两人的情谊将是短命的。她很想把这一切都告诉秦若轩，但见了面却难以开口。

他们无意间走上了日比谷公园特有的S形银杏树林荫道，银杏树叶早已经掉落干净，昔日的林荫不复存在，一根根光秃秃的枝条无拘无束地伸向天空，仿佛在倾诉着内心的凄凉与不甘。秦若轩尴尬地感觉到下体不合时宜地不安分起来，膨大坚硬，如挺直的银杏树干。他把一只手伸进裤子口袋，悄悄地把倔强不屈的阴茎按贴在肚皮上，让裤子的前面不要显得那么突凸。他感觉到了下体滚烫的温度，心情慌乱，能听得见心脏在怦怦地跳。他告诫自己，当务之急是尽快分散注意力，把邪念从大脑中赶出去；他应当高雅，应当绅士，应当不愧为君子，而不是下流坏子。他想了半天，艰难地问："你喜欢诗歌吗？"这个问题真不是他此刻最想问的，苦于一时想不出还有什么话题比诗歌和音乐更高雅。他不懂古典音乐和日本音乐，相比之下，选择诗歌更容易，他喜欢大声地朗读唐诗宋词，日本近代诗歌也读过一些。上川真子没有直接回答关于诗歌的问题，她仰起头，透过银杏树的枝条望着深邃的蓝天，这个姿态秦若轩很喜欢，真子嫩白的下颚如煮熟的鸡蛋清，他忘记了在哪一幅著名油画中的美女也生有这样美不胜收的下颚，如今画中美人就在身边，他希望真子就这样保持着仰头的姿态，让他细细欣赏那动人的下颚和散发着姑娘体香的脖子，尤其担心上川真子万一偶然低头，看见他凸起的裤裆而难堪。上川真子的双眸如天空一般清澈，她似乎对诗歌并不感兴趣，反问秦若轩："你喜欢日本吗？"显然，她的思绪并没有因为秦若轩的提问而扭转过来。

真子提出的问题戳到了秦若轩的痛处，让他很难回答，恰似一瓢冷水劈头浇下来，刚刚还挺直坚硬的下体无意间竟柔软下来，他如释重负。他把那只偷偷按压着阴茎的手从裤子口袋中抽出来，很想搂住上川真子的腰，但他没有胆量那样做。他顺手折了一根干树枝，在手指间不停地捻着转动着。

"说真话吗？"秦若轩问。

"当然。我觉得你不虚伪。"

"感受很复杂，又爱又恨，恨多爱少。"秦若轩见上川真子似有不解，但又没有打断他说话的意思，顾自接着说："你一定没有过遭人抢掠奸淫之后，还要天天向抢你奸你的强盗淫匪鞠躬赔笑的屈辱，而我经历过。这个盗贼淫匪就是你的国家日本。这种仇恨是刻在心上的，一辈子都抹不掉。"

上川真子的脸色陡然变了，她没有预想到秦若轩会这样评价她的国家，她更不知道应该如何回应秦若轩咬牙切齿的话。二人沉默了很长时间，他们听见了微风悄悄吹过银杏树梢的声音。秦若轩后悔刚才说的话过于直白而让真子难堪，他应当婉转一些、隐晦一些，但是天性的率真推着他把憋了许久许久的话语脱口泄出。上川真子反驳道："可能是极少数丑恶的人和事不幸被你遇到了，那不应当是全部。我们的国家和国民正在为建设大东亚的共同繁荣而战斗，你不能无视我们为这个神圣目标而做出的牺牲。"说这番话的时候，真子的双目浸满泪水，她想起了阵亡的哥哥。秦若轩的目光一直看着脚下的路，没有发现真子表情的异常，他痛苦地摇头，双唇紧闭，真子觉察到了秦若轩的克制，依然忍不住问："既然仇恨我的国家，为什么还来日本上学，这不是很矛盾吗？"

"不是我想来，是我父亲逼着来，无可奈何。"

"你说不仅有恨，还有爱？"

"是的。不论什么民族，什么性别，美好的事物大家都喜欢。日本有很多美好的东西，比如先进的科技和制造业，秀丽的山水，清洁的环境，新鲜的美食，人与人之间的礼貌等。在诸多喜欢的事物当中，对特别喜欢的难免会产生爱。"

"毕业以后打算留在日本吗？"

"不知道。"其实秦若轩是决意不会留在日本的，但是他怕照实说了会失去上川真子，便做了这种不确定的回答。他越来越感觉到感情上不能没有上川真子，起码此时此刻是这样的。他与她的交往不管是友情催就还是爱情使然，最终能不能走进婚姻殿堂都无所谓，但是他不能失去一个可以边走边谈，能够消磨时光消解孤独消化烦恼的异性，而且这位异性具有他极为倾心的单纯与可爱。秦若轩忍不住悄然转头看上川真子，意外发现了真子眼角的泪水。

"怎么，我说错话了？"秦若轩停下脚步惶恐地问。上川真子不好意思地用手背抹去眼泪，撩了一下散落在额前的一缕头发，提高了嗓音说："国家间的争斗，咱们做学生的不能左右，还是说些高兴的事情吧。"她不想把哥哥阵亡的消息告诉秦若轩，毕竟他们之间认识不久，她还没有完全了解对方，仅是一种无法言表的吸引力，把她拖拽到了这位异国青年的身边。路边的草坪中间摆放着几块大青石，秦若轩示意走过去。他们坐在青石上，清凉的微风吹拂着，种植在草坪周围的灌木和乔木错落有致。无意中，秦若轩发现不远处几株灌木的后面有一个身影闪动，他的神经随之紧张起来，无疑自己仍然处在被人监视之中。他无从判定那名监视者来自哪一方，是大使馆的工作人员还是当局的便衣警察，但身边的上川真子肯定会因为跟自己交往而受到牵连是不容置疑的，他为全然不知情的真子担心。愤恨、伤感、歉疚一同袭来，让他心乱如麻，第一次与女友约会的浪漫与甜蜜感荡然无存。躲避监视已然没有可能，索性让暗中监视的那个小子看个够。如此一想，秦若轩反而释然了，刚才还紧绷的神经随之松弛下来，他控制住纷乱的心绪，毫不掩饰地端详着真子纯真的脸，问："今天跟我约会，家里人知道吗？"上川真子低头又摇头。

"你结交男生，为什么选择我，你周围的男生当中没有跟你情趣相投的吗？"

上川真子微微地叹气："战争时期，男生说不定哪一天就应召入伍了，我恐惧那种离别，而你是留学生，除非你自愿，否则没有当兵的义务。"

"我不能保证毕业以后留在日本，也可能等不到毕业就回国了，你选择我不一定正确。"

"走一步看一步。战争还没有结束，今后的命运如何谁都无法预料，咱俩之间的交往也是如此。"

"你父亲是不是很严厉？"秦若轩对上川真子的父亲硬朗的五官印象深刻。

"他是个非常认真的人，火车司机，工作上和生活中都容不得存有任何瑕疵，尤其反对年轻人喝酒。"

秦若轩做了个鬼脸："他一定对我很反感了，我和你们父女俩第一次见面就是喝过了不少酒的。"

"那天晚上你为什么喝了那么多酒？跟谁？"

"有人介绍我认识一个中国留日学生小群体，人很多，我需要跟每一位新结识的学长喝一杯，自然就多了一些，但是我向你保证，那是我来日本以后唯一的一次，也是最后一次，不会再有了。"

"为什么向我保证，我并没有指责你，也没有权利指责你。"

"万一你父亲问起来，可以跟他解释说我不是一个喜欢酗酒的人。"

"你想多了，我父亲不会过问你的什么事情。"

"我说的是万一。"

今天两人的对话内容一点儿也不浪漫，这和他们的心情有关，他们都曾经遐想过今天的约会，是那么令人心动不已和印象深刻，但是意想不到的干扰，搅得各自心神不宁。上川真子很想转移话题，把气氛活跃起来，但又难以冲破影响自己的不安心情，父亲出门上班时那冷峻的目光如阴云压迫着她的心。她抬头看天，天上有两只苍鹰在空中盘旋。她偷眼看秦若轩，发现他也在仰头看着那两只翅膀不动、缓缓盘旋的苍鹰，她问："鹰能看见我们俩吗？"秦若轩头也不回地说："我们不是鹰寻找的猎物，看见了也会视而不见。"

"我是你的猎物吗？"上川真子突然问，她自己也不清楚为什么脑海中突然冒出这样的念头并脱口而出。她有些后悔。秦若轩愣了一下，看着真子的眼睛，那目光是真诚的，无丝毫不信任。

"我们都是情感的猎物，我愿意被真爱捕猎，不管在什么地点，用什么方式，你呢？"说出这句话，让他想起了刚过门就被他弃在家里的新娘小翠，他跟小翠从来就没有过爱。

真子未语，一阵难以名状的感觉涌上心头，她害怕过早地接触关于爱情的话题，心理上还没有准备好。促成她今天跟秦若轩见面的动力，是秦若轩身上有一种让她无法抵御的好感和吸引力，直觉让她相信，秦若轩是一个可以成为好朋友的青年，但好朋友跟爱情无关。另外，第一次约会，她不想占用太久的时间，那样会显得对男友的过度留恋，她需要保持必要的矜持与距离。她从青石上下来，问秦若轩："下个星期日你有安排吗？我们去看场电影？"

"好啊，来日本以后还没看过电影呢，咱们现在就去吧，何必等到下周。"秦若轩觉察到真子有结束今天约会的意思，他感到不舍，时间太短了，来约会之前，他特别准备了两段笑话还没来得及讲给真子听。

"今天不行，出来时间长了家里人会担心。"

"那中午一起吃饭吧，我请客。"

"不，妈妈在家里等着呢，她身体不好。"

"只好下个星期日再见了？"

117

"说好了，星期日上午，东宝电影院门口。"

秦若轩提出要送上川真子回家，被真子婉拒了。秦若轩看着真子姑娘款款远去的背影，心中充满留恋与期待，他向周围的树木后面仔细观瞧，想看看刚才在灌木后面监视自己的那个人还在不在，但没有任何发现，他甚至有些扫兴和沮丧。他漫步到街边的一处小餐馆，要了一碗乌冬面胡乱吃了，脑子里开始思考已经为《东京学联》增刊写好的文稿是否还有需要修改和补充的必要。

回到宿舍，秦若轩发现门缝里塞着一张字条，他把字条展开来看，是胡炳叙留给他的，字条上写着："特邀若轩君下午六点，小渔居酒屋一聚，盼至，切切。"秦若轩开门进到屋子里，不假思索地把字条揉成一团，丢进垃圾桶，仰面躺在榻榻米上，思考是否按时赴约。

从上次在清风驿门前执行了胡炳叙安排的发信号任务之后，他已经下决心不再跟胡炳叙那个团体发生任何联系了，他们之间的政治倾向截然不同，但是断绝交往也应当讲究策略，毕竟人家是自己来日本之后，主动热情结交的第一人；从另外一个角度讲，是通过参加了胡炳叙组织的聚会才碰巧认识谢已然的，如果没有那次机会，若想在众多的留日中国学生当中找寻到刘娜老师推荐的老谢，不知道还要枉费多少时日。胡炳叙间接做了好事，疏远他，应当找一个合适的理由。突然间，一个念头让秦若轩警觉起来：胡炳叙怎么知道我改变之后的住处？这张字条真是胡炳叙本人写的吗？他迅速从床上坐起来，从垃圾桶里翻出刚才丢弃的纸团，打开来抹平了仔细看，希望从中发现什么。秦若轩并没有见过胡炳叙的习惯性字体是怎样的，所以尽管仔细地看了半天，徒劳无获。他越琢磨越觉得事情有蹊跷，凭借胡炳叙的活动能量和获取各方面信息的资源能力，不可能不晓得我秦若轩目前正处于被人重点监视的状态下，此时相约见面酒聚，岂不是自找麻烦上身？

这绝不是一向谨慎精明的胡炳叙所为，如果真是他发出的邀请，必出于很特殊的缘由。所以不管今天是多人聚餐还是跟胡炳叙二人的小酌小叙，他都不宜再蹚胡炳叙之流的浑水，不能给本已恶劣的生存环境增加变数。日后如果证实今天收到的一纸邀请真是胡炳叙所为，可用谎称根本没有看见什么字条做推辞；倘若是某方面设下的局，更应当静观其变，看对方今后还有什么动作再说。秦若轩分析，除了胡炳叙之外，最大的可能是满洲国驻日大使馆使出的招数，目的是检验一下自己被唤去做警示谈话之后，是否有切实改正，如果真是如此，秦若轩反而放心了。他默默地把手中的字条撕碎了，将纸屑丢进垃圾桶，心情却没有因此而得到舒展，反而更加沉重起来。他忽然觉得，自己就像一只被困在笼子里且脖颈上还拴着锁链的动物，任凭如何愤怒、抗争、蹿腾、撕咬，皆无济于事。他必须挣脱锁链，冲出牢笼，才能放纵地在蓝天艳阳之下，向着心中追求的灿烂目标自由迅跑。他又想到了被打伤的郝喆，意识到自己没有被打完全是一种侥幸，不能排除父亲跟满洲国驻日大使有些许交情有关，虽然这回放了他一马，下回怎样就十分难讲了，歹人手中的棍棒和拳头，可能也会毫不留情地砸到自己的身上和头上。对潜在的危险，他的心中没有任何畏惧，相信练过几年的拳脚功夫不是吃素的，如遇不测，一定不会坐以待毙，定要血债血偿。他决定了，准备给《东京学联》增刊所投的檄文标题就用《血债》这两个字，这篇文章将如一份战书，要让那些躲在阴暗角落里向郝喆下黑手的龟孙子们知道：进步学生的鲜血不会白流。

上川真子在日比谷公园离开了秦若轩，走开的那一刻，她故意装出很自然的样子，但矛盾的心情让她不敢回头再看一眼，怕留给秦若轩的眼神不够真诚。她的后背能够敏锐地感觉到秦若轩在目送她，目光如芒，似乎具有神奇的穿透力和吸引力，刺着她，拉着她，拽着她，让她前行的步履异常艰难。一路上，上川真子的心绪纷乱，她刚刚把秦若轩的形象从脑海中奋力推出去，家中亲人的一个个身影又涌上心头：严厉的父亲，病弱的母亲，逝去的哥哥，活泼的弟弟，她忽然后悔刚才约会时，没有问问秦若轩的家里还有些什么人，除了父母，有兄弟姐妹吗？下次见面一定要问。她看见前面不远有一处花店，她缓步走进去，挑选了几束白色的菊花，准备回家以后摆放在哥哥的遗像前。从花店出来，上川真子不禁回忆起哥哥生前的许多往事，那些事如同就发生在昨天。不知不觉间回到了自家屋门前，刚要伸手开门，身后闪出了两个身着西装的中年男子，把真子吓了一跳，拉门的手立即停住了。其中一位年纪稍长些的男子略带微笑地问道："你好，请问上川先生在家吗？"

"他还没下班。请问你们是谁？找我父亲有事情吗？"

"我们是警察局的，等他下班以后我们再来拜访。对不起，打扰了。"

忽然有警察上门，上川真子顿感疑惑，她猜测着各种可能的缘由，又都被自己一一否定了，忐忑的心情困扰了她一个下午。傍晚，终于等到父亲下班回家，真子跟父亲说："中午咱家来了两位自称是警察的人，他们说要见您。"

"他们走了吗？"父亲问。

"说是等您下班了再来拜访，过一会儿他们就该来了。"

父亲严肃的目光扫视着真子和坐在餐桌边看书的弟弟上川善雄，问道："你们两个在学校里闯祸了吗？"姐弟俩都摇头，父亲没有再说什么，一家人围坐在餐桌前吃晚饭。晚饭毕，真子把餐具拿去洗涮，父亲坐在餐桌前饮茶翻看报纸，这时听见了敲门声，弟弟善雄拉开了房门，来客正是上川真子见过的那两位自称是警察的男子，父亲礼貌地起身迎接。

　　家里来了陌生客人，上川真子和弟弟退进了卧室并关上门。真子把耳朵贴在门上倾听，但是来客跟父亲交谈的声音很轻，她听不清楚他们在说些什么，索性摆上棋盘，跟弟弟下棋。真子的眼睛看着棋盘，耳朵却还在努力地听外面的谈话，一心难以二用，她在棋盘上输得很惨。父亲跟客人的交谈持续了二十多分钟，真子听见了父亲送客的声音，便从卧室里出来，收拾客人刚刚用过的茶具。父亲送客回来，脸色阴沉，他看了一眼上川真子，思索了片刻说："真子，穿好衣服，陪爸爸到外面走走。"真子答应了。

　　屋外，刚刚入夜，天空上仅有寥寥的几颗早现的星星在闪烁，贴近西边地平线的天空，顽强地泛着浅浅的光亮，那些光亮很快也将被强势的黑夜压制到地平线以下去了。真子跟着父亲散步到距家不远处的一座石拱桥上，手扶冰冷的花岗石栏，望着桥下闪动着波光的河水，她预感到，即将开始的谈话极可能跟她初识的男友秦若轩有关。父亲从上装口袋中掏出香烟盒，抽出一支纸烟点燃，燃烧的烟头在夜色中发出赤红的光，或明或暗地映衬着父亲冷峻如雕塑般的脸庞。真子忍不住问："爸，刚才来的那两位叔叔真是警察吗？""是。""他们来做什么？"

　　"你今天跟满洲的男友约会了？"父亲的目光并没有离开桥下黑黝黝的河水，问话的声调平和又不容置疑。

　　"是。怎么了？"真子怯生生地问。

　　"警方根据已经掌握的情况，怀疑那个满洲男孩很可能是个危险的反日分子，你觉察到了吗？"

　　"反日分子"几个字让真子的神经顿时紧张起来，她马上回想起秦若轩回答她是否喜欢日本的问题时，秦若轩的神情和言语中，毫不掩饰地表达出对日本发起的圣战所怀有的切齿仇恨，当时的情景清晰地印刻在真子的记忆里，她感到冷，冷得近乎战栗。

她下意识地裹紧了外衣，喃喃地问："他是来日本求学的，怎么会是反日分子？警察的判断可信吗？"

"为什么要怀疑？他们是我们国家自己的警察，而那个满洲男孩是外来人。你难道宁愿相信外来人也不相信本国的公职人员吗？"

"不，我相信他们。警察是来提醒我们的吗？既然他有可能是危险的反日分子，今后我断绝跟他的交往就好了。"

"恰恰相反。"真子的父亲神情复杂地说："警察来拜访的目的，不是要求你跟他中断往来，而是要继续保持往来，并且定期向警察局报告每次跟他见面以后了解到的情况，包括你们之间的谈话内容以及你所看到听到的他周围其他留学生的各种情况。"真子吃惊地睁大了眼睛："这应当是秘密警察的职责，为什么让我来做？"

"为了保卫国家，保卫我们大和民族的利益。两位警官担心直接找你谈可能对你的心理有伤害，就把这项任务交给了我。你的哥哥已经为天皇捐躯了，他是我们上川家族的荣耀。我相信你也能像你的哥哥一样，明事理，敢担当，不愧为天皇的优秀子民。"

与刚结识不久且印象良好的男友之间的交往，将由单纯甜蜜变得复杂虚伪，上川真子一时感到茫然无措，她难以面对现实。父亲觉察到了女儿的压力，语调变得温暖和缓，说："昨天你告诉我结交的男友是那个从满洲来的留学生，小酒鬼，爸爸就预感到不妥。我接触过很多从满洲回来的朋友，他们无一例外地跟我讲起过这些年那边发生的事情。跟满洲人交往，断不会有好的结果。本想今天跟你谈尽早跟他中断交往的事，不想变成了完全相反的结果。"

"若轩不是酒鬼，他很单纯，没有你们想的那么坏。"真子辩解道。

"仅凭一面之交还不能妄下结论。不管警方对他的怀疑正确与否，都需要时间来检验。你们什么时候还见面？"

"约了星期日一起去看电影。"

"去吧，注意把握分寸。"

"爸，我们为国家和警察做事，能免除弟弟的兵役吗？他听学校方面说，就要开始新一轮的征兵动员报名了。哥哥已经牺牲在战场，我害怕弟弟日后再有什么闪失。"

父亲慈爱地抚摸着真子的头，郑重地说："千万不要有这个念头，如果善雄也被军队选中了去为天皇效力，那是他最大的荣幸。"说完，慢慢地转身，走下石拱桥，真子默默地跟在父亲的身后，他观察到父亲的步履失去了往日的坚定与矫健。

电影《风中的子供》，讲述的是在一个偏僻小镇发生的故事。镇子里的孩子善太和三平是亲兄弟，他们本过着无忧无虑的快乐生活，但是有一天，他们的父亲一郎因为受到公司内部的排挤而失业了。不久，家里来了一个客人，这个客人是警察，因为被控在工作中有舞弊行为，父亲被抓走了。母亲从此终日愁眉不展，一家人的生活陷入困境。生活所迫，善太和三平这对好兄弟也只好分别外出艰难求生。影片中的故事情节跌宕起伏扣人心弦，黑暗的电影院中，秦若轩隐隐感觉到坐在身旁的上川真子随着影片中故事主人公命运的波折而变化的呼吸。散场了，他们从电影院出来，在街上漫无目的地走，各想心事，一时无语。秦若轩想起了好兄弟周东林，他们也曾如影片中的善太和三平一样，放学以后一块儿疯跑，一块儿打闹，一块儿习武，一块儿搞老师和同学的恶作剧。生活中的突生变故，导致二人各奔他乡，互无音讯。过去那些极为平常的小事琐事，如今都成了珍藏的记忆和无法重演的宝贵经历，有朝一日两人如能再聚，也找不回曾经的快乐感受。导致二人痛苦分离的根本原因是什么？是日本军队的铁蹄残

123

暴践踏了东北大地，否则父亲何必把自己弄到日本来？怎能有跟小翠的强迫婚姻？怎能有东林的愤然出走？秦若轩情不自禁地狠狠踩脚，恨不得一脚把日本的土地踏得粉碎。他的异常举动让上川真子很疑惑，问："你怎么了？""没怎么。""为什么踩脚？""想起小时候跟我的好哥们儿一起习练的武术，许久不练，生疏了。""你练过武术？在我们日本，武士是最受人尊敬的。"

"你们日本的武士崇尚为主尽忠，我们中国的习武人主张匡扶正义除暴安良；你们的武士服从个人，我们的习武人服从大义，二者有本质的不同。"

"一谈到我们日本，你总是没有好感。"上川真子想从侧面印证一下秦若轩是否真如警察所怀疑的是反日分子。

"不。"秦若轩肯定地回答，"刚才看过的电影就挺好，它让我回想起童年的许多往事。"

"你有几个兄弟姐妹？"真子想起了上次约会时忘记问，今天不能再错过了。

"只有一个妹妹。我特别羡慕兄弟姐妹多的家庭，那该多热闹。你呢？"

"我有一个哥哥和一个弟弟。"

"真幸福，上有哥哥护着，下有弟弟跟着，堪比公主。"

真子笑了，笑得很勉强。保护她的哥哥不幸逝于战场，弟弟不久也可能穿上军服，投身于无情的战火硝烟之中，身旁的男友又是断然靠不住的，真子隐隐感觉到了日后随时可能降临的孤独。在秦若轩面前流露伤感显然不合时宜，真子下意识地做了一个深呼吸，岔开话题问："你们留学生在休息日有没有组织课余活动？"

"有，但是我极少参加。"

"为什么？"

"志趣不相投。中国有句古话，叫作道不同不相为谋。留学生当中，有太多无品位无追求，整天油头粉面庸庸碌碌的家伙，跟那些纨绔们厮混，是浪费时间和生命。"

"留学生当中应当有学业优秀志向远大的人群，你可以择他们为友啊？"

秦若轩的脸上现出难色："我来日本的时间太短，暂时还结交不上。"

"你鄙视别人无追求，你的追求又是什么？"

"自由。我认为，一个人如果没有了自由也就失去了尊严，没有了自由就不能实现人生价值。自由的世界在我的心目中是一个五彩斑斓阳光普照清新透明人人平等的世界。可悲的是，现实生活中，自由离我越来越远，甚至让人觉得遥不可及。"

"过于悲观了吧？有多少人羡慕你们的留学生活，你现在的状态，是多少人一辈子梦寐以求都达不到的。"

"你说得没错。跟无数穷人家的子女相比，我衣食无忧。跟国内的同胞相比，我的头顶上没有飞机，身旁没有战火，目光所及，一片平祥之象，但是我的家乡却是炮火连天满目疮痍难民遍地，一想到这些，我的耳边仿佛就能够听见那些能把心震碎的炮声。来留学之前，我曾经到我父亲资助的施粥棚去帮过忙。施粥的现场，每天一大早就挤满了从乡下逃难到城里来的人，眼巴巴地等着那一碗粥。他们扶老携幼衣衫褴褛无家可归，那幅凄惨景象经常让我从梦中惊醒，我仿佛就是那些难民中的一个。你想，连我的梦都被战争恶魔侵扰，哪里还有自由可言？"

"战争总会结束，在此期间你安下心来读几年书，毕业的时候，一切可能都变好了。"

"你以为我想安心就能安下心的吗？你一定不知道，我们留学生时时刻刻生活在警察的监视之下，此时此刻，说不定就有一双或者几双眼睛在后面盯着我呢。"

"真的？"真子惊讶地睁大了眼睛，禁不住回头向身后张望。不远处，有两位身穿和服的女子并肩款款地走，她们脚下的木屐磕碰着地面，发出嗒啦嗒啦的声响，清脆而干净，她们的近旁并无其他人。秦若轩笑着说："别看了，你的那双眼睛发现不了那些人。"

"为什么监视你们呢？"

"天知道。可能是防范我们当中持异端思想的人有什么不轨的行为吧。但是，约束了行动，束缚不了思想，青年人的思想是最最活跃的。你知道吗，留学生活对我尚有一些吸引力的，是在书店里能买得到在中国被禁止的图书。"

"真的吗？哪一类的？"

"说了你也不懂，宣传欧洲共产主义的。"

"共产主义是什么东西，跟你的学业有关吗？"

秦若轩不语，他不能明确地回答上川真子共产主义跟自己的学习有关还是无关，那是埋藏在心底的秘密。刘娜老师借给他看的那本《共产党宣言》，让他第一次知道了世界上有一种学说叫作共产主义，那是一个令人向往的理想世界，是无数热血青年甘愿为之赴汤蹈火的世界，一想到此，秦若轩就热血沸腾。

秦若轩忽然间不讲话了，上川真子一时不知道应当再说些什么，二人各自想着心事，默默前行。一辆有轨电车轰隆隆地从铺设在马路中间的钢轨上驶过，车顶的电弓与电线的接触处，不时闪爆出蓝色的火花，噼啪作响，如同此时秦若轩心中按捺不住的激情。他目送着隆隆远去的电车，从电车的驾驶员联想到了真子的父亲，他羡慕地对真子说："上回你告诉我，你爸爸是火车司机，那个职业也是我从小就向往的。上小学的时候，我经常跑到铁道边上玩，专为看火车，想象着如果长大了，我也能开着那么个黑乎乎的大家伙，喷云吐雾风驰电掣一往无前，该有多带劲、多威风、多了不起。可是我父亲一心打算让我毕业以后跟他一样进银行，跟算盘子纸片子打交道，想想就头痛。"

秦若轩仰慕火车司机的职业，上川真子的心里很温暖，她心痛地说："你只看见了火车司机职业的风光，没体会到他们的辛苦。我爸爸他们那些开火车的人，为了观察前方道路情况，一年四季无论寒暑风霜雨雪，都要把半个身子探出车窗外面，任凭风吹雨打，时间久了，都会患上肩周炎、关节炎，另外还有胃病，听力减弱，等等，都跟他们的职业性质有关。"

"你父亲也有那么多病吗？我看他很健壮。"

"那是外表，他经常半身麻木，隔三岔五下班回家以后让我为他按摩。"

"你们一家人每年出去玩的机会多吗？比如春游。"

"战争开始之前还有，父亲带着我们全家人到富士山下野餐赏樱花。"真子的脸上洋溢着幸福和灿烂，仿佛樱花绽开，但是这美丽的光彩很快从她的脸上消失了，她又想起了逝去的哥哥。自从哥哥被征召上了战场，一家人再没有出去愉快地游玩过。秦若轩没有留意到真子表情的变化，顾自接着问："我的家乡没有樱花。樱花好看吗？你们为什么那么喜欢樱花？"

问起樱花，真子的眼眶里不禁充满了泪水，她尽力克制着情绪说："我们日本有一句名言：花中樱为王，人中兵为贵。等到明年春天漫山遍野樱花开放的时候你就能发现，樱花盛开最灿烂之日，也是它凋谢零落之时。樱花盛极之后，花瓣随风飘落，缤纷似雪，如歌如舞；花瓣慷慨铺满大地，如一场盛大演出之后的欢呼。我们日本民族崇尚武士，武士命殒疆场之时，也是他一生当中最荣光的时刻。樱花精神可比武士精神，因此壮烈可敬。"真子赞美着樱花，赞美之词如同说给逝去的哥哥听，不免声情并茂。

真子的情绪感染了秦若轩，他惋惜地自语："不知道能不能看见明年春天的樱花。"

"每年的樱花季都是准时到来的，怎么会看不到呢？"真子不解地问。

秦若轩再次不语，他跟真子之间，还没有到无话不谈的程度，有些秘密还是暂时隐藏起来更好。不觉间，他们走到了秦若轩的住所附近，秦若轩问真子，愿不愿意到自己的宿舍里坐坐，真子略显迟疑，还是点头同意了，其原因不仅仅是她担负有警方安排的监视秦若轩的任务，那件事情她并不情愿，仅从个人角度，她也有看看秦若轩居住环境的冲动，她相信，从生活细节中，往往更容易全面地了解一个人。

秦若轩居住的是一处狭长的居所，居所内除了公共卫生间和公用厨房之外，一条长廊连接着十几个独立的房间，每间有六张榻榻米大小。听见秦若轩回来了，住在隔壁的一个操江浙口音的张姓男青年拉开房门探出头来，把一只未开封的纸袋子丢在秦若轩的脚下，说："秦君，刚才一位小姐送来的，让务必交到你的手上。"

"谢谢张君，晚餐以后过来喝茶。"

男青年盯着上川真子看了又看，跟秦若轩做了一个鬼脸，回去了。

秦若轩的房间里，除了一张矮书桌和简易书架以外别无他物，衣服、被褥等杂物都放进了壁柜里，整个房间显得简单整洁。秦若轩请真子坐在榻榻米上，随手撕开了纸袋，纸袋里是一本油印刊物。当他把刊物从纸袋里抽出来的一刹那，他后悔了，刊物是针对郝喆被打事件而专门出版的《东京学联增刊》，里面的文章必定火药味十足，自己以八极刀署名的那篇杂文《血债》也肯定在内，外人看到有害无益。虽然真子不懂中文，但是他如果现在

天边 TIANBIAN

当着真子的面把刊物藏起来，不正常的举动容易引起她的猜疑。情急之下，秦若轩装出漫不经心的样子，若无其事地把刊物随意丢在书桌上，顺手把空纸袋盖在了刊物的上面。他又拉开书桌抽屉，拿出一包薄荷糖给真子吃，然后准备为真子沏茶。秦若轩似乎把这些事情做得自然随意连贯，但是细心的上川真子还是产生了疑惑，尤其是秦若轩用空纸袋子盖住杂志的动作令她生疑。杂志封面上《东京学联增刊》几个鲜红醒目的大字她看得清清楚楚，虽然不清楚那几个字用中文怎么读，但是主要意思她能够明白，她意识到，那是一本秦若轩不想让她看的读物。真子礼貌地起身说：“不喝茶了，知道你住在这儿就行，我该回家了。”

“下个星期日还见面吗？”上川真子突然提出要走，秦若轩有些舍不得。

“你就在宿舍等我吧，如果没有特别的事情，下个星期日上午我一定来。如果上午不来就是不能来了。”

秦若轩把上川真子送到住所附近的十字路口，真子跟他挥手道别，脸上露出浅浅的笑，转身快步离去。从真子离去的神态和步速里，秦若轩预感到下个星期日真子不会来了，他不知道真子不来的原因，但是他感觉到了，他相信恋人之间有意念的传递，他相信存在第六感觉。

秦若轩的感觉没有错，上川真子在转身离去的那一刻，已经决定下个星期日不来见秦若轩，她预判到两人见面次数越多，可能引来的麻烦越大，她不忍心秦若轩因为结交了自己这个女朋友而受到伤害，警方的参与，让本该简单纯洁的友情变了味，她感到不堪重负。

新出版的《东京学联增刊》在中国留日学生群体中引起了骚动，尽管在谢已然的建议下，大大限制了印刷数量，但由于其主题鲜明敏感，文章词语激烈犀利，完全没有了往期《东京学联》

所刊文章内容的模糊与含蓄，引得留学生私下里争相传看。有些人读后大呼过瘾、解气、鼓劲，呼吁应当连续再发几期，有些人读后则恼羞成怒，急急如热锅上的蚂蚁，读者群呈现了泾渭分明的两派。不可避免，这本在留日学生中间引起波澜的《东京学联增刊》，也招来了警察和驻日大使馆的关注并开始了对文章作者的秘密调查，一时间，留学生们争相自保，谨言慎行，空气变得格外紧张。几天来，谢已然和郝喆两人的住处再次成为各方关注的焦点，但是这次跟上次的境况截然不同。上次是在郝喆被打之后，引得很多留学生前来探望，可谓络绎不绝。来人中有真关心，表示同情表达愤慨的，也有幸灾乐祸，表面假惺惺实则看笑话的，但是这次，大多数人唯恐避之不及，加之老谢已经跟中华留日学生联合会的几名骨干人员有过交代，所以最近几天，他们的住处反而格外安静，基本无人来访，连专责监视他们的警察都感到了诧异。

留学生们对《东京学联增刊》的议论也传到了秦若轩的耳朵里，对跟他传话的人，他假作漠不关心，支吾敷衍加以应对，内心却十分兴奋，他很想找老谢诉说和分享快乐并请示下一步怎么做。他记起谢已然明确讲过，相互联系的地点改在帝国大学图书馆，但是并没有告诉具体的联系时间，明显隐含着未接通知不见面的意思，他知道老谢这是刻意在保护他。

又一个星期日到了，秦若轩吃过早饭就从房间里出来，坐在宿舍门前的竹椅上看书，既为等待上川真子，又为消磨时光，他虽然判断真子今天不会来，但是老老实实地等待一个上午还是必须的。今天是冬季里少有的好天气，朗日无风，暖阳慷慨地照着，似有初春的感觉，很舒适。时至正午，果然未见真子的身影，秦若轩心底尚存的一丝期盼消耗殆尽，便把书放回房间，然后步行到街上去，一为活动一下安坐了一个上午的筋骨，二为解决午餐问题。在一家小店里，他吃了两只饭团子，喝了紫菜汤，回来的路上，顺便逛了旧书店，在散发着霉味的几排老旧书架中徜徉，没有发现他感兴趣的书。走回住所，距离房门十几步远的地方，他忽然发觉情况有些异样，首先看见自己离开时关闭的房门被拉开了，进屋以后，发现处处都有被人翻动过的痕迹，不仅壁柜、书架和书桌均被翻动过，连榻榻米的下面都未能幸免。他的神经立刻紧张起来，回身关紧房门，迅速拉开壁柜找出枕头，查看藏在枕头里的那本《东京学联增刊》还在不在。潜意识告诉他，刊物一定没有了。果然，尽管他把枕头芯都从枕套里掏了出来，又把壁柜里的被子衣服等全部物品反复翻腾了两遍，还是没有找到那本《东京学联增刊》。秦若轩的额头瞬间布满冷汗，他愣愣地坐在榻榻米上，疾速思考。从毫不掩饰搜查行为的特点来判断，刚才登门的不速之客必是警察无疑。警察随意闯进留学生住所进行搜查早已是司空见惯，不想今天这种遭遇落到自己头上。最危险的是，警察把那本敏感的刊物搜走了，如果他们把那本火药味十足的《东京学联增刊》视作反日的证据，今后将凶多吉少。他听见身后有人敲门，他机械地应了一声，房门被拉开，来人是住在隔壁的小张。小张没进屋，他匆忙扫视了室内杂乱的景象，慌慌地说："秦君，警察刚才来过，你在外头做什么不安分的事情了吧？""没有哇。""那为什么警察专门来查你，害得我的屋子也被他们翻腾了一遍。""对不起啊。""算了，没什么对不起，只求你今后别连累我们就成，我爹妈指盼着我顺利学成回国为官光宗耀祖呢。""晚上我请你吃饭压惊。"小张摆了摆手，拉上房门回隔壁了。

突如其来的变故，让秦若轩一时不知所措，他急切需要马上去见谢已然报告情况，但是转念一想，说不定警察此刻就隐藏在暗处等着自己的行动呢，贸然去找老谢，必然暴露他们之间的关系，万万不可行。秦若轩反复提醒自己，冷静冷静再冷静，他默默地把室内被翻乱的物品一件一件地重新整理好，摆回原来的位置，同时也在整理着思绪。

房间整理好了，秦若轩没有想出妥帖的办法来，他下意识地从书架上拿了一本书走出房间，再次坐在屋门前的竹椅上，如同什么事情也没有发生过一样，做出专心看书的样子，脑子里却似波涛汹涌，排列出可能发生的各种情况以及如何应对的办法。心不静，暖阳的舒适也变成了燥热，他抬头看看挂在西南天空的太阳，刺眼的光线晃得他眯起了眼睛。被强光晃过，瞳孔缩小，低头再看书中文字便有些模糊，索性把眼睛闭起来恢复视力，更为了静心。忽然，他听见了熟悉的脚步声由远至近，那是真子的脚步声，柔软而清新，他惊讶以前并未刻意关注真子的脚步声，而那脚步声却不知不觉地印在了记忆里，让他一听见就能想起真子。他有些怀疑自己的判断，赶紧睁眼观瞧，果然是上川真子来了，来得那么出人意料。真子走到秦若轩的近前，四目相对，不约而同地微微一笑。秦若轩问："你怎么知道我下午还能在家？""不知道。我想你应当在的，不然你去哪儿？""东京这么大，随便哪里逛逛。"

真子看出了秦若轩故意做出的不以为然但没有说破。二人进屋，秦若轩为真子沏茶，真子静静地等着，她观察到秦若轩眼神中偶尔闪现的恍惚，缺少了原本的坦荡，那是一种心神不宁的外露。沏好茶，秦若轩坐在了真子的对面，半晌没开口，反复权衡是否应当把当前的真实处境告诉她。自己的危险也是真子的危险，他不忍心真子受到伤害。真子也没有说话，她的心境比秦若轩更为复杂。她本来决意今天上午不来的，以尽量减少二人见面的次数，但是早晨家里收到一纸弟弟上川善雄被招入伍的通知，让她的情绪跌到了低谷。她原本想通过答应为警方提供秦若轩的情况

天边 TIANBIAN

而换取弟弟免于当兵，残酷的现实让她的愿望彻底破灭了，她忽然领悟到自己的想法是多么幼稚可笑。她跟秦若轩交往的时间不长，却真切体会到了秦若轩对她的真爱，不管今后两人的关系发展到什么程度，能否持久，她都应当有所回报，而当前最现实的回报，就是赶紧提醒秦若轩谨言慎行，不忍心继续把秦若轩蒙在鼓里。她很想把真实情况和盘托出，又担心秦若轩跟自己反目，恐惧与忐忑折磨着上川真子，让她心力交瘁。经过一个上午痛苦的选择，她决定向秦若轩表白一切，以求得心理上的解脱。

"你今天来了真好，我正有一件重要的事情想跟你说。"秦若轩首先打破了沉寂。

"我也有重要的事情想跟你说。"真子看着秦若轩的眼睛，从对方的目光中，她看见了真诚和渴望，让她勇气陡增，刚才还在困扰她的忐忑心情消减了大半。

秦若轩忍不住扑哧一声笑了出来，问："咱俩谁先说？"真子回答："石头剪子布。"秦若轩爽快地答应了，二人同时把手背在身后，然后出手。较量到第三把，秦若轩故意露出破绽，输了。真子的脸上荡漾着灿烂的笑，异常可爱和美丽。但是珍贵的笑容并没有维持多久，真子的脸色变得超乎寻常的沉静，她咬着下嘴唇，似乎下了很大的决心，终于开口说："作为日本人，有些事情本不应该告诉你，但是作为好朋友，为了你的前途，我又不能不说。"

"如果真让你很为难的话，现在不说还来得及。"秦若轩感觉到了真子心头的纠结，虽然并不清楚是什么原因让她难以启齿。真子又犹豫了片刻，端起茶杯，喝了一大口茶水说："还是告诉你吧。上个星期日你曾经跟我说过，你来日本以后，每天都生活在警察的监视里，很不舒服，其实你并不知道，监视你的不仅有警察，还有我。"

133

"什么意思？什么还有你？"秦若轩被真子的话搞糊涂了，惊讶地问。真子勉强一笑，把警察如何找到自己家里，如何跟父亲谈话，如何要求她必须如实报告两人交往情况等叙述了一遍之后说："若轩，你来日本是求学的，跟学业无关的事情尽量不要参与，安安分分的，能免除多少麻烦。你安全，我轻松，何乐而不为。"上川真子的话让秦若轩难以置信，他试探着问："我们俩约会的情况，你都跟警方报告了吗？""是的。""报告些什么？我们之间的谈话？""所有我听到的看到的，没有任何隐瞒。"秦若轩猛然间明白了为什么今天警察会突然造访，为什么能准确地搜走那本《东京学联增刊》。他把十根手指插入头发中间，狠狠地挠了几下头皮，双目紧闭，伤心极了。他不恨上川真子，纤弱的姑娘无力抵抗强大的国家机器，他憎恨的是这场野蛮的战争，是战争让善良的人变成了魔鬼。在真子面前，他不想失态，他努力控制着激愤的心情，把身体坐端正了，对真子说："你知道我想告诉你什么吗？"真子摇摇头。"我想告诉你，今天中午警察已经来过了，搜查了整个房间，拿走了一本重要的油印刊物。"真子睁大了眼睛，看着秦若轩那张冷峻的脸，心中一阵酸楚和慌乱。她问秦若轩："那怎么办，警察能抓你吗？"秦若轩镇定地说："兵来将挡，水来土掩，随它去了。你已经看到了，继续跟我交往，危险性不容置疑。为了你免受伤害，咱们之间的一切都应该结束了。"

　　"你不能再认真思考一下吗？现今整个亚洲欧洲都在打仗，你能在安静的环境里学习是多么难得，为什么不珍惜呢？你和我都没有能力改变世界。"

　　"我早就想好了，为了拯救苦难深重的祖国，我愿意做任何事情，哪怕付出生命也义无反顾。不过你放心，现在还没到那种程度，咱们从今天开始结束交往还来得及。你父亲不是也反对你跟我交朋友吗，今后他不用担心了。"秦若轩故意把话语讲得很轻松，他只能如此了。

上川真子不舍地站起身，准备走了，秦若轩从书桌抽屉里拿出一件小玩具，是一只黄色带斑纹的布老虎，这是他从小就喜欢的东西。秦若轩说："这只布老虎陪伴我十几年，是我妈妈亲手缝的，送给你，留作纪念吧。"

"谢谢，记着我。"真子主动上前，轻轻拥抱了秦若轩，秦若轩吻了姑娘的头发，他记住了那个特别的味道，是一种香皂味和少女体香相融合的芬芳。

秦若轩目送上川真子远去，直到完全看不见她的身影。太阳躲进了一大片淡灰色的薄云中，漫反射的光线暗淡了万物的影子，依旧无风，但是秦若轩俨然感觉到带着血腥气的疾风即将扫来，不管有没有危险，他都必须去找谢已然了。

秦若轩是在夜深之后去谢已然住处的，在老谢那里他得知，在《东京学联增刊》上发表文章的十几名作者中，有两人已经暴露，加之他们之前在警方还有其他案底，日方跟民国政府驻日大使馆商定，近日将遣送二人回国。中国留学生在留学期间遭遇遣送，等待他们的将是国内的牢狱之苦，听说前年有被遣送回国的留学生，回去以后就被判刑十五年。老谢凝神看着秦若轩，严肃地说："听了你刚才讲的所有情况，看来处境的确很糟，警方随时有可能传唤你，追问那本刊物的来源，进而调查你跟进步学生的关系。加上你之前的各种表现，事态如何发展很难预料。下一步怎么办，我认为在警方没有对你采取进一步措施之前，有两条路可选，第一是偃旗息鼓，不再参与留学生进步团体的任何活动，把自己先保护起来，忍耐一年半载再说。第二是离开日本回国，参加抗日战争。郝喆已经准备回去了，我正在找关系安排。如果你也选择回国，你们两个可以结伴一起走。"秦若轩不假思索地说："我也走，这里我一天也待不下去了。另外郝君的骨折伤还没好，一路上我可以照顾他。"

"也好，有你们互相照应，我也放心了。"

"回国以后，能直接到关内参军上战场吗？东北我坚决不回去。"

"可以联系，但是没有十分的把握。另外，你们离开日本的行动必须秘密进行，不能让学校和大使馆方面知道，也不能告诉身边的任何人。"

"我明白。"

"回去以后只管悄悄地整理好行李，其他的事情我来办，一旦敲定了准确的出发时间就通知你。等待期间，除了去正常上课，其他时间不要出门，防止节外生枝。"

"我们今后还能再见面吗？"秦若轩担心地问。

"能，你们登船的那一天，我一定去码头为你们送行。"

三

秦若轩和郝喆站在轮船的甲板上，看着越来越近的青岛港，心潮起伏。他们搭乘的是一艘从东京到香港的英国籍货轮，中途停靠青岛和上海，是谢已然通过关系买通了船长，他们才得以成行。海风强劲，他们裹紧了身上的棉衣和毛线围脖，忍受着刺骨的寒冷，也舍不得回到底仓去。即将重新踏上祖国的山川大地，激动的心情难以言表。海面上，碧波汹涌，成群的海鸥上下翻飞，在雪白的浪花间起舞，把秦若轩看得如醉如痴。他用胳膊肘捅了一下站在身边的郝喆说："你看，海鸥欢迎咱们回家呢！"郝喆

136

并没有秦若轩那么好的兴致，提醒说："先别忙着高兴，还有两道关口没过，首先要顺利下船出码头，然后找到老谢介绍的瑞昌号洋货店跟陈掌柜联系上，才算圆满。"

"你担心有警察在码头拦截？"

"在海上漂了好几天，谁知道咱们离开以后发生了什么，万一警方和大使馆想抓咱俩又发现咱们已经坐船跑了，一定通知这边的警察封堵。你要知道，三年前日本人就把青岛占领了，一会儿离船上岸要格外小心，没事情最好，一旦发现情况不妙，咱俩各跑各的，然后到瑞昌号聚齐。"

郝喆的话让秦若轩紧张起来，他认真整理了衣服，系紧裤带鞋带，保证万一需要逃跑的时候腿脚利落。

轮船靠上了码头，秦若轩和郝喆反复观察，没有发现异常。他们跟船长告了别，混在上岸办事的船员当中，顺利通过了日本兵的盘查，离开了码头。

谢已然介绍他们投奔的瑞昌号洋货店，是设在青岛港附近的一家专门做进口生意的商号，规模中等，跟那些专为码头拉运货物的板车脚夫打听，他们几乎都知道。秦若轩和郝喆选择接近傍晚时分，进出瑞昌号的人相对少了，而且确认没有受到跟踪的情况下，走进了瑞昌号的大门。瑞昌号是前店后仓的布局，在管事的引领下，他们进了后院的一间正房。被称作是陈掌柜的人年近五旬，身材高挑，五官匀称，面容冷峻，鼻梁上架着一副金丝银镜，身着笔挺的西服套装，脚下皮鞋锃亮，秦若轩他们进来的时候，陈掌柜正坐在屋子中间的八仙桌前品茶。管家把秦若轩和郝喆介绍给陈掌柜，陈掌柜面无表情，用眼角瞥了他们一下，鼻子哼了一声，继续品茶。郝喆把老谢写给陈掌柜的书信轻轻放在八仙桌上，陈掌柜打开书信看了一遍，仍然不抬眼皮地说："现在国内战事紧张，进口生意举步维艰。谢先生托我给你们俩找事由做，难啊！不过既然是谢先生介绍，你们暂且先住下。我最近正在谈一桩大生意，如果谈成了，肯定需要增加几个人手，若是谈不成，陈某就爱莫能助了。"

"多谢陈掌柜帮忙。"郝喆赶紧感谢说。

管家见陈掌柜不再说话，做出了送客的手势，然后把秦若轩和郝喆引出门外。在院子里，管家喊来了一个唤作小七的伙计，交代一番之后对郝喆说："二位先生跟着他去吧，先住下。掌柜的既然已经答应了，日后准有安排。哥儿俩是第一回来青岛吧？眼下街面儿上乱，你们人生地不熟，没有特别重要的事情尽量少出门。"郝喆答应了。

伙计小七带着秦若轩和郝喆去的小旅馆距离商号不远，名叫"琴安客栈"，是一幢二层的砖木结构楼房，脚踩在楼梯和地板上发出咯吱咯吱的声响。小七与客栈的老板很熟，据他介绍，跟瑞昌号有生意往来的客商到了青岛以后，大多安排住在这里。小七把他们俩带进了二楼走廊尽头的一个房间，房间的面积很小，室内陈设简单，紧紧凑凑地摆了三张木床，地上有一张小桌，一个木制脸盘架，再无他物。室内山墙上开有两扇窄窄的窗户，窗下就是邻里平房的房顶。木床上的被褥很旧，散发着霉味。小七交代说："已经预交了三天的房钱，三天以后的房钱你们自己付。水房、茅房都在一楼，想吃饭出门拐弯儿就有。我走了，万一在街上遇见日本兵，记住躲远远的，别自找麻烦。"

瑞昌号的伙计小七走了，天也黑了下来，秦若轩感觉到肚子饿，但是没心思吃饭，他问郝喆："这位不阴不阳的陈掌柜靠得住吗？他连我们有什么想法什么要求都不问，就让咱们等，成吗？"郝喆肯定地回答："听他的没错。我看这位陈掌柜办事谨慎，老练。你想想，他当着管家的面，明确说是老谢托他给我们找工作，先撇清了他跟我们之间的关系，万一日后我们遭到追查，他可以

138

把管家拉出来做证明，只是受托办事。其后是把咱们安排在这家客栈。你注意了吗，这间房在走廊的最里头，如果有警察特务或者日本兵来抓人，凭着这里的破楼梯破地板，敌人一上楼梯咱就听得见，如果情况不好，推开窗户跳出去，顺着下面的房顶就跑了。还有一点最重要，小七只替咱们预交了三天的房钱，说明三天之内肯定有安排。"

秦若轩仔细想了想，认为郝喆分析得有道理，刚才的担心消减了大半，他建议出去找吃的，郝喆同意了。两人下楼出门拐弯儿，果然见到了沿街开设的几家小饭铺。他们选择了一家煎饼铺，要了煎饼和地瓜汤，吃完饭，不敢在街上逗留，赶紧回客栈了。

货轮在海上航行的几天时间里，因为甲板上风大寒冷，大部分时间里，秦若轩和郝喆都是在底仓度过的。底仓的空气流通不畅，且隔壁就是发动机房，憋闷加噪声，折磨得他们几天都没睡过一个好觉，如今终于能够踏踏实实地躺在床上休息了，秦若轩反而睡不着，他听见躺在另一张床上的郝喆也在辗转反则，床板不时发出嘎吱嘎吱的响声。秦若轩问："郝君，想什么呢？"郝喆翻了个身，面向秦若轩忧虑地说："我在琢磨那位陈掌柜。老谢跟我说，他跟陈掌柜有三年多没见了，让咱们来找他，是因为他是老谢在青岛唯一的联系人。现在这种形势，不要讲三年，两个月不见都有可能发生变化，所以，咱们应当格外注意两个时间段：第一个就是今天夜里，如果今天晚上没有警察或者特务登门抓捕，说明他可信。第二个时间段是三天以后，如果三天以后仍然没有消息而且不再理睬我们，说明他根本不想办事，留咱们住下仅仅是为了还老谢一个人情，到了那个时候，咱也别自讨没趣，赶紧走人另找出路。"

"关键是今天晚上？"秦若轩问。

"是的。别睡得太死，随时准备应对不测。"

郝喆的一番话，让秦若轩的神经又紧张起来，他眼睛虽然闭着，耳朵却不敢闲。夜深了，迷迷糊糊中，他听见一楼似乎有喝醉了的房客回来，吵吵嚷嚷，脚步凌乱地上楼，楼梯被踏得咚咚响，接着就是很重的开门声，脸盆架被撞倒声，醉汉呕吐声，口齿不清的骂人声，等等，折腾了好一阵子才安静下来。后半夜，又先后两次听见有新的客人入住，每次有人来，秦若轩和郝喆都会坐起来竖起耳朵倾听，好在新来的客人都没有上楼，让他们松了一口气，躺下继续睡。断断续续的睡眠，搞得秦若轩第二天一早起来头都是昏昏的，眼泡浮肿。

　　新的一天开始了，客栈外面的大街上又喧闹起来，商贩的吆喝声此起彼伏，想睡懒觉是不可能的，他们只好起床洗脸，从水房打来开水，拿出头天晚上带回来的煎饼当早饭。秦若轩和郝喆正要商议今天应当怎么过，忽然听见有人上楼，而且脚步声由远至近，明显是朝着他们住的这间房而来。果然，脚步声在门外停止，有人敲门，敲门的声音不大不小不急不缓，平稳正常，秦若轩跟郝喆对视，郝喆示意开门。秦若轩走过去把房门拉开，来人是一位戴礼帽着灰色长衫的中年男子，那人对秦若轩微微点头，开口问道："请问这里可住着一位李先生？"秦若轩正要回答说没有，郝喆抢着回答道："对不起，这里只有张先生。"那人接着问："是弓长张还是立早章？"郝喆回答："是文章的章。"来人笑了，进门，跟郝喆和秦若轩握手。这一幕，把秦若轩搞得丈二和尚摸不着头脑。郝喆则高兴得喜出望外，他压低嗓子对秦若轩说："太好了，中共地下党来人了！"秦若轩恍然大悟，心里嗔怪郝喆的心里还藏有秘密没告诉他。实际上中年男子的到来，郝喆也十分意外，临行前，老谢特别交代了如果在山东有中共地下党主动跟他们联系时双方使用的暗语，他万万没想到这么快就跟地下党的同志接上了头。

中年人大方地坐在床边，自我介绍说："我姓臧，祝贺你们顺利归国。有什么打算尽管讲，清楚了你们的想法，我才好考虑下一步怎么安排。"郝喆见对方开门见山，也没做多余的寒暄，便向臧先生通报了自己和秦若轩的姓名之后说："我这位秦兄是东北人，家乡被日本人占了，成了满洲国。他不愿意回去，一心想加入关内抗日的队伍，真刀真枪地跟鬼子干。我也有这个想法，但是受的伤还没养好，端不动枪，不想进了部队就成累赘，打算先回天津家里养伤，伤好了以后再说。"

　　臧先生扫了一眼郝喆仍然吊着的胳膊和裹着纱布的手，点头表示认可。他转头对秦若轩说："想参加队伍打鬼子是好事，可以办。眼下在咱们山东境内就有抗日的队伍，距离青岛最近的是原来张学良将军麾下的东北军百十一师，师长是常恩多，打鬼子那叫个坚决。百十一师的官兵大部分是你们东北老乡，如果愿意加入，可以介绍你去，我跟他们的一位廖旅长很熟。想加入咱们的八路军也可以，不过我们希望有更多的进步青年渗透到国民党的军队中去，为今后争取他们起义，共同抗日，增添积极力量。"

　　"好，我就去东北军。"秦若轩坚定地回答。多年的夙愿终于要实现了，他难掩心中的喜悦，多日的疲惫感一扫而空。臧先生接着说："我现在就写一封信给廖旅长，他一定能接收你。若有人问起你我之间的关系，就说你舅舅跟我是生意上的朋友。百十一师里也有共产党员，但鉴于目前国共之间的严酷形势，他们的党员身份都没有公开。你去了以后，不要轻易暴露个人的政治倾向，必要的时候，有人会主动找你联系。记住联系时的暗语，对方问：'你信奉基督教吗？'你答：'不，我信奉天主教。'记住了吗？"

　　"记住了。什么时候走？"

　　"还要安排一下，找一位向导送你去部队，争取今天下午就

141

出发。郝先生回天津需要我帮忙吗？"

"不，谢谢了，我自己坐火车走。"郝喆回答。

臧先生匆匆离开了，秦若轩难掩激动的心情。与郝喆即将分别，二人何时何地再见面不可预测，他心里有很多话想说又觉得无从开口，二人默默着手收拾随身物品。东西不多，很快便收拾停当，秦若轩问郝喆："需要跟陈掌柜告别吗？"郝喆想了想说："我看不必。臧先生会向他通报咱俩的去向，专门去道别，让店里伙计们看见了反而麻烦。"秦若轩认为郝喆考虑得对，又说："从日本跑出来，满洲国驻日大使馆肯定恼火，我爹挨他们训斥是肯定的。我给家里写一封信报个平安，你回天津以后帮我寄出去。"

"也好，出发之前咱们还是别上街，保险。"

秦若轩怎么也想不到，寻找到百十一师的廖旅长，他竟然用了将近二十天的时间。尽管秦若轩把一身行头换了农民装，分头改剃成了平头，但是顽固的东北口音和身上的学生气一时难改，遇到伪军和特务盘查就麻烦，如果没有臧先生派来的一位当地老汉做向导，他可能连日伪占领区都通不过。一路上，他们尽量避开大路和城镇，翻山岭，走乡村，让秦若轩既体会到了各种艰辛，也亲眼看见了在日本占领区民众的痛苦和悲伤。那些被侵略者烧毁过的断壁残垣，田野里新堆起的一座座坟头，破败的村落，荒芜的土地，处处刺痛着秦若轩的心，他恨不得立刻端起步枪刺刀冲向战场，一天也等不下去了。

廖旅长所辖部队的旅部设在鲁南地区一座县城的政府大院，门口有四名士兵站岗，门前的土路上停着几辆吉普车。秦若轩刚靠近大院门，就被站岗的士兵横枪拦住，他反复说明要见廖旅长，士兵坚持说长官们正在召开重要军事会议，不能见。听见了门岗与人争执，院里传出一声喝喊："呛呛什么，不知道长官在开会

142

吗？"

"报告连长，这个小子非要进去找旅长，说是来送信的。"一名士兵回答说。

话音未落，院门里走出了那位连长，此人中等身材，皮肤黑粗，他走到秦若轩面前，上下打量了半天，问："你是给俺们旅长送信的？""是。""你认识俺们旅长？""我舅舅认识。""信呢？""在这儿，我得当面交给廖旅长。""狗屁！队伍立马要开拔，旅长没工夫见你。要是愿意，就把信给我，我去转交，不愿意就滚犊子！"话说完，转身就要回去，秦若轩赶紧把他拉住，把书信和两块银圆一并塞到连长的手里，央求道："有劳大哥帮忙，这封信真的特别重要，务必交到廖旅长手上。"有硬邦邦的银元在手，连长的脸色略显好看些："真麻烦，蹲墙根儿等着去，别他娘旗杆子似的在大门口瞎晃荡。"

黑脸连长返身进去了，秦若轩乖乖地蹲在墙根儿下耐心等待，他看见有很多军人不停地进进出出，步履匆匆，气氛紧张，看来那位连长讲的是实话，里面确实十分繁忙。等了有两顿饭的工夫，他看见有七八名军官从院子里出来，急匆匆坐进各自的吉普车，朝不同方向开走了。又等了一会儿，从大门里走出一位红脸膛、五短身材、胸宽背厚的军官，他的身后跟着一个长着娃娃脸的警卫员，这名警卫员与其他人的不同之处，是他的背上还背着一把大刀，跟他的娃娃脸很不相称。红脸膛军官脚跨出大门就嚷道："妈了个巴子，谁叫秦若轩？""是我！"秦若轩赶紧站起身跑了过来。

"火上房的时候还他妈添乱。就是你小子想当兵？"

"是。您是廖旅长吗？"秦若轩问道。红脸膛军官把眼一瞪："看不见老子肩膀上扛几颗星啊？廖旅长没工夫见你，把你交给我了。我姓孙，六团团长。廖旅长说你是东北人，东洋回来的，会说鬼子话？"

"是东北人，学过日本话。"

"摸过枪吗？"

"没有。"

"说话就要跟鬼子交火儿了，廖旅长让你进我的团，还让我关照你。奶奶的，要不是你会说鬼子话，以后抓住俘虏有用，我他娘的才不要生瓜蛋子。咱丑话说前头，我孙大刀不是你的老妈子，枪炮一响，没人管你是新兵老兵谁是你舅舅，都他娘的得给我玩儿命，不能怕死当孬种，你小子现在要是后悔还来得及。"

"不后悔，我来参军就是为打鬼子的，不怕死，用不着照顾。"

"嘴上的功夫没用，听见炮声不吓尿裤子就算你有种。跟我走吧，先在团部当文书。"孙团长快步走向他的吉普车，秦若轩小跑着跟了上去。娃娃脸的警卫员乘机对秦若轩说："秦文书，我叫李三根，往后咱们就在一起了。没打过枪不要紧，我教你。"

"你咋还背口大刀？"秦若轩看见大刀心里就痒痒，让他想起了学过的八极刀。

"俺团长的，白刃战的时候团长最爱使大刀。你是没见过，俺团长这把大刀抡起来，那是所向披靡，血肉横飞，小鬼子吓得屁滚尿流，全旅没人不知孙大刀。"

听了李三根骄傲的介绍，秦若轩不禁对孙团长心生敬意。

三个人上了吉普车，出县城后在山间土路上疾驶，路面坑洼不平，汽车颠簸得很厉害，秦若轩的脑袋几次撞了吉普车顶，但是孙团长不允许司机减速，足以见他此刻急迫的心情。在汽车上秦若轩得知，近日，日军集结了约两个师团的兵力，分三路向鲁南地区大举进犯，对廖旅长所辖部队已形成合围之势，情况十分危急。刚才召开的军事会议上决定，不能跟日军硬碰，要以团营为单位，采用迂回穿插战术，迅速跳出日军包围圈，然后设法分散敌人，实施各个击破，粉碎日军的围攻。孙团长所在的六团驻地与来犯的日军距离最近，赶到团部驻扎的村落时，已经听见了南边传来的枪炮声。团部设在村子中间一个大户人家的宅院里，孙团长一跨进院门，参谋长柴镇就迎了出来，扯着大嗓门说："我的大刀团长，你可回来了，快把我急死了。"参谋长柴镇的个子比孙团长高，方脸浓眉，沉稳威武。

"急什么？稳住神儿。鬼子还有多远？队伍开始撤了吗？现在跟鬼子交火的是谁？"孙团长问。

"现在在南边顶着的是郑秃子的三营，一营和二营的一个连，已经按照您的命令先行往赵庄方向撤了，只要过了赵庄，队伍就能进山，余下的部队也做好了随时撤退的准备。"柴参谋长的话音未落，大门外飞奔进来一个佩戴上尉军衔的人，满头大汗，衣衫不整，孙团长见了，惊诧地问："柱子连长，出啥事儿了？"柱子连长顾不上敬礼，上气不接下气地报告说："报告团长，不好了，郑营长带着两个连反水了！"柴参谋长闻听急问："你是怎么跑回来的？你的连呢？现在的枪响是怎么回事？"

"是我手底下咱东北军老底子的两个排，在村外边利用水渠顶着鬼子呢，你们麻溜儿走吧，我的人顶不了多大工夫。鬼子来的人忒多，马上就要打进村了！"说话间，几发迫击炮弹在附近爆炸，飞溅起的砖瓦土块有些落在团部的院子里，险些砸到愣在那里的秦若轩。

孙团长的眼珠子瞪得溜圆，骂道："我操他八辈儿祖宗的郑秃子，在西北收编他的时候就瞅着不地道，有朝一日逮着他，我开了他的膛！参谋长，你赶紧带着团部和二营的其他弟兄往东北方向撤，天黑之前赶到王家集。切记队伍不要进村，趁着天黑，拐到王家集东北的山洼里，那儿有一条河沟，你们顺着河沟边的树趟子拐头隐蔽往回摸，顺利的话，就能绕到鬼子的身后去。"

"团长你呢？"柴参谋长问。

"我跟柱子手下的兄弟把鬼子往西边引，掩护你们撤退。"说话间，又有两发迫击炮弹在院墙外爆炸，院墙被炸开了一个很大的豁口。

"我掩护，你带部队撤。"参谋长争辩说。孙团长发火了："你的家眷刚来探亲，你不在谁他妈替你招呼？快走，不走来不及了！"参谋长一跺脚，跑出去了，团部的几个人紧随其后。孙团长一眼看见傻愣愣站在院子中间的秦若轩，喝道："你不跟着参谋长走，还等什么？""我跟着团长，团长在哪儿我在哪儿！"秦若轩想也不想地大声说。孙团长见状无心与秦若轩纠缠，对警卫员李三根说："三根，找一杆枪给他。净他妈添乱！"李三根三步并作两步跑进曾经设为团部的上房，又很快出来，无奈地说："都撤了，没枪。我的手榴弹给他两颗吧。"孙团长一挥手，柱子连长抢先跑出院门，孙团长、李三根和秦若轩紧随其后。未等他四个人跑到村口，远远地看见柱子连长手下的几十个人已经边打边撤进村子里来了。两股人马会合，孙团长命令道："柱子，快，奔村西关帝庙！"

关帝庙在村西的一处坡地上，庙的前面不远处是一片坟地，散落着大大小小十几座坟包，庙的侧后方是大片的枣树林。他们刚刚退到坟地，敌人的大队人马就尾随追来，战士们纷纷利用坟包做掩护，阻击敌人。战士们看见团长跟大家在一起，个个斗志倍增，敌人的两次进攻都被打退了。进攻受阻，且地形对鬼子很不利，他们改变了战术，集中调用迫击炮和掷弹筒，对坟地进行密集轰击，一时间，爆炸四起，弹片横飞，尘土蔽日，我方战士多人伤亡。连续的爆炸，震得秦若轩的耳朵嗡嗡响，爬卧在地上的身体也被一次次爆炸波震得几乎弹起来，飞落的泥土块劈头盖脸地砸下来，掩埋了半个身子。秦若轩的心里没有惧怕，只有兴奋和无措，他恨手中没有一杆枪，李三根给他的两颗手榴弹已经被他扔出去了一颗，他没看清楚是否炸着了鬼子，剩下的一颗没有十分把握他舍不得扔。战场形势显然对防守方十分不利，孙团长把柱子连长召唤到身边命令道："柱子，咱们不能死趴在这儿等着挨炸，赶紧组织队伍，利用后面的枣树林梯次后撤。""是！"柱子连长答应着，起身去传达命令组织队伍，不料，他爬起来弯着腰刚跨出去两步，一颗炮弹呼啸着飞过来，孙团长见状大吼一声，飞身将柱子扑倒。就在二人倒地的瞬间，炮弹在他们的身后侧爆炸了，李三根和秦若轩不顾一切抢上去，见到孙团长的右小腿血肉模糊，他们奋力把团长从柱子连长的身上翻过来。柱子翻身爬起来，把孙团长从头到脚检查一遍，除了小腿之外，其他地方没有受伤。他转头向阵地前面观察，看见敌人的又一轮进攻已经开始了，他大声命令李三根和秦若轩："快把团长背走，进关帝庙隐蔽，我带队伍掩护。"秦若轩听后二话没说，背起孙团长就跑。长这么大，他从来没有负重背过任何重的东西，今天不知道从哪里来了这么大的力气，心里只有一个念头，跑得越快越好。炸弹在他的周围爆炸，子弹带着呼哨从他的头顶飞过，他全然不顾。警卫员小李提着步枪紧随其后，用身体掩护着孙团长和秦若轩。他们的身后，柱子连长突如其来地组织了一次反冲锋，把进攻的敌人打了个措手不及，慌乱后退，柱子连长则利用这难得的机会，果断停止冲锋，组织队伍迅速向西北方向转移，大队鬼子也跟着追过去了。

秦若轩背着孙团长进了关帝庙，把孙团长放在地上之后，他才感觉到浑身瘫软，一屁股坐在地上，两条腿突突地打哆嗦，连站起来的力气都没有了。

这座关帝庙不大，只有一间正殿且年久失修，所供奉的关老爷塑像油彩斑驳，还缺少了一条胳膊。正殿大门的两侧各开有一个窗户，窗扇早就没有了，仅剩下窗户框。正殿之外是一个院子，院内长满没膝深的蒿草，院墙低矮，门楼残破，门板早已不见踪影，从大殿里就可以清楚地观察到庙外面的情况。天色已近黄昏，孙团长背靠着庙门旁边的墙，爆炸的弹片并没有伤着孙团长的腿骨，但是右小腿肚子的肉都被炸烂了，李三根找出急救包进行包扎。孙团长听着外面的枪声渐远，便对秦若轩说："小秦，出去侦察一下，看看外头现在什么情况。"秦若轩答应了，一咬牙站起身走出大殿。他没敢直接出关帝庙院子大门，而是把身子隐在院门旁边，小心地探出头去，一眼就瞧见大约有一个班的鬼子兵正朝着关帝庙方向搜索而来，他立即返身跑回来报告，问："团长，鬼子朝咱这边来了，十几个，咋办？"孙团长的牙齿咬得咯咯响："什么咋办？打呀！去把供桌香炉都搬过来，挡在门口当掩体。小李，一会儿咱俩一起开枪，瞄准了打，不能让鬼子进院儿。小秦，帮我压子弹。""是！"秦若轩和小李答应着。孙团长和李三根分别隐藏在大殿左右两个窗户的下面，静等着敌人露头。太阳已经落山了，光线昏暗，一阵风打着旋从院子里的蒿草尖吹过，发出呼呼的声响。鬼子兵的身影出现了，走在前面的几个在距离关帝庙还有二三十步远的地方止住脚步，胡乱地向庙门里开了几枪，有一颗子弹打在关老爷的塑像上，溅落了巴掌大的一块泥土，露出了塑像里面的稻草。鬼子兵见庙里并无动静，胆子大了起来，端着上了刺刀的大枪直接往院门里走。他们刚刚接近院门，孙团长的驳壳枪和小李的步枪同时响了，驳壳枪的击发速度快，三发子弹就撂倒了三个鬼子，小李也有消灭一个鬼子兵的战果。余下的敌人被突然遭遇的阻击激怒了，他们架起机关枪对着关帝庙大殿一阵猛扫，打得孙团长和小李抬不起头来，接着，有两颗手雷丢进了院子，其中的一颗炸塌了正面的半边院墙。爆炸过后，敌人便组织了进攻，有一名鬼子兵端着机关枪走在最前头，边走边打，其余的敌人端着上了刺刀的步枪紧随其后，眼看着他们就要攻进院门，孙团长问："还有手榴弹吗？"小李回答："没有了。"
秦若轩说："我这儿还有一颗。""赏给他们！"孙团长命令道。
秦若轩迅速把手榴弹的盖子拧开，瞅准机会把手榴弹扔了出去。
一声爆炸，走在最前面的机枪手倒下了，余下的敌人开始了更疯
狂的报复，一下子丢过来三四颗手雷，爆炸过后，关帝庙的院墙
和门楼都被炸成了断壁残垣，在爆炸烟雾的掩护下，敌人再次攻
了上来。天色昏暗，视线模糊，孙团长和李三根开枪一阵猛打，
隐约间又撂倒了几个鬼子兵。小李突然停止了射击，惊呼："团长，
我没子弹了！"孙团长也停了下来，拆下弹夹查看，里面也仅剩
下一发子弹。"咋办？"李三根问。孙团长冷笑道："咋办？凉拌！
剩下一发子弹也是赏给鬼子的！再上来就跟他们拼命！秦若轩，
你小子真他妈有福气，刚参军就赶上这么好的机会，咋样，怕死
吗？"秦若轩热血沸腾，咬着牙根说："死？还轮不上咱呢！三根，
把团长的大刀给我！"李三根看了一眼孙团长，孙团长点头应允
了。秦若轩接过大刀，对李三根说："团长就交给你了！"说完，
一拱腰，蹿出大殿门，迅速掩藏在断墙的后面，等着进犯的日本兵。

　　孙团长的这把大刀背厚身宽，比秦若轩习练八极刀所用的单
刀沉重了许多，压得手腕子发酸，但是也只有这种分量重的大刀，
才能在白刃格斗中与带刺刀的步枪硬碰硬地对抗。秦若轩想，我
练过的八极刀是不是花架子，立马便见分晓。不消一刻，仅剩下
的三个日本兵端着刺刀，呈"品"字战斗队形，踩着脚下的碎砖
土块，步步谨慎地进到院子里来了，秦若轩大喝一声挺身跃起，
冲着走在最前面的日本兵一个上步劈刀，大刀从上到下带着风声
劈了下来。秦若轩本想一声大喝先吓住敌人，最好像当年猛张飞
喝断当阳桥一般，没想到自己发出的声音既不雄浑也不洪亮，反
而带着一些嘶哑和尖厉，让他很失望，但是，目光只顾盯着关帝
庙大殿的三个日本兵却被突然从瓦砾堆中跃起的一个人及一声尖

厉的吼叫吓得不轻，特别是走在最前面的那个，清楚地看见了秦若轩手中的大刀带着寒风迎面劈来，他慌忙把手中的步枪横着举起来抵挡对面的大刀，没想到秦若轩迅速把实招变成了虚招，刀劈下来以后，手腕顺势一转，变成了刀刃向上，对着那个家伙暴露的下半身使了一招"小提柳"，寒光一闪，锋利的刀刃把对方从胯间斜切至上腹，来了个大开膛，肠子一下子涌了出来。那个家伙一声惨叫，一头扎在地上。处于他身侧后的两个鬼子兵见状端着刺刀呀呀叫着，疯子一般向秦若轩扑来。秦若轩此刻极度亢奋，他双手紧握大刀，扎牢马步，瞪圆双眼，紧盯着两个鬼子凶狠刺来的刀尖。眼看他左前方的一个刺刀先到，待刀尖距离胸口不及一尺远的时候，他猛然发力，用手中的刀背把对方的刺刀狠狠地拨开，之后抢上一步，来了个马步拥靠，秦若轩的身体几乎要跟对面的鬼子兵贴在一起，对方手里的大枪没有了作用，接着他把手中的大刀一横，右手紧握刀柄，左手抵住刀背，原地旋风般急转一百八十度，一招横抹刀把面前的鬼子兵拦腰切得血溅三尺，仰面倒地。但在此时，另一名鬼子的刺刀到了，眼看无法躲闪，情急之中的秦若轩突然向后抢背倒地，敌人的刺刀扎了一个空。在鬼子收枪准备再刺的时候，孙团长的驳壳枪响了，敌人中弹身亡。秦若轩一骨碌爬起来，探头向院外张望，见外面再没有敌人，他从地上捡起两杆步枪，赶紧跑回大殿。李三根抢先兴奋地夸赞道："秦文书，真没想到你耍刀还真有两下子，太漂亮了！"孙团长也面带喜色，称赞道："你的刀法不在我之下，练过？""前几年练过八极刀，没想到真用上了。谢谢团长一枪救了我。""不是你及时后抢制造了机会，那一枪还真难开。"李三根问："要是团长没开那一枪，你下一招是什么？"秦若轩苦笑了一下说："情况那么紧急，只想快躲，哪想过什么下一招？不过最有可能的是照着鬼子的小腿横扫一刀，他只要躲闪，我就有机会站起来。"

孙团长难掩兴奋，拍了拍秦若轩说："收留你，我孙大刀赚了。归队就提拔你当警卫排长，我的警卫排要人人都会使大刀，你当教练。"李三根问："团长，你已经把警卫排借调给了廖旅长，他什么时候还哪？""别指望还，回头咱重新组建警卫排。"孙团长往庙外看了看，天色已经黑了下来，他命令道："刚才这一阵子交火，恐怕要引来新的鬼子。趁敌人还没来，咱们赶紧走！"说完，孙团长在李三根的帮扶下站起身，从秦若轩手里要过一杆步枪做拐杖，一只手挂着，另一只胳膊搂着李三根的肩头，一瘸一拐地咬牙往外走，秦若轩把缴获的另一支步枪斜背在身上，手提大刀跟在后面做掩护。临走，秦若轩不忘从死去的敌人身上搜集了一些子弹和三颗手雷。他们出庙门往侧后方的枣树林走，眼看就要进入枣树林，里面突然闪出来三四个人影，孙团长正要命令卧倒准备战斗，对面传来了轻轻的呼唤声："是孙团长吗？我是柱子！"待几个人来到近前，果然是柱子连长带着三名战士。柱子担心地问："都没事吧？我们把追兵甩掉就赶紧回来接应，生怕你们人少遭遇不测，如果那样，我柱子的罪过就太大了。刚才听见这边又是响枪又是爆炸的，是你们吗？"李三根骄傲地回答说："就是我们，十来个鬼子找碴儿，都撂了！鬼子不长眼，也不看看碰上的是谁。"孙团长说："快走吧，说不定敌人马上就追来了。"柱子连长带来的战士替换了搀扶孙团长的小李，秦若轩建议道："绑一副担架吧，咱们轮换着抬孙团长，能走得快些。"柱子连长同意了。秦若轩选择了两棵高度和粗细都合适的枣树，抡起孙团长的大刀砍树。几个人七手八脚，很快用树棍加绑腿，绑扎起了一副担架。柱子连长问："团长，往哪个方向转移？""去跟参谋长会合。"

转眼一年时间过去了，一年间，大小战斗秦若轩又经历了几次，多次实战，他的八极刀功夫颇有长进，他带领的警卫排凭借

天边 TIANBIAN

人人手中的一把大刀，数次在与敌人的白刃格斗中大显神威，尤其是跟伪军交手时，他们的大刀一亮出来，怕死的伪军纷纷不战自溃。自称孙大刀的孙团长有机会就在其他旅团长面前夸耀他手下善使大刀的警卫排和秦若轩，说自从警卫排的战士人人学会了刀术，他孙某人的大刀已经闲得快生锈了，搞得其他人羡慕不已。秦若轩的表现深得孙团长赏识，提拔他担任了团部参谋，负责翻译从日军手中截获的情报资料以及处理日常各种文书往来，同时继续兼任团里的刀术教习。每当秦若轩教授战士们习练八极刀法时，总会想到好友周东林，跟东林比起来，自己的功夫差多了，如果他在该有多好。

　　进入七月底，秦若轩感觉到孙团长的情绪如燥热的天气一般不稳定，频繁地与旅部互通电话，通话时，团部的人除了柴参谋长之外都要求回避，紧张的气氛不同寻常。这一天，午后的一场雷阵雨驱走了多日的闷热，难得凉爽，大家紧张的心情似乎也放松了许多。吃过晚饭，秦若轩独自去村外散步，他非常迷恋雨后田野里散发出的泥土清香，深深地吸上几口，仿佛能把肺腑中的浊气全部驱赶出来，感觉到全身每个毛孔都是通畅的。他正散漫地行走在村子中间的土路上，忽听见身后有人喊他的名字，秦若轩停住脚步回身看，是柴镇参谋长从后面走了过来。柴参谋长问："散步去？""到村外看庄稼，散心。您呢，也出去转转？"

　　"是啊，去大野地里走走。加入东北军之前我就是个种地的，几天不看看庄稼心里不踏实。你也喜欢看庄稼？"

　　"我愿意欣赏雨后的所有植物，洁净明亮，每片叶子都传递着微笑，每根枝茎都透着生机，让看到它们的人想不精神都不行。"

　　二人信步村外。近处，大片的苞米和高粱郁郁葱葱，弯弯下垂的叶子上挂着晶莹的水珠。远处，山峦叠嶂，雾霭缥缈，这里，没有了村子里到处充斥的柴草烟和牛马粪尿的味道，没有了战场上硝烟和血腥的味道，泥土的清新，大片植物释放出的充足氧气，让秦若轩感到无比享受。他贪婪地大口呼吸着新鲜空气，身心完全沉浸在这难得的时光里。柴参谋长边走边伸展手臂，连着做了几个扩胸动作，似乎很随意地问道："秦参谋，问你一个个人问题，可以吗？"

"当然可以，您是长官。"

"我的问题跟官阶没有关系，完全私人。你信奉基督教吗？"

听到这句问话秦若轩一愣，刚才彻底放松的心情即刻紧张起来，去年离开青岛之前，臧先生曾经的重要交代还铭记在心。他瞄了一眼柴参谋长，对方的脸上没有任何表情，依旧目视前方，继续做着扩胸动作，但明显在等待他的回话。秦若轩认真地回答道："不，我信奉天主教。"秦若轩的话语一出，二人同时止住了脚步，柴参谋长伸出了右手，说："臧先生让我向你问好。"秦若轩惊喜地握住柴参谋长的手，迫不及待地问："参谋长，您是？"柴参谋长点点头，脸上流出慈祥的笑。秦若轩说："真的太意外，一年多了，我一直苦苦等着这一天，都快要失望了，后悔当初为什么没有直接参加八路军。"

"这种心情我理解。你加入我们六团以来，作战勇敢，是非分明，群众基础也不错，本来应当早几个月跟你联系，但是咱们东北军内部的情况越来越复杂，没到关键时刻，还是谨慎为好。"

"您的意思是现在到了关键时刻？"秦若轩问。

柴参谋长谨慎地向四周看了看，目力所及，未见他人，便严肃地说："自从去年发生皖南事变以来，蒋介石的反共手段更加猖狂，军队里坚决要求抗日的爱国将领纷纷遭到排挤，已经暴露的共产党员惨遭迫害，让我们这些当年追随少帅参加过西安事变的东北军将士伤透了心。残酷的现实让大家看清楚了，究竟是谁在领导全国人民真抗日，是中国共产党！咱们的师长常恩多下决心择机率众起义，不再替蒋介石打内战，投靠共产党八路军，举起民族统一抗战的大旗，实现复土还乡的夙愿。"

"真的吗？太好了！准备啥时候起义，我能做些什么？"秦若轩兴奋地问。

柴参谋长神色凝重地说："起义的时间还没有最后确定，但是起义之前的这段时间最危险、最关键。咱们东北军的队伍里不乏死心塌地愿意为蒋介石捧臭脚的败类，甚至包括了部分团级军官。我们当前的任务，一是严守策划起义的秘密，防止功亏一篑造成不必要的牺牲，二是格外留意官兵的思想动向，保证起义命令一旦下达能做到一呼百应。你的职位是参谋，而且跟下头的关系也不错，要充分发挥这些优势，有意识地多跟各营连联系，发现异常情况立即向我报告。"

"孙团长拥护起义吗？"秦若轩担心地问。柴参谋长微笑着回答："他的工作早就做通了。"秦若轩犹豫了一会儿，还是忍不住问："参谋长，我相信您一定是共产党员，咱团里还有谁是共产党，我能知道吗？"柴参谋长摇头："该你知道的时候自然会知道，但不是现在。"

"我知道不该问，但是我想有更多能说心里话的人，这一年多我快憋死了。"

非常时期，柴参谋长不宜离开团部的时间过长，先回村里去了。秦若轩独自望着远方的山峦和天上翻滚的云朵，想象着即将发生的起义，心绪难以平静。加入东北军的一年多时间里，痛快的事情是硬碰硬地跟鬼子打了几仗，苦闷的是，孙团长也带领全团执行过两次战区总部下达的阻击八路军的命令，虽然两次都是无功而返，连八路军的影子都没见到，为此孙团长还遭到战区长官的严厉训斥，但是全团从上到下，对大敌当前还要窝里斗十分反感，秦若轩本人更是难以接受。他仰慕共产党，天天盼望有朝一日能够成为共产党队伍中的一员，如今却要参与打八路军，刺痛的心情难于言表。有一天，他借着团部里只有他和孙团长两个人的机会，对孙团长说："放着鬼子不打，让咱们去打共产党，都是中国人，今后这种命令不能执行啊！"孙团长的眼珠子一瞪，没好气地说："你不懂得当兵吃粮的道理吗？你以为当兵的是什么？当兵的就是主人家的一条狗，让咬谁就得咬谁，不咬，勒死下汤锅！"

"当狗也得当好狗，乱咬自家人的疯狗我可不想当。"秦若轩嘟囔着说。

"你以为我想当啊？贼子当权，好狗也都他娘的成了疯狗。咱家少帅血气方刚惊世义举又如何？到如今还不是沦为阶下囚？忍着吧，寡妇也有生孩子的那一天。"

秦若轩很想再深入地跟孙团长唠一唠，但是想起离开青岛之前臧先生特别叮嘱过，不要轻易向他人暴露自己的政治倾向，便不敢再言语。现在好了，他得知孙团长其实也是反对内战倾向于共产党的，而且即将追随常师长武装起义弃暗投明，不禁感叹正义力量的无敌和伟大。

接下来的几天里，秦若轩时刻关注着孙团长和参谋长的动向，令他不解的是，孙团长跟旅部联系的电话反而少了，有时甚至整个下午都在和参谋长下象棋，完全看不出即将有重大行动的迹象。即便如此，秦若轩丝毫不敢怠慢，他按照柴参谋长的安排，有时间就到各营连闲转，找老乡闲聊侃大山，听他们骂街发牢骚。通过闲聊他发现，大多数官兵对迟迟不能打回东北老家十分不满，对有些国军队伍投降沦落成伪军，帮着日本人打中国人十分愤慨，看来，起义的群众基础是存在的。

这天一早，起床号吹过，秦若轩麻利地穿好军装跑出房门正准备出操，住在上房的柴参谋长喊住了他。秦若轩进屋以后，柴参谋长关上了房门，拿出一封信交给他，轻声说："命令你执行一项重要任务。起义行动很快就要开始，现在最担心的，除了咱们东北军内部的异己分子捣乱之外，还有驻守在南边的国军五十七师。一旦我们宣布起义或者他们提前得到了消息，必然对我们下手。所以，急需要得到八路军方面的支援。你的任务是赶快把这封信送到八路军鲁南分区，亲手交给程司令。任务完成之后不要急于回来，暂时作为我们团跟鲁南分区的联络员。起义一旦开始，什么情况都有可能发生，你要做好充分的思想准备。时间紧急，去伙房拿上干粮赶紧出发，如果有人问，就说替我上县城买药。"

"这么重要的行动，师长事先跟八路军那边没联系？"秦若轩疑惑地问。

"别问那么多。我已经让警卫员把马牵过来了，就拴在房后的杨树上。"

八路军山东纵队下设多个分区，鲁南分区是其中之一。秦若轩接受任务以后马不停蹄，傍晚时分赶到了鲁南分区驻地。这里是紧邻大片湿地的一处村落，湿地里，芦苇茂盛，水道纵横，是有利于开展游击战的好地方。他拿不准前面隐现的村子是不是目的地，扯了一下缰绳，放慢速度，正要仔细观察，路边芦苇丛中突然跳出两个身穿八路军军装的哨兵，挡在了秦若轩的马前，大喝道："站住，不许动，哪个部分的？"哨兵的出现让秦若轩的心里踏实了，前面无疑就是鲁南分区驻地。他费力地从马背上下来，近一天时间的颠簸，腰椎似乎都要断了，屁股更是疼得要命，两条腿怎么也并不拢。他非常难看地站在那里回答："我是东北军的联络官，要面见程司令。"两个哨兵围着秦若轩仔细看了一圈，见他军容不整，一脸疲惫之相，不似有诈，其中一人便说："老实等着，我去报告。"说完转身向村子方向跑去。不一会儿，报信的哨兵带着一个斜挎驳壳枪的人来了，那人中等身材，魁梧结实，身后背着一口大刀，走路时肩膀晃动幅度较大，随着上身摇晃，刀把上系着的红绸子左右飘摆，格外显眼。远远望去，秦若轩觉得这个人的步态他很熟悉。待那人走到近前，秦若轩情不自禁地大喊一声："东林！是你吗？"听到他的呼喊，那人止住脚步，仔细打量秦若轩，随即惊喜万分，一下子扑上来，把秦若轩抱住，又在他的背上狠狠擂了两拳，大声问："怎么是你？啥时候从日本回来的？怎么当国民党兵了？"一时间，二人泪如泉涌，涕笑相加。这一场景，把两个哨兵看得发呆，其中一人问："周连长，你们认识？""扒了皮认识他的骨头！"周东林笑答。他看秦若轩一时走路困难，就让一名哨兵牵马在前头先走，二人则慢慢地边走边聊。秦若轩把去日本之后的事情以及参加东北军的经历，向周东林简要叙述了一遍，之后急迫地问："快把你的情况说说，我从家里来信知道你离家出走了，心里说不上是个啥滋味，总想着你在哪儿，在干什么，还活着没有，没想到你小子不仅活得有模有样，还他娘的当了连长。""那得说咱命好，走到哪儿都有贵人相助。"周东林略显自豪地说，"我从家里出来就下决心进关当兵，上战场打日本。可是想得容易，一个山海关我就闯了三回没过来，警察和日本人查得那叫个严，还差点儿被抓了劳工。后来我就在长城附近转悠，足足转了两三天，终于遇上一个当地放羊的老头儿给我指了一条道儿，攀崖壁爬长城豁子，那真是险啊，若不是练过几年武术身上有点儿功夫，常人根本过不来。到了河北我就没钱了，靠要饭往前走，一路走一路偷偷打听哪儿有八路军，结果打问到的人，不是不知道就是被我吓跑了。快走到山东地界的时候，我刚进一个不知道名字的村子，就遇上了鬼子和伪军组织的铁壁合围大清剿，眼看就要把村子围严实了，我跟着老百姓赶紧往外跑哇，伪军和鬼子就在后头追，一边追一边放

157

枪，眼看着我身后有几个老乡中弹趴下。多亏我跑得快，鬼子和伪军又忙着抓人，我才没被打着。后来我跑进一片棉花地，发现棉花地里有一口废井，一丈多深，我眼一闭就跳下去了。没想到我刚跳下去，身后紧跟着一个人也跳下来了。我们两个蹲在井底下，大气儿都不敢出，一直挨到天黑，听听外头没动静了，才互相帮着从井里爬出来。一聊才知道，敢情那个人是八路军山东纵队的交通员，护送一个干部到晋察冀根据地，完成任务以后往回走，没想到遇上了鬼子扫荡。我一听乐坏了，正发愁找不着八路军，眼前就碰上一个。这么着，我就跟着他加入了队伍。"

"那你是怎么当上连长的？"秦若轩好奇地问，毕竟周东林参军的时间仅有一年多。周东林叹了一口气说："刚才不是说了吗，我到部队的时候，正赶上鬼子组织秋季大扫荡，大小战斗一场接着一场，虽说消灭了一些鬼子，咱们自己的伤亡也不小。不客气地说，尽管咱是新兵，但是论打仗和单兵格斗，我周东林不输旁人。凭着咱的一口大刀，第一场仗下来，我就成了班长；第二场仗结束，我就成了排长；半年下来，我就成了连长。当上连长才知道，光靠个人打仗勇敢不怕死和那点武术功夫远远不够，需要学习的东西太多了。"

看着周东林老成的样子，秦若轩不禁感慨起来，俗语说士别三日当刮目相看，事实果真如此。周东林见秦若轩不再说话，便问："光说我的事情了，快说说你来找我们程司令有什么事？"秦若轩咬了咬下嘴唇说："保密，具体情况我必须当面向程司令一个人报告。""真的？连我也不能告诉？""是的。这是纪律。"

有周东林的引见，秦若轩很容易就见到了程司令，见面以后气氛也特别好。为了防止在路途中发生意外，柴参谋长让秦若轩携带的书信内容仅相当于一封介绍信，详细情况还需要他做口头报告。听完报告之后，程司令立即向总队首长汇报请示，之后连夜下达命令，抽调了两个营的兵力，部署到国军五十七军和东北军百十一师六团的中间地带，以防不测。

任务完成了，又意外与最想念的老朋友相遇，秦若轩的心情格外愉悦，加上长途奔波劳累，这一夜秦若轩睡得格外踏实，直到第二天早晨太阳升起老高才睡醒。得知秦若轩起床了，周东林送来了一套八路军的军装，对秦若轩说："既然暂时住下不走了，就把衣裳换了吧，虽说旧了点儿，但是刚洗过的，干净。穿你那身国军的黄皮出来进去的太扎眼。"换好了衣服，秦若轩想出去走走，周东林同意了。身为联络官，且又处在起义之前的特殊时期，不敢远走。他和周东林来到村口，那里有一棵百年老槐树，巨大的树荫下安放着一副碾盘，他们就盘腿坐在碾盘上，望着村外湿地里随风摇曳的芦苇和偶尔从水面上略过的野鸭子，回忆起少年时代的很多往事。过去不起眼的小事，如今都成了比黄金还宝贵的财富。周东林告诉他，自己已经跟刘娜老师一样，是一名光荣的共产党员了，秦若轩十分羡慕，无奈地说："可惜我们东北军里，共产党员的身份都是秘密的，我想入党都找不着门。"

阳光很毒，知了在树上不知疲倦地哇哇叫着，响成了一片，像是一场无休止的大合唱。秦若轩说："你看眼前这一片乡野盛景，真像一幅水彩画，如果没有战争该有多好。"

"是啊。"周东林用一块白粗布擦着驳壳枪，问："等抗战胜利了，你打算干啥？"

"要是胜利来得快，我还年轻，就上欧洲念书去。刘娜老师借给咱们看的《共产党宣言》的作者马克思和恩格斯都是欧洲人，他们能写出那样的书，说明欧洲的社会比亚洲进步，学术氛围好，能学到更多有用的东西。"

"一心想着往外跑，不管小翠了？"

秦若轩猛然醒悟到周东林问自己将来打算的另一层目的，原

159

来是心里依然牵挂着小翠。他立即回答说："小翠永远是你的女人，我向天发誓，成亲那天晚上，我一根汗毛都没碰她。"周东林摇了摇头，伤感地说："小翠妹子命苦哇，不知道这辈子还能不能相见。"

"一定能，咱俩都不能死，要等到打回东北老家的那一天。"

之后的几天里，不断有东北军的消息传来，但就是没有起义的消息，秦若轩心急如焚，各种担心和揣测搅动着他的心。终于有一天，程司令得到消息，东北军的百十一师师长常恩多率部起义了，但是，由于起义之后，部队内部的反共顽固分子发生了哗变，最后跟随常师长进入八路军滨海抗日根据地的官兵还不足三千人。

听到这些消息，秦若轩最想知道柴参谋长、孙团长和李三根如何了，是否安全，这些情况一时无从知晓，程司令安慰他说："起义成功就是一件了不起的大事，是往蒋介石的心头狠狠地捅了一刀子。既然如今百十一师也成了咱们八路军的队伍，他们的消息迟早能够打听到。另外，你也不用回去了，留在我这儿继续当参谋，如何？"秦若轩说："我下连队去吧，到周东林那个连，我愿意在一线跟敌人抢大刀片子。"

"不，咱八路军的队伍里，能在战场上使大刀的人不少，但是像你这样有文化能文能武的人不多，还是当参谋吧，发挥作用更大。"

转眼间，冬去春来，遵照党中央的要求，八路军山东纵队与一一五师实行了合并，成立了新的山东军区，下辖鲁南、鲁中、胶东、清河、滨海、冀鲁边等六个军分区。对八路军在山东队伍的日益壮大，日伪军自然惊恐万分，几次纠集上万日伪军，对山东地区各抗日根据地进行扫荡、合围、蚕食、清剿，战斗异常频繁激烈。日伪军所到之处，修碉堡、搞连坐、烧杀抢掠，很多抗日干部和家属惨遭杀害。秦若轩跟随着队伍转战南北，参加过甲子山战斗，反围剿战斗等，负过一次非常危险的轻伤，一颗子弹贴着他右耳上部的头皮擦过，瞬间鲜血染红了半边脸，着实把他吓得不轻。倘若那颗子弹再向左偏一厘米，自己吃饭的家伙就没有了。伤口治愈，留下了一条直溜溜的伤疤，闪着光，周东林取笑地说：这下子好了，有了特别的记号，丢了容易找。

战斗频繁，秦若轩跟周东林碰面的机会很少，但是他们之间只要互相知道对方平安就足够了。每当部队进入休整期，两人都要找机会相聚，聊聊战场上的所见所闻。秦若轩把其中他认为重要的东西都用一个专门的小本子记录下来，他说等抗战胜利了写一本书，可能是纪实文学，可能是小说，还可能是战例集，总之要留下一些什么，不枉这段血与火的经历。在此期间，他从不同渠道，零零碎碎地打听到了柴参谋长、孙团长和李三根的消息。首先是李三根在起义期间牺牲了，死于与哗变叛军的交火之中；然后是孙团长在第二次甲子山战斗中负重伤，之后便没有了消息。秦若轩最关心的柴镇参谋长在起义成功之后被上级调走了，有的说了晋察冀，有的说去了苏皖，究竟调到哪里无从知晓。每当听到这些消息，他的心情都很沉闷。战争的残酷无情，制造了多少妻离子散悲欢离合伤残死亡，而这些，都源于欲望的膨胀和利益的争夺。掠夺与反掠夺、压迫与反压迫、统治与反统治、侵略与反侵略、扩张与反扩张，发展到极致，最终都归集于戎兵战火，血雨腥风，生灵涂炭，受伤害最深最重的是草芥般的老百姓。除了这些令人不快的消息，还有一件大事对秦若轩的打击也非同小可，那就是关于他申请加入党组织的问题意外受阻。

正式加入八路军以后，秦若轩就迫不及待地递交了入党申请书，这一天他等得太久太苦了。自从知道了刘娜老师是共产党员，他就下决心也要成为像老师那样的人。在东北军百十一师的一年多时间里，虽然这支部队抗战意志坚决，但毕竟属于国民党军系列，不是共产党领导的队伍，尽管他跟上下级间的关系都很好，还是有一种举目无亲的感觉。直到常师长率众起义的前夕，他才认识了身为共产党员的柴参谋长，并且知道了在他的周围就有党的秘密组织，可惜为时已晚。如今终于投入了共产党八路军的怀抱，再不申请入党更待何时？

秦若轩自从提交了入党申请书之后，天天想日日盼，终于等到了党支部开会讨论吸收他入党的一天。

经过几场大战，队伍开进一个县城进行阶段休整，全体党员有机会坐下来集中时间开会。秦若轩提前一天把军装洗得干干净净，还剃了头，庄严又忐忑地步入会场。结果，会上的情况让他始料未及。讨论一开始，大家的焦点就集中到了四个关键问题上：秦若轩的剥削阶级家庭出身，去日本留学的动机，回国以后为什么选择加入了国民党军，国民党跟八路军搞摩擦时他个人的态度和表现。尽管秦若轩把实际情况原原本本地做了报告，仍然有党员质疑他的入党动机，怀疑他对党的忠诚。作为秦若轩的入党介绍人，周东林站出来替他辩解，有几名党员便质问周东林：秦若轩原来是你的东家少爷，曾经剥削过你，如今加入革命队伍了，为什么还要替老东家说话？周东林说：因为我们从小一起长大，我对他最了解。又有党员问：他在日本上学期间的情况你了解吗？他在东北军一年多的情况你了解吗？秦若轩说：我在日本的情况谢已然同志了解；我在东北军的情况柴镇同志了解，他们都是共产党员。有党员说：秦若轩所说的谢同志和柴同志都是我们找不到的，又如何能证明？气得周东林跟那几名党员同志争吵得面红耳赤。严肃的气氛，无情的质疑，激烈的争论，让秦若轩如坐针毡，恨不得把心掏出来给大伙儿看。讨论的最后，大多数同志认为，为了保证党组织的纯洁性，应当延长对秦若轩的考察期，真金不怕火炼嘛。

申请入党未获通过，秦若轩的情绪跌落到了极点。天黑了，其他人已经就寝，他却无论如何睡不着，一个人到县城的大街上闲转。街面上已经基本无人，仅有的几家小饭铺也都打了烊，几乎快要走出县城的时候，他发现路边有一处酿酒作坊，双扇大门还敞开着，有灯光从里面照射出来。他跨过门槛走进酒坊，进门迎面是卖酒的柜台，其正上方的房梁上挂着一盏油灯，映照着一块黑乎乎的木质匾额，上书"鲁阳白"三个大字，匾额的木头已经严重开裂，表白着酒坊的历史。柜台上排放着几只大小不等的酒坛子，柜台后面用木栅栏与酿酒操作间隔开，可以看见里面灶火熊熊，蒸汽升腾，人影闪动，浓浓的酒糟味从后间飘散出来。

酿酒这一行对秦若轩来说再熟悉不过，从爷爷那一辈开始，家里就开烧锅酿酒，到了父亲这一辈，秦家的烧锅已经扩展到四五家，尤其到了每年秋后至来年过大年之前，是烧锅最忙碌的时候，他小时候曾经去看过，领略了粮食变成美酒的神奇。他正想绕进柜台，到后面的操作间看看，一位掌柜模样的中年男人正巧从里面出来，他抬眼看见了秦若轩，立即热情地招呼道："八路同志买酒吗？我家烧的可是正经高粱酒，全县城独一份，保你喝着过瘾还不上头。"

"偶尔路过，看看，不想买，没带钱。"秦若轩说。掌柜的笑了："同志你真会说笑，啥买不买的？说实话，我这作坊近几年是关的时候多开的时候少，不是鬼子烧就是黄狗子抢，整天提心吊胆没法做生意。不是你们八路来了，我都打算卷铺盖回乡下种地去了。没带钱不要紧，送你一碗尝尝，算是交个朋友。"说着，从柜台下面取出一只蓝边儿粗瓷碗，倒了大半碗酒递给秦若轩，说："先闻闻，香不？"秦若轩把酒碗接过来，凑近鼻子闻了闻，醇厚的清香直入肺腑。他又微微地抿了一小口，辛辣之后的余香弥

163

漫了整个味蕾，这酒果真不错，让人欲罢不能。秦若轩说："谢谢老板好意，你家的酒果然厚实醇香，好喝。告诉我这碗酒多少钱，明天一定给你送来。"

"什么钱不钱的，外道了。要是非给钱不可，一毛钱好了。"

秦若轩端着酒碗，往周围踅摸了一下，看见靠着门边胡乱摆放着几只黑漆漆的长条板凳，便坐了下来，小口地慢慢喝酒。掌柜的从后间屋取来了一碟咸菜条，说："你瞧，我这儿也没什么下酒菜，咸菜疙瘩，将就吧，比空口喝强。"秦若轩说："酒好是第一位的。"说完，用手指捏起一根咸菜条送进嘴里，咯吱咯吱地嚼，一股特有的酱疙瘩香味随即充满齿间，是那么熟悉，让他想起了家乡的味道，眼眶中不禁含有了泪水，好在屋子里油灯昏暗，掌柜的没有发现他的异样。

掌柜的回后间屋忙活去了，留下了秦若轩一个人和柜台上方吊着的油灯。烧酒喝下去，他清晰地感觉到一股热流顺着食管流进胃里，又发散到全身，每根毛细血管似乎都膨胀起来。加快流动的血液，激活了思维的神经，他感到头脑格外清醒。门外的街道上传来八路军巡逻小队整齐的脚步声，由远至近，又由近而远，引来附近几声懒懒的狗叫。秦若轩凝视着油灯橘黄色的火苗，那只火苗在他的眼里，由花生粒般大逐渐扩张到红枣那般大，又缩小到黄豆一般大，再发散开来，散成一团黄绸子般的雾，一会儿，黄绸子变成了红绸子，眼前一片光芒，他仿佛感受到了光的温暖。他想，一盏油灯微弱的光亮看起来微不足道，但是当它亮起来的时候，就意味着有生命在延续，有温度在扩散，有激情在燃烧，其能量足以引燃冲天烈焰如火山爆发。我现在缺少什么？缺少的就是火的精神。火给人以光，给人以热，给人以动能；火能毁灭，也能重生。一次挫折有何惧哉，如果由此便失落便沮丧便懊恼，就是选择了退却选择了失败。我有信仰，我的信仰是光明的伟大的，我要用行动证明，我秦若轩的心一辈子坚定向着共产党。他一口将剩余的酒全部喝干，悄悄地把酒碗放在柜台上，转身走了，没有跟掌柜的道别。出了酒坊大门，他回头又看了一眼那块陈旧沧桑的匾额，记住了"鲁阳白"三个字。在往回走的路上，他忽然有了一个念头：离开分区机关，下到连队去，让战场上的血与火，让手中的大刀，来证实自己的忠诚。

转天早晨，秦若轩醒来的第一件事，就是考虑怎么向程司令提出下连队的请求，但是有这个念头容易，找一个充分恰当的理由却很难，总不能说因为支部大会没有通过自己的入党申请而要求调离分区机关，那跟狭隘的闹情绪有什么不同？出早操回来之后，隔壁的电台通讯兵把战区刚刚发来的敌情通报送了过来，秦若轩把电文简单浏览了一遍，并迅速把变化的敌情标注在地图上，然后赶紧前往程司令住的院子。

程司令所住的农家院落里有三间正房，两间厢房，房东老乡有意让出三间正房，但程司令执意不肯，坚持住进了厢房。秦若轩在门口喊了声报告，得到允许后撩开蓝布门帘进屋，看见程司令正盘腿坐在土炕上，伏在小炕桌上写东西。秦若轩敬礼后，双手把电文纸递给程司令，报告说："战区刚刚发来的敌情通报，说鬼子最近调动频繁，可能又准备开始对根据地进行大扫荡。"程司令接过电文，很快地看了一遍，冲着门外喊道："警卫员！"

"到！"年轻机灵的警卫员应声跨进门来。程司令命令道："通知政委和参谋长，半个钟头以后过来商议敌情。"秦若轩说："司令，我去通知吧，顺路。"

"不，我正要给你安排新任务。"

警卫员转身出去了，程司令对秦若轩说："随便点，坐下吧，多唠几句。"秦若轩侧身搭坐在炕沿上，双手一时不知道该往哪里放。程司令平易近人，平时秦若轩在程司令面前并无拘束感，但是今天他心里有事，不免流露出不自然。对他轻微的反常，程司令并未注意，拿起炕桌上的旱烟袋，装了一锅，点着，慢慢地抽着。这根一拃长的小烟袋铜锅铜嘴，通体锃亮，是程司令不离身的宝贝，每当开会讨论问题的时候，他都是小烟袋锅不离手，一锅接着一锅地抽，什么时候他停止抽烟磕烟袋锅子了，那一定是讨论结束或者做出决定的时候。

程司令抽了几口烟，问秦若轩："小秦哪，你参加咱们八路军快一年了吧？""是。""有什么感受？"

秦若轩犹豫了片刻，考虑是否应当借机把有意申请下连队的想法说出来，但是他不知道程司令下面要跟他谈的主题是什么，便婉转地说："工作上还好，有锻炼和提高，就是守在司令部机关里，亲手杀鬼子的机会太少，总觉得浑身有劲使不上。每回打仗，轮到我们上去的时候都是战斗快要结束的时候，跟着别人屁股后头打扫战场，不过瘾。"程司令笑了："早看出来了，总忘不了你的大刀片子。""就是啊，我的武功都快废了。"

程司令的烟袋锅很小，抽几口烟叶就烧没了，他又重新装了一锅，一边点烟一边说："我这个人文化水平不高，特别喜欢有文化的人，尤其是有文化的年轻人。你脑袋瓜子灵，念书多，打仗勇敢不怕死，都是我稀罕的。第一眼看见你的时候我就想，柴镇同志能把关乎部队起义成败这样重大的事情交由你来办，仅有信任是不够的，办事人还必须智勇双全，十有八九是个人才，人才落到我的手里当然不能放。不仅不能放，还要重点培养，就坚持把你留了下来，而且留在机关继续当参谋，其一是发挥你懂日语的优势，其二是在分区机关工作，能够在宏观上得到锻炼，有助于成长为优秀的指挥员。事实证明我的决定是对的，在最近的几次反扫荡战斗中，有两次你提出的建议就不错。原来准备找个适当的机会把你放下去，先当连长，干得好就直接提营长，遗憾哪，情况变了，我的如意算盘打不成了，军区刚刚下达了一项重要任务，要求各部队推荐合适的骨干人选赴东北。经过研究，分区决定推荐你和周东林去执行这项任务。"

"您是说，派我和周东林回东北？"秦若轩瞪大了眼睛问。情况来得太突然，他的脑子一时还转不过弯来。东北是他既爱又恨的地方，爱是因为那里是故乡，是从小成长的地方，有家人亲人；恨是因为那里的天空上飘扬的是满洲国的国旗，那是屈辱，是血泪，他不愿意生活在屈辱的天空下。

"司令员您知道，东林跟我一样，是经过千辛万苦才到关内来的，为的就是不当满洲国的臣民，上战场杀鬼子。有朝一日回东北，也应当是跟着队伍杀回去推翻满洲国的时候。"

"听我把话说完。"程司令打断了秦若轩的话，用握着烟袋锅的右手拇指把烟锅里燃烧了一半的烟叶往实里压了压，深深地吸了一口，继续说，"与关内各省相比，东北的民众在所谓满洲国的压迫下，受日本侵略者蹂躏的时间最长，抗战环境最恶劣。那里的抗日民主联军力量薄弱，党的地下组织近几年损失惨重，敌我力量对比悬殊。从世界反法西斯战争形势和全国抗战的总体局面来看，用不了太长的时间，我们就能够取得抗战的最后胜利，推翻满洲国也指日可待。你想过没有，那一天一旦来临，会出现什么情况呢？广袤的东北大地，必然成为国共两党争夺的重点地区。为了保证在抗战胜利之后我党有足够的力量收复东北，必须早做准备，为此中央决定，从晋察冀军区和咱们山东军区，选派得力干部先行进入东北，开展广泛的地下斗争，壮大党的力量，隐蔽待机，准备迎接全国抗战胜利的那一天。上面这些话不是我说的，我的眼光可没有那么远，是军区首长在干部会上传达的，是党中央对全国抗战形势做出分析之后做出的重大决策。佩服不？党中央毛主席就是了不起，现在就着手运筹几年以后的大事情。"

"任务接受下来我和政委就分析了，往东北派潜伏干部，当
然选东北人最好，不然说话口音不对，一张嘴就露馅了，还搞什
么地下工作？可是咱们这支队伍里东北人太少，绝大多数同志来
自苏北和西北，所以一下子就想到了你和周东林，你们两个不仅
都是东北人，而且政治素质好，有战场经验，能文能武，是最合
适的人选。"

程司令重新装了一锅烟，秦若轩帮着划火柴把烟锅点燃，程
司令变换了口气又说："话说回来，把你们一文一武两员战将舍
出去我还真心疼，但是没办法，为了大局，舍不得也得舍。这项
任务很特殊，对你们是一场新的考验。野战部队的危险是在战场
上，是阶段性的，地下工作的危险是时时刻刻存在的，更残酷，
要有充分的思想准备。我琢磨着周东林现在应该已经在政委那儿
了，我跟政委有分工，我找你谈，他找小周谈。建议过一会儿我
跟政委参谋长开完了会，你也找政委谈谈，他参加八路军之前就
在天津做党的地下工作，有经验。"

"是。"秦若轩回答，他感觉到了自己回答的语气不够坚定，
程司令似乎也听出来了，看着秦若轩的眼睛问："你瞧，光顾着
安排任务，还没问你对这个决定是同意还是不同意。"秦若轩立
即从炕沿上下来，以立正的姿势大声答道："同意，坚决服从大局，
执行命令！"他这次回话的嗓门很大，用了丹田之气，但是心里
仍然存在着犹豫和矛盾。他知道任务的重要，体会了程司令对他
的信任，他不能违抗命令，心里却着实不愿意离开部队，他迷恋
战场，反感东北，那里有他抹不去的痛。他看见从程司令口鼻喷
出的蓝色烟雾灿烂地散开，烟雾的后面是一张满意的脸。

"好，很好。最后还要提醒一句，从安全的角度考虑，派你
们去东北的事情对其他人要保密，如果有人问起来，就说把你们

调军区去了。"

　　程司令把小烟袋锅在炕沿上磕了几下，除去里面残存的烟灰，这个标志性动作，表示他跟秦若轩的谈话该结束了，秦若轩赶紧问："司令员，我什么时候出发，怎么去东北呀？"

　　"各部队派往东北的干部两天以后到潍坊集中，之后统一安排。鬼子新一轮的扫荡又要开始了，你立即交接工作，然后跟周东林抓紧时间出发，尽早赶到潍坊，防止形势恶化交通中断。"

　　入夜，火车从混乱不堪的山海关站驶出，硬座车厢里，灯光昏黄，刚才列车停靠山海关站时涌上来的一批旅客已经找到座位，从慌乱中安顿下来。混浊的空气被哐当哐当的车轮声搅动，令人昏昏欲睡。秦若轩一身客商打扮，坐在车厢中部靠窗户的座位上，面前的小桌上，立着一只巴掌大的酒瓶子和用报纸包着的咸鱼干。他双目微合，似睡非睡，不时偷眼瞄一下与他相隔着三排座位的周东林和守在车厢尾部的日本兵。那个日本兵面相猥琐，怀抱步枪无精打采，一旦有女人从他身旁经过，一双贼眼瞬间便闪亮起来，盯住女人的屁股看，仿佛那个部位才是他最应当关注的。周东林身穿半旧的南满铁路员工制服，身旁的座位上放着帆布工具袋，似一名通勤的员工。他不紧不慢地嗑着瓜子，面无表情地看着黑漆漆的车窗，车窗外，偶尔有灯光闪过。

　　自从接受了潜回东北的任务，周东林似乎变了一个人，话语少了，沉思的时候多了，神色中增添了些许凝重，目光里多了几分深邃，这些改变，既因新任务的艰险特殊让他深感责任重大，又因为最近意外获知，在他们离开部队不久，程司令在突围战斗中身负重伤。周东林是程司令的爱将，周东林更把关爱重用自己的程司令当成兄长，兄长受伤的消息重重地刺痛着他的心，他极力压抑着急于复仇的冲动，如一头蛰伏在草丛中，即将向猎物发出致命一击的猎豹。

列车在夜色中不紧不慢地前行，钢铁的车轮在每一个铁轨连接处都发出咣当一声震响，咣当当咣当当，听得人心烦又无可奈何。一个婴儿忽然大声啼哭，惊扰了车厢里昏昏欲睡的人们。婴孩的啼哭声也打断了秦若轩的凝思，他看见车厢尾部那个日本兵从座位上站立起来，堵住了车厢之间的通道，预示着又一轮盘查开始了。果然，列车长走在前，两名斜挎手枪的乘警跟在后，从车厢前部巡查过来。两名乘警中，有一名是留着仁丹胡子的日本人。秦若轩每每见到这种令他忍俊不禁的方块胡子都禁不住想同一个问题，假如有鼻涕淌出来沾到胡子上一定很可笑。不一会儿，查到了秦若轩，列车长呆板地说："先生，把入满证和车票拿出来看一下。"秦若轩懒洋洋地从上装口袋里往外掏车票和入满证，他听说很多往东北逃难的关内普通百姓，因为办不到一张入满证而被困在山海关的大有人在。有的为办证倾尽钱财，有的进退无路穷困潦倒，饿死在长城脚下。他不耐烦地问："从天津上车到现在，查四回了，还看吗？"列车长把秦若轩递过来的车票和入满证粗略地扫了一眼说："我是使唤丫头挂钥匙，当家不做主。别烦，列车已经到满洲国地面儿上，再往后就不查这么勤了。"

秦若轩跟列车长多说了几句话以及他不耐烦的态度，引起了那名日本乘警的注意，他凶狠狠地盯着秦若轩看，鼻子下面那一块黑黑的胡子似乎也在抖动，秦若轩翻着白眼用日文问："問題があるか？"听见熟悉的日语，乘警的目光有所收敛，摇摇头，走了过去。列车长走到周东林的旁边，周东林跟列车长互相点头算是同行间打过招呼，列车长便没跟他索要车票和证件走过去了。对不检查周东林，那名日本人乘警似乎很不满意，嘴里叽里咕噜地说着什么，列车长跟他解释半天才算作罢。这段小插曲让秦若轩紧张了好一会儿，见那边平安无事才长舒了一口气。

距离秦若轩和周东林此行的目的地越来越近，估计再过个把小时就该下车了，一路上始终悬吊着的紧张心情略感平复。为了特别乘坐这趟火车，他们在天津滞留了两天。据天津地下党的同志讲，这趟车上当班的乘务人员中有我们的人，可以暗中保护秦若轩和其他几名同车潜回东北同志的安全，但是乘务人员中哪一个是地下党，他们并不知晓。上车以后他仔细观察过，包括列车长、乘警、列车员、锅炉工、随车检修工等，但是看谁都不像，他暗暗嘲笑自己，如果一眼就能被看出异样，还能称之为地下工作者吗？他索性不再费心留意，只盼着尽快到达目的地。

　　出于对开展工作便利性的考虑，组织上决定派秦若轩和周东林执行潜伏任务的地点，就是他们的家乡潭城，听到这个安排，他们颇感意外。家乡固然熟悉，但是熟悉并不意味着优势，不论编出什么理由，两个人突然同时回家，都不能不引起外界的怀疑，特别是秦若轩，他是从日本出逃的，在满洲国驻日大使馆和文教部都挂了号，有重大的反日亲共嫌疑，公开回家无疑自投罗网，相关部门必来兴师问罪。周东林建议秦若轩把他的特殊情况向组织上汇报，申请换一个城市潜伏，被秦若轩毫不犹豫地拒绝了，如此简单的问题，不回家不见家人就解决了，没有必要向组织提要求，他不能还没上阵就缩脖子。诺大城市还有周边的乡村，不愁找不到合适的落脚点。秦若轩反而建议周东林可以借机回家，东林的父母年纪都大了，且只有他一个儿子，至于出走又回来的理由，可以推说当初的出走，是因为从小就喜欢的翠儿跟东家的儿子结了婚，一气之下而为。如今想明白了，命中注定与翠儿无缘，心已死，无他求。外头的日子实在不好混，父母年迈放心不下，只好厚着脸皮再回来。他判断，只要周东林挺过老父亲周大通的一顿骂，再跟秦若轩的爹秦如海认个错，当铺掌柜的能够继续收留他当伙计。周东林想了半宿，拿不出更有说服力的理由反驳秦若轩，同时相信，既然是组织上派他们回东北，潭城的地下党组织肯定对他们有相应的安排，索性不再自寻烦恼。

在天津滞留的两天时间里，难得空闲，两人来到海河岸边，选了一处树荫下坐了，相互无语。滔滔海河水向东奔流入海，河面上有几条张着白帆的渔船，船帆和渔民身穿的衣裤一样，补丁摞补丁，破旧不堪。一艘冒着黑烟的小火轮，拖着长长的一溜满载粮食和沙石的木槽子船驶过河面，浩浩荡荡，船头冲破河水，推出层层波涌拍向脚下的河岸，在岸边激起阵阵水花。远处传来拉船纤夫们嘶浑苍凉的号子声，虽然看不见纤夫的身影，但他们发自肺腑的呐喊，在秦若轩的心中激起哀伤的波澜。日寇猖獗，国人受难，他恨不得马上就冲向战场，挥刀杀敌，而不是在这里观风景。周东林的心思也并不在眼前的河景上，他对秦若轩说："我昨天晚上住下以后跟旅馆的伙计闲聊才知道，在这海河两岸，竟然有英法德日等九个国家的租借地，真他妈窝囊啊！中国人受外国佬欺负的日子啥时候是个头？"秦若轩手指着河对岸道："看见了吗？对面就是日租界，先把这些龟孙子打跑了才有希望。可是到现在，咱们下火车以后怎么跟潭城地下党联系都不知道，真让人心急。"

"可能还没到时候吧，出发之前肯定会告诉咱们的。"

事情果然被周东林说中了，当他们走进天津火车站候车室的时候，终于拿到了与潭城党组织联系的方式：下车以后，出站寻找63号洋车夫，去江焱客栈。

江焱客栈对秦若轩和周东林来说再熟悉不过了，其位置距秦家开在江边的货栈仅隔着一条街。

四

火车终于进站了，秦若轩起身从头顶的行李架上取下手提箱，当他的目光扫视车窗外时，站台上的景象让他的神经瞬间紧绷起来，他看见，铁路边和站台上，每隔十几米远，就木桩子似的伫立着一个日本兵，钢盔和刺刀在灯光的照射下闪着寒光，显然，日本兵封锁了整个车站。周东林也发现了站台上的异常情况，他跟秦若轩的目光相对，两个人的神情都显现出格外的平静，他们的心里却闪出同一个念头：真正的地下斗争开始了！

火车站有东西两个出站口，今天夜里，往西侧出站口的通道被封堵了，所有出站旅客必须朝东走，且行走通道被每隔三五步就站立的一个日本兵控制起来，站台上还不时有警察大声呵斥脚步缓慢的人加快速度。秦若轩伸长脖子往前看，看到所有下车的旅客走到东侧出站口以后，并没有允许正常离开，而是被驱赶进了出站口旁边的一个房间里。见到如此特殊的情况，他更加警觉起来，自问是否潜伏任务暴露了，敌人有了准备，要抓人？但他转念一想，即便是行动暴露，为抓几个共产党不至于如此兴师动众调派军队把整个车站都封锁起来，一定另有重要原因。他努力稳住心神，坦然地跟着出站旅客往前走，同时用眼角的余光观察四周，果然发现，在比邻的另一个站台的铁轨上，黑乎乎地停着一列由平板车和闷罐车混编的军用专列，专列的二十几辆平板车上，固定着铁甲车和卡车，十几节闷罐车厢里，则有很多或站或坐的日本兵。专列的尾部，还挂有两节绿色的客车车厢。牵引专列的火车头咻咻地不停向外喷出大团大团的白色蒸气，与烟囱里

173

冒出的浓烟在车站上空混合，空气中弥漫着浓浓的烟尘味道。观察到这个情况，秦若轩的心里有底了，今天车站戒备森严，是因为有日军集结，准备乘专列向南出发。他回头与跟在身后的周东林小声说："军列。"周东林回答："看见了。"

"快点走！别他妈的像小脚老太太似的磨磨蹭蹭的。说你们呢，抻挺长个脖子瞎瞎摸啥？"一个中年警察挥舞着警棍，训斥着几个行动迟缓的男女。那几个人中，男的挎着大包袱，女的怀里抱着小孩子，手边拉着大孩子，一看就是来东北投亲靠友求生路的。

在一双双监视的目光下，秦若轩和周东林与其他刚下火车的旅客一起，被驱赶进了出站口旁边的房间里，房间很小，众人只能互相挤站着，想蹲下或者就地坐下均不可能。狭小的空间里，很快就被汗馊味烟草味骚臭味所充斥，令人窒息。有孩子在哭闹，一个孩子的哭声又引来两三个孩子的哭声，男人女人的哄劝和恐吓，被踩脚挤碰以后的尖叫和争吵，对莫名其妙不准出站的埋怨，更增添了人们心中的恐惧和烦躁。秦若轩和周东林挤到一处屋角靠墙站立，这里能够观察到整个房间里的情况，随时准备应对可能发生的不测。

最后一拨下车的旅客被赶进来，双扇的房门随即被关闭了，且从外面上了锁，紧挨着门边的一个壮汉使劲地砸门，呼喊，但是外面没人理睬，人们的抱怨声四起。秦若轩用胳膊肘捅了一下周东林："你听，站台上有军鼓声，还有军乐，演奏的好像是《关东军军歌》。"

"你确定？"

"仔细听，绝对是。"

"这么说，鬼子在搞发车仪式。"

"南边战场规模扩大，兵力吃紧，这是把关东军都调过去了。"

秦若轩把嘴巴凑到周东林的耳边说："能把这趟专列发出时间的消息传出去该多好，说不定能在半路上炸了它！"周东林紧咬嘴唇，没有说话。

外面的站台上，军乐在继续演奏着，火车头发出一声长鸣，专列开动了。又过了一会儿，军乐停止，被关在房间里的人们已是汗流浃背，挤靠在秦若轩身旁的一个胖子口鼻喘着粗气，脸上的汗水在屋顶吊灯的映照下，油光光亮闪闪，犹如屠夫。又过了十几分钟，大家听见有人哗啦啦地开锁，之后紧闭的两扇房门敞开，人们不等听见外面的人招呼，呼啦啦向门外挤去，顷刻间众人在门口挤作一团，引发一阵大呼小叫。

拥挤的空间得到释放，秦若轩顿感轻松不少。他挡在周东林的身前，呼吸着从门外补充进来的新鲜空气，做了几下展臂的动作，掩护周东林换掉身上的铁路员工制服。此时房间里其他人的注意力方向都朝向房门口，急切切往外走，没有人注意屋角的他们两个人。衣服换好了，周东林也扮成了商人模样，他把携带的工具袋丢弃在窗台上，两人不慌不忙尾随着众人走出房间。秦若轩往站台上看了一眼，站台上已经空空荡荡，只有几条铁轨静静地躺在枕木上，在灯下闪光。几个警察靠着墙根抽烟说笑，跟刚才凶巴巴冲着旅客挥舞警棍时判若两人。出站口有两名铁路工作人员马马虎虎地检验着出站旅客的车票，秦若轩手持车票在他们面前晃了一下就出去了，他铁板着的面孔似乎要把一切人拒之千里之外，那两名负责验票的工作人员也不愿多事，嘴里喊着："跟上点儿，下一个，快走，要关闸了。"

走出火车站，秦若轩和周东林刚刚驻足，就有两个洋车夫拉着车跑过来，前头的一个殷勤地问："先生，要车吗？"秦若轩扫了一眼印在车夫坎肩上醒目的号码，来的两个车夫都不是63号，他抬头往两个车夫的身后看，观察广场上还有没有其他待客的洋车，但只看见有一辆黑色警车和几辆拉客的马车停在一边。拉车的小伙子猜出了秦若轩的意图，肯定地说："别瞅了，拉车的就剩下俺们哥儿俩。今天晚上车少，天刚擦黑儿，这儿就被清场了，任何人不准靠近，俺们这些趴活儿的马车洋车都给撵出去两条街。这不是，刚解禁，前头几辆车都让先出站的客人坐走了，后头您花多少钱也没了。"秦若轩礼貌地回答："不，谢谢，我们坐马车。"

洋车夫跑开了，去招揽其他客人。

时间已近午夜，出站的人陆续四散离开，广场上除了乞丐，闲人越来越少。秦若轩和周东林不能在站前广场上徘徊久留，那样必然引起警车里值班警察和便衣特务的注意。周东林说："63号没出现，江焱客栈也不能贸然去了，执行备用方案，去天主教堂。"

"去教堂也得等到天亮以后，咱们随身还带着行李，先找个旅馆住下吧。"

"住哪家旅馆合适？"

"大合，日本人开的，安全。"

周东林同意了，招手唤来了一辆马车，两人上去坐了。这辆马车干净漂亮，白马灰鬃，马头两侧拴着红缨，随风飘动，黑漆明亮的宽大车座上铺衬着紫色的金丝绒靠坐垫，车夫座位右侧的煤油灯罩玻璃被擦得一尘不染，车夫座位下面挂的开道铜铃闪闪发光。年轻的马车夫一身黑布裤褂，光头，细腰乍背，他上车后挥动马鞭，马蹄敲打在石块铺就的马路上，发出清脆的声响。马蹄嗒嗒，铜铃叮当，如果在白天，一定引来路人侧目。秦若轩问："兄弟，你这马车不错，挺新哪，哪家车行的？"

"顺义车行。这辆车平时俺们掌柜的坐，不拉活儿。今天赶巧，掌柜的出门上哈尔滨，俺来送站，完事儿了顺便拉趟活儿挣个茶钱。两位老板日后想包车，打发人来顺义车行找我就成，俺掌柜的说了，一切以生意为先，如果有东家长期包车，就把这辆车让出来，他出门坐什么车子都成。"

"兄弟贵姓？"周东林问。

"免贵姓周。"

"咱们是本家呀！"周东林高兴地回答。车夫回头笑眯眯地仔细端详了周东林："跟老板同姓，高攀了高攀了。我叫周渔，不是三国那个周瑜，是打渔的渔。猜您来此地一定是谈生意，日后有需要跑腿学舌的差事尽可找我，我见天儿赶着马车城里城外跑，地面儿上熟。"

周东林跟车夫周渔拉着闲话，秦若轩则仔细观看着路过的街景，一切是那么熟悉，包括建筑、马路、树木、空气、味道，甚至露宿街头的乞丐和懒洋洋的巡警。虽然夜深，沿街的店铺早已打烊，但从一处处黑幽幽的门脸和一块块熟识的匾额招牌，他依然能够回想起它们往常营业时的景象。前面就要经过家门了，远远地瞧见了黑门楼下的那盏门灯，一百瓦的电灯泡依然把门前的街道照得一片明亮，似乎在等待着他的归来。都说人有第六感觉，秦若轩想，如今他和周东林双双乘马车经过这两扇紧闭的深褐色大门，父母和翠儿是否会被这嗒嗒的马蹄声惊醒？或许他们此刻根本就没睡着。车夫周渔回头见他们俩都在注视着正在经过的这处高台阶黑门楼，便说："二位老板，瞅清楚这家门口儿了吗，这可是俺们潭城数一数二的大户。"秦若轩回答说："他是第一大户第二大户跟我们哥儿俩有什么关系？"

"看来二位真是初来乍到，咱们有缘，我多嘴提醒一句，如果你们做的是一走一过一把一了的买卖还则罢了，如果想在潭城立足长期做生意，必须先到这个门口儿拜码头，没有这位秦大老爷罩着，日后您麻烦大了，街面儿上那些嘎牙子个个都敢欺负你，让你寸步难行。"

177

"真的吗？"

"啥叫真的妈，甭说做买卖的客商，就是上头差下来此地当官的又如何，也得屈尊先拜这个高门槛儿，这是规矩。"

秦若轩对车夫所讲的前一条不清楚，但是对后一条却有所了解，十几年来，东北的地方形势变化频繁，市长也似走马灯般更换，凡是来潭城任职的新市长都亲自登过家门，美其名曰是拜访地方贤达，实则为日后搜刮民财铺路。父亲秦如海每次送走一位登门拜访的新市长，转回身便唉声叹气，大骂当官的都是喂不饱的狗杂种。但是骂归骂，人家主动上门来了，转天秦如海就得携重金重礼回拜，之后还有隔三岔五的酒局、牌局、茶会、舞会，自然都是秦如海买单，搞得身心疲惫。外人只看见了当官的来登秦家高台阶，哪知戏台背后的苦痛酸楚。

说话间大合旅社已经到了，二人下了马车，忽听身后传来凄厉的警报声，由远至近。只见一辆方头方脑的黑色警车疾驰而来，警车的前面是两辆带挎斗的摩托车，警车的后面跟着一辆黑色轿车。秦若轩的神经瞬间紧张起来，下意识地攥紧了拳头，脑袋里一时间轰轰作响，感觉到胸腔里的血直冲头顶，心里嘀咕："警察怎么来得这么快？"如果不是天黑，周渔一定能发现秦若轩的脸色都变了。

几辆车经过大合旅社门前时并未减速，裹着一阵风开过去了，秦若轩松了一口气，发觉手心里已经全都是汗。车夫周渔说："连着三天了，天天晚上抓人，听说抓了不少共产党，上个月还枪毙了两个。"

"看来这里不安生啊，半夜三更警车鬼哭似的叫，真够吓人的。"周东林淡淡地说。

登记入住的过程很顺利，秦若轩流利的日语给日籍大堂经理留下了好印象，大堂经理对秦若轩说："先生如果想洗澡的话尽量快一些，到后半夜就没有热水了。"秦若轩点头表示感谢，二人进房间，抓紧洗了热水澡，拉灭电灯，躺在榻榻米上，却毫无睡意。周东林说："今天63号没有按约定出现，一定跟近几天警察展开的搜捕行动有关。明天咱们去天主教堂的时候一定要格外谨慎小心，哪怕有一丝一毫的不对劲，教堂的门也不能进。"秦若轩干脆坐起来说："分析一下，63号如果真的出事，也应当是刚刚发生不久，让潭城党组织来不及派第二个人来代替他。另外你想，咱们下火车以后一直都是安全的，站前广场上也没发现其他异常，假定63号同志真的被捕了，起码到现在为止他没有变节，没把今晚有接站任务的事情供出来，但是不能保证他在天亮之前不叛变啊，万一经不住严刑拷打，明天咱们去教堂无疑是自投罗网，除非63号不知道天主教堂是咱们的第二联络点。"听了秦若轩的分析，周东林也坐了起来："有道理，咱们不能等到天亮，现在就去教堂。不管63号是否出问题，我们都应当往最坏处想。万一他知道天主教堂这个联络点而且透露给了敌人，特务们最早也要等到天亮以后去现场布控，我相信他们舍不得热被窝连夜行动。"

"就这么办。"

几十年前，由法国传道会主持建造的天主教堂是潭城的一道风景，教堂建在穿城而过的松花江边，由两低一高的三座尖塔形建筑组成，通体青砖砌就，中间的高塔顶部，金色的十字架闪闪发光，显得格外庄严辉煌。教堂周围林木葱郁，鸟声啾啾，每当教堂里悠扬的钟声响起，全城的人都听得见。秦若轩的母亲信奉天主教，他多次陪着母亲来此做弥撒，还依稀记得那位法国主教欧仁老头儿的模样和他浑厚好听的男中音。

时光已是后半夜，天空晴朗，繁星满天，秦若轩和周东林来到天主教堂的院墙外，敏捷地攀上院墙的铁栅栏，轻轻跳下去，蹲下身子，利用茂盛的灌木隐蔽，观察教堂周边的情况。教堂犹如一座黑悠悠的城堡，矗立在那里无声无息，耳边传来微风摇动树梢的声音和草虫的唧唧声，更加显得寂静和清冷。按照备用方案约定，与潭城地下党的联系方法应该藏在教堂大厅右侧第六排椅子的下面。秦若轩比周东林更熟悉教堂内部的环境，两人商定，由秦若轩潜入教堂，周东林在外面做掩护接应。秦若轩蹑足登上教堂前面的十几级台阶，侧身贴靠在高大的拱形正门旁边，在他的记忆里，为了方便教徒随时进出，这两扇门从来不锁。他伸出手轻轻推门试探，果然如此。他把门推开一条缝，闪身进去，黑暗中，隐约看见了教堂正面的祭台、耶稣基督十字架苦像和两边的圣母圣女像。左右两排粗大圆柱撑起的屋顶下，有几只蝙蝠以极快的速度盘旋飞过。大厅里，几十条有靠背的长椅整齐地摆成两排，座椅中间笔直的过道闪着灰色的光，那是无数教徒用鞋底摩擦了几十年的结果。秦若轩的脑海中，忽然涌出过去跟母亲来做弥撒时，听欧仁主教朗诵的主祭词："愿天父的慈爱，基督的圣宠，圣神的恩赐与你们同在。"他跟母亲来教堂的次数不多，竟然神奇地把这段话记住了，长久不忘，甚至还记得欧仁老头儿念诵时抖动的胡子和虔诚的目光。他来不及多想为什么忽然间想起那个场景，收回思路，气沉丹田，利用大厅右侧的一根根圆柱子做掩护，慢慢接近第六排座椅。当确认面前的椅子就是第六排之后，他蹲下身子，伸手在座椅下面仔细排摸，不放过任何角落。终于，东西被他摸到了，那是用胶带贴着的一张叠成正方形的纸条。他撕动胶带，发出微微的声响，他立刻停手，俯身细听周围没有动静，才小心翼翼地把胶带连同纸条撕下来揣进内衣口袋，原路缓缓退出教堂。

在秦若轩退出教堂关上大门的那一刻，一个身影从祭台的后面站了起来。

《新报》是近几年才开办的一家小报馆，主要面向城市的青年人和公职人员，发行量不大。报馆是一幢老旧的二层楼，楼墙外爬满藤蔓，楼门前马路狭窄，绿树成荫，非常僻静。楼房的后面有一个大院子，院子里的几间平房是报馆的印刷车间和库房。从院子的后门出去则到了另外一条街，名叫牛马街。牛马街很窄但很热闹，街两旁分布着各类小商铺，有铁匠铺、木匠铺、杂货铺、鞋帽铺、裁缝铺、估衣铺、绳网铺、棺材铺、纸活铺、剃头铺、烟馆、茶馆等，其间夹杂着平民住户，整条街杂乱无章，恶霸地痞横行。

按照从天主教堂取到纸条上的指示内容，秦若轩他们需要到《新报》刊登一条宣传梳头油的广告。两人商议，为了不引起外人注意，去报馆的时间既不能太早，也不能太晚，去得早了，报馆刚上班人多事多眼杂；去得太晚，又恐夜长梦多，他们索性一觉睡到上午十点钟才起床。因为是后半夜登记入住，早晨睡个懒觉很正常，没有引起旅馆方面的怀疑。

上午十一点左右，秦若轩和周东林步行来到《新报》报馆，走进楼门，看到一层靠南窗是一条贯通的走廊，沿着走廊北侧，分隔成若干单独的办公室，每间办公室的门楣上都钉有一块原色木牌，上面用楷体黑字写着各个部门的名称，有社会部、文艺部、生活部、广告部、发行部等。走廊里安静无人，秦若轩敲开了广告部的门，推门进去，迎门的一张办公桌后面坐着一位年纪有四十岁左右的男子，长发，宽额头，尖下巴，鼻梁上架着一副很旧的眼镜，看见他，令人联想到站在讲台上的国语老师。看见秦若轩和周东林进来，男子起身友善地问："二位有什么需要帮助的吗？"秦若轩答："我们打算在贵报刊登一则广告，不知道价钱合适不合适。"

"先生想刊登哪一类广告，计划占用多大版面，刊登多长时间？是否需要套红？篇幅大小不同，时间长短不同，印刷要求不同，总价自然也不同。不过二位先生青睐《新报》，是我们报馆的福分，价钱好商量。请二位坐下细谈。"说完，做出了请他们入座的手势。

秦若轩和周东林在靠墙的椅子上坐了，秦若轩说："我们是做化妆品生意的，想刊登一则推销梳头油的广告。"

"什么牌子？"

"桂花牌。"

听到秦若轩的回答，男子的眼睛一亮，兴奋地说："桂花牌好，李清照早就有词：暗淡轻黄体性柔，情疏迹远只香留；何须浅碧深红色，自是花中第一流。我们的副总编知道今天肯定有这笔生意，正在楼上等着呢，具体价格你们跟她谈，这就带你们上楼去。"

"贵报的副总编姓什么，他怎么知道谈这笔生意必在今天？"周东林谨慎地问。

"副总编姓张，怎么知道的你们问她吧。"

三人踏着窄窄的木楼梯上二楼，楼上的第一个房间就是副总编办公室，男子敲门说："张总编，您等的朋友到了。""请进。"室内传出一个女人的应答声。秦若轩推门进去，与迎上前来的张副总编四目相对，即刻惊呆了，这不是刘娜老师吗？那相貌、那神态、那气息和她身上特有的磁场，都是深深印记在心里的，绝对不会错。秦若轩摘下头上的礼帽禁不住轻声问道："老师，是您吗？"张副总编仔细端详着秦若轩和周东林，脸上同样露出惊喜："是若轩和小周？怎么是你们俩。两三年不见，你们可比以前长高长壮了，加上这么一身装扮，冷不防还真认不出来。快坐快坐。"秦若轩顾不上坐，迫不及待地问："老师，您怎么改姓了，还改行当了副总编？"刘娜用手掠了一下额前的刘海儿，没有立即回答他，而是反问道："是你们要在报纸上发广告吗？"秦若轩急答："是啊是啊。"说完，从衣兜里掏出昨晚从天主教堂取得的纸条递给刘娜看，刘娜摇摇头说："真没想到组织上派到潭城来的同志是你们，太意外了。我这几天还在反复猜想派来支援东北的同志是什么样子，是男是女，多大年纪，有没有地下工作经验，等等。"

"我们也是一样，一听说组织上要把我们俩派回来，首先猜想回到潭城第一个跟我们联系的人是男是女，多大年纪，干什么的等等。"

"虽然出了一点岔子，但我们还是顺利地接上了头。我代表潭城党工委临江支部欢迎你们。你们知道，在若轩去日本留学之前，我已经被警察和特务关注了，但他们只是怀疑我可能跟共产党有联系而已，并没有拿到真凭实据。因此组织上决定，趁敌人对我下手之前离开学校，就辞职进了这家报馆，改名张峒。其他事情不讲了，听听你们的情况。"秦若轩和周东林互相谦让，刘娜说："还是小周说吧。"周东林不再推辞，简要地叙述了他和秦若轩离开东北以后各自的经历，秦若轩则借机贪婪地观察他心目中最敬佩想念的刘娜老师。刘娜比以前消瘦了，目光中增添了睿气，举止更沉稳，气场更坚厚，优柔而不失坚定。很快，周东林把情况介绍完了，问："广告部那位先生说您知道我们今天一定能来报社，真的吗？怎么知道的？"刘娜笑答："很简单，昨天晚上你们进天主教堂的时候，他就在现场。""啊？"秦若轩惊愕得张大了嘴巴，他仔细回忆昨天晚上进出天主教堂的每一个细节，确信没有发觉一丝异常，说："好家伙，我自以为行动神不知鬼不觉，原来螳螂扑蝉黄雀在后。幸亏盯上我的不是特务，否则后果就严重了。"刘娜收敛了笑容，继续说："日满政权为了配合日本侵略者在东南亚不断扩大的战事，防备因关东军被大量调走，驻满洲国的兵力不足而后院起火，他们疯狂绞杀东北抗日武装，极力清剿我们党在东北的各级地下组织，仅今年头几个月，就已经在东北境内各主要城市组织了两次大搜捕，原定负责去火车站接你们的同志昨天傍晚突然被捕，搞得我们措手不及，只好连夜派人秘密守在江焱客栈和天主教堂，还好，终于等到了你们。总之，东北地区对敌斗争的形势空前严峻，你们要有充分的思想准备。"

"这家报馆是我们的吗？"秦若轩问。

"这张报纸从开办之初，董事会就把报纸的定位确立为市井生活和文化娱乐，远离政治，所以至今没有引起警察和特务的特别注意。另外，报馆几个股东的身份都比较特殊，董事长就是你的父亲秦如海老先生，他是报馆的最大股东。选择这家报馆做掩护，开展工作比较方便。为了保护好这块阵地，今后如果没有特别安排，你们不要擅自到报馆来，由刚才那位广告部的先生跟你们直接联系，他姓陶，是广告部的部长。"

"我们两个下一步的任务是什么？"周东林有些跃跃欲试。刘娜说："潭城党工委已经为你们几位来支援东北的同志做出了安排，你们两个暂时隶属我们临江党支部，具体工作虽然有了一个初步的想法，但是还要征求一下你们个人的意见。"

"我们服从党组织的决定。"周东林表态说。刘娜问："你们准备回家吗？"周东林回答："我们已经商议过，若轩此行不想让家里人知道，他不回家；我是否回家，由组织上根据任务需要做决定，我坚决执行。"

"那就好。根据上级的总体工作部署，目前我们的工作重点，就是为迎接全国抗战的最后胜利做准备。近几年，咱们潭城党组织受到敌人的很大破坏，基层力量极度薄弱，对你们的计划安排有两个选项：一个是深入工人中间去，发展进步力量，培养骨干队伍，开展群众斗争，地点是火柴厂或者是码头，那里工人多，基础好，且行业重要。另一个是潜入电报局，那是全市的通信中枢，既为今后在必要的时候能够控制电报局做前期准备，还要想办法让那里的电台能够为我所用。我们原有的几部电台几乎被敌人破坏殆尽了。"

"我去当工人，坐办公室的差事让若轩干，他心细。"周东林果断地说。刘娜问秦若轩："怎么样，小周的意见你同意吗？""同意。"秦若轩也想去当工人，但是他不能跟周东林争，自从翠儿跟他拜了堂，便总觉得这辈子都欠东林的，永远还不完。刘娜点头，严肃地说："我们选定的这些地点，敌人也十分重视。码头和火柴厂都有军警昼夜把守，对工人管理极为严格苛刻，开展工作十分不易，但是一旦把工人群众发动和组织起来与敌人开展斗争，其影响力和对东北抗战的支持是巨大的。电报局更是敌人重点控制管理的特殊要害部门，人员结构十分复杂，据了解，国民党的军统人员早有渗入。俗话说灯下黑，我们就是要在敌人认为控制最严的地方打开缺口，难度可想而知。你们下去以后首先是站稳脚跟，切莫急于求成。你们不是独立战斗，那两个地方已经有我们的同志，他们将配合你们的工作。"

刘娜停顿了片刻，对秦若轩说："电报局的岗位敏感重要，为了顺利打进去且不至于引起怀疑，我们利用了一些关系。少帅张学良的一个卫队长叫余海，因伤病没随东北军进关，留在奉天做桐油生意，此人倾向抗日，且过去曾经对电报局陈副局长有过救命之恩。这次我们就是请余海出面，以给他的外甥在电报局谋职为名，请陈副局长出手帮忙，陈局长已经答应了。"

"您的意思是让我冒名余海的外甥？"秦若轩明白了刘娜的意思。

"对，余海的外甥名叫储宝龙，一会儿我把余海个人经历和他的家庭成员情况跟你详细讲一下，一定记牢。从现在起，你不再姓秦，你们秦家的名声在潭城太大，外人如果一听说你姓秦，十有八九要问你跟秦家有没有关系。"

"好，我改姓储名宝龙。什么时候去电报局？"

"事不宜迟，生活安顿好了就行动，时间拖长了恐怕情况有变。去见陈副局长之前你给他打个电话预约一下，这是他办公室的电话号码。"刘娜从办公桌上拿起一张便笺纸，很快地写了三个数字，交给了秦若轩。

"我明天就去。"

刘娜转而又对周东林安排道："码头和火柴厂相比较，码头的战略位置和军事作用更大，你安顿好以后，由陶先生带你去码头。他是咱们潭城的老人儿，长期在出版界谋事，认识的人不少。有他引荐，打入码头应该问题不大。另外，今后你们两个之间也轻易不要联系，这是自我保护的必要措施，也是地下工作纪律。"

"我们懂。"秦若轩和周东林说。

电报局是一幢三层楼房，钢筋水泥建造，十分坚固，一楼为电报和长途电话营业厅，营业厅的隔壁是投递员值班室，二楼是机房和档案室，三楼是管理人员办公室。陈副局长的办公室在三楼，他是负责业务的副局长，正局长照例由日本人担当。因为提前打电话预约过，陈副局长特意在办公室等着秦若轩，否则他连楼梯都上不去，每一层楼梯口，都有军人持枪把守。秦若轩走进陈副局长办公室的时候，他刚刚放下电话，面露愠怒。看见秦若轩进来，生硬地问："你就是储宝龙？"

"是，我舅舅让我代他问您好，还给您带来了奉天特产老龙口酒。"

陈副局长接过秦若轩双手递过来的用纸绳捆扎在一起的两只酒瓶，脸色渐显平和，说："这老龙口酒可是康熙年间就有的宫廷御酒，眼下多年战乱，好酒也难得了。代我谢谢你舅舅。"

　　"哪里，还靠陈局长日后多多提携宝龙。"

　　"听你言谈，念过书？"陈局长这才仔细端详站在面前的秦若轩。

　　"高中毕业。"

　　"哦？"陈局长微露喜色，"跟你讲实话吧，上回余队长打电话托付给你谋职位的事，我答应下来之后还真犯愁。我原来想，他是当兵的出身，大老粗一个，他的外甥能识几个字就不错了。电报局这座大楼里搞技术办业务都得有文化，就是当投递员也得认字，如果字都不认识几个，那就任啥都干不了，只能利用关系在别处寻差事，这两天正琢磨给你找个什么差事合适，没想到你是高中毕业，那就好办多了。顺便再问一句，你们学校里也开日文课吧，你的日语水平咋样？"

　　"从上高小就有日文课，学过好几年了，现在听说读写都没问题。"秦若轩肯定地回答。陈副局长似乎并不相信，他随手从桌子上拿起一张纸递给秦若轩说："把上头的日文翻译给我听听。"秦若轩接过来一看，日文的内容是一段关于生意往来方面的电文，他浏览了一遍，然后用中文读了出来，陈副局长高兴地一拍桌子："太好了，我正需要你这样的人。知道刚才我为啥事儿生气吗？就是译报员把日文翻译错了，审核员又马马虎虎没把住关，害得丹井株式会社的社长直接把电话打到我这儿来破口大骂，让电报局赔他生意上的损失，你说可气不可气。"秦若轩问："平时日文电报的业务很多吗？"

　　"谈不上多，但是日本人咱实在得罪不起。现在译电审核小组已经有四个人，刚够倒班的，你再进去，加强一下。正巧刚刚

187

发生丹井株式会社的事故，增加一个审核员，局长应当不会阻挡。顺便说一句，局长是日本人，脾气很坏，阴阳不定，日后见面要格外小心。"

"译电审核的业务难吗？"秦若轩担心地问。

"不难。"陈副局长摆着手说，"电报业务说起来简单，就是发电报和收电报。客户来了要发电报，在电报纸上填好要发的电文，译电员根据客户写的中文或者日语电文翻译成电码，发报员按照电码发出去。收电报则是反过来，发报员接收电报，译电员把收到的电码译成中文或者日文，交给投递员送出去就完成了。审核员的职责就是对译电员翻译过来的电码或者电文再核对一遍，防止出错。"

"我一定好好干，绝不给您丢脸。"秦若轩诚恳地说。

"好啊，明天就来上班吧，你的审核组组长姓刘，人还可以，就是贪杯好酒，让人不放心，我早晚换了他。"

秦若轩从电报局大楼里出来，驻足街边。街角，停着三五辆洋车和马车，几名车夫凑在一起，蹲在街边抽烟闲聊，眼睛却扫视着每一个从电报大楼走出来的人，等待着稀少的生意。楼前的人行道旁，几棵杨树艰难地挺立着不足碗口粗的树干，树冠松散，不知何时才能成荫。一老一小两个乞丐蓬头垢面摇摇晃晃地走来，老的挂着一根树棍，小的手端破碗，趿拉着前露脚趾后露黑漆漆脚跟的单鞋，不禁让他想起父亲每年在开春青黄不接的季节搭建的粥棚前，数百乞丐排队领粥的场景。那些期盼的眼神，那些木然的面容，那些心酸和无助，始终在他的心中铭刻难忘。战乱不止，国难当头，驱逐倭寇，时不我待。秦若轩按捺住急迫复杂的心绪，赶紧去办另一件事情，租房子。

秦若轩租住的房子就在《新报》报馆后面的牛马街，是一处独立的小院，院内有房七间，包括正房三间，东西厢房各两间，两扇黑色对开的院门夹杂在牛马街北侧的商铺中。院门的左邻是一对老夫妻开的山货铺，卖榛子、蘑菇、木耳、松子等山货。院门的右邻是一家纸活铺，卖花圈和纸牛、纸马、纸元宝等丧葬祭祀所用纸制品。小院的房东是一个四十多岁的单身女人，姓蔡，左邻右舍不论老幼皆称其为二奶奶。据说，蔡二奶奶年轻时颇有几分姿色，在满洲国成立之前，被潭城驻军的一个赵姓营长看上了。赵营长在黑龙江的乡下老家已经有老婆，只能将其收为二房，专门买了这处宅院供二人居住。不料赵营长在一次进山剿匪时有去无回，蔡二奶奶从此生活无靠。好在手里有赵营长置下的这处房产，便留下三间正房自住，空闲的东西厢房出租，以维持生计。秦若轩租住的是两间西厢房。选择这处民居落脚，很大的原因是距离《新报》报馆比较近，报馆里有他仰慕的刘娜老师，那特有的磁场吸引着他，虽然出于安全的原因不能相见，但他能够感受到刘娜老师的存在。另外秦若轩似乎预感到，日后一旦报馆有危险，这处住房一定能发挥作用。

　　秦若轩拎着手提箱来到小院门口的时候，蔡二奶奶正斜倚着山货铺的门框，边嗑瓜子边跟两个街面上的混混闲斗嘴。两个混混个子高的叫大头，个子矮的叫二疤拉，都是流氓曹黑子手下专门负责强收牛马街北边一侧各店铺保护费的，牛马街南边一侧则属另一伙流氓的地盘，两伙人各霸一方，互不越界。

　　蔡二奶奶身着真丝大花旗袍，把窈窕身材展示得凸凹有致。弯弯的眉毛用炭笔仔细画过，脸上扑了香粉，醒目的口红亮丽鲜艳，脚下黑色高跟皮鞋锃亮刺眼。大头从摆在山货店门口的筐箩里抓过一把松子嗑着，斜着小眼睛色眯眯地问："二奶奶，今天怎么没见有人来跟你轧炕头子？钱挣够啦？"

　　"挣钱哪有个够？等你大爷呢。"

　　"大头管他们家养的那头叫驴叫大爷，回头给你牵来？"二疤拉的嘴角淌着哈喇子坏笑着说。

"中啊，先拿驴屌出溜出溜你那张臭嘴。"二奶奶不急不恼地跟两个混混应对着，她不在乎对方怎么说，街坊邻居都知道她当暗门子，不从那些偏好寻花问柳的野男人身上搜刮银子，仅靠房租哪够生活？

他们之间的对话，秦若轩听得清清楚楚，他直接走到蔡二奶奶的跟前，礼貌地问道："请问是蔡二奶奶吗？我姓储。"

"呦，你就是打算租我房子的储先生？真年轻啊，得尊称储少爷了，跟我进屋吧。"二奶奶闪着飞眼儿，脸上堆满灿烂的笑，对这位新房客，她第一眼的印象不错。

"哎，等等，别逮着个汉子就急着往家领啊！"大头横着身子走过来，翻起三角眼把秦若轩上上下下打量了一番，皮笑肉不笑地说，"二奶奶，我说你那两间空房横竖不让给我住，原来是给这个小白脸子留着，他哪儿好哇？"

"哪儿好？你刚才不是说了么，他脸长得白，你大头啥时候把脸蛋子蹭得跟本奶奶的腔片子一样白，就把房子租给你！"

当着生人的面受到羞辱，太没面子，大头的脸瞬间涨得通红，刚要发火，被二疤拉拦住了，眼看着秦若轩跟着蔡二奶奶进了黑院门。

院子里，有两个妇人面对面坐在小板凳上择菜，一个短发、长脸、大嗓门儿、高个子的是侯嫂，山东人，男人是拉洋车的，也是山东人，他们有一个宝贝儿子，名叫长顺。另一个大圆脸、大眼睛、厚嘴唇、黑皮肤的是谭嫂，男人是棚匠，除了给人家糊棚，还走街串巷地揽镶玻璃刷浆刷油漆的活儿。两口子四十多岁了，始终无子女。侯谭两家住在东厢房，一家住一间。蔡二奶奶进院儿就跟秦若轩介绍说："储少爷，这是咱院儿的邻居谭嫂和侯嫂，她们都是本分厚道的好人儿，日后你有洗涮缝补的活儿交给她们干就成，给不给钱你看着办。"侯嫂谭嫂两个人都没停下手里的活儿，继续择着菜，侯嫂笑呵呵地说："看储少爷文质彬彬浑身不沾尘，吃官饭儿的吧？"

"我在电报局上班，往后还请二位老嫂子多照应。"

"啥局？"谭嫂的耳朵有些背，追问道。

"电报局，发电报的。"蔡二奶奶大声地替秦若轩回答。

"往后上班坐车咱家就有，你大哥是拉车的，方便。"侯嫂不忘记给丈夫揽生意。

秦若轩跟着蔡二奶奶进了西厢房，屋里陈设简单，外间屋有煤炉子、饭桌、小碗柜，里间屋沿着东窗是一铺炕，地上靠南山墙摆了一张书桌、两把椅子和一只柜子，地面是夯得很硬实的土地，平整干净。蔡二奶奶问："储少爷一个人住吗？""是。""有相好的带回来住也行，咱院儿里的人嘴都严实，不往外瞎咧咧。"

秦若轩没有直接回蔡二奶奶的话题，放下手提箱，从钱夹里抽出几张钞票说："这是半年的房钱。"蔡二奶奶的笑容迅速布满眼角眉梢，接过钞票一张一张地数，边数边说："储少爷真是敞亮人儿，房钱一月一算就行，你看出手就给半年的。行啦，看屋子里哪儿不合适，你自个儿收拾收拾吧，缺个油盐酱醋啥的，尽管到上房来拿，别见外。"

"多谢了。"

蔡二奶奶扭着屁股出去了，空气中留下了一团脂粉香。秦若轩仰面躺在炕上，身体舒展成"大"字，长长地呼出一口气，想象着放松全身的每一处关节和肌肉。自己的工作和住处都落实了，不知道周东林现在的情况怎么样。他刚要合眼眯一会儿，忽听院门吱扭扭响，一个略带女人腔的嗓音响亮地问："他侯嫂，听说你们这院子来新住户啦？"

"是孙警官哪，这儿有板凳，快坐下。小伙子刚来，在西屋呢。"

侯嫂大声回答道。

刚刚租下房子就有警察跟来，秦若轩警觉地一下子坐了起来，转身从窗户往院子里看，只见一个圆脸、五短身材的警察背着手也扭着头朝这边瞅。蔡二奶奶闻声从上房出来，身子倚着门框说："孙警官您这耳朵真比兔子还灵，我的租客前脚刚进屋，你这后脚就到了。"

"全凭这点儿本事混饭吃，职责所在，职责所在呀。"孙警官嘴里回应着，脚下朝西厢房走来。秦若轩赶紧下炕，跟孙警官在外间屋门口碰了个对面，蔡二奶奶随之也跟了进来。孙警官上下打量着秦若轩，问道："你就是新来的？"

"是，您看我刚住进来，没烟没茶招待您，实在过意不去。"

孙警官不等谦让，抬脚跨进里间，环顾全屋，转脸问："哪儿来的，姓个啥叫个啥？"

"从奉天来，叫储宝龙。"

"不在奉天眯着，来潭城干个屌？"

"逃婚，爹妈逼着结婚。"

"蔡二奶奶，你看这会子的年轻人啊，自以为念了几天书翅膀硬了，动不动就逃婚，爹妈能害你吗？还不是为了你们好，盼你们早点儿成家立业。真看不上你们这些没良心的。"

蔡二奶奶接话道："你那是老理儿，我看年轻人的心思活分点儿没啥不好。"

"就是，天底下的老爷们儿心思都不活分，你上哪儿找生意？潭城有亲戚呀？"

"他认识电报局的陈副局长，陈副局长你还不放心哪？"蔡二奶奶代替秦若轩回答，同时以此显示自己选择租客的眼光高。孙警官点点头，说话的语气明显柔和了一些，对秦若轩说："我姓孙，门前这条牛马街归我管。这趟街见天儿不消停，坑蒙拐骗

192

小偷小摸打架斗殴是家常饭，闹得乌烟瘴气，我是东按葫芦西起瓢。可是闹归闹，这趟街上从来没闹过共产党。小伙子你给我听清楚了，千万别给我添乱闹共产党，那东西不好玩儿，掉脑袋，最近正查得邪乎。还没登记户口吧？抓紧上警署登个记。再说一遍，记住了，守本分，不然全院儿的人家跟着吃挂落儿。"

"谢谢孙警官提醒，有空儿请您喝酒。"

"别开空头支票，欠我的酒可记着呢。"孙警官倒背着手走了，蔡二奶奶看了看秦若轩，担心地问："你不是共产党吧？"

"您看我像吗？"

"不是就好。你别看孙警官天天高门大嗓儿的，人挺好，他也是拉家带口的，这年月，混个事由儿不容易，怕砸了饭碗子。"

转眼几天过去，秦若轩跟小院儿里的邻居们已经处得很熟，住在东厢房两家的男人每天吃过晚饭，都乐意到秦若轩住的西厢房来喝茶聊天。拉车的老侯个子不高，光头，宽肩宽胯，肩臂双腿肌肉发达，屁股结实，这都是多年拉车跑路的结果。棚匠老谭方头方脸，未曾说话先哈哈干笑，嗓音敦厚洪亮，他在胡同口一声吆喝"糊棚镶玻璃——"，整条胡同里的人家都听得见。老侯寡语，老谭善谈，且两人做的都是每天在城里走街串巷出门入户的营生，自然消息灵通，哪里发生了什么奇闻逸事，回来就成了当天喝茶闲谈的话题。秦若轩乐得天天跟他们闲聊，他每天上班一坐下就是一整天，有了侯谭两位消息灵通之人，弥补了他闭塞的视听。蔡二奶奶每天晚上出去找人打小牌，上午睡懒觉，有来打野食的嫖客一般都是下午登门，完事就走，蔡二奶奶从来不允许他们在家里过夜，免除了许多麻烦。为了尽量避免跟蔡二奶奶的客人碰面，秦若轩每天下班以后都是在外头吃了饭才回来，那些人成分复杂，说不定就有曾经见过自己的，如果暴露了真实身份，后果难料。

电报局的差事简单而按部就班，秦若轩的办公座位在电报局一楼的营业大厅里。大厅格外高大宽敞，但是窗户却设计得细长窄小，外来光线不足，使得整个大厅里白天都是黑乎乎的，令人十分压抑。进入大厅，迎面就是一条设有若干营业窗口的柜台，把大厅分隔成里外两部分，营业窗口中一半是电报业务，另一半是长途电话业务。柜台外面进门左侧靠墙摆着长条桌和几把椅子，桌子上有墨水瓶、蘸水钢笔和装有电报用纸的盒子，供来办理电报业务的客人填写。室外的光线从狭窄的窗户投射进来，正好落在长桌上，这里也就成了大厅里最明亮的地方。进门右侧靠墙设置了几个长途电话间，每个电话间都是独立的，门上挂着标有数字的圆牌子。电话间的旁边摆了长椅，供等候接通电话的客户使用。接通一个长途电话很难，有的甚至要等待几个小时。柜台里面，紧贴着营业窗口的是业务员的桌椅，与其一条通道相隔，则是几组两两相对的办公桌，秦若轩就坐在其中一组办公桌的后面，跟他坐对桌的是译电审核组的刘组长。

　　刘组长名叫刘成功，三十多岁，高个子，驼背，骨瘦如干柴棒，说话慢声慢语，他似乎听说了因为近日发生了电文差错事故，陈副局长有意换掉他的传言，所以对秦若轩的到来心情复杂，对主动跟他打招呼的秦若轩不冷不热。心情固然不好，但他看新来的这个年轻人并不张扬，且对电报业务完全陌生，暂时对自己构不成威胁，心理稍感安慰。他敷衍地跟秦若轩握手，坐下，从抽屉里拿出电码本，简单介绍了查对电码的方法和注意事项，让秦若轩自学，之后便不说话，一整天都顾自处理业务，没再开口。

　　第一天下来，秦若轩对与他有关的工作流程就全都清楚了。窗口业务员主要负责接收和审核客户填写的电报单，按发报字数收费以后，把电报单传递给译电员。译电员将客户拟发电文译成电码，传递给译电审核员，审核员确认译电内容无误以后签字，将其传递到收发报间，由专门的报务员发报。收报则反之，报务员将收到的电码传递给译电员，译电员将电码译成中文或日文以后传递给审核员，完成审核之后签字，传到投递区安排外送。各环节之间的电文传递，是通过拉设在空中的两根细钢丝作为通道，一根上行，一根下行，拟办理的电报业务从上一个环节向下一个环节传递时，将相关纸张在垫板上夹好，垫板上有挂钩，把垫板挂在钢丝上一甩，便顺着钢丝滑到了下一处。垫板在空中来来往往，上面的挂钩与钢丝摩擦，发出响亮的哗哗声，在大厅里此起彼伏。

秦若轩的工作是负责对审核员确认过的译电进行二次审核。按常规做法，一名业界新人不合适一上手就担此重任，但也正因如此反常规的安排，让组长刘成功和其他译电及审核人员不由得揣摩秦若轩的来头，对他不敢小觑，危机感油然而生，工作上更加小心翼翼，或许这就是陈副局长重用秦若轩想要达到的目的之一。仅过了两三天，秦若轩就对每天处理的电文驾轻就熟了，缘由是发电报按字数计价，人们对电文惜字如金，且有必要选择用发电报的方式来传递的信息都是紧急的，绝大多数类似"母病速归"或"某某于某日辞世，特告"等，此类电报看得多了，眼睛一扫便知对错，而文字稍多的商业或政务方面的电文为数不多。业务方面虽然略感轻松，在精神上他却怎么也轻松不起来。刘娜特别安排他进电报局的目的之一，是想办法让电报局的设备在必要的时候能够为我所用，他必须找到实现这一目标的办法，否则，改名换姓进入电报局又有什么意义？但是几天过去了，他还一筹莫展。首先是接触不到报务员，审核过的电文和电码是夹在垫板上，通过空中的钢丝传递到隔壁房间的，那里有专门人员接收登记，然后分配给报务员；其次是他无权进入设在二楼的报务室，那是机房重地，从楼梯口就有军人二十四小时持枪把守。他也曾打算想办法认识某个报务员，但是转念一想，即便认识了，那人是否可靠，是否愿意投身革命还很难说，弄不好还有暴露自己身份的风险。心急上火，不觉嘴角起了燎泡。棚匠老谭看见了，特地去城外采来几张荷叶，让谭嫂熬了荷叶水端给他喝。这一天，组长刘成功上班迟到了，又恰巧被陈副局长撞见，遭到训斥，刘成功在秦若轩的对面坐下时，脸色异常难看。秦若轩关切地问："老刘，哪儿不舒服，陪你上医院找大夫瞧瞧？"刘成功摆手，叹气说："人要是赶上倒霉，事事走背字儿。昨天晚上孩子发高烧，折腾了我一宿，好不容易烧退了，早晨老婆做饭又被开水烫着，害得我早饭都没来得及吃，紧赶慢赶来上班还是迟到了。在电报局这么多年，我上班从来不迟到，今天破天荒地这么一回还被陈局长撞见，把我训得跟孙子似的。"

"当局长的，撞上属下迟到，能不说两句吗？理解吧。"

"我知道他不得意我，我还瞧不起他呢，整天在日本人身后屁颠屁颠地，一副奴才相。"

"小声点，让人听见了惹麻烦。下班找个地方喝酒吧，我请客。"秦若轩记得陈副局长跟他介绍过，刘成功贪杯爱酒，他一直想找机会通过喝酒跟刘成功进一步接触，今天机会来了。果然，老刘十分爽快地答应了，阴暗的脸色也转好了许多。

按照满洲国发布的主要生活必需品配给规定，普通城市居民每月只能买到规定数量的高粱米和玉米面，大米白面成了稀罕物，一旦发现有市民吃大米饭，即刻抓起来以经济犯论处，且今年又赶上东北全境闹粮荒，粮价飞涨，不仅有能力下馆子的人更少，饭馆里可卖的东西也不多。秦若轩和刘成功选了江边的一处炖鱼馆，这里距离码头很近，饭馆掌柜的每天早晨从渔民手里买到什么鱼当天就卖什么鱼，今天正巧有松花江著名的三花鱼之一的鳊花鱼，他们选了两条，吩咐掌柜的把鱼用酱焖了，又烫了两壶烧酒。

三杯酒下肚，刘成功的话匣子便打开了，与平日少言寡语的刘组长判若两人。秦若轩并不去刻意打断他的话，任凭刘成功尽情发泄。人说，倾听是最好的沟通和理解，果然，老刘把一肚子的憋闷和怨气一股脑发泄完毕，涨红着脸对秦若轩说："储老弟，从今天起，咱俩这个朋友算是交下了。我这当哥的没啥大本事，但电报局一楼的业务没有咱不通的。明天开始你单独顶岗，你看过的东西我就不看了，现在的安排那就是脱裤子放屁。别怕，万一出了错儿有哥担着。"

两条鱼吃得只剩下鱼刺，两壶酒也见了底，刘成功没喝够，秦若轩不敢任他再喝，赶紧结账，出门叫了一辆洋车，把老刘送回了家。转天上班，刘成功果然对秦若轩审核过的电文不再看，秦若轩签字以后，电文就可以进入下一个流程：准备发出的电报传往报务间，收到的电报则传往投递间。秦若轩暗喜自己的工作岗位对党组织有用了。

日出日落，时光流逝，日军在太平洋战场上受美军重创连遭惨败，苏联红军自斯大林格勒保卫战之后不断取得新胜利，欧洲战局发生了战略性的重大转变，每当这些好消息传来，秦若轩都兴奋不已，他仿佛已经看见了日本侵略者被彻底赶出中国和满洲国倒台的那一天，但这一天不仅迟迟不来，笼罩在民众头上的阴霾反而越来越浓重。

为了强化满洲国警察机构的战时体制，日满政权在东北全境强力推行《保安矫正法》和《思想矫正法》等法西斯法令，将司法部的行刑司扩建为司法矫正总局，各省、市、县下设刑务署并开设"矫正辅导院"，专门用于关押、役使和迫害那些当局认为有犯罪可能的人。警方经常以预防犯罪为名肆意直接抓人，把抓来的所谓嫌疑犯关进矫正辅导院，通过严刑逼供，逼迫被抓来的人交代所谓的不良记录，然后强迫其从事苦重劳役，直至病累而死。

矫正恐怖笼罩，街头人人自危，生怕说错一句话或走错一步路被抓进矫正院。车夫老侯隔三岔五，就要唉声叹气地跟秦若轩诉说他在街上看到的一幕幕警察抓人的景象，棚匠老谭也有一回遇到警察集中抓"浮浪"，差一点没把他也搂进去，回到家里还惊魂未定。秦若轩原来不了解什么是"浮浪"，后来才知道，所谓浮浪，就是泛指街上那些无户口、无满洲国劳动票的流浪汉及无家可归之人。日满政权为了解决劳工来源不足的问题，经常以抓浮浪为名，肆意抓捕普通百姓充当劳工，有的送去挖煤、开矿、修工事，还有一些直接送往日本本土，从事最苦、最累、最危险的劳动，弥补日本国内因发动战争而造成的劳动力严重不足。只要警察公开抓浮浪，往往是把一条街的两头一堵，想抓谁抓谁，想抓多少抓多少，根本不管你是否属于浮浪人员。

越发严酷的环境，给开展党的地下工作造成了更大的困难，刘娜担心秦若轩和周东林不小心出事，通过《新报》广告部陶先生给他们传话，强调当前的任务是站稳脚跟，谨慎行事，切忌急躁，无组织指示不得擅自行动。秦若轩是某一天下班的时候在电报局大厅发现陶先生的，陶先生身穿浅色风衣，头戴灰色礼帽，坐在大厅的长椅上看报纸，貌似正在等长途电话的人。二人四目相对，一股激动急迫的心情随即冲上秦若轩的心头。他进入电报局已经二十多天了，刘娜一直没派人来联系，今天突然看见了陶先生，怎能不高兴。但是通过陶先生厚厚的眼镜片，读不出他目光中透露出的信息，仅从陶先生没有主动跟他打招呼，就说明并不想让周围的人发现他们互相认识，秦若轩便如平时下班一样，若无其事地走出大楼。出来之后，他没有像往常一样往家走，而是穿过马路，往江边的方向走去，陶先生随后跟了上来。

松花江边，微风习习，柳枝轻摇，秦若轩放慢了脚步，等着

198

陶先生从后面跟上来，二人在一处石椅上坐了，互相握手。陶先生问："怎么样，工作顺利吗？"

"很好，我已经在电文审核岗位独立工作了，还跟组长建立了比较好的关系。"

"发现能够为我所用的条件或者机会了吗？"陶先生关切地问。

二人难得见面，提出的第二个问题就是这一条，秦若轩感受到了党组织对这方面的高度重视，回答道："电报局内部管理很严，二楼的报务设备间进不去，有专人昼夜把守，报务员都是现职军人，争取他们的风险大，且时间长。依我目前的岗位情况，如果组织上有需要，已经能够发挥一点作用了。"

"怎么说？"陶先生认真倾听着。

"电文审核是发报和投递的最后一关，我签字以后再无人审核，所以进出两个方面都存在可以利用的机会。先说收报以后向外投递方面，如果组织上有情报或指令需要外传，我可以把它密写在电报纸上，封好以后传送到投递间，由投递员送出去，既隐蔽又安全。再说发报方面，可以采用阴阳电文的方法，就是文字是普通事项，而把电码改写成另外的内容，不过这样做暴露的风险太大，不到非常时期不能采用。"

陶先生微微点头，说："好，我会把你的建议向张峒汇报，你继续观察分析，尽量找到更多的漏洞和机会能够为我所用。切记要不露声色，稳扎稳打。地下工作不是公开的打打杀杀，要以静制动，出其不意。我来之前张峒特别让我叮嘱你，小心小心再小心，千万不要做无谓的牺牲。"

"东林那边怎么样，我很想他。"

"最近有一名码头装卸工被姓陈的监工头儿打死了，东林正在筹划组织码头工人向资方请愿，要求严惩凶手，否则就罢工。"

"成功的把握有多大？"秦若轩担心地问。

　　"眼下日本人在关内、东南亚和太平洋地区的战场铺得太大，后勤保障能力捉襟见肘，最不愿意看到潭城这样重要的物资补给基地出乱子，如果码头工人发起请愿或者罢工，当局不敢坐视不理。另外，东林他们的行动不论成功与否，对潭城民众的号召力和影响力都将是巨大的。"

　　"我真羡慕东林刚回东北，就能参加到激动人心的反日寇反压迫的火热斗争之中。"秦若轩毫不掩饰自己的羡慕之情。太阳已经落到地平线以下，江面上升腾起团团雾霭，往来的船只在飘动的雾霭中穿入穿出，如一幅灵动的水墨画。秦若轩沉默良久，终于开口说："陶先生，还有一件事请转告张副总编，我再次提出申请加入中国共产党，周东林可以做我的入党介绍人。"

　　"哦，你在八路军队伍里申请入党的情况，小周已经跟我和张总编介绍过了，放心，我一定把你的意愿向上级转告，祝你早日加入党组织。"陶先生紧紧地握了握秦若轩的手，然后从手提袋里拿出了一个报纸包："这是两只野兔子，山里的亲戚送来的，已经收拾好了，拿回去炖了吃吧。"秦若轩很不过意，说："这怎么行，你有一大家子人，还是留着自家吃吧，我一个人，随便怎样都应付了。"陶先生把报纸包硬塞进秦若轩的怀里，说："如今物资紧张，大家吃饭都困难，好在我有个山里的亲戚，能搞点野物，比你初来乍到两眼一抹黑的强。还有，东林让我转告你，翠儿很好，别挂念。"秦若轩不语，默默地跟陶先生握手告别，无意中，发现邻居老侯拉着空车沿着马路走过来，他立即招手把老侯喊到身前，跟陶先生说："天不早了，坐车回去吧，他是我的邻居老侯，你尽管坐车，车钱我跟他算。"陶先生推辞说："那怎么好？"老侯说："都是朋友，什么钱不钱的，上车走啦！"

陶先生主动到电报局与秦若轩联系和了解情况，让他的心里感到很温暖，特别是从陶先生口中得知，好友周东林已经把自己在队伍里曾经提出过入党申请的事情向组织上汇报过了，越发感到知己莫如好友，加之又听到翠儿安好的消息，更让他思绪万千。回到住处，秦若轩仰面躺在炕上，不由得想起翠儿来，愧疚感油然而生。棚匠老谭敲门招呼着进来："储少爷，还没做饭吧？别做了，你嫂子刚压了荞麦饸饹，快起来尝尝。"秦若轩赶紧起身，见老谭走在前，谭嫂端着满满一碗荞麦饸饹跟在后，谭嫂笑呵呵地说："看你进屋到现在，灯不点火不烧，就知道还没做饭。趁热吃吧，味道不够家里还有糖蒜和辣椒面。"秦若轩惊喜地说："荞麦可是难得，哪儿弄的？"老谭说："今天请我镶玻璃那户人家不错，干完了活，问我要钱还是要粮食，我说当然粮食比钱好，眼下市面儿上有钱也买不着粮，他就给了我二斤荞麦面。快吃吧，不够锅里还有。"秦若轩小心翼翼地从谭嫂手中接过饭碗，顺着碗边喝了一口，荞麦饸饹滑溜溜的，入口感到很亲切，夸赞谭嫂的饸饹压得好。他把碗放在桌子上对老谭夫妇说："有点热，烫嘴，晾会儿再吃，正好我有个事想求哥嫂帮忙。"

"啥事，只要我能办的，啥求不求。"老谭问。

"您还记得不，我住进咱小院儿那天，孙警官跟脚来查过。"

"知道，咋，找你麻烦了？"

"没有，那天我答应找机会请他喝酒，你看，二十多天过去了，不好再拖。难得今天朋友送给我两只野兔子，我打算明天请孙警官来家喝酒吃兔子肉。我不会做，想请大嫂帮个忙，你跟老侯大哥当陪客。孙警官跟你们熟，好说话。"

"有酒喝好事啊，明天最好把蔡二奶奶也叫上，全院儿的人陪着喝酒，面子大。"

"想让我干啥？"谭嫂子耳朵背，没听清楚。

"炖兔子！"老谭大声地回答。

码头工人发起向资方请愿的新闻在《潭城日报》醒目的位置刊登出来，还配以现场照片，周东林站在几名工人代表的中间，正气凛然。秦若轩既激动又为周东林担心，如此抛头露面，无疑为日后的行动增添了风险，不论请愿行动成功与否，警方决不会放过勇于挺在工人队伍前面的这些人，一定会把他们列入重点监视的黑名单。

正如陶先生分析的那样，对码头工人的请愿行动，资方迫于军方和工人的上下双重压力，很快就让步了，按照请愿提出的诉求，把打人的监工头儿送交法院，对死难者家属给予赔偿。至于法院对凶手做怎样的判决，是资方无力左右的，只能静候结果。请愿风波过去，码头的工作环境表面上平和了一些，监工的气焰不再嚣张，但警察对码头和周边的监控力度明显加强，每天对进出码头的人员全部进行逐个搜身登记，俨然变成了另一种形式的集中营，空气中弥漫着恐怖与森严。周东林和工人们都预感到要出事，但迟迟未见动静。

孙警长在秦若轩住的西厢房喝过一回酒，互相间有了好感，隔了几天，秦若轩利用倒班休假的空闲，又单独把在牛马街上巡视的孙警官请进茶馆喝茶，当然不忘让茶馆的老板给孙警官拿了一条协和牌香烟。孙警官在秦若轩的身上有便宜可占，自然脸上见了笑模样，街头再碰面，隔着老远就打招呼。牛马街的地痞大头和二疤拉都是欺软怕硬之流，他们清楚地瞧见了秦若轩跟孙警官越走越近，不敢再对他斜楞眼珠子。蔡二奶奶的小院儿从此成了孙警官经常光顾歇脚的地方，在街上溜达累了，抬脚进院儿坐下喝茶，或者端着茶缸子坐在小院大门的门槛子上，边喝茶抽烟，边瞅着牛马街上的人流。蔡二奶奶每天都在家，而且日子过得比一般人家强，当暗门子所需，家里茶叶香烟瓜子常备，孙警长不愁没茶喝。如果赶上秦若轩休班在家，还能跟孙警官喝两盅。这一日，秦若轩下班回家，路上听见报童扯着嗓门儿喊："特大新闻，码头工人请愿胜利，杀人凶手陈宝才被判死刑！"他赶紧停下脚步买了一张报纸边走边看，果然，报纸第一版黑体通栏标题是：法院今日判决陈宝才死刑。

看到这条消息，秦若轩的心头一震，码头工人请愿的胜利固然可贺，但是这个胜利似乎来得太容易了些，隐约感到有些不正常。他若有所思地跨进小院，抬头看见孙警官正坐在院子中间的藤桌旁边跟棚匠老谭下象棋，蔡二奶奶站在孙警官的身后观战。听见秦若轩回来了，孙警官转头问："什么事儿弄得跟算不清账似的，报纸上登什么消息啦？"

"法院判了，码头上打死人的陈宝才死刑，报上刚登的。"

"杀人偿命，欠债还钱，没啥稀罕的。这种恶人杀一个少一个，该死。"蔡二奶奶不屑地说。孙警官把手里的棋子当啷一声扔在棋盘上，端起手边的茶缸说："骚娘们儿，你懂个屁？你知道为陈宝才这条烂命，码头朱老板花了多少钱？不光要抚恤陈宝才的老婆孩子，还得掏钱安抚陈宝才手下那些监工，再加上打点上头的和赔偿死者家属的，朱老板亏大发了。你们等着吧，后头有好戏看呢。"

"咋？这事儿还没完？"老谭睁大了眼睛问。

"完？哪儿那么容易。朱老板那儿完事了，政府可没完，你以为政府能让那些臭扛大个儿的得逞？他们这回一闹就赢了，别的行业也照猫画虎仿效行事还不乱了套？别忘了，老祖宗早就有杀鸡儆猴之说，往后就看该轮到谁倒霉喽。"

孙警官无意中透露了政府蓄谋的杀机，让秦若轩感到了恐惧，他扫了一眼藤桌上的棋盘，对孙警官说："孙警官的棋艺不赖呀，再有两步就把谭大哥将死了，您要是不忙的话咱俩杀一盘？谁输谁请客。"孙警官站起身说："算了吧，下棋不能当饭吃，你都下班回家了，我也该回家喂脑袋。不过我提醒你们，上头又派下征劳工的指标了，最近出门小心着，别让人家当浮浪拽进去。"老谭说："可不是，上回我就差一点儿。孙警官，万一哪天轮上我倒霉挨抓了，凭咱们的交情，您可得伸手救一把。"孙警官的头摇得似拨浪鼓："我一个小小的片儿警可救不了你，那是有任务指标的，我要是想救你，得再抓来一个换，你让我抓谁去？不抓人替换也成，掏钱买，一个人最少两根条子，你有吗？"

"那我也不能把腿脚捆住不出门，得挣钱吃饭哪。"

"你有没有饭吃我管不着，命可是你自个儿的，还是出门多长几只眼，晚出早归吧，丢了脑袋，吃屎都找不着嘴喽。"

孙警官走了，秦若轩回味着孙警官刚才说过的话，明白无误地透露，统治者就要对码头工人代表下手了，这个情况必须尽快让周东林和党组织知道，以防不测。今天晚上去《新报》报社找陶先生已经不现实，报社早就下班了，只能主动跟周东林联系见面。秦若轩飞快地写了一封信，内容是约周东林明天一大早在江边碰头，虽然刘娜以前交代过，两人不可擅自联系见面，但是情况危急，他顾不了那么多。

信写好了，如何送信成了不大不小的难题。周东林目前住在家里，他的家就在秦家大院旁边的胡同，自己直接去送信，唯恐被附近街上的熟人认出来，找一个无关的人送信才好。秦若轩把信装在衣兜里，出门上街，一边往家的方向走一边留意观察街上的行人，斟酌委托什么人代为送信才合适。他正在踌躇不前，忽然听见身后传来马车的铜铃声，当啷啷当啷啷清脆响亮，睁大眼睛细瞧，马车夫竟然是自己回来那天晚上在火车站结识的周渔，且马车上无人。秦若轩喜出望外，伸手拦车，大声问："是周大哥吧？天快黑了这是要往哪儿去呀？"周渔扯住缰绳停下马车，仔细看称他为周大哥的人，试探着问："怪我眼拙，您是？""不记得了？一个月以前的半夜，你在火车站拉过两个上大合旅社的客人，在道儿上你还认了我朋友为本家。"

"哎呀呀，正是正是。我这给东家办了件事正往回走呢，兄弟这是要坐车？"

"不坐车，想请你帮我跑腿办件事。"说完，秦若轩抬脚上了马车，坐在了周渔的身后，这样两人可以小声说话。

"不出城吧？这个时辰出城可危险，城里的事儿没问题。我记得上回跟你们说过，有跑腿儿学舌的差事尽可找我，咱在潭城地面儿上熟。"

"要办的事儿很简单，替我送一封信。"秦若轩说着，把信从衣兜里掏了出来，递给周渔，"这封信就送到你上回指给我看的潭城大户秦先生家，不用进去，把信交给门房就行，千万不能交给旁人。"周渔接过信乐了："老弟你这是要行规矩拜码头哇？"

"就算是吧。"

"你这信封上怎么写周东林亲收，不写秦老爷的官讳。周东林是谁？又一个我的本家。"

"秦家看门的那个大叔姓周。"秦若轩解释道。周渔似乎恍然大悟："哦，懂了懂了，你这是借门槛子登高台阶儿。放心吧，我一定给你办得妥妥的。"秦若轩掏出一元钱给周渔："那就拜托了，马上送去，越快越好。"

"你看，就是顺路送一封信，赏这么多。没说的，往后有事随时招呼，我一准儿到。"

周渔的马车在夜色中远去，秦若轩担忧的心绪稍感平复，他相信周渔一定能把信送交到门房周大通的手里。给儿子的信，他不会耽搁，收到了就能回家交给东林看。秦若轩在信中约周东林明天早晨六点钟在天主教堂附近的江边见面。

清晨的松花江边，阴云密布，灰色的天空把江水也映成了铅灰色，模糊了远方的江天界线。青砖砌就的天主教堂高高矗立在江边的杨树林中，迫使人不得不仰视。江边行人稀少，秦若轩早早地就坐在江岸花岗岩护栏上等候周东林。虽然他相信马车夫周渔不会误事，但是只要没看见东林，他悬着的心就放不下。

距离六点整还有十分钟，周东林的身影出现了，他老远就看见了已经等在江边的秦若轩。周东林小跑着过来，二人激动地拥抱。一个多月未见面，肚子里都有很多话要说。他们面向江水并肩坐下，周东林说："昨天晚上收到你的信就立刻想见你，又不知道你住哪儿。出什么事了，值得冒险直接把信送给我爹。"

"得到消息，警方要对你们这次组织码头工人请愿的谈判代表下手了，我怕你们没防备，赶紧第一时间通知你。"

"消息可靠吗？"

"百分之百可靠。就是没有这个消息，你们把请愿搞得影响那么大，捅了当局的腰眼子，警方能容忍漠视？码头的朱老板跟上头是穿一条裤子的。"

"早就预料到警方会朝工人代表开刀，我们有这个准备。昨天法院刚刚做出判决，在全市引起轰动，码头上的工人兄弟们兴奋得不得了，我寻思着敌人下手也得等这股风吹过去，没想到来得这么快。"

"你打算怎么办，暂时离开码头，躲避一下？"秦若轩问。

"不，我不能走。"周东林果断地回答，"一会儿我到了码头就召集党员和工人骨干开会，眼下这个当口，警察还不敢搞公开的大规模抓捕，舆论的力量他们受不了，主要是防备他们背地下黑手。"

秦若轩拾起岸边的一颗鹅卵石用力投向江中，鹅卵石激起的水花瞬间就被汹涌的江流吞没了，望着滔滔江水，他忧郁地说："真盼着抗战胜利的那一天早早到来，隐蔽的日子过得太压抑。"周东林安慰说："快了，我在码头上看见关东军催要战争物资的那种急火火刻不容缓的劲儿，就能感觉到他们的气数就要尽了。我忘了告诉你，前几天上你们家去过了，你爹妈和翠儿都挺好，他们都问我知道不知道你的下落，真是难回答，只能安慰。"

"不想他们了，现在只担心你，千万千万别出事。"

"放心吧，我心里有数。目前的形势，咱们还在占上风。昨天下午法院特别通知，让死难者家属和工人代表今天下午去现场监看对陈宝才执行死刑，说现场还有记者采访，这在满洲国的历史上是破天荒的。"

"工人代表都去吗？"

"不，我们不能成为统治集团利用的工具，给当局脸上涂脂抹粉的事坚决不干。我们打算以看现场耽误干活挣钱为借口，尽量安排少的人去，当然，有工人自愿去的也不阻拦。"

该分手了，两人不约而同站起来，周东林提议说："对敌斗争形势太严酷复杂，紧急情况随时可能发生，约定一下，如果你需要紧急见我，就用粉笔在我们家胡同口右边的墙上画十字；我要见你，就在牛马街西口拐角的墙上画十字，见面的时间地点跟今天相同。记得把今天咱俩见面和商定的情况向陶先生汇报。"

陈宝才被公开执行枪决的新闻果然很快见报，执行地点在城西的某处荒野地。新闻配发的照片中，被五花大绑的陈宝才跪在一条杂草丛生的大沟旁边，行刑警察端着步枪站其身后，枪口距离陈宝才的后脑勺不及三寸，在沟坎和高坡上有数十人远远地观看。坐在办公桌对面的组长刘成功把这张报纸递了过来，问："这条新闻怎么看？"秦若轩接过报纸，粗略地扫了一眼，不以为然地说："谁的命都是爹娘给的。一场悲剧两家泪，只能怨世道不好。"

刘成功的神情紧张起来，左右瞅了瞅说："小声点，万一被人听见了，小心告你对当局不满。"秦若轩苦笑地摇头，他此刻最关心的不是陈宝才死没死，而是东林的境况如何，他面临的危险比自己大多了。

平静地过了几天，《新报》报社的陶先生通知秦若轩，张副总编要跟他见面，约定见面地点在南郊动物园。那处动物园建成不久就发生了九一八事变，原来公园里饲养的虎、狼等食肉动物都饿死了，尚存的仅有几只骨瘦如柴的猴子，公园几近荒废。

自从回到潭城，秦若轩只在接头的那天见到过刘娜老师，在他的心中，刘娜既是他确立革命理想的引路人，又是心理和精神上的大姐，身在同城且不能相见，备受煎熬。如今终于有机会再见面，他恨不得今天晚上就赶到南郊，等在公园门口。下班之前，他跟刘成功请了假，谎称明天要上医院瞧病，并承诺本周日可以安排加班，刘成功同意了。

南郊动物园的门柱和近一半的院墙已经倒塌，公园内，荒草齐膝，破败凌乱，一潭死水发出腥臭的味道。公园早已经不卖门票，可以随意进出，反而成了孩子们嬉闹玩耍的天堂。公园的一角有一大片白桦林，人迹罕至，秦若轩在这里等到了刘娜老师。他首先跟老师问好，之后说："您选的这个地方真不错，公园废了，这片林子却生机盎然。"

"从小时候起，我就对白桦树情有独钟。"刘娜回答说，"你看它的每一根枝条都奋力地向上伸展，有一种大无畏的气魄；树干上的疤痕如一只只睁大的眼睛，无休止地看着这个世界，审视着我们每一个人，似乎能洞穿你的心。白桦树林所散发的清香也是特有的柔甜，让人心情舒展。在城市一隅，能有这样一片白桦林真的很难得。"说话间，秦若轩听见林子外面有踩踏落叶的脚步声传来，他警觉地观察，是急匆匆赶来的周东林。他见到刘娜和秦若轩之后就说："转了几个圈才甩掉尾巴，来晚了。"

"你真被跟踪啦？其他工人代表怎么样？"秦若轩担心地问。

周东林用衣袖抹了一下额头和脖子上的汗，沉重地说："枪毙陈宝才那天，去现场监看死刑的工人都被抓走了，里面有两名工人代表。"

"公开抓吗？怎么没听说？"

周东林恨恨地回答："他们阴险得很。法院特别通知让我们派代表去行刑现场监看枪毙罪犯。那天我们去了八个人，去的时候法院还特别安排了一辆卡车把人都拉上。枪毙完了，这八个人却再没有汽车坐，只能步行往回走。没想到半路上冒出来一伙抓劳工的警察，一下子把他们都抓走了，让你没办法找法院讲理。"

刘娜说："明显是事先预谋。其他工人代表呢？"

"有一个在前天晚上挨了黑棒子，重伤，目前还躺在医院里昏迷不醒，昨天晚上我也差点遭黑手。"

"怎么回事？"秦若轩担心地问。

"昨天下工晚了点，往家走的时候天都黑了。从江沿过来刚拐弯，身后就跟上来三个人，一个手拎麻袋，另外两个拎着镐把。我听见身后的声音不对就留心了。拿麻袋的那个刚上来要套我的脑袋，我回身就来了一招推臂绊靠，把那家伙干倒了，没等后面那两个手里的镐把抢起来，我一个冲拳上去，把一个打了满脸花，另外一个回头就跑。"

"咱俩小时候的拳脚没白练，战场上杀鬼子管用，回来搞地下斗争同样能派上用场。"秦若轩说这番话的时候心情并不轻松，他仿佛亲眼看见了周东林一搏三的场景。刘娜面色凝重，说："看来东林必须立即离开码头，潭城也不是你久留之地，昨天晚上敌人没能得手是对你不完全了解，下次就没那么容易脱身了。过些天组织上又将派一批干部进东北，我们潭城党组织承担的任务，是接到那些同志之后，把他们安全送往北满。东林准备一下，负责全程护送这批干部，到北满以后就不用回来了。"说完，刘娜转而对秦若轩说："约你来见面是另有一项任务交给你来完成。"

"什么任务？"

"我刚才说的这批支援东北的干部目前已经到达天津，只等我们这边的消息。我们现有电台的功率太小，而且一直遭到敌人的监听，必须借用电报局的力量。今天下午将有一位戴黑框眼镜的同志到电报局往天津的一家商号发电报，内容是'船已备好，可以发货'，你的任务是保证这封电报准确无误地发出去。"

"虽然往关内发电报控制和审查得很严，有的还要特别批准，但我可以保证这封电报能够准确发出。"秦若轩信心满满地说。刘娜抬起头，透过白桦树叶片望着蓝天上浮动的白云，说："每次我们的电台工作以后，电台周边区域都会遭到警方的搜查，负责收发报的同志每时每刻都面临着生命危险。"秦若轩说："我已经了解到，电讯监听站就设在电报局的二楼，有军警把守，警备森严，一般人进不去。他们不仅监听共产党的电台，南京方面和苏联方面的电台也都是监听重点。如果要保证咱们的电台发报安全，必须在监听站上做文章。"

"好，你要利用在电报局上班的优势，继续深入摸清情况，找到监听站的弱点和控制办法，以备急需。另外，这批同志乘火车到达潭城以后，由你们两个负责接站，接站的具体时间和接站之后如何行动，届时由老陶通知你们。若轩再次申请加入党组织的情况我已经跟上级汇报了，很快就会有结果。如果在东林出发去北满之前来不及召开讨论若轩入党问题的党支部会，东林作为若轩的入党介绍人，可以把介绍材料留给我。最后再叮嘱你们一句，敌人越临近失败就越疯狂，千万谨慎小心，一定要坚持到最后胜利的那一天。"

给天津商号的电报发出了，秦若轩的心里忐忑不安，既担心电报在发出和投递过程中发生意外，又担心新来的这批同志路途中的安全，搅得他做什么事情都不能完全沉下心来。快下班了，刘成功轻声问："小储，今天发薪水了，下班以后咱俩出去喝一杯怎么样？"秦若轩今天没有心情喝酒，但是对方主动邀请，如果拒绝，礼节和面子上都过不去，人家毕竟是自己的顶头上司。他仔细观察刘成功的眼神，对方的目光中充满期待。秦若轩装出满心情愿的样子，爽快地答应了，说："好啊，你选地方，我付钱。"刘成功推辞说："我提出来喝酒，哪能让你破费，我每月的薪水比你多三成呢。"

　　受满洲国的配给规定控制，汉人开的小饭店能够提供的食品十分有限，刘成功选了一家日本人开的居酒屋，这家店开在日本人居住区，周边街道僻静整洁。他们点了清酒和鱼干、海带丝、天妇罗、寿司。秦若轩环顾四周，摆着七八张桌子的居酒屋里，除了他和刘成功之外，还有一对中年日本男女在另外一桌用餐。

　　秦若轩摸不清刘成功主动邀酒的企图，为了引出话题，等刘成功点完了菜，他就故意兴致勃勃地大聊近来听到的奇闻笑料，他说牛马街的小无赖二疤拉最近跟另一伙流氓斗殴，后脑勺被砍了一刀，街坊们都说今后应当改名叫三疤拉；他说上个星期蔡二奶奶的房里来了一个嫖客，西服革履油头粉面却生有杨梅大疮，光着腚被蔡二奶奶抢着扫帚疙瘩在院子里转着圈儿地撵着打，被邻居侯嫂和谭嫂瞧个正着；他说街上都传金鑫当铺掌柜的从一个山民手里买了一支野山参，拿回家放到柜子里，第二天早晨打开柜子，野山参不见了，柜子里躺着一个小男孩儿。小男孩儿从柜子里蹦出来跑到大街上，被一个白胡子老头儿领走了。掌柜的跟在后头追，但是眼看着老头儿和小孩儿在前头走，愣是追不上；

他说有一个乡下人家里死了老人，来牛马街纸活儿铺买了纸牛在老人的坟前烧。那人刚把纸牛的尾巴点燃，就听见纸牛哞哞叫，仔细一看，点着的竟然是自家养的黄牛。

对秦若轩絮絮叨叨讲的这些无聊琐事，刘成功显然不感兴趣，不耐烦的情绪挂在脸上，秦若轩看得清清楚楚，但是他装作没发觉，仍然不厌其烦兴致勃勃地讲，他就是要在刘成功面前表现得浅薄、庸俗、无追求。刘成功给秦若轩夹过一只寿司，借机打断了他没完没了的故事，转移话题说："小储，你来电报局的时间不短了，我看你人挺聪明，本分，做事扎实，对生活现状好像很满足。"

"当然了，我这个年纪就能吃上官饭，每天风吹不着雨淋不着，发的薪水足够我一个人花，还有陈副局长和您这位大哥罩着，足矣，还求什么？"

"不想当官？"

"当官自然好，但是当官得有命，我没那个本事更没那个命，不想。再者说，我看出来了，咱这电报局是日本人说了算，巴结日本人的勾当可没胆子做，据说咱那位局长喜怒无常，还是本本分分的好。"

刘成功偷眼瞄了另一张桌上的那一对日本男女，压低嗓音道："日本人手下的官，白给咱也不做。""那是什么官？"秦若轩警觉地问。"南京方面，国民政府的。"刘成功的神情严肃而认真，平时脸上那种猥琐颓废的状态一扫无余。秦若轩立即意识到，今天这场酒的目的不简单，对面的刘成功则更不简单，他的神经立即绷紧了，问："国民政府远在南京重庆，八竿子扒拉不着，咋去当官？"刘成功用手中的筷子指点着秦若轩，把嘴一撇："倭瓜脑袋，你是真没看出来还是故意装茶？日本人快完了。太平洋战场上损兵折将，东南亚和中国战场上拔不出腿儿，苏联红军在

212

北边咄咄逼人，关东军的征兵范围都扩大到了开拓团的小孩和老头子，日本人穷途末路，力不从心，大限将至。你想想，有朝一日他们完蛋了，满洲国还不跟着垮台？满洲国垮了，谁来接管东北？当然是国民政府。国民政府来了还能继续用当下那些捧日本人臭脚，吃满洲国俸禄的人吗？肯定把他们一脚全都踹沟里去而另外招用新人。这就是机会，当官的绝好机会，千载难逢。"

"招用新人也不一定选到咱哪？"秦若轩依然傻乎乎地问。

"所以才要提前烧冷灶，贴国民政府的门槛子，想办法让南京方面知道咱了解咱，到时候才有机会填补拔出那些烂萝卜以后腾出来的坑。"

"你认识那边儿的人吗？我可是上炕认识枕头下地认识鞋，两眼一抹黑。"

"有一个组织你参加吗？"刘成功神秘地问。秦若轩明白了，原来老刘属于某个组织还想拉自己入伙，这个情况太重要了，必须弄清楚，便急问："啥组织？"

"民主救国同盟会。"刘成功一字一板地说出了组织的名字，秦若轩从来没有听说过。

"民主救国同盟会归谁管？你参加了吗？"

刘成功露出了几分得意，把腰板挺了挺说："说出来你别害怕，民主救国同盟会的上头是南京方面的军统。直说了吧，军统已经在咱东北几省建立了好几个这一类的组织，它们以不同的名字出现，但总根儿是一个，这样搞的目的是万一哪个组织出了问题，不至于影响整体。""我懂。"秦若轩插话说，"就像是章鱼，长很多根触角，断了一根还有其他。"

"咋样，想参加吗？哥给你当介绍人。"

"加入了就是军统的人？"

"做梦呢，哪那么简单？"刘成功显然很藐视秦若轩的无知。

"军统是那么容易进去的？民主救国同盟会的头儿是军统的人就足够了。你加入进去，就跟军统搭上了线，日后有了好机会自然有你一份。"

"容我好好想想。"秦若轩做出犹豫不决的样子胆怯地说，"加入你们这个组织，万一暴露了可是反日反满的大罪，不死也得脱层皮，另外日后能不能保证当上官还两说着，不划算。"刘成功轻蔑地斜眼看了看秦若轩，摇着头说："你呀，真是敷不上墙的烂泥巴。俗话说，舍不得孩子套不着狼，眼下担点儿风险，保你日后不后悔。另外我告诉你，现阶段我们的策略是蓄积力量隐忍不发，咱不像共产党似的，人没几个，枪没几杆，还老招惹关东军自找挨打。咱老老实实眯着哪来的风险？你瞧我，见天儿像个孙子似的，不对，连他娘的孙子都不如，像条狗似的，见着当官的就晃尾巴，贱不贱？他们哪儿知道，那些欺负过我的王八犊子老子都记着账呢，奶奶的等我得势那天，让他们死都找不着坟地！"

"我还是得想想。"秦若轩表现得依然很犹豫。

"多想想可以，过了这个村可没这个店。还有，不论你日后参加不参加，今天我跟你说的这码事，对外人半个字都不能漏，除非你连军统都不怕。"

"瞧你说的，我储某可是个识好歹的人，知道谁家的炕头子热。"

"那我就放心了。喝酒！"

从酒馆出来，天已经完全黑透了，刘成功酒喝了不少，走路有些趔趄，叫了一辆洋车回家，秦若轩则步行往回走。街上几无行人，远处隔着几条街传来警车的警笛声，凄厉如嚎，令人毛骨悚然。都说人的灵魂里藏匿着两个主人，一个是天使，一个是魔鬼，而今天在秦若轩面前展示的刘成功既非天使，亦非魔鬼，更像一个唯利是图的奸商和丧心病狂的赌棍。想想他平时如受气小媳妇一般处处谨小慎微、唯唯诺诺，谁能想到他藏在身后的那把刀。秦若轩似乎感觉到了那把利刃透出的逼人寒气，看见了刀尖上滴答滴答的血珠。一场酒再次给自己敲响了警钟，对周边的任何人都不能掉以轻心。这场酒还让他知道了南京方面也在打东北的主意，军统正在紧锣密鼓搜罗人马为日后布局，"民主救国同盟会"的情况必须尽快让党组织知道。

秦若轩的心里很急，不觉间脚步越走越快，拐进牛马街刚走了不远，隐约听见街对面有人轻声问道："哎，是秦少爷吗？"秦若轩的心头一震，脚步刚要停下立即又目不斜视地往前走，心中疑惑：我现在公开的名字叫储宝龙，那人喊我秦少爷，是有人认出我了还是敌人的有意试探？正在犹豫之间，街对面的那个人从隐身的门洞里闪身出来，紧走几步来到秦若轩的身后，轻声说："少爷，我是老周。"秦若轩回身细看，果真是门房周大通，惊奇地问："周叔，怎么是你？""找个方便的地方说话。"秦若轩也意识到当街说话危险，便让周大通跟着自己回到住处。

小院里的几家邻居都已经入睡了，周大通的到来没有人看见。进了屋，秦若轩拉上窗帘，准备捅开炉子烧水，被周大通制止了。他坐在炕沿上，环视秦若轩租住的两间屋子，问："少爷，你是跟我们家东林一块儿回来的吧？咋不回家呀，老爷太太想你都快想疯了。"秦若轩没有直接回答，反问道："您怎么知道我回来了住在牛马街呀？"

"你的房东姓蔡吧？"

"是呀，您认识？"

"我怎么能认得她。你爹那个银行的一个科长是那个娘们儿的常客，他偶然有一回打姓蔡的房里出来，瞄见了你的一个侧影。他原来登门来过咱家，在老爷的书房里见过你。他瞅见你了但是

215

不敢认，昨天不知道为什么跟老爷说了，老爷赶紧打发我来探探究竟是不是你，我这不就来了。天没黑我就在街面儿上等，没承想你回来得这么晚。"

秦若轩挨着周大通在炕沿上坐了，平静地说："周叔，既然您已经见到我了，就跟您说实话，我这次回来没打算让家里人知道。我要干的事情太危险，说不定哪一天就被抓进去或是掉脑袋。您回去这样跟我爹讲，就说人瞧见了，长得跟若轩连相，但不是，是一个姓储的奉天人。"

"你总是不回家小翠咋办？老爷还让我带来了一些钱，他说万一你不愿意跟我回去就给你留下。"

秦若轩叹了口气说："叔，我知道您老早就打算让东林跟小翠成亲，我爹妈让我娶小翠，你们抹不开面子，答应了。棒打鸳鸯生生地拆开一对恋人，多无情。我早就下决心，早晚非把小翠还给东林哥不可。"周大通的脸上显出无奈，沉默了半晌说："这都是命，认了吧。带来的钱咋整？"

"你没找到我，当然拿回去。"

"中啊，就依你。但是有一条，你不回家我拗不过，咱爷俩的联系可不能断，万一哪一天你有个马高镫短，记得还有周叔我呢。"

"好，还是叔体谅我。"

周大通起身准备走了，出门前止住脚步说："你是不是换个地方住，这个院里上房姓蔡的那个婊子招的人太杂，万一日后再遇上一个认识你的可麻烦。"

"我心里有数。"

送走了周大通，时间已至半夜，但秦若轩没有一丝睡意，今天遇到的两件事情都很棘手，让他躺在炕上辗转反侧。他百分之百地相信此刻他的父母肯定也没睡觉，正坐在书房里等着周大通带回去的消息。周大通的回复将令他们失望，失望之后又会怎样无从知晓。秦若轩闭上眼睛，听见窗外传来呼呼的风声，然后有雨点噼啪噼啪地敲打在窗户玻璃上。雨点很大，很有力，但是稀疏，可能是大雨的前兆。他担心周大通来不及赶回家而被雨淋。一道极强的闪电把整个房间照得亮如白昼，随之一声炸雷响起，震得房顶扑簌簌地响，顷刻间，窗外雨声大作。他爬起来透过窗户玻璃往外看，在闪电的映照下，小院的地上白亮亮一片，无数小水流急速向院门边的水洞子汇集流淌。隐约听见远处有人大声呼喊着什么，他分析也许是谁家有什么东西被大风刮跑了，或许是谁家房顶漏雨了，也可能是哪处墙塌了。牛马街这一片老旧建筑，每遇狂风暴雨总免不了房倒屋塌。大雨一直下到后半夜才停止，天亮了，一夜没怎么睡的秦若轩推开屋门，见院子里的积水足有半尺深，天上有大朵大朵的白云飘过，空气则少有的清新。棚匠老谭拎着铁锹从院门外进来，看见站在屋门口的秦若轩说："墙根儿底下的排水沟堵了，弄得满院子存水。储少爷先别出来，水沟我刚弄通，过一会儿这院子里的水就下去了。"

"真辛苦你了，街上乱糟糟的啥事？昨天半夜就听见有人大呼小叫的。"

老谭用铁锹拨着脚下的水，头也不抬地说："昨儿晚上米铺门前的那棵大柳树遭了雷劈，砸塌了米铺门脸儿，街上的人都去瞧热闹。报应啊，干了亏心事，老天爷都不容！"

老侯从屋子里出来，揭开罩在洋车上的油布，查看坐垫是否被雨水淋湿了，接着老谭的话说："米铺赵秃子早该遭报应，配给的粮食本来就少，他还往棒子面里掺土、往高粱米里掺沙子。"

秦若轩拿过一把扫帚，脱了鞋挽起裤管，跟老谭一起扫院子里的积水。老谭凑到秦若轩身边压低声音问："昨天快擦黑儿的时候，我瞅见你跟一个戴眼镜子的瘦子往城西走，那人是谁？"

天边 TIANBIAN

"电报局的同事。怎么了，你认识他？"

"我给'三义堂'糊棚的时候见过，他跟那个堂主的关系特别好。平时进出'三义堂'的净是些歪脖子瞪眼横着走道儿的，他一个文质彬彬的干巴人儿也进那个门，扎眼，我一下子就记住了。你小心着，他跟'三义堂'打连连，怕不是什么好人。"

"我知道了。"

秦若轩听说过"三义堂"，那是个横行潭城多年的流氓帮会，不知道怎么跟日本人和满洲国政府搭上了钩，仅凭日本人和当局允许"三义堂"长期存在，就说明其中不简单。今天又听老谭说刘成功跟"三义堂"也有关系，情况就更加复杂，究竟"三义堂"的堂主就是军统成员还是军统收买了"三义堂"，皆不得而知。秦若轩瞬间甚至产生了同意加入刘成功推荐的"民主救国同盟会"，以深探究竟的念头。正想着，忽然一个中年女人披头散发闯进院子，双手叉腰，扯着脖子冲上房大嚷："败家老爷们儿，你脑袋扎骚窟窿里浸死啦整宿不回家？姓蔡的破鞋咋就那么好，迷得你不顾老婆不顾孩子不顾家。你们两个狗男女还不快给我滚出来，操完了月亮还想接着操日头哇？"听见女人骂，侯嫂和谭嫂都从屋子里出来，侯嫂上前拦住问："大妹子，这是来找你家爷们儿的？"那女人见侯嫂面善，眼里立刻涌出泪水，哭诉道："我那个败家货，整天不干正经事儿，不是赌钱就是泡窑子。昨天晚上一场大雨，家里漏得像筛子，屋里成了河，他可倒好，一宿没回来，让我娘们儿家咋办？"老谭说："不会吧？俺们这个小院儿一般不留外人过夜。"

"怎么不会？我家爷们儿昨天晚上就是在这儿睡的，你替姓蔡的骚货说话，她卖大炕你是不是跟着抽头哇？"

"你怎么见谁跟谁呛火，咋听不懂好赖话呢？"老谭被那女人呛得脸红脖子粗。上房的门开了，蔡二奶奶披着外衣从屋子里

218

出来，倚在门框上问："那是谁家的母狗跑到这个院子里撒泼，你家爷们儿没回家就是在我这儿？你是狗鼻子闻着啦还是瞎了眼珠子？"

"不在你这儿在哪儿？他爬你的炕头子不是一回两回了，你们的肮脏勾当别以为我不知道。"

"你知道算个屁！抓着啦？"

"就在你屋里，敢不敢让我进屋抓？"

"中呀，抓不着咋办？"

"抓不着我从院墙水洞子爬出去！"女人气急败坏。蔡二奶奶冷冷一笑，跟院子里的众人说："大伙儿可都听见了，都给我做个证，别让她一会儿拉完屎再坐回去。进屋抓去吧！"蔡二奶奶坦然地闪开了身子，那女人看了看蔡二奶奶，又瞅了瞅院子里的其他人，一咬牙，跺着脚进了蔡二奶奶的上房。蔡二奶奶并没有跟着，仍然背靠门框，划火柴点燃一根香烟悠然地抽。人们听见了屋子里翻箱倒柜的声音，砰砰响。过了一会儿，那女人神情黯然地独自从屋子里走了出来，脚步沉重，泪流满面，显然没有搜到她的男人。她慢慢地往大门口儿挪动脚步，蔡二奶奶在后面问："咋地，就这么出去啦？"那女人回转身来，怒目圆睁，目光愤愤悲冷，侯嫂赶紧上前扶住女人，转头对蔡二奶奶说："二奶奶，都是娘们儿家家的，不容易，算了吧。"又劝那女人说，"走吧走吧，再上旁处找找，说不定你男人现在已经回家了。"蔡二奶奶耷拉着眼皮，鼻子哼了一声，转身回屋了，竟然没有坚持让女人兑现爬出去的承诺。

吵架的主角散了，大家也都各自回房，院子里安静下来。秦若轩觉得事情蹊跷，凑在窗户前往院子里张望，过了一会儿，只见一个骨骼清瘦的男人轻手轻脚地从蔡二奶奶的上房溜了出来，踮起脚尖，以极快的速度穿过院子，迅速拉开院门跑了出去。秦若轩明白了，蔡二奶奶的屋子里肯定有好藏人的地方，否则那女人怎能没搜到呢？

　　时隔一天，报社的陶先生带来指示，通知秦若轩和周东林下午两点钟到火车站附近的"东升茶馆"接受任务。东升茶馆是一栋二层日式楼房，青瓦白墙，二楼的挑檐下是长长的明廊，坐在明廊的茶桌前喝茶，不仅可以观赏楼下街景，火车站前小广场的情景也可尽收眼底。秦若轩早晨上班以后正琢磨编个什么理由跟刘成功请假，可巧临近中午时分，电报局所在这一片市区意外停电。电报局虽然备有柴油发电机，但是功率有限，只能保证重要设备运行，民用电报业务下午暂停，秦若轩得以脱身。

　　秦若轩来到东升茶馆二楼的时候，刘娜已经择一处视线好的座位等在那里。茶房把秦若轩引上二楼，他没有忘记刘娜老师现在公开的名字叫张峒，便主动上前打招呼："张总编，您好。"刘娜优雅地跟他点头，秦若轩坐在了刘娜的对面。片刻，周东林也赶到了，三人围坐在圆桌前喝茶。茶房送来了瓜子和手巾把，下楼去了。刘娜确认周围没人，轻声对秦若轩和周东林说："再过两个小时，天津来的火车就要进站，新一批支援东北的同志就在这趟火车上。他们总共有八个人，其中包括一名重要领导。他们下车之后将分成两组行动，东林和若轩你们分别负责接应一组。那名领导和他的警卫是富商打扮，由若轩负责接站。你举一个牌子，上面写'协和明先生'，他们看见牌子就会直接来找你。你问对方贵姓，对方回答免贵姓董。你问董掌柜是第一次来潭城吗？对方答三年前来过，然后整理一下帽子。如果暗号不对就想办法尽快脱身。"秦若轩问："牌子上的协和明先生是啥意思，万一警察问起来怎么回答？""就说是天津协和株式会社的明先生。"周东林笑笑说："警察们看见协和二字就该估摸着跟日本沾边儿，肯定没胆子问。"刘娜继续安排道："接到领导同志以后，直接

220

送大合旅社住下。其余的六个人将扮作天津康顺堂药铺雇来赶山收草药的，他们下车以后的落脚点是东马路的老三大车店。东林提前去大车店的外头迎着，接头方法是：你问：'各位住店吗？'我家干净便宜。对方问：'管酒管饭吗？'你答：'有饭没酒。'然后对方把挎着的行李从右肩换到左肩，表示接头成功。如果对方无任何动作，暗示情况有变，你赶紧脱身。"

"来的同志住下以后怎么办？"秦若轩问。

"如果接头顺利，晚上还是由老陶通知你们明天送同志们去北满的办法。东林做好明天撤离潭城，全程护送的准备。"

秦若轩和周东林接受了任务，秦若轩让周东林先走，他把刘成功有意拉他加入"民主救国同盟会"的情况向刘娜汇报了，特别强调了"民主救国同盟会"有军统背景，刘娜听后沉思了半晌，然后说："这个情况很重要，我认为这是打入敌人内部的绝好机会。日本如果战败，南京的国民政府一定疯狂地进入东北抢夺胜利果实，党中央从关内派骨干力量充实东北，正是为了有利于今后与国民党展开斗争。你如果能够进入那个组织，就建立了一条及时掌握敌人动向的信息渠道。暂时不要回绝他，待我向上级汇报以后再做决定。"

有了刘娜的明确表态，秦若轩的心里有底了，赶紧离开了茶馆。他给顺义车行打了电话，得知车夫周渔没有出车，便唤他来火车站接人，周渔十分痛快地答应了。不到二十分钟，周渔赶着那辆漂亮的马车来到火车站，秦若轩告诉他一会儿把客人接到以后，还是送大合旅社。周渔指着秦若轩手里拿着的纸牌子，表情复杂地问："老板，您跟日本人做生意啦？"秦若轩含糊地回答道："谁的钱都不烫手。"周渔不再作声。

天津开来的火车准时进站。因为有警察逐一盘查，旅客出站的速度很慢。秦若轩看见了有几个背着或挎着行李包袱的男子跟着其他旅客从车站走了出来，他们离开出站口以后向右拐，顺着马路一直向东走去，其中的一个人他很眼熟，但一时想不起那个人的名字。他判定这几个人极可能就是周东林负责接应的同志。出站的旅客几乎快走完了，才从出站口闪现出两位西装革履、头戴礼帽、手提棕色皮箱的男子，其中一位的年纪在五十岁上下，另外一位则三十岁出头。两个人都看见了秦若轩手里举着的纸牌子，年纪较轻的一位走过来，秦若轩上前主动问话。暗语答对了，秦若轩殷勤地把年长的那位客人手里的皮箱接了过来，带领他们来到周渔的马车前。三人上车，两位客人并肩坐在车厢里，秦若轩则与周渔同坐在车夫的位置上，周渔的脸朝前，秦若轩的脸朝后。周渔一抖缰绳刚要起步，秦若轩猛然看见邻居老侯拉着空洋车从东面跑了过来。除了老侯以外，从东边过来的行人大多脚步匆匆，有的还略带小跑，气氛异常。秦若轩赶紧让周渔慢走，他跳下马车，拦住老侯问："侯大哥，出什么事了，你车上没拉人咋还跑得这么急。"老侯略带气喘地说："警察在东马路一带搂浮浪呢！"

东马路三个字让秦若轩心头一惊，周东林负责的接头地点老三大车店就在东马路，秦若轩的脸色一下子白了，额头瞬间渗出汗珠。他惊慌的神情被马车上那位年长客人发觉了，他问："什么是搂浮浪？"周渔抢着回答："就是抓大街上要饭的和没户口的闲散人，掠去当劳工。"老侯补充道："什么抓闲散人哪，看谁不顺眼就抓谁，不知道今天又该啥人倒霉。"秦若轩看了一眼车上的长者，焦急地说："对不住了董掌柜，我不能陪二位上旅馆了，让周大哥把您二位送过去先安排住下，我得上东马路瞅瞅，有一个朋友在那边呢，别出事，回头再去房间看您。"

"朋友要紧，兄弟自便，自便。"董掌柜显然意识到了问题的严重性，马上答应了并下意识地回头张望。秦若轩坐上老侯的洋车往东马路方向跑，他知道，警察一般不抓坐洋车的人，秦若轩又是一身公职人员打扮，更有几分安全。当他赶到东马路的时候，远远地看见两辆方头方脑的黑色警车已经摇响着警报器开走了，街上几无行人，街两旁的胡同里和各家店铺门口，仍然逗留着一些惊魂未散的人。秦若轩还没赶到老三大车店，就看见周东林脚步沉重地从对面走了过来。秦若轩谢过了老侯，下车跟周东林会面，看见东林灰暗的脸色，便知道出事了。他把周东林拉进街边的一条胡同里问："咋，没接着？"

"眼看着警察堵了街口，眼看着他们几个走过来，还没来得及迎过去，一下子全搂走了。"

"现在咋办？"

"赶紧报告，想办法营救，不然来不及了。"

"不知道老师还在不在茶楼。"

"咱俩分头行动，你去茶楼，我去报社，最后在报社会合。"

副总编办公室里，空气如同凝固了一般，刘娜和陶先生刚刚听完周东林的汇报，刘娜的脸色冷如冰霜。此时秦若轩也赶到了，陶先生说："仅凭我们支部的力量，没有能力营救被抓进去的六名同志，跟上级当面汇报吧，我现在就去。"

"那几名同志跟东林没接上头，我担心他们不了解咱们潭城的情况，盲目采取自救行动，那将很难成功。"刘娜十分担心地说。周东林立即回答道："虽然没接上头，但是他们肯定看见我了。六名同志当中有一个跟我和若轩原来在同一支部队，是一团的三营长，我们俩一块儿在枣庄南打过伏击。虽然离得有点儿远，但是我们俩对上了眼光，我认出他，不知道他认没认出来我。"秦若轩说："你这么一说我也想起来了，就是一团的三营长。他们出站的时候我冷不防瞅见他就觉得眼熟，一时没想起来是谁。"

223

听到周东林和秦若轩讲述的情况，刘娜的脸色稍有好转，说："按照地下工作的特点，你们提到的那个三营长如果看见了东林，不管他认没认出来，只要跟若轩一样有眼熟的感觉就足够了，基本能够确认我们潭城地下党组织负责接头的同志目睹了他们的遭遇，肯定能想办法组织营救。"

对刘娜的分析，陶先生、周东林和秦若轩都表示赞同。刘娜目光坚定，果断地安排道："立即着手做以下工作：第一，动用一切关系和渠道，探听被抓同志的关押地点。第二，准确了解此次警察行动的目的是真抓浮浪还是有其他意图，如果是真抓浮浪，就要摸清下一步他们计划把抓到的人往哪里送。第三，向已经住进大合旅社的领导同志通报情况，推迟原计划明天启程赴北满的行动，等待我们组织营救的消息。第四，老陶负责把讨论的情况向上级汇报，请求指示。"

刘娜的目光扫过面前的每一个人，格外严肃地说："同志们，现在是特殊时期，不管谁得到重要消息都要立即报告，但是行动要格外谨慎小心，保证安全。明天早晨六点钟我们再碰一次头，地点在江桥桥头市场。"

会议结束，秦若轩跟着刘娜从《新报》报社的前门出来，分乘两辆洋车去大合旅社，与秦若轩下午接到的领导同志会面，陶先生和周东林选择走《新报》报社的后门，分别去执行各自的任务。

秦若轩从大合旅社出来的时候，街边的路灯已经亮了，刘娜回报社等待陶先生向上级汇报情况以后带回来的指示，秦若轩则独自一人往回走，他一边走一边想着怎样才能探听到被抓同志的消息。思来想去，周围认识的几个人中间，唯有孙警官这条渠道最直接，但是此时已是猪进圈鸡上窝家家关门闭户的时候，想必孙警官也早就下班回家了，就是等到明天白天想见他也不是那么容易，既不能主动去警署找，在牛马街上等着孙警官来巡街，也要编一个搭腔说话的恰当理由。秦若轩一想到这些难处，心情不免焦躁起来。被抓的同志每时每刻都处于万分危险之中，争分夺秒想办法才是作为革命战友的本分和责任，他的脑海中忽然闪现出京剧舞台上孙悟空遇到师傅被妖怪抓走以后，无计可施抓耳挠腮的形象，自己现在虽然没有抓耳挠腮，感觉却是相同的。走着想着，想着走着，眼看要走到牛马街，隐隐发现远处趔趔趄趄过来一个人，当那个人走出两个路灯间的黑影地带来到路灯下时，他看清楚了，那人竟然是迫切想见到的孙警官，他喜出望外，紧跑几步迎上去把孙警官扶住问："孙警官，您这是上哪儿赴宴去了，酒喝得可真不少。"

"谁呀？"孙警官斜眯着眼瞅了半天，认出来了，"哦，储——储少爷。"

"对了，是我。"

"开张，老陈家皮货铺开张，请我去捧个场子。妈个巴子姓陈的真他娘抠门儿，光灌酒，临走任嘛儿礼品没有，让老子空着手出来。"显然孙警官对皮货铺陈掌柜的礼数不周十分不满意，秦若轩暗想，陈掌柜今天的酒肉算是糟践了，花钱请客没落好儿还换来了埋怨，嘴里劝解道："别跟小生意人一般见识，就凭您老还缺他那点儿礼品吗？再者说，一个开皮货店的能有啥好东西，即便有好东西，也叫那些皮子熏得骚臭骚臭，掉价了。"

"对，你小子说得对，陈掌柜就他娘的浑身骚臭，熏得老子脑仁子疼。骚臭的东西，白给也不要！"

"孙警官，现在得空儿不，我陪您醒醒酒去？"秦若轩觉得此时正是与孙警官拉近乎套消息的天赐良机，绝对不能放过。

"行啊，哪儿醒酒去？喝茶可不中，肚皮装不下了。"

"泡澡去吧，四道街新开了一家澡堂子，叫陶然浴池，门脸儿看着挺阔，出来进去的都是些齐整人儿，想必不错，咱去消遣消遣，我请客。都说烫澡出汗，酒解大半嘛。"

"好，顺便涮涮我沾的这身骚臭气。"

孙警官答应了，秦若轩招手叫来一辆马车，两人坐了，直奔四道街的陶然浴池而去。

陶然浴池有一个高大的青砖雕花门脸，上头雕刻着"陶然浴池"四个浑厚的楷书大字，门口台阶上站立着招呼客人的小伙计，剃光头，穿一身白布裤褂，肩头搭着白毛巾，干净利索。看见秦若轩和孙警官乘坐的马车在门前停了，小伙计快步跑下台阶来扶孙警官下车。孙警官抬头看了看门脸上的大字，拿着架子说："这家澡堂子还真没来过，瞅着不赖。"小伙计满脸堆笑应答："长官您好眼力，小店上个月才开张，里头清一色都是新的，包您老满意。"

"老子要是不满意可不给钱。"

"瞧好吧，不满意出来扇我耳刮子。"

满洲国的老百姓日子过得紧巴，普通人家平时极少进澡堂子洗浴，只有逢年过节之前才肯花钱奢侈一下，时下不年不节，来洗澡的人并不多，空气中，弥散着松木家具和肥皂水相混合的味道。小伙计大声招呼着，把孙警官和秦若轩引到休息间。休息间很宽敞，足有二十间房子大小，中间是宽宽的过道，两侧用半人高的隔板分隔成若干独立休息区，每个独立休息区安有两张床，两床中间的床头柜上摆着茶壶茶碗，床板的三分之一处能够掀开，下面的空间用于存放客人脱下来的衣服。伙计照顾着他们脱衣服，并把脱下来的衣服叠好收好，随手递过两双日式木屐，两人趿拉着木屐进了浴室，木屐敲打着水泥地面，发出啪啦啪啦的声音，清脆响亮。浴室里有两个大池子和一个小池子，大池子里是温水，小池子里的水温则更高一些，是专为偏好烫热水澡的客人准备的，水面上蒸汽升腾。孙警官径直来到小池子旁边，不敢立即将身子完全泡进去，他坐在池子旁边，先试探着把双脚和两腿往热水里放，然后再缓缓下蹲，身体一段一段地适应水温。热水烫得他龇牙咧嘴五官挪位嗷嗷喊叫，试探了两三回之后，身子才终于完全坐进了水里。孙警官下了热水池，秦若轩自然也要咬牙陪着。两人在热水池里泡了十几分钟，烫得周身通红、满头大汗，孙警官闭着眼睛、喘着粗气连说舒坦。泡完了，又请来师傅搓澡，之后洗头，往身上打肥皂，全身彻底洗净之后从浴池里出来，四仰八叉躺在休息间的床上，盖上雪白的毛巾被，真是一身轻松。躺了一会儿，秦若轩要了一壶好茶，两人坐起来喝茶闲聊。孙警官满意地说："这个堂子好，往后得多来。"秦若轩说："啥时候想来了招呼一声，我陪着，一个人洗没意思。"

"你储少爷是在洋灰大楼里上班的，风不吹雨不淋，不知道俺们当片儿警的辛苦。大街上来回遛半天，嚼舌头废唾沫不说，还捞个一身臭汗满脸黑灰腰酸背痛，每天下班以后要是能泡个热水澡，那是多大的享受。"

"真是，你们片儿警天天在街面儿上跟三教九流打交道，既辛苦又没派头，不如那些开着警车嗷嗷叫、满大街抓人的刑警威风。"秦若轩故意顺着孙警官说话。孙警官一撇嘴，不屑地说："刑警那个差事老子也干过两年，不干了，危险还得罪人。今天你把哪个抓了，天知道他是爷爷辈儿的还是孙子辈儿的，有朝一日从大牢里出来了，还不找你报复？就是抓进去回不来的，谁没有家人没有哥们儿兄弟没有狐朋狗友，秦桧还有三个好朋友呢，想找你寻仇太容易。咱守家带地有老婆孩子，天天为这担惊受怕，不值。"

"我看最近抓浮浪闹得挺勤，整得人心惶惶。"

"抓浮浪更不是人干的。"孙警官晃着脑袋说，"抓着谁，他们一家子都跟着倒了八辈子大霉，十个有九个回不来。"

"我听说抓着的人不是送劳工就是送矫正辅导院，辅导院咋还能死人呢？"

"你去看过就知道了，咱潭城北石砬子就有一个。那里头，住的是五六十人的通铺大炕，吃喝拉撒都在一个屋子里，晚上睡觉天儿再冷也得光着腚沟子，裤子集中收起来，防逃跑。吃就甭说了，什么猪食狗食，有口吃的就不错。干活是必须的，不管有病没病，能动弹就得出工，干得慢就挨打。最要命的是不能得病，得了病只有硬挺，挺过去是造化，挺不过去是倒霉该死。你想想，人若进了那种地方，跟进了阎王殿有啥两样。"

"那不是没活路了？"秦若轩问。孙警官说："想活也成，掏钱打点或许能出来。"

"就没有反抗的？"

"反抗？笑话！辅导院的刑讯室是干什么的，是专治刺儿头的！关禁闭灌冷水压杠子上大挂钎子烙，手段多着呢，啥样的硬汉子也挺不过去。"

"我听说今天下午在东马路又抓了一批，是真的吗？抓的是反满分子还是浮浪？"秦若轩抓紧机会问。孙警官端起盖碗喝了一口茶，淡淡地说："谁管他是什么人哪，上头临时派下的指标，说是日本人在敦化那边的劳工不够用了，需要补充几十个，那就抓呗。这几年往敦化送下煤洞子的劳工可不老少，那边煤洞子开得多，死得也多，苦了我们这些当差的。"

"今天抓的人直接送敦化了吗？"

"鬼知道送没送，就是今天没送也拖不了三两天，多关一天警察局就得多管一天饭。哎呀困了，睡会儿。"孙警官刚喝过酒，又泡了热水澡，睡意袭来，倒头便打起了呼噜。秦若轩判断孙警官这一觉要睡到天亮了，便跟伙计要来了被子给他盖上，然后穿衣服结账，一个人离开了陶然浴池。

桥头市场是潭城最大的早市，紧邻江桥，交通便利，每天清晨天蒙蒙亮，就开始有人摆地摊做生意，直至中午散市。市场上所卖的东西五花八门，吃的穿的使的用的新的旧的大的小的活的死的自产的贩运的偷来的抢来的等，都能在市场上寻到踪迹，很多市民因为配给的粮食不够吃，无奈只能到这个市场上来买高价粮，所以来逛市场的人什么层次的都有，选择在这里碰头相对安全。

　　秦若轩在六点钟之前来到市场的时候，这里早已是人头攒动、熙熙攘攘，他靠在桥头一棵粗大的柳树下，等着刘娜老师、陶先生和周东林的到来。不一会儿，大家全到了，陶先生建议去喝油茶，刘娜同意了，否则四个人来到市场不逛，围在一起干说话，容易引起怀疑。市场的外围有一长溜早点摊，卖杂面粥、烤苞米、摊煎饼、蒸发糕、煮鸡蛋等，品种不少，但价格奇高。油茶摊的摊主是一个矮个子的老人，守着一只用汽油桶改制的煤炉子和两张条桌、七八条板凳，炉子上坐着特大号铜水壶，壶中水烧开之后形成的蒸气突突地从铜壶嘴喷出来，很热烈。四个人围着一张条桌坐了，陶先生买了四碗油茶。油茶是用杂合面炒的，散发出苦涩的味道，失去了应有的香甜。刚沏的油茶烫嘴，不能大口喝，正巧借机说话。秦若轩把从孙警官口中得到的消息汇报了，跟刘娜和陶先生从其他渠道了解到的情况基本一致。刘娜低声说："上级已经决定，调东北民主联军松花江支队来营救六名被抓的同志，方法是在潭城至敦化的公路上伏击截车。我们判断，敌人此次押送的是劳工而不是政治犯，配备的警力不可能很多，伏击成功有十足的把握。当前迫切需要做的还有两件事，第一件，想办法探听押解劳工出发去敦化的准确时间，由我和老陶负责。第二件，东林上午八点钟到大合旅社跟两位领导会面，有上级派来的一辆小汽车送你们去尚家镇,镇上驻扎的满洲国军守备营已经被我们争取过来了,你们就在那儿等待与营救回来的同志会合,然后坐守备营的军车赴北满。"

"我干什么?"秦若轩着急地问,刘娜安排的两项任务都没有提到他。刘娜慢慢地扗了一汤匙油茶送进嘴里之后说:"昨天晚上你已经跟孙警官接触过,而且谈及了抓浮浪的事情,不易再深入涉及。回去正常上班,如果有新的任务由老陶通知你。时间紧急,吃完油茶以后抓紧分头行动。"

大家三口两口把油茶吃完,站起身准备分散离开,刘娜把秦若轩拉到一边小声说:"上级已经同意了我的建议,你可以跟刘成功进一步接触,时机成熟的时候打入他们的组织,要做得急缓适度,顺其自然。有情况可以直接向我报告。"刘娜转身走到周东林的面前,拍了拍他的肩膀,什么话也没说,走了,陶先生在前面不远处等着她。

又要跟周东林分手了,这一次分手不知还能不能再见面,秦若轩和周东林的心情都很沉重。他们缓步登上江堤,面向滔滔大江,胸中有千言万语如江水涌动。强劲的江风鼓动衣襟,吹乱了头发。秦若轩说:"你到了北满,又能穿上军装上战场,羡慕死了。要走了,打算跟周叔周婶怎么说?"

"他们知道我参加过请愿活动有危险,就说出去躲躲,风头过了再回来。"

"二老又该担心了。不管今后队伍打到哪儿,别忘了常跟我联系,我和小翠等着你。"

秦若轩又提起小翠,周东林的表情有些复杂,他咬了咬嘴唇说:"我坚信,用不了多久咱们就能再见面,小鬼子的日子就要过到头了。你留在潭城倒要格外小心,我听说你的那个同学马占超,仰仗他爹是警察局副局长的势力进了保安局,他跟你有仇,万万不能落到他的手里。"

"知道了，我小心就是。"秦若轩听到这个消息表面平静，心里却很惊讶，保安局是专司抓共产党和反日反满分子的，这个冤家对头日后万一遇上了真的很麻烦。时间紧，他跟周东林不能耽搁太久，两人握手，紧紧地拥抱，周东林拍着秦若轩的后背说："记住，一定好好地等着我跟着队伍打回来。"说完，转身快步走下江堤。秦若轩望着好友的背影，想象着东林即将面对的战火硝烟，心中平添了几分担忧。虽然已经抗战多年，但在整个东北战场上，敌我力量对比依然悬殊，他似乎闻到了裹挟在江风中的血腥味道。桥头市场依然人头攒动，声音嘈杂，他看见一位中年妇女怀里紧紧抱着小半面袋粮食从人群中挤出来，她的身后跟着一个六七岁的小男孩，男孩抽泣着一步一回头地看着一个蹲在地上卖熟鸡蛋的乡下老太婆，显然他很想吃煮鸡蛋，但是妈妈没有满足他的要求。市场上粮食的价格已然涨到官价的二十倍以上，买那小半面袋粮食让她掏光了口袋，否则做母亲的只要还有一分能力，也不忍心委屈了自己的儿子。

两天以后，秦若轩得知了伏击营救被抓同志成功的消息，但是好消息并没有在他的心头激起兴奋的波澜，警察荷枪实弹押送劳工，竟然在光天化日之下被劫，不仅抓到的劳工全跑了，还死伤了几名警察，警察局长恼羞成怒，随即在全市展开了疯狂的大搜捕，追查每一个可疑分子。警车鸣叫着刺耳的警笛在大街上风驰电掣，潭城上空顷刻间阴云密布。周东林曾经是码头工人请愿谈判代表之一，早已引起警方关注，如今突然消失，警方岂能放过。警察突查了周东林的家，还把周大通带到警局审讯了半天，追问周东林的去向。尽管周大通挨了几棒子，但是因为他确实不知道儿子去哪儿了，又有秦若轩的父亲秦如海出面作保，周大通才被放了回来。坏消息不仅如此，共产党潭城市委的主要负责人在这次大搜捕中牺牲了。

主要负责人牺牲的当晚，秦若轩下班回家，刚刚走到牛马街口，就看见了等在那里的刘娜。刘娜面色阴沉，跟秦若轩说："找个方便的地方说话。"秦若轩想了想说："茶馆吧，这个时间那些喜欢白天泡茶馆的闲人该回家吃饭了，晚场书还没开始，正是清静的时候。"

茶馆在距离街口不远的一条窄巷子里，可谓闹中取静。在巷子口，用长长的竹竿斜挑着茶馆的粗布幌子，上写着一个大大的"茶"字。茶馆的铺面有三间房子大，摆放着十来张八仙桌，靠东山墙还设置了一个小舞台，专供说书唱曲的人卖艺。茶馆里果然无人，刘娜和秦若轩选了角落坐下，六十多岁的老茶房问也不问，就送来了一壶茉莉花茶和一碟瓜子，笑吟吟地在两只茶碗中斟满茶水，说了声贵客慢饮，便转身忙自己的事情去了。刘娜顾不上喝茶，低声说："今天下午，我们的书记同志牺牲了，他和报务员正准备给北满特委发报，不巧遭遇敌人的大搜捕。书记同志为了掩护报务员撤离，保住组织唯一的电台，拉响了手雷。"

屋外的天色已经逐渐暗了下来，茶馆里客人少，只点亮了两只电灯泡，昏黄的光线中，秦若轩看到刘娜的面容凝重得如同雕塑。刘娜又说："当前形势相当严峻，有两个问题必须马上解决，第一是尚未发出的电报必须尽快发出去，报务员同志说，那是一份刚刚得到的关东军即将调整军力部署的情报，十分重要，必须立即报告特委，报告中央；第二是要把书记同志牺牲的消息电告特委，以便上级尽快安排新的领导人，否则我们潭城的同志们就成了无头雁。以前我和报务员与书记同志都是单线联系，书记牺牲了，我联系不上市里的其他同志，能够帮助报务员工作的只有我们。"

"两件事也是一件事，就是保证尽快发报？"秦若轩问。刘娜点头："敌人对电台监听得太紧，往往刚一发报就被盯上。电台如今是我们跟上级党组织联系的唯一通道，绝对不能出问题。电台的监听站就设在你们电报大楼，有什么办法控制或者破坏敌人的监听吗？"

"上次您布置了这项任务以后我特别留意了。监听站设在电报大楼的楼上，警卫人员从楼梯口开始就昼夜把守，不是他们的人接近不了监听室，但是也不是没有漏洞。为了防止意外停电，电报局专门配备了柴油发电机，机房就在大楼的地下室，那里也是整座大楼的配电间。发电机房有人二十四小时值守，随时准备万一发生市区停电，能够马上发动柴油机自发电补救。在电报大楼里工作的主要是两部分人，一部分是像我这样的平民业务人员，另一部分是军人，监听人员和发电机房值班员等重要岗位都是由军人担任。我们一楼的业务人员中午吃饭都是自带饭盒，军人中午吃饭则是从营区伙房用汽车送饭过来。经过观察我发现，由于楼上的人多，中午开饭的时候，送餐的小兵把装饭菜的保温桶直接抬到楼上去，而地下室机房那个值班的，则是把机房锁上以后上楼去打饭，这就是一个机会。"

"你说得再详细一些，准备怎么干，破坏配电间？"

"不，通往地下室只有一条通道，如果进去搞破坏，即便成功了也跑不出来。我的计划是制造一次短路跳闸。在我们一楼男厕所旁边的墙壁上设有一楼电表箱，我可以在电表箱下手。军方每天中午送餐的时间是十二点，非常准时，我计划在机房值班员离开岗位上楼打饭的时候制造一次短路，造成总闸跳闸，全楼停电。初步测算，从发生停电开始，到值班员跑回配电间查找原因重新合总闸，怎么也要十分钟的时间，因为他在未查清原因之前不敢贸然合闸，总要楼上楼下跑一圈。另外，我分析那些负责电

233

台监听的人员平时可能是在岗位上吃饭，而恰巧在该吃中午饭的时候停电了，他们就有可能放松一些，或许会暂时离开岗位。等全楼电力恢复重新开机进入正常监听状态，也需要一定的时间。如此算来，我们的电台最少有十到十五分钟的安全发报时间。"

听了秦若轩的计划，刘娜的眼睛一亮，果断地说："不能犹豫了，就这么办，明天中午十二点行动。如果情况有变，你及时打电话给我，电话接通了就挂断，什么话也别说。另外，这次行动之后，没得到上级指示之前停止一切活动。"刘娜说完，起身先走了，秦若轩又独自坐了一会儿，慢慢地喝茶，脑子里把明天如何行动演习了一遍，确认考虑周全，便把茶钱放在桌子上，回家。

第二天的行动很顺利，停电的时间比秦若轩预计的长，让他很满意，但接下来的日子让他感到有些空虚，原本风风火火的对敌斗争突然间停顿下来偃旗息鼓，不仅如此，书记同志意外牺牲，自己申请入党的事情又被搁置，这是最令他焦虑和痛苦的。

秦若轩平平淡淡地上了几天班，话语比以前少了许多，没事了就对着办公桌上的电报纸发呆。坐在对面的刘成功觉察到了他的异常，格外体贴地问："小储，身体不舒服吗？感到哪儿不对劲了就抓紧找医生看一看，你还年轻，今后的日子长着呢。"

"谢谢，没病，就是心里烦。"

"所谓的心烦都是自找的，自己跟自己较劲，越想越窄才烦。你得这样想，世界上的路千万条，必有一条通天大道是为你开凿的，关键是你有没有发现这条路的慧眼，发现了又能不能抓住上路的机会。"秦若轩听出了刘成功的话外音，显然他仍然没有放弃对自己的争取。秦若轩故意往周围看了看，探长了脖子低声问："前些日子你跟我说的那个什么同盟会，跟孙中山的同盟会是个啥关系，是不是也搞起义杀人的勾当？"刘成功的脸色陡然变了，惊恐地低声说："瞎说什么，当心让人听了去。"刘成功沉了沉情绪，用只有他们两个人才能听得见的声音说，"我跟你说过，咱这个叫民主救国同盟会，跟孙中山那个同盟会是两码事。"

"不杀人？"

"杀，当然杀，哪个当权者不杀人？但是需要杀人的时候有警察、有军队、有刽子手，轮不上文官舞刀弄枪。日后你我有机会腾达了也是文官，担心什么？"

"那就好，那就好。"秦若轩做出释然的样子，还用手抹了一下脑门上并不存在的汗。刘成功的脸上闪过一丝笑意，诡异地问道："动心了？"

"傻狍子才不愿意出人头地飞黄腾达，我就是见不得血。文官不就是要笔杆子、玩嘴皮子、跑腿学舌吗，谁不会呀？"

刘成功得意地从抽屉里拿出一张纸递过来说："想好了就把这张表格填一下，不填也行，后悔还来得及。"

"豁出去了，该死该活屁朝上，不后悔。"

秦若轩接过那张纸细看，只是一张极为普通的表格，表格的抬头并没有民主救国同盟会的字样，仅印有登记表三个字，表格的内容是个人的姓名、性别、履历、家庭主要成员等很普通的基本情况。秦若轩问："填完表就算加入了？"刘成功把嘴一撇："想得容易，还要经过审查批准。"

"咋？你说了不算？"秦若轩进一步问。

"我只是推荐人。加入组织有人推荐这是必须的，相当于我给你搭个桥，你日后发达了可不兴过河拆桥哇。"

"那是你看走了眼。"

自从秦若轩递交了表格，刘成功对秦若轩的态度改变得更多了，俨然上司加恩师，秦若轩对此并不以为然，能为自己外加一份掩护，何乐而不为。

一个周六下午快要下班的时候，刘成功对秦若轩说："你嫂子今天带着孩子回娘家了，晚上没人给我做饭，咱俩出去喝一杯咋样？"秦若轩知道，一向过日子仔细的刘成功轻易不主动请人吃饭，他一定有什么话要跟自己说，脸上便摆出十分乐意的表情说："好哇，我也正发愁晚上吃啥呢，咱们哪儿吃去？""江边吧，上回去的那家炖鱼馆还算凑合。"

来到江边的炖鱼馆，因为已近天黑，鱼馆里只剩下几条鲫鱼，刘成功挑选了四条，让掌柜的拿到厨房煮鲫鱼萝卜汤，又要了一碟咸白菜，烫了两壶酒，两人开喝。江面上已经完全黑了下来，看不清楚对岸，只有不远处的码头上还亮着十几盏灯，有装卸工在忙着装船，码头四周的制高点上，有端着步枪和架着机关枪的日本兵站岗监视，显然，正往货船上装载的应当是军用物资。

三杯酒下肚，秦若轩没等刘成功开腔说话，主动对他说："都说咱东北物产丰富是块稀世宝地，可是东西再多也经不起日本人天天车拉船载地往外倒腾，元气大伤啊。"刘成功瞟了一眼码头说："倒腾不了几天了，没听说吗，最近关东军发布了在满日本人召集令，要求45岁以下成年男子一律离职入营。他们的兵力已经捉襟见肘，新招的兵源先天素质不济，上了战场不拉稀才怪。"秦若轩否定地说："不一定，日本人把为天皇效命视为人生最荣光的事情，战力不可低估，真要彻底打败他们，难。你许给我的那个官位，不知道猴年马月才能坐得上，权当望梅止渴吧。"

对秦若轩的话，刘成功并不反驳，顾自有滋有味地喝鱼汤，喝得鼻子尖上渗出了汗珠。不大一会儿，一大碗鱼汤喝完了，鱼肉也被两人吃了精光。刘成功今天破例没有贪杯，壶中酒喝完，秦若轩建议再烫一壶，说明天是星期日，休息，多喝点无妨，被刘成功制止了，说："今天的鱼汤不错，喝着过瘾，回味无穷。酒不喝了，否则喧宾夺主。"秦若轩不再坚持，抢先掏钱付账。

天边 TIANBIAN

二人走出炖鱼馆,刘成功叫了一辆人力车准备先走,上车前问:"不叫辆车?天黑了,一个人走路不安全。"秦若轩说:"整天坐着,难得走走路活动筋骨,再说,我又不是大姑娘小媳妇,兜里又没俩大子儿,谁打劫我呀?"

刘成功坐着人力车走了,秦若轩双手插在裤子兜里,走在黑夜的马路上,他的心里反反复复思考着同一个问题,刘成功在今天喝酒吃饭的过程中一句有用的话都没说,是仅想拉他一起喝酒还是有话说但临时改变了主意不得而知。自从上回知道了刘成功早已加入了军统下的民主救国同盟会,便发觉其人并不简单,今天的表现更令人颇费猜疑。秦若轩并不想把事情考虑得过于复杂,但是地下斗争中什么意外情况都有可能发生,不能不防。秦若轩边想边走,忽然听见身后传来急促纷乱的脚步声,他刚回头看,街边的胡同里猛然蹿出两个人,还没等他看清来人模样,头上就重重地挨了一棍子,打得他头晕目眩,紧接着,脑袋被布袋紧紧地套住,双臂也被从后面上来的人扭住,让他动弹不得。他听见一辆汽车飞驰而来,戛然停在身边,他被几个人凶狠地推上汽车。他的头被牢牢地按压在双膝中间,呼吸困难。脑袋被打破了,感觉到有血从后脑勺流下来,耳边传来关闭汽车门的声音和发动机的轰鸣声,汽车飞快地开走了。秦若轩的脑子飞快转动,什么人绑架我?警察?日本人?他极力平息自己的心情,听得见怦怦的心跳声。他留意汽车的每一次转弯方向和行驶时间,判断这伙人究竟要把自己拉向何方。无奈汽车的转弯次数太多,甚至感觉到司机似乎故意在某个地方兜圈子,让他完全没有了方向感。他索性不再专心判断方向,强迫自己静下心来考虑应当如何应对即将来临的一切。

汽车开进一个大铁门之后停下了,秦若轩听见了吱吱嘎嘎关闭大铁门的刺耳声响,让人浑身起鸡皮疙瘩。他被人从汽车上拖了下来，脚踝划过坚硬的地面，蹭破了皮肉，很痛。进入室内，经过很长的走廊，进入一个房间，他被按坐在一把冰凉的铁质椅子上，双臂被扭到身后绑在椅子背上，双脚被捆绑在椅子腿上。有人把套在头上的布袋扯掉，秦若轩的眼前一片黄光，刺得他睁不开眼睛。他把双眼眯缝起来细看，一盏大灯正对着他的脸，大灯的后面是桌椅，有两个人坐在桌子的后面，还有两三个人站立旁边，显然对方不想让秦若轩看清楚他们的五官模样。秦若轩咬着牙暗暗地对自己说：正戏开始了。

"姓储的，知道这儿是什么地方吗？告诉你，是保安局！保安局是干什么的你应当清楚吧？专门整治共产党和反满反日分子。你今天有幸进了这扇门，识时务，就老老实实交代问题，如果不识相，休想活着出去！"

对方恶狠狠的一番话，秦若轩听得一清二楚。绑架他的人知道自己姓储，说明是有目标抓人，来者不善，但对方自称是保安局，却引起了他的怀疑。保安局抓人从来都是明目张胆有恃无恐，用不着搞背后打闷棍黑布罩脑袋的一套，所以对方很有可能不是保安局，是假借保安局的名头吓唬人。想到此，他索性紧闭双目，等着对方继续把戏演下去。

"怎么，装死狗？你这样假充硬汉的老子见多了，刚进来挺脖子瞪眼拔横横，两杠子下去就尿裤裆。老子让你先留着那泡尿，提几个问题老实回答，不老实把你屎尿都打出来！"

"认识刘成功吗？"

对方第一个问题直指刘成功，让秦若轩始料未及，潜意识告诉他不能不做回应，否则难以探清楚对方的底细和真实意图，便仍然闭着眼睛回答："认识。""你们是什么关系？""他是我上司。""不对吧？下了班不回家，一起下馆子喝酒，跟你的上司是不是走得太近了？""溜须拍马不行吗？"

对方突然啪地一拍桌子，大声喝问："你们是不是共产党？上级是谁？今天晚上嘀嘀咕咕地商量什么了？"秦若轩睁开眼睛，狠狠地瞪着对方说："我们不是共产党。"说完，又闭上了眼睛。

"不是共产党，吊你半天儿就是了。给我吊起来！"一声令下，几个人上来七手八脚把秦若轩从椅子上解下来，用绳子捆紧了他的两只手腕，绳子头穿过房顶的两只铁环，用力一拉，他的双脚便离开了地面。脱离了对着双眼直射的灯光，让他能够隐约看见那几个人的相貌。那些人并未穿制服，都是便装打扮，主审他的家伙长着胖乎乎的大脑壳，头皮刮得锃亮，一脸横肉加上大鼻头，显得脸上的每一块肉都是多余的。那人对站在他侧后的黑脸汉子说："四黑子，过去赏他两鞭子，让他晓得咱保安局从来不吃素。"

"好咧！"那个被叫作四黑子的手里拎着一条油亮亮的牛皮鞭子，三摇两晃地走过来，不容分说，照着秦若轩的双腿就抽了两下，疼得秦若轩大叫起来。四黑子伸手捏住秦若轩的下巴，冷笑道："小子，今天你真走运，碰上我们科长当班。他可是急脾气，没工夫跟你逗咳嗽，乖乖地回话，不然抽烂你的狗腿！"

"怎么样，再问一遍，你们是不是共产党？"圆脑壳提高嗓门又问。

"不是，打死也不是。"秦若轩的话音刚落，四黑子又抡起皮鞭，这一次比上一次用的力气更大，抽得更狠，血顺着小腿流进了鞋里，秦若轩咬牙没有喊叫。圆脑壳敲了敲桌子说："我换一个问法，不说你了，只问你刘成功是不是共产党？"

"不清楚。"

"好一个不清楚。你不清楚我们清楚，他就是个共产党！小子，看你是个识文断字的，咱们做个交易，我这儿有一张你的口供，揭发刘成功是共产党。只要你在口供上按个手印就算立功了，马上放了你，免受皮肉之苦。"

"那是你的口供，不是我的，不按手印。"秦若轩坚定地回答，同时他在想，对方为什么非要把刘成功追问成共产党，是借刀杀人还是另有图谋？圆脑壳阴险地冷笑了一声说："真他娘的仗义，给你立功的机会还不接着，想为姓刘的死扛。你为他扛，他为你扛吗？支棱起兔子耳朵仔细听听隔壁扯脖子叫唤的是谁，告诉你，就是你的同伙刘成功。别等到他过一会儿揭发出来你姓储的是共产党，再想立功可就晚了，怎么样，手印按还是不按？"

"不按！"

圆脑壳哈哈大笑，蔑视地说："你那双爪子还听使唤吗？来，解开一只胳膊，替他把手印按了！"四黑子和另外两个人立即过来解绳子，秦若轩破口大骂，又蹬又踹。这时候，他听见外面的走廊上有人在问："什么人在里头呜嗷喊叫的？"

"回爷话，大头他们在审一个拐子。"

"熟了吗？"

"没有，夹生着呢。"

"让里边麻溜儿的，我这儿还有正事儿呢。"

"是咧，这就进去知会他们一声。"

门开了，快步进来一人，贴近圆脑壳的耳边悄声说了几句，圆脑壳把眼一瞪吼道："本爷最后问你一句，这个手印你按还是不按？"

"不按！"秦若轩大声回答。听见刚才走廊里两人的对话，他怀疑对方不是保安局的意念更坚定了。

"好，你是咬着屎橛子给麻花儿都不换，有你后悔的。你们几个，先把他关起来，等姓刘的招了再跟他算总账。"几个人出手把秦若轩放下来，头上套了布袋，前拉后推地把他弄到地下室，打开一个房间推了进去，锁上门走了。秦若轩活动了一下刚才被吊麻了的双臂和手腕，摘下套在头上的布袋子，环顾四周。这是一间狭小的空房间，仅有的一扇天窗还用砖头封堵了，墙角堆着一团脏得令人作呕的烂棉絮，门旁放着一只黑色的铁皮尿桶，里面存有少半桶浑黄的尿液，散发着熏人的骚臭。屋顶吊着一只瓦数很低的灯泡，发出微弱的黄光，冰冷的水泥地上残留着一块块发黑的血迹，看起来这个房间是专门用来关人的，但并不是正规的牢房。秦若轩选了一处相对干净的墙壁，背靠着坐在水泥地上，回想着刚刚发生的一切。种种迹象表明，对方绝对不是保安局，但是除了警察局和保安局之外，在潭城有实力且敢于下黑手抓人关人的就只有流氓帮会三义堂，但是三义堂为什么要抓我和刘成功呢？给我们挂上共产党的名号交给上头领赏请功？据邻居老谭讲，他见过刘成功进出三义堂，他们之间不是有关系吗，为什么也被抓进来了呢？太多的疑问，让他一时理不出头绪，更找不到答案，他索性把头靠在墙上闭目养神。房间里没有任何取暖设施，阵阵寒意袭来，让秦若轩想睡都睡不着。他尽量把身子缩成一团，抵御越来越深的寒冷。朦胧之中，他听见脚下有窸窸窣窣的声音，睁眼一看，一只肥硕的灰皮老鼠正在舔舐自己脚踝上的血，他赶紧把腿一抬，老鼠哧溜一下跑了，他却因为腿抬得突然，一阵疼痛搅得精神起来，睡意全无。时间进入后半夜，房门突然被打开，几个人进来并不说话，把布袋子套在秦若轩的头上拖拽着就走，布袋子的霉臭之气令他难以呼吸。他被拉出房间上楼梯到室外推上汽车，有人狠狠地按压着他的头几乎贴到地板，汽车驶出大门左转右转开了好一阵子终于停下来，他被踹下汽车，留下了汽车飞快远去的轰鸣声。秦若轩的右肩和右胯在被从汽车上踹下来的时候，重重地撞击在石块铺就的马路上，如骨裂般的痛。他躺在地上屏住呼吸，待那一阵剧痛过去，才缓缓地坐起身来，伸手除去套在头上的臭布袋，揉成团扔到一边，深深地吸一口冰冷的空气，他感觉到胃里都是凉的。

大街上格外寂静，路灯早就关闭了，眼前黑乎乎一片。秦若轩抬头仰望天空，寒风下的夜空格外洁净，繁星满天。他借着星光费力地向四周张望，意外发现了马路边树丛后矗立的天主教堂，高高的尖顶黑森森刺向夜空。清楚了所处的位置，秦若轩的心里有底了，抓他的那伙人这件事办得还算有心，让他能辨清回家的路，同时还可以认定，刚才抓他打他的人绝对不是保安局特务，否则，哪能把自己这个共党嫌犯抽几鞭子就轻易放了。对方必是三义堂的人，但是三义堂抓人的目的秦若轩一时想不清楚。腿上因鞭伤流出的血凝固了，皮肉和裤子粘在一起，迈出的每一步都很痛。他咬牙一步一步磨蹭着走回住处的时候，东方的天空已经泛白，他轻轻推开院门，心里惦记着刘成功的境况如何，是不是也被释放了。

星期一，秦若轩腿上的伤处虽然结了痂，但还是很痛，他用医用绷带把两条腿缠好，坐上邻居老侯的人力车上班。走进电报局大厅，看见刘成功已经先他一步到了，两人四目相对，刘成功无意间闪避了一下，脸上露出勉强的一笑，并未说话。秦若轩细细观察老刘，没有发现任何挨过打的迹象，不禁自问：难道他没有被抓？前天晚上圆脑壳在审问他的时候，称隔壁正在喊叫的是刘成功，但是仔细回想，当时并没有听见隔壁有什么特别的声响，莫非是圆脑壳故意编造谎言诈口供？秦若轩心存疑惑，但表面上就像什么事情也没有发生过一样坐下来问："嫂子从娘家回来了？"刘成功说："太远，她们娘俩回到城里最快也要下午了。"说完，他左右看了看，见大多数人还没到，轻声对秦若轩说："告诉你一个好消息，你加入民主救国同盟会的申请通过审核了。"

"这么快，你帮我说了不少好话吧？"秦若轩故意问。

"应当的，咱俩谁跟谁？"刘成功的嘴上这样说，表情却有些不自然。秦若轩猛然醒悟，原来前天晚上自己遭遇的是一出苦肉计，是民主救国同盟会导演的所谓入会审查，由三义堂的人操刀。既然如此，完全可以肯定三义堂与民主救国同盟会的关系不同寻常，秦若轩追着问："既然通过了审核，往后我就跟你一样是同盟会的人了呗？"

"没那么简单，你还得签一份承诺书才能正式入会。"刘成功说完，从抽屉里又拿出了一张纸递了过来，秦若轩接过来一看，上面早已印好了一段承诺词，无非是忠于组织，服从命令，不怕牺牲，保守秘密，等等，下面是空白的签名处。秦若轩装出再次犹豫的表情，说："这个签名的分量太重，签了就不能反悔是不是？还得容我再想想。"听了秦若轩的话，刘成功显得很不耐烦，说："怎么跟老娘们儿似的，婆婆妈妈。好，再等你几天，时间长了可不中啊，隔的时间太长要重新审核。"

"我懂，我懂。"秦若轩敷衍着回答。

转眼间进入了冬季，日短夜长。这一年的冬天来得早，邻居老侯和老谭的生意每况愈下，每天吃过晚饭以后，他们有了更多的空闲时间到秦若轩的屋子里下棋说话，蔡二奶奶偶尔过来凑个热闹。这一天，老侯和老谭前脚刚迈进秦若轩的屋门，蔡二奶奶就跟了进来："我说谭大兄弟，你家的房钱欠两个多月了，啥时候给呀？小心把我惹翻了轰你们两口子出去睡大街。"老谭赶紧赔笑脸："大慈大悲的蔡二奶奶，再宽限个把月。时下生意不好，待到年根儿底下雇我糊棚的人家多了，一准儿把房钱补齐。住你的房子好几年了，咱爷们儿啥时候欠过钱，现在不是实在掰扯不开了吗。"

"行啊，谁让咱脸皮儿薄呢，听不得哀求的话。不过可得说好了，年根儿上再不交钱，本奶奶可改唱黑脸了。"

"一准儿交，一准儿交。"老谭仍然满脸堆笑。蔡二奶奶把脸一扭又说："还有个事儿，你们三个爷们儿都听着，下晌儿孙警官可来过了，说打明天起全市开始防空，让家家户户准备黑布窗户帘子，晚上听见防空警报响就挂上，门窗玻璃贴米字纸条子，三天以后检查，办不到的罚钱二十块。听真亮啦？"老侯说："光听说奉天那边有的地方遭了美国飞机轰炸，该轮到炸咱潭城啦？"老谭说："玻璃上贴纸条子好办，做黑布帘子，房钱都没得交，哪有钱扯黑布？"

"撕巴几块破布染黑不就成了，活人还能让尿憋死？"蔡二奶奶撇着嘴说，她觉得老谭太没有本事。秦若轩跟着说："遮光的帘子不一定非得用布，找几张废报纸用墨汁涂黑了糊起来也是一样的，只要把窗户挡严实不漏光就行呗。"蔡二奶奶称赞道："你看人家储少爷，识文断字的，脑袋瓜子就是灵。都是吃粮食长大的，咋就不一样呢？"老侯看了看窗外，压低了声音问："储少爷，咱这屋子里的都不是外人，你是吃官饭的，知道得多，说给我们听听，这美国人的飞机都敢飞到咱关外来拉屁屁，大日本皇军是不是真不行了？尽管说，我们不往外头传。"听到老侯的问话，老谭和蔡二奶奶也都一声不语地看着秦若轩，等待他的回答。秦若轩说："这不是秃子头上的虱子明摆着的。小日本儿野心忒大，占了咱中国还嫌不够，又占东南亚，炸美国的珍珠港。如今咋样？美国人揍他，北边的苏联老毛子也要出手，腹背受敌，不完蛋才怪。"老谭说："老毛子要是出手，那可比咱中国人厉害多了，老毛子兽性。"蔡二奶奶说："要完蛋就麻溜儿的，不介这日子真要过不下去了，吃的用的天天涨价，哎，说到这儿我差点儿忘了，从下个月开始，我的房租也得涨，一成。"老谭听说蔡二奶奶要涨房租，脸拉得老长，刚要反驳，被秦若轩拦住了，对蔡二奶奶说："侯大哥和谭大哥挣钱不容易，物价涨了工钱不涨，再多掏房租日子就更难过。二奶奶您看这样行不行，他们两家的房租就别涨了，我住的这两间多涨点。"蔡二奶奶的脸色有些不好看，斜了秦若轩一眼说："横着好人你做，我做坏人呗？行啊，好人不能让你一个人当，这样吧，我也大方点儿，你的房租涨一成半，下个月开始。"老侯拦着说："储少爷，您的钱挣得也不易，怎好意思让你替我们担房租呢？不合适。""有啥不合适的，我白坐你两回车就行了。"老谭坐在炕沿上直摇头，不知道该说什么好。老侯的儿子长顺从外边跑了进来，喊道："爹，下雪了，娘让我喊你罩洋车。"听说下雪了，大家都出门来看。这是入冬以来的第一场雪，指甲盖大小的雪花漫天飘下，无声无息，密密麻麻，顷刻间，房顶上地面上已经一片洁白。老谭说："老天爷要是照应穷人，下来的都是白面该有多好。"蔡二奶奶说："你想天上下白面，腔子里长了消化白面的下水吗？"

这场大雪足足下了半宿，积雪达到一尺多厚。秦若轩早早地起来清扫小院和院门前的积雪，看着刺眼的白色世界，他不禁为周东林和他所在的东北抗日民主联军的安危担忧起来。冬季的冰雪严寒不亚于敌人的帮凶。夏天植被茂盛，山中的茂密森林和丘陵平原地带的青纱帐，都是隐蔽杀敌的好场所，而一旦冬季来临白雪覆盖，不仅增添了部队野外生存的困难，其行踪也极易暴露。抗战以来，东北抗日民主联军的几支主要队伍遭受重大损失，大多发生在严冬的恶劣环境之下。

雪后的天气格外冷，来电报局办业务的人更少，秦若轩很闲，他摊开一张报纸慢慢浏览打发时间，办公桌上的电话机响了，他拿起电话接听，话务员通知说有他的外线电话。秦若轩办公桌上的电话机连接的是电报局内线，接听市内电话必须统一到值班员处，如此设置是出于安全管理的考虑，每个人与外部的任何通话都受到监听。听说有外线电话打来，秦若轩首先想到的就是陶先生和刘娜老师，而他们在上班时间打来电话一定有大事。他没敢耽搁，快步来到值班台，电话的另一端果真传来刘娜的声音："是储先生吗？我是房东，能回来一下吗？你住的房子出了点问题。"秦若轩立即回答："好的，我马上回来。"

秦若轩的请假没有受到阻拦，刘成功试图拉他加入民主救国同盟会的心思仍然未变，故而对他的态度一直很好。

秦若轩踩着马路上厚厚的积雪，急急回到牛马街小院，进门一看，蔡二奶奶跟刘娜正坐在炕沿上说话。蔡二奶奶见秦若轩回来了，笑吟吟地说："储少爷，你表姐看你来了。你这个人可真是的，有个表姐在潭城咋不跟我说呢，早知道就该请来串门坐坐。看你表姐长得多好，盘儿是盘儿条儿是条儿，真俊气。"

"这不是来了吗？"秦若轩笑着回答。

"晌午在家吃饭不？缺啥东西我那儿都有。"刘娜回答："不麻烦了，晌午我们姐弟俩出去吃。"

"那好那好，你们说话，我就不打扰了。"蔡二奶奶说完回了上房。秦若轩急问："老师，叫我回来有急事吗？"刘娜神情严肃地说："早晨得到消息，老陶失踪了。"

"啊？怎么回事？"秦若轩非常吃惊。

"自从上次报务员同志向南满特委发出电报以后，我们至今没有得到上级的任何消息，与上级党组织的联系基本处于停滞状态，我和老陶都很着急。原来有个约定，一旦发生特殊情况需要跟组织紧急联络，就在茂源百货公司路口的邮筒上用粉笔画十字信号，然后等待应答。老陶在最近的半个月内先后两次发出信号，都没有收到回应。前天老陶提出来再去发信号，我没同意。今天一早老陶的妻子来找我，说老陶昨天晚上天黑以后出门一宿没回来，我判断，他很可能擅自去发信号，遭了特务的埋伏。如果他真的被捕，情况就十分危急。书记同志牺牲了，东林去了北满，现在与老陶有联系的只有我们两个，必须做最坏的准备。"

"陶先生能叛变吗？"秦若轩担心地问。

"地下斗争中，什么情况都有可能发生。"刘娜的心情沉重，又说，"今天早晨我没敢贸然去报社上班，但是我的办公室里还有几份党的重要文件没带出来。你现在拿上我的钥匙马上去报馆，装重要文件的档案袋就藏在沙发坐垫底下。如果有人问你进报馆干什么，就说是给编辑部送这份稿件。"刘娜说着，把一个装有稿件的信封交到了秦若轩的手上。接着又说："进报馆之前，一定注意观察是否有异常情况，怀疑有危险宁可放弃，我就在这儿等着你回来，然后再商议如何撤离潭城。"

"放心吧。"秦若轩把信封塞进怀里，接过刘娜交给他的钥匙。

《新报》报馆正门前的这条街本来就清冷，又遇上天降大雪，街上的行人就更稀少了，报馆门口的一个修鞋摊和在马路对面来回散步的两三个男人尤显突兀。看到他们，秦若轩的心里一紧，这些迹象表明，陶先生没能挺住敌人的拷打，这几个特务一定是守在这里等着抓刘娜的。秦若轩看见了那几个人，他判断对方也一定注意到了自己，如果转头就走，必然引起怀疑，不仅走不了，老师留在办公室里的重要文件也取不出来，他索性迈开大步，目不斜视，手里明晃晃地拿着装有稿件的信封，大大方方地从报馆的正门走了进去。进门以后，他直接快步上二楼，见走廊里并无其他人走动，便极快地用钥匙打开副总编办公室门锁，从沙发坐垫底下取出装有文件的档案袋塞进怀里，把门锁好后下楼，改从后门离开。报馆楼房的后面是一个院子，在院门口，有两个穿毛领大衣的中年男子分别靠着左右两个门柱，监视着进出的每一个人。他们看见秦若轩从里面出来，立即伸手拦住，凶巴巴地问："站住，干什么的？"秦若轩发现了两个人的大衣口袋里都有手枪，忙回答："来报馆取稿子的。"

"取什么稿子？"

"我写了一份稿子，编辑看了，说不行，让重写，我取回去。"秦若轩说着，从口袋里掏出装有稿件的信封给他们看。两人当中年纪稍长一些的男人把信封接过去，从信封口往里面看了看问："天寒地冻大雪泡天的，为这么两张破纸还犯得着跑一趟吗？"秦若轩装出无奈的样子说："我得抓紧时间把文章改出来，快点登报换稿费，家里等钱用。"

"他奶奶的还是多念书好，写几个破字就能换钱花。"

"换不了几个钱，还熬心血呢。"秦若轩继续应付道。那人盯着秦若轩的脸看了一会儿，又问："你是从前头进去的吧？出来咋不走前门？"

"天冷，出来一趟不容易，顺便上对面杂货铺买一节煤炉子烟囱。"

那人再没说话，把信封还给了他，秦若轩赶紧点头走了。

《新报》报馆的前后门都有特务监视，秦若轩心里庆幸老师今天早晨多亏没来上班，否则必遭毒手。心急脚快，当他回到牛马街走到小院门口时，忽然发现一辆黑色方头的警车刚刚停在街口，从车上下来了五六名警察，他立即意识到，这些警察一定是冲着自己来的，想到刘娜还在屋子里等着他，如果现在自己躲了，警察进院就能堵个正着。秦若轩一咬牙，宁可被捕也要保护刘娜老师，他毫不犹豫地进院子并随手插上了门闩，三步并作两步跑进屋里。刘娜见急匆匆进来的秦若轩神色慌张，便明白了一切，忙问："怎么样，文件取回来了吗？"

"取回来了。报馆的前后门都有特务守着，老师你不能去报馆了。还有，来抓我的警察已经到了街口，您得赶紧藏起来，我出去把他们引开。"

"咱们一块儿走！"

"不，出不去了。老师现在您得听我的，快跟我来。"

秦若轩把档案袋塞到刘娜手里，然后拉着她直奔上房，来不及跟二奶奶打招呼，拉开房门就往里面闯。二奶奶正坐在梳妆台前描眉，从镜子里看见了闯进屋来的秦若轩和刘娜，把蔡二奶奶吓了一跳，转身刚要张嘴问，秦若轩抢着说："二奶奶，警察马上就要进院儿来抓我，快帮忙把我表姐藏起来，千万别让警察把她也抓了去。"

"你犯什么事了警察非要抓你？你表姐这么个大活人让我往哪儿藏啊？"蔡二奶奶对突发的情况有些不知所措。秦若轩说："我知道你这屋了里能藏人，快点吧，不然来不及了。"这时，听见院门被人敲得咚咚咚山响，秦若轩最后深情地看了刘娜老师一眼，转身出去了。

邻居侯嫂听见了敲门声，先一步从屋子里出来去开门，边走边大声喊："别敲啦别敲啦！谁呀使这么大劲。"侯嫂拉开门闩，孙警官一步跨进来问："大白天的插门干个屌？姓储的在家吗？"

"是孙警官哪，常来常往的，你喊一声，这院儿里谁听见了能不给您开门哪，何必下这么大力气敲。你问储少爷，在呢，那不是吗？"侯嫂手指着站在西厢房门口的秦若轩。

孙警官的脸色阴沉，语调不阴不阳地说："储少爷今天没上班哪？恭喜你中彩了，保安局的人派专车来请你。"秦若轩知道，孙警官的话在很大程度上是说给跟在他身后的保安局的人听，以撇清他跟自己的关系。秦若轩刚要回话，最后一个走进院子的细高个子警察忽然发声："等等！"秦若轩抬眼一看，不免心头一震，那人正是冤家对头马占超，马占超显然认出了自己。秦若轩自从听说马占超仰仗他爹的权势进了保安局的消息之后，设想过很多种跟这个冤家遭遇的可能性，没想到这场遭遇来得如此突然。马占超本来就身材瘦高长脸眯缝眼，如今身穿警服头戴硬壳帽，显得脸更长了。他摇晃着身子走到秦若轩跟前，偏过头去问孙警官："你刚才喊他啥？储少爷？哎呀呀秦若轩，你啥时候改姓储了？"

"他不姓储？"孙警官疑惑地问。马占超把嘴一撇抬高了嗓音说："你们知道他是谁吗？是咱们潭城大名鼎鼎的财主秦如海家的公子秦若轩！别说改了名字，扒了皮我认识他的骨头！孙警官，今天不是他中彩了，是老子我中彩了，中大彩了！把这个共党分子铐起来！"

听说同住在一个院子里的储先生不姓储，而是秦家的阔少爷并且还是个共产党，侯嫂和刚从上房出来的蔡二奶奶都大吃一惊，孙警官也是一头雾水。马占超指点着蔡二奶奶问："你是房东啊？窝藏共党分子多大罪过，知道吗？"

"我不知道他是共产党啊，不信你问孙警官，储少爷平时少言寡语规规矩矩的，谁能想得到哇？"

"平时有什么人来找过他？男的女的？"

"没人找，他屋里没来过外人。"侯嫂抢着回答。蔡二奶奶也帮腔："是呢是呢，俺这小院儿不来外人。"马占超挺着细脖子喝道："不用你们帮他说话，你们跟姓秦的是不是一伙儿，搜完了再说。给我搜，一张纸片子也不能放过！"

话音落下，几名警察分别朝各个房门跑去，秦若轩的心里只有一个念头，绝不能让警察发现刘娜，更不能束手就擒。他的双手被铐，但腿脚肩肘胯依然灵活，此时马占超与他只有两步远的距离，正扬扬自得毫无防备，机会绝好。秦若轩突然大吼一声发力跨步上前，使了一招八极拳中的插步冲靠，把马占超撞得仰面朝天咕咚一声摔在地上，后脑勺重重着地，疼得他一声怪叫。秦若轩抓住机会，几步跑出院门。突然的变故让孙警官目瞪口呆，猛然醒悟过来大喊："跑啦跑啦！"马占超艰难地从地上爬起来，手捂着出血的后脑勺，气急败坏地嚷道："还不快去追！快追！打死他！"几名警察立即转身往外追，边跑边拉枪栓，马占超随后也跌跌撞撞地追了出去，随之街口方向传来了几声枪响。

孙警官没跟着追出去，满脸的垂头丧气，蔡二奶奶战兢兢地问："孙警官，储少爷真是共产党？"孙警官没好气地回言道："都是你招来的好租客！这下子好了，不管他是不是共产党，我这个月的薪水也得全泡汤，你得给我补损失。"

"房钱都没来路了让我拿啥给你补，让你白睡两回行不？"

"睡你？我呸！"

孙警官气哼哼地走了，蔡二奶奶赶紧回屋，刘娜从藏身之处出来，蔡二奶奶说："趁着那些阎王们还没回来，赶紧走吧。"刘娜说："对不起，让您跟着受惊吓了。帮人帮到底，请您赶紧去秦家报信，让他们想办法救人。""储少爷真是秦家公子？"刘娜点点头。

五

保安局的监狱里，昏迷的秦若轩被两个壮汉从审讯室里拖出来丢进监室。这是秦若轩被抓进来的第三天，连续两个晚上的酷刑，他已经被折磨得体无完肤、奄奄一息。三天前，如果不是一颗子弹击中了他的右腿，说不定他已经逃走了。那天秦若轩跑出院门之后直奔牛马街东街口，邻近东街口有一个棺材铺，棺材铺的后院很大，还有便于马车进出的后门，出了后门就到了另外一条街柳榆街，柳榆街上有一条仅可容两个人并肩行走的S形狭长通道，通道的尽头是一座道观的院墙，翻过墙去，既可以选择出道观的后门，又可以隐身在道观西北墙角的柴屋里。这是秦若轩早就选择好而且试走过的应急撤退路线，没想到那天路上的冰雪太厚，一步一滑跑不快，还没跑到棺材铺就中了枪，右小腿中弹还伤了骨头。

进了保安局如同入虎狼口，在抓捕现场吃了大亏的马占超如同一条疯狗，疯狂对秦若轩施以酷刑，但是尽管鞭子抽、烙铁烙加上灌辣椒水，都没能从秦若轩的口中得到任何有用的东西，气得马占超歇斯底里血充双眼，如果不是上头有人说话让留活口，秦若轩可能一个晚上都熬不过去，早就被打死了。从连续的审讯中秦若轩觉察到，虽然被叛徒陶先生出卖，但是陶先生向保安局交代的东西可能十分有限，马占超对自己回潭城之前的情况一无所知。

趴在冰冷的水泥地上，秦若轩不知道昏迷了多久，终于醒了过来。受枪伤的右腿黑紫肿胀疼痛难忍，辣椒水严重损伤脏腑，肺部和胃部火烧样灼痛，每一次咳嗽都如同身体被撕裂了一般，秦若轩眉头紧锁、牙关紧咬，控制着不叫出声来。他拼尽全力翻了个身，断腿的剧痛令他几乎窒息，又一次昏了过去。当他再次醒来时，监室里多了一个十五六岁的少年，骨瘦如柴，蓬乱的头发几乎遮住了双眼，鼻子下和嘴角沾着血痂，棉袄棉裤的双肘和双膝部位破得露了棉花。他看见秦若轩醒了，端来了一碗清水喂给他喝。凉水进入口腔，顺着食管流进胃里，凛冽的冰爽感向周身扩散，冲击着胸腹内的灼热，秦若轩急切地把一碗水都喝了下去，引发了一阵剧烈的咳嗽，让他疼痛不已。缓了好一阵子，秦若轩才吃力地睁开眼睛，声音颤抖地问："谢谢你，叫什么名字？"

"跟头。"少年回答。

"什么？"秦若轩没听清楚。少年又回答："我叫跟头。娘说怀我的那年雪特别大，她背柴火下山滑了一个跟头，早产了，就给我起名叫跟头。"秦若轩微微苦笑又问："为什么被抓进来？"跟头说："在火车站候车室要饭，警察从我棉裤兜里翻出了反满传单，说我是反满分子，就抓进来了。"

"你怎么有传单？"

"上个星期学生们在教育局门前请愿，抗议增加日文课程、减少汉文课程，他们现场撒的传单，我捡了十几张，留着揩腚，没想到招了灾，你说倒霉不倒霉？"

秦若轩觉得很累，闭上眼睛问："你进来多久了？"

"算上今天是第五天。若不是因为你，我现在该进矫正院了。"

"因为我？怎么回事？"秦若轩费力地睁开眼睛。跟头伸手比画了一下说："我刚被抓进来的时候，这七八间牢房里关着十几号人，今天早晨都被押走了，里边有三个被判了刑的，送市北监狱，剩下的都送矫正辅导院。大伙儿都知道，进了辅导院的没有几个能活着出来，我昨天晚上孬糟了一宿。今天早晨出去排队上车，监狱长过来了，让我留下，说专为照顾你。你看，现在监狱里就剩下咱俩。"

"留下专为照顾我？"秦若轩很疑惑。跟头回答："是啊，监狱长就是这么说的。我进来一看，你腿伤成这样，站不起来，拉屎、撒尿、吃饭、喝水都得有人照顾。你别说，监狱长还真有心。"

"他们是不想让我死得太快。"

之后的几天时间里，秦若轩持续发高烧，大部分时间昏睡，没有人再来提审他。马占超和监狱长来巡视过一次，他们隔着牢房的铁栅栏看了看，什么话也没说，走了，随后来了一个医生，把秦若轩右腿枪口的烂肉胡乱处理一下，但没有对受伤的腿骨采取任何治疗措施。

日子一天天过去，几乎每天都有人被抓进来或者押出去，秦若轩或睡或醒，每当他晕乎乎睡过去，耳边便响起部队发起冲锋时，千百人发出的摄人心魄的呐喊声。猎猎战旗在漫天的硝烟中飞舞。子弹划破空气咻咻地在身旁飞过。空气中弥漫着浓烈的火药味和血腥味。他手中的大刀上下翻飞左劈右砍。敌人一片片地倒下又一层层地冲上来。他累得筋疲力尽、浑身疼痛。他张口大吼却听不见声音。他双目血红，眼前的一切都蒙上了一层红色。爆炸的土块和硝烟腾空而起遮住了太阳。他看见了周东林魁梧的身影和他手中大刀上染血的红绸子。敌人在东林的刀光中一个个倒下。突然，一颗手雷滚到了东林的脚下，手雷刺刺地喷着蓝烟，他来不及呼喊东林躲避，奋力冲上去抬腿踢向即将炸响的手雷。右腿的一阵剧痛让秦若轩惊醒了，昏睡中他真的踢出了一脚，而踢出的正是受了枪伤的右腿。跟头用沾了水的破布擦去秦若轩额头上的汗珠，关切地说："大哥，喝口粥吧，你一天多没吃东西了。"秦若轩紧咬牙关，忍待着这一阵剧痛过去。他的嘴角渗出了血，脸色蜡黄，呼吸困难。他听见走廊尽头监狱铁门被打开的声音以及急乱的脚步声，一名狱警不耐烦地吼道："左边第四间就是，快点儿啊，瞅一眼就出去，别给老子找麻烦。"一个熟悉的声音回答："是了是了。谢谢长官谢谢长官。"这是周大通的声音。

"若轩，是若轩吗？"一个女人焦切地呼问。

是妈妈！一股暖流冲击着秦若轩的心头，他努力扭头向监室外张望，但他是头朝着门的方向躺着的，浑身撕裂般的剧痛让他难以扭身，眼角的余光勉强扫到了母亲和周叔叔抓着铁栅栏的手。瞬间，他连说话的气力都没有了，合上双眼，任凭泪水顺着眼角流淌。热血冲击大脑，嗡嗡的轰鸣声与妈妈和周大通说话的声音搅动在一起充斥耳鼓，让他无法听清亲人的话语。耳边又传来狱警不耐烦的驱赶声："走啦走啦！他还没死呢，用不着叫魂。"

"还没跟我儿子说话呢，容我跟儿子说句话。"这是妈妈央求的声音。

"他是共党嫌犯，你们不能说话。上头让你们瞅一眼就不错了，别他妈的得寸进尺，赶紧走赶紧走！"

狱警骂骂咧咧重重地关上铁门，发出冰冷刺耳的撞击声。跟头凑近秦若轩问："真是你娘？"秦若轩吃力地点头。"看你娘穿得多体面。你们家一定是有钱人。我敢跟你打包票，你死不了，也不能送你去矫正院。"

"为什么？"

"那群王八犊子能放过到手的摇钱树？你在这里头多关一天，

他们就能多敲诈你爹娘一天。"

"我自杀！"秦若轩咬牙切齿地说。"你不能死！"跟头着急地阻拦说，"你自杀了我也活不成，他们放不过我。"秦若轩再次闭上了眼睛，跟头的担忧有几分道理。

自从母亲佟莲和周大通来监狱看过，马占超再没有露面，也无其他人来提审，秦若轩判断，一定是父亲在狱外上下运动，不知道花了多少钱。没有新的提审和受刑，但是也没有医生来诊治，断腿的伤势日益恶化，枪口创伤处流着脓血，整条腿肿得又黑又亮，跟头每天都嚷着让狱警去找医生，狱警捂着鼻子探头看看，再无下文。如此挨过了半个月，这一天傍晚，跟头正在服侍秦若轩喝杂面粥，随着一阵打开监狱铁门链子锁的哗啦啦声响，狱警打开了关押秦若轩的监室，马占超终于出现了，倒背着双手走进来，皱着眉头抽了几下鼻子对跟头喝道："你，小兔崽子，出去靠墙跟远点儿蹲着。""是，长官。"跟头战兢兢地出去了。马占超来到秦若轩的近前，用脚踢了一下秦若轩受伤的右腿，疼得他倒吸一口凉气，咬紧牙关没有出声。马占超蹲下身子冷笑着问："咋样？十几天没见面，在这里头有吃有喝过得挺滋润吧？哎呀你这条腿可不给劲，要是放你出去，瘸了吧唧不能跑不能跳，怕是连共产党都不要你这个废物了。你们那个姓陶的跟我说，你到现在还没入党是真话假话？姓陶的是真共产党，三鞭子就低头折腰，你个假共党分子还咬牙憋屁充硬汉，真是傻逼一个！"

"呸！"秦若轩狠狠地用一口唾沫回敬马占超。

"良药难治该死的鬼呀。不跟你废话了，说正事儿，谁让咱俩是校友呢？"马占超把跟头铺位上一只黑乎乎的枕头拿过来垫在屁股下面，坐下说："告诉你个实情，上头有话，让放你出去。我知道，准是你爹上下使钱了。真他娘的不知道你爹买通了哪位大神，连你这样的重犯都敢放。凭着政府颁布的《时局特别刑法》，给你定个反对帝室罪，或者定个思想犯、国事犯都不为过吧？当官儿的屁眼子大的捞好处，唯独把我这个小小的副科长晾起来。我他妈的费劲巴力，后脑勺都摔破了把你抓进来，又点灯熬油地审问，一个大子儿没沾着。可叹你爹那么精明个人儿咋不长眼珠子，不懂得县官不如现管？局长下令放人，行啊，人家屁眼子大，放屁响，不听也不中，可是别忘了，怎么放你是我姓马的说了算。我今天放是放，拖几天再放也是放；囫囵个儿的放是放，把你整得出大门就咽气也是放，你就是我手心儿里的一团臭泥，多捏咕你几天没辙吧？"

"不怕我出去以后整死你？"

"怕，怎么不怕？虽说凭你个半残废成不了什么大气候，但是抵不住你们家有钱哪。有钱能使鬼推磨，可那都是以后的事，我现在只在乎眼前。咱俩做个交易，答应我两根条子，明天早晨就放你回家。"

"做梦去吧！"

"没钱好哇，没钱咱就审讯室见，不出俩钟头，我保你摸着阎王殿的门槛子。话又说回来，你愿意受刑，我还不愿意陪着熬夜受累听你叫唤呢。还是写个纸条子告诉你爹，明天早晨带两根条子来换人，写好了我立马派人送去，咋样，够交情吧？"

秦若轩紧闭双目半天不语，忽然间，他闪出了一个念头，何不借保安局之手，把民主救国同盟会这枚暗钉子拔了呢，免得日后给党的事业添乱。他缓缓地睁开眼睛对马占超说："要钱没有，若是真能放我出狱，给你提供一条能立功换赏钱的情报。"

"真的？"马占超将信将疑，他不相信秦若轩能用共产党的情报换自由。

"信不信由你。"

"什么情报，说出来听听值不值两根条子。"

"现在不能说。等我从监狱大门口出去的时候告诉你。"

"他奶奶的，快死的人还跟我讨价还价。行，老子信你一回，不过记住了，要是敢糊弄我，怎么把你放出去，还怎么再把你抓回来！"

或许无奈上司压力，或许另有其他打算，马占超没有食言，转天，秦若轩的母亲、翠儿和周大通早早地来到保安局接秦若轩出狱。监室冰冷的铁门打开，翠儿搀扶着母亲走进来，周大通的怀里抱着一套新棉衣跟在后面。跟头把秦若轩从铺位上扶起来，靠墙坐着，秦若轩看见母亲的脸上布满了心疼和悲伤，几年未见的翠儿比结婚时瘦了，她没有说话，眼神里流露出恐惧与不安。周大通说："把衣裳换了吧。"秦若轩说："把新棉袄给跟头吧，这二十来天一直是他照顾我。他爹妈都没了，怪可怜的。"周大通看了看秦若轩的母亲佟莲，佟莲点头同意了。周大通蹲下身子，跟头帮忙把秦若轩伏到周大通的背上，背起秦若轩往外走，跟头抱着新棉袄抹眼泪。佟莲抚摸着跟头苍白肮脏的脸庞心疼地说："孩子，有朝一日出去了就来秦家找我，秦家有你一碗饭吃。""谢谢秦太太。"跟头难过得哭出声来。

保安局监狱的大门口，一辆医院的救护车停在那里，这是秦若轩的父亲秦如海从医院雇来的，此刻，他正坐在救护车里等着儿子出狱。马占超站在大门口，看见秦若轩被下人背出来，走过去拦住去路，秦若轩没有跟他搭话，吃力地从怀里摸出一张纸条并向他展开，马占超伸长脖子，见纸条上写着："南京军统下属民主救国同盟会潭城站设在三义堂"。秦若轩不等他看第二遍，迅速把纸条揉成一团放进嘴里嚼了。对秦若轩所提供情报的内容，马占超十分意外，他拿不准这份情报是真是假是福是祸，特别是秦若轩只让他看一眼就把纸条销毁了，令他十分不悦，刚要发火但转念又想，如果情报是真实的，其重要程度非同小可，况且这类信息是凭空编造不出来的。他犹豫了片刻，侧身让开了道路。

救护车直接开进了铁路医院，院长亲自站在门口等待，院长跟秦如海的私交甚好。一路上，苍老了许多的秦如海沉着脸坐在儿子的担架旁边一语不发。护士把秦若轩推进手术室，过了一会儿，主治医师出来对秦如海说，他儿子的伤势非常严重且拖滞时间过长，粉碎的小腿骨残缺较多，周围软组织严重感染坏死，只能截肢。"接不上啦？"佟莲惊恐地问。医生摇摇头，脸上充溢着无奈。秦如海长叹一口气，脸色铁青，双手抱拳说："你们尽力处置吧，拜托了。"说完，转回身轻轻搂抱住满脸泪水的妻子，安慰道："若轩还有命在，知足吧。"

秦若轩从麻醉后的昏迷中醒来，冬日斜射进病房的太阳光温暖而刺眼，守在床边的翠儿看见秦若轩醒了，眼睛被阳光刺得眯缝着，赶紧起身去拉窗帘，被秦若轩制止了。数日阴冷肮脏的牢狱之苦，让他对阳光产生了无尽的贪恋，能够自由地沐浴在阳光之下是多么奢侈的享受，这种满足是常人难以体会的。"喝水吗？"翠儿问。秦若轩微微摇头，他看着翠儿真挚的脸庞很想说声对不起，但瞬间感到嘴唇沉重得难以张开，翠儿如今的处境是自己的一声对不起能够补偿的吗？翠儿给秦若轩披了披被子，问道："想吃什么，我去打电话让家里做。娘和爹都交代过，说你什么时候醒了，就打电话告诉他们。""吃饺子。""回家了，应当吃饺子庆贺，我这就去打电话。"翠儿的脸上第一次浮现出腼腆的笑，楚楚动人。

躺在病床上的日子着实难挨，特别是当秦若轩得知右小腿已经被截肢，他的精神几近崩溃。为了心中崇高的信仰他不怕死，战场上死神几次与他擦肩而过不曾畏惧，无情的肢残却把他的精神砸到谷底，尽管医生安慰说三个月以后就可以安装假肢，但依旧难以驱散笼罩在心头的阴霾。他的脸上再无笑容，目光呆滞，饭量大减，日见消瘦，翠儿想出很多话题安慰他都无济于事，佟莲每天都来医院看望儿子，一次比一次伤感。她把秦若轩的情况跟丈夫说了，秦如海只有叹气和摇头，因为还有比儿子被截肢更糟心的事情折磨着他。他问佟莲："若轩出狱快一个月了吧？""二十五天了。""明天我跟你一起去医院，有些事情该跟他好好谈一谈了。"

入夜，一场大雪悄然覆盖了潭城，地上的积雪有半尺多厚。雪深路滑，秦如海夫妇让车夫老刘到街上叫一辆马车，老刘觉得自己的差事就是专为秦家拉车，现下需要用车了，反而另外花钱雇马车，心里很不过意，执意跟在马车后头一起去医院，说万一有什么临时的事情可以跑腿，秦如海拗他不过，答应了。

秦如海想跟儿子谈话的内容很沉重，犹如夫妇二人进入病房时身上从室外携带进来的浓浓寒气。无须开场白，秦如海坐下便铁青着脸对儿子说："送你出国到现在的将近三年，带给家里的都是坏消息，如今又落到这个地步，你究竟干了些什么，该给我们一个交代了。"秦若轩看了看坐在床尾一语不发的母亲和怯生生站在窗前的小翠，母亲的目光中充斥着忐忑和疼爱，翠儿的脸上则流露出无助与迷茫。他又瞄了一眼已经紧闭的病房门，深吸了一口气，坦然直视着父亲威严的目光平静地说："在东京学习期间，秘密警察搜查留学生宿舍，在我的房间里发现了一本留学生自办刊物，其中有反日的内容。为了不被他们强行遣返，自己回来了。回国以后在山东参加了少帅张学良的队伍，打鬼子；之后又加入了共产党领导的八路军，还是打鬼子。这次被组织上派回东北开展地下斗争，没想到遭叛徒出卖。"秦若轩停顿了一会儿又说："我能告诉你们的只有这些，再多的话不能说。总之，我干的都是正事，都是为了国家的未来，为了中华民族的未来。"

"不念好书哪有未来？你可把咱们一家人坑苦了。"佟莲心疼地说。秦若轩没有回话，他等待着父亲的暴跳如雷和疾风暴雨，他了解父亲的性格和脾气，一场痛斥是无论如何躲不过去的。他等待着，坦然地等待着，底气十足，无所畏惧，但今天的秦如海却一反常态，他脸部肌肉微微抽搐，嘴唇颤抖，但没有爆发。沉默了半晌说："事已至此，已经过去的事情不提了，谈谈今后怎么办。为了保你出狱，除去花了一些钱，我还答应了保安局长提出的一个条件。"

"什么条件？"秦若轩急切地问，生怕父亲许诺说服自己变节，因为问得太急，引起了一阵剧烈的咳嗽，翠儿赶紧过来为他捶背。狱中酷刑严重伤害了秦若轩的肺脏。

"出狱以后一个月之内离开潭城，永远不准回来。"

"这还是因为你有腿伤，人家给的一个月宽限期，今天已经是第二十六天了，离最后期限还有四天。"佟莲伤感地补充道。

听到父母的话，秦若轩陷入沉思中。答应离开潭城是父亲的无奈之举，也是难以改变的，这将意味着跟党组织再度失去联系。现在虽然不知晓自己被捕之后刘娜老师的安危，但直觉告诉他，老师应当是安全的，否则，从马占超的言行中就能发现蛛丝马迹。他坚信，只要自己还留在潭城，老师就一定能来找他，如果离开了，一切将变得不可预知。

"打算把我送哪儿去？"秦若轩问。秦如海跟妻子交换了一下目光回答说："我跟你妈商量过了，两个方向由你选。一个是去奉天，咱家在奉天有两处小产业，你到奉天养好伤之后，就把那两处产业交由你们两口子管，老老实实做生意过日子，别再瞎想什么国家民族。另一个去处是乡下，出城东北二十里的十八家子，那个屯子老乡种的地都是咱秦家的，有二百多垧，你老叔在那儿经管着。到了那儿，有老叔一家照应，吃喝住用都不愁，待两三年之后这阵风头过去了再做打算。想到更远一些的乡下也行，去龙河镇郑家围子，那儿离潭城好几百里地，适合静养。"

"不然你跟小翠商量商量再定？"佟莲看着小翠和儿子，她觉得儿媳妇无端受到牵连，很对不住她。小翠轻声说："我听若轩的。"秦若轩稍作思索回答道："奉天和龙河镇都太远，到十八家子去吧。"秦如海心中清楚儿子这个选择的真实目的是什么，无疑还记挂着他的组织，他不想说破，因为那是儿子难以转移的信仰。他转头问妻子："你的意思呢？"佟莲说："依若轩吧，十八家子离城里近，他的腿残了，兵荒马乱的，没地方做假肢，行走不方便，有他老叔照应我放心。去奉天虽然能学着做生意，可是那边比潭城乱，听匣子里说美国人的飞机都到奉天了，还扔了炸弹。"秦如海微微点头，严肃地看着儿子提醒道："可以去十八家子，但是别忘了，那儿虽然是乡下，但是没脱离潭城管辖，如果气味不对，保安局秘密警察的狗鼻子是闻得到的。"说完，边戴皮手套边问夫人："银行还有事，我先走一步，要不要跟我一起回去？"佟莲答："让小翠跟车回家歇歇吧，我多陪一会儿若轩。"小翠说："我不累，不用回去。"佟莲说："还是回去吧，过两天就要到乡下去了，也该拾掇拾掇东西，送晌午饭的时候再过来。"

秦如海和小翠都走了，病房里只剩下秦若轩和母亲娘俩。母亲从窗台上取过搪瓷茶缸，里面用冷水融化着一只冻梨，梨已然化透了，捏起来软软的。

"吃口冻梨吧，清火止咳。"

秦若轩接过梨，真情地对母亲说："我给家里惹事了，对不起。"母亲叹了口气说："你不知道你爹和家里现在有多难，你爹现在是内外交困，精疲力竭，连跟你发火的力气都没有了，不然能轻饶了你？"

"遇到什么难事了？"秦若轩关切地问，他从父亲的脸色和行为举止间已经发现了异样，此刻很想知道个中缘由。佟莲捋了一下头发说："从得到你从日本跑回国的消息说起吧。"

"那是个星期天的上午，行长谷田拓忽然来家了。平常除非逢年过节礼节性拜访，没有大事他从来不主动上门，遇到紧急的事务需要商量，也是让秘书提前给家里打个电话，可是那天谷田拓不打招呼就黑着脸进门，我跟你爹都预感到不好。果然，他屁股还没坐稳当就开口问有没有你的消息。我们说有一个多月没收到来信了。他说，刚刚接到日本国内有关部门打给他的电话，向他了解你的基本情况，并通报说你涉嫌参加反日活动，私自偷逃回国。因为谷田拓是你上日本留学的主要推荐人和担保人，你出了事，他负有连带责任。听到这个消息，我们一时不知该如何应对，你爹只能道歉道歉再道歉。第二天下午，警察局长带着满洲国文教部发来的文件到了你爹办公室，通知说如果你回家了，必须立即去警察局报到，上头要求对此事进行严查。那天你爹早早就下班回了家，关在书房里不出来，晚饭都没吃。他听说过，曾经有留学生在日本从事反日活动被遣返，回国就被新京高等法院判了刑，我们担心你也因此进监狱。那些日子真不知道是怎么过的，天天盼着你的消息又害怕得到你的消息。自从发生了这件事，银行方面的主要业务不再让你爹参与，还经常无端遭到谷田拓的训斥。直到你从天津寄信回来，知道你人已经留在关内，才略感放心。最令人讨厌的是警察局那群王八蛋没完没了，隔三岔五到家里来，名义上是查看你回来了没有，实质上是借机敲诈勒索。无奈之下，你爹专门请警察局长和文教局长吃了两回饭，又塞给金条，谎称据可靠消息，你已经在偷渡回国的途中死在海上了，他们虽然将信将疑，但因为都拿了好处，才勉强停止追查。这两年本来以为风波已经过去了，大家都相安无事，哪承想上个月保安局在你爹投资的《新报》报馆里忽然发现了共产党，牵涉的人当中竟然还有你，这些消息如同五雷轰顶，搞得你爹全身是嘴也讲不清。儿啊，你跑了就跑了，还回东北干什么？可把你爹害苦喽！"

秦若轩看着母亲苦楚的脸，他能够体会到父母的心酸、伤感和艰难。他没有说话，此时什么样的话语都不能抚平母亲心头的创痛。他抬眼望着抹了白灰的天花板，那里有两处灰皮剥落了，露出丑陋的木条，吊灯的白漆木座上，密麻麻布满了夏天留下的苍蝇屎。母亲拿出手绢，轻轻擦拭眼角的泪水。秦若轩尽力把母亲的话题从自己的身上移开，问："报馆现在怎么样了？"

"被封了几天，保安局把报馆里的其他人彻查了一遍，没查到新问题，加上大股东们四处活动，报纸才又恢复了。警察在全城通缉那个叫张峒的副主编，到现在还没抓着呢。"

母亲无意中向秦若轩传递了刘娜的消息，让秦若轩感到一丝欣慰，只要老师没遭毒手，因陶先生叛变对潭城党组织的伤害就微不足道，但他对刘娜的安危反而更加担心起来，全城张贴通缉令，上面必有照片，而刘娜是当过教师的，认识她的学生太多，隐藏起来谈何容易。他相信老师肯定已经离开了潭城，不会坐以待毙。佟莲把秦若轩的被角掖了掖，痛心地说："本指望你在日本踏踏实实读几年书，回来以后争取进你爹的银行做事，体面又安稳，如今不但学业不成，连潭城都待不下去了，今后的日子怎么过？爹妈老了指靠谁？"秦若轩说："妈，我也想好好念书，但现在是念书的时候吗？日寇侵略，国土沦丧，有识之士爱国青年都投身到了抗日救亡之中，他们宁可抛弃家产、抛弃学业、抛弃生命，我呢？在敌国接受教育，在侵略者面前低声下气奴颜婢膝。您知道吗，在日本人眼里，中国留学生猪狗不如，那种耻辱就像被一刀一刀地剜心。我不能逆来顺受任人宰割，我必须抗争，跟着共产党浴血抗战，把日本人赶出中国，打出一个新天下。"

"哎呀我的小祖宗，小声点，监狱没蹲够哇？"佟莲惊恐地打断儿子的话，又急忙走到房门旁边，从正方形的门玻璃往外看，见门口附近的走廊上无人，才略感踏实。佟莲洗了毛巾给刚吃完冻梨的秦若轩擦手，周大通敲门以后进来了，手里拎着一副拐杖，进门便说："这是让街口木匠铺的谢师傅做的，若轩下地试试长短，不合适送回去改还来得及。"秦若轩起床，周大通在旁边扶着他坐在床边，把两只拐杖夹在腋下。秦若轩的断腿是第一次处于下垂状态，血流直冲断肢截面，引发一阵胀痛，他咬牙皱眉忍着，额头渗出汗珠。周大通忙说："别急，缓缓，实在不行以后再试"。秦若轩摇头，他知道这一关迟早要过。他慢慢下地，试探着往前走。他挂着双拐在病房里来回走了十几步，点头说："挺好，合适，谢谢周叔叔。"周大通松了一口气，脸上浮现出满意的表情，说："合适就好，回头我再找些旧布，把几个关键的地方缠一下，免得磨破了胳膊。"佟莲看着儿子挂双拐走路的样子，心中五味杂陈，泪如泉涌，周大通安慰道："太太别过分伤心，若轩靠挂拐走路是暂时的，等日后世道安稳了，有条件配上假肢，就能跟正常人一样走路，连拐棍儿都不用挂，外人看不出来。开杂货铺的那个

265

白俄老娘们儿不就是半条假腿吗，不说谁知道？"

"造的什么孽呀！"佟莲仍然止不住伤心地流泪。周大通说："我去叫辆马车，太太您回家歇着吧，我在这儿陪着少爷。"

"你在这儿，门房没人怎么办？"

"老刘替我看着呢，今天下雪，老爷不准他出车，正好没事。"

周大通陪着佟莲出去了，病房里只剩下秦若轩一个人，他凝视着立在床尾的拐杖，百感交集。原色木料的朴涩和特有的椴木味道，似乎都流露着对他的无声嘲讽和鄙视，他瞬间产生了立刻把它们砸断劈碎丢进灶膛当柴烧的冲动。他多么希望那不是拐杖而是心爱的步枪，他的眼前，又浮现出战场上爆炸的硝烟和舞动的刀影，浮现出八极拳和八极刀的一招一式，那些融入血脉贯通神经鼓动每一块肌肉的冲靠、跳跃、弹腿、旋转、腾挪，是那么潇洒美好，撕破喉咙的喊杀声是那么痛快淋漓。病房里安静极了，他似乎能听得见血管里热血奔流的声音，那是压抑的呐喊，不屈的热流。

周大通送走了佟莲回到病房，问秦若轩："练习拄拐走路还是躺下休息？""歇一会儿吧，想跟您说说话。""好。"周大通应了，扶着秦若轩躺好，自己则顺势坐在床边。秦若轩问："叛徒把我供出来了，不知道咬了东林没有，警察找您了吗？"

"警察没来，老爷把我痛骂了一顿。"

"为啥？"

"还不是上次有人告诉他在牛马街发现一个人很像你，就打发我去确认，结果我按照你交代的话没告诉他实情，敷衍过去了。哪想到你被保安局逮捕，还碰上了马占超那个冤家戳穿了假身份，谎话的包子露了馅，老爷能不责怪？咱俩合伙骗他，伤心哪。"

"难为您了，替我挨骂。叛徒没把东林供出来真是万幸，不然您和婶子都得跟着受罪。"

周大通往房门方向看了看，见没人进来，便兴奋地跟秦若轩说："有一个好消息还没来得及告诉你，昨天半夜，马占超被人打死了。""真的？"秦若轩闻听双眼放光，激动地问："再说一遍，在哪儿打死的，谁干的？"

"听说死在离乐仙烟馆不远的马路上，脑袋被打成了血葫芦。马占超是保安局的人，他爹又有势力，还有人敢冲他下手，十有八九是黑吃黑。反正不管杀手是谁，有人替咱出气，心里痛快。我听说了就赶紧借着给你送拐杖的由头赶过来，早点儿让你知道早高兴。"

"高兴，太高兴了，这个祸害不除，多少人遭殃，后患无穷啊。"秦若轩难掩心中喜悦，脑子里随即冒出来的念头是：马占超横死，如果不是流氓殴斗，便极可能是三义堂的人下手。自己在出狱的时候故意透露了南京军统下属的民主救国同盟会潭城站设在三义堂的情报，看来马占超没能撼动三义堂，反而惹祸上身，如果事实果真如此，他必须认真思考后续可能发生的一切，便对周大通说："周叔，您要是还有别的事情就回去忙吧，有了这副拐杖，我能下地走路了，不用陪着。"

"真不用？"

"不用。眼见就要跟小翠去乡下住，生活不能自理哪成，我也该抓紧时间锻炼一下。"

"那我就先走了，反正中午小翠也要来送饭。老刘替我盯门房的时间不宜太长，谁知道老爷又遇上啥事情，最近家里外头都挺乱。"

病房窗外的阳光照射进来，暖暖的，犹如春天。阳光中，有无数极微小的尘埃飞舞，优雅而清闲，任何一点空气的波动，它们都会随之改变舞姿，但舞蹈继续。你完全可以无视它们的存在，但它们就在那里，飞舞在它们的世界里，飞舞在阳光中。秦若轩呆呆地望着，心却怎么也静不下来，太多的担心搅作一团，如阳光中飞舞的尘埃，难以落地。纷乱的思绪中，他听见了房门轻响和柔和的脚步声，侧眼望去，是一位穿戴深色日式连帽棉袍的女人，他刚要开口问对方是谁，一个熟识的微笑令秦若轩惊喜异常："刘老师！"

来人果然是刘娜。刘娜示意秦若轩轻声，然后摘下帽子，用手理了理秀丽的短发，坐在病床边的椅子上，秦若轩急不可待地说："真怕见不着您了。我听说外头到处张贴通缉令，您怎么还不离开潭城，多危险哪？"刘娜坦然地笑笑说："薄薄的一纸通缉令就被吓跑了，还怎么做地下工作。我现在住在日侨居住区的朋友家里，警察不到那一片搜查，安全得很。"刘娜心痛地看着秦若轩的断腿说："多方打听，才知道你被保出来了。那天若不是为了掩护我，你也不至于中枪受伤。"

"没什么大不了的，只要有命在就战斗不止。我正有话要跟您说，保安局肯放我出来是有条件的，离开潭城不准回来。过几天我就要去十八家子常住，刚才正在为怎么跟组织建立联系发愁呢。"

"党组织不会忘记每一名同志，你看，我这不是来了？"

刘娜的话让秦若轩感到了扑面而来的温暖，如走失的孩儿又见到了母亲。他忍住泪水，伤感地说："我的腿断了，成了残疾人，对组织还有用吗？"

"当然有用。只要心中理想未泯，革命意志不退，走到哪里都是一团火种，仍然能够助燃全民抗日救亡的熊熊烈火。凡事都有利有弊，你离开潭城也好，咱潭城市委主要负责同志在遇难之前，就有在城外增建秘密联络点的打算，以保持与抗日民主联军的联系。近来敌人的城防越来越严，联军同志进城十分不容易，十八家子离潭城不远，位置合适。目前抗战的形势发展很快，下个月又有一批关内支援东北的同志到来，工作还多得很呢。顺便说一句，我们跟上级已经重新联系上了。"

"太好了，我接受建立秘密联络点的任务。"

"别急，把新的联络点设在十八家子，是我刚刚得知你下一步的去向才产生的个人想法，还要经过上级批准。你去了以后可以先打基础做准备工作，要全面熟悉屯子里的情况，包括地理环境、交通情况、老乡的构成、邻里和亲属关系等，要尽快融入群众中去，成为他们中的一员，更要防备保安局特务对你的监视，我分析他们不会把你一放了之。只有确认你已经不被任何人关注了，才具备建立秘密联络点的条件。"

"我懂。联络点启用的时候您亲自去通知我吗？"

"不一定。如果我不去，找你的同志就用暗语跟你联系。对方问：'买镰刀吗？'你问：'钢口怎么样？'对方答：'用炮弹皮打的，刀身刀刃全是好钢。'你再问：'是镰刀头还是带把儿？'对方答：'带把儿的加钱。'记住了吗？"

秦若轩把几句暗语在心里默诵了一遍说："记住了。如果遇到特殊情况怎么跟您联系呢？"

"两个渠道，如果能用文字传递的消息，可以写信，邮寄到本市邮政四十二号信箱刘经理收；如果消息必须当面传递，就在《新报》上刊登两条猜花名的谜语，事后有人找你联系。《新报》是纯娱乐性报纸，刊登谜语类的稿子不容易引起敌人注意。"

"老师，如果您和其他同志都不方便去十八家子，我推荐一个人，特殊情况下可以用。他是在监狱里照顾过我的，小名儿叫跟头，是个孤儿，被保安局误抓进去的。我出狱以后他也被放出来，现在我家的烧锅当杂工，很可靠。"刘娜听后点点头，严肃地问："那天带人到牛马街抓你的马占超昨天夜里被人打死了，是你爹找人做的吗？"

"我爹没那个胆量，另外也不符合他的办事风格。"

"有可能是哪方面的人下手呢？"

"老师，还记得我汇报过关于军统民主救国同盟会潭城站的情况吗？您说组织上同意让我在适当的时候打入他们的组织。"

"记得。你怀疑马占超的死跟他们有关系？"

"是的。按照您的指示，我跟推荐人做了进一步的接触，意外知道了民主救国同盟会潭城站就设在三义堂。这次借着我爹跟保安局长做交易放我出来的机会，自作主张，把这条情报透给了马占超，意在借保安局的手，铲除同盟会以绝后患。我分析，有可能是马占超在准备向三义堂下手之前消息泄露，反被三义堂抢了先，因为在潭城，敢下杀手置马占超于死地的，非三义堂莫属。目前我最大的担心，是不清楚他得到这条情报以后扩散的范围有多大，会不会招来同盟会对我这个情报提供者的报复。"

听了秦若轩的叙述，刘娜半晌未语，她站起身，给秦若轩倒了一杯热水，反问道："你的初步分析是什么？"

"据我对马占超的了解，他是一个极度自私和自负的人，思想偏激，爱走极端。他从我手上得到关于同盟会的情报以后不一定完全相信，他的上司也不会仅凭他的汇报，就贸然批准对三义堂采取行动，对手毕竟是潭城黑社会头子，但是验证情报的真实性并不容易。马占超在保安局里仅仅是个副科长，又是新人，没有根底，他急于立功，但手中的职权十分有限，想吃独食不可能，必须得到上司的支持和帮助，这是他不可逾越的一环，而问题可能也就出在这里。"

"有道理。"刘娜打断了秦若轩的话,"按照你的思路,马占超选择汇报的上司可能非常少,而听到他汇报的人恰恰跟三义堂有关系,便抢先下手,杀人灭口。为了防止组织暴露,他们可以不择手段。"

"我就是这么想的。民主救国同盟会不仅掌控了三义堂,还打入了保安局高层,他们在潭城的势力太可怕了。"

刘娜重新坐回到椅子上,思考了一会儿说:"马占超是否向第三人透露过这条重要情报的真实来源,是问题的关键。我判断,他最有可能透露的对象只有两个:一个是他的顶头上司,另外一个是请他爹帮忙出主意。按照他的人格特点和急于揽功的心态分析,跟上司汇报的时候不大可能完全讲真话,如果上司知道了情报源于你,他马占超在这个案子中的价值就大打折扣。这条假设若是成立,三义堂对你的危险基本可以排除。难于排除的直接威胁是他的爹,马占超有可能跟他爹讲实话。如今儿子被人打死了,暴尸街头,警察局上手破案缉拿凶手是职责所在,马长利首先怀疑的一定是你们秦家父子,因为他知道,是你向马占超提供了引来杀身之祸的情报,而你主动提供情报的目的,就是给他儿子挖坑下套。除了怀疑你,还可以猜疑到你爹身上,他依仗在潭城商界的势力雇凶杀人,为子报仇。但是我想,怀疑归怀疑,要下手对你们父子实施报复,还需要有足够的证据和理由,秦如海先生毕竟是在潭城有影响的人物,不是普通百姓,警察局不能不有所顾忌。所以,你们今后要格外小心,绝不能让敌人抓住任何别的把柄。我回去以后也要向上级汇报,共同想办法,尽快把潜在危险消除掉。"

意外与刘娜见面,得到了党组织的关心,又接受了新的任务,困扰秦若轩多日的失落感一扫而空，觉得体内增添了无尽动力，他不禁痛恨起自己的断腿，忍不住问："有陶先生的消息吗？组织上打算怎么处置他？"

"多方打探过，还没有得到确切的消息，有的说，因为他能提供的情报太少，已经没有价值，被送本溪矫正辅导院了；还有的说，他已经被假释，但报馆和他家里都没见到人。放心吧，组织上会想办法找到他，铲除这条祸根。"

病房门被轻轻叩响，护士送来中午服的药，看到刘娜的一身日本女人装束，护士的目光中闪露出疑惑的神色。护士把药放下以后出去了，刘娜说："这里人多眼杂，不宜久留，我也该走了，多保重吧。"秦若轩说："不知道下次见面是什么时候。党组织千万别忘记了，十八家子还有一个革命战士秦若轩。"

"忘不了，再见面的时间不会等得太久，抗战的最后胜利即将到来。待到胜利了，我一定亲自去十八家子接你回来。"

"还有我的入党申请。"

"记着呢，你早就应当入党了。潭城党组织已经确定了新的负责人，下次碰头的时候，我就提议讨论你正式加入党组织的问题。"

"我等着被党组织正式吸纳的那一天。"

长白山余脉的西延伸方向绵延数百公里，重峦叠嶂，植被茂密，水源充沛，潭城就坐落在临近余脉末端的盆地里。爬上十八家子屯子后面的山坡往西望，潭城全景尽收眼底，天气好的时候，火车站附近的水塔和江边高耸的天主教堂都清晰可见。

秦若轩的老叔秦如河守着十八家子二百多垧黑土地和一片山林，过着听天顺地与世无争的小日子。他性情温懦，胆小，惧内，处事木讷，但是因为有其兄秦如海的势力罩着，周边没有人敢欺负他。为他弱懦性格做补救的是夫人范月莲。范月莲生就一副大脸盘，说话干脆，办事利落，风风火火，不论家里日常生活中的大事小情，还是家外管理佃户、种地收租，皆由她一人说了算，每天把管家和车把式支配得溜溜转。管家是范月莲的娘家哥哥，名叫范九城，也是一张圆圆的大脸，眯缝眼，不笑不说话，目光中透着笑眯眯的精明。车把式姓姜，是个魁梧的红脸汉子，心灵手巧，庄稼院的活计没有他拿不起来的。家里有夫人掌舵，管家帮衬，车把式出力，无须秦如河再操心，乐得闲在家中喝茶读书写字，身体养得白白胖胖。两口子育有一子一女，儿子寄养在四平的姥姥家上中学，女儿巧丫年龄尚幼，舍不得让她远离父母，便留在家中，秦如河亲自教她小学课程。夫妻二人跟哥嫂商议好了，等巧丫到了上中学的年龄，就把她接到哥哥家里去，由嫂子代管。

秦如河的家是一处三合院子，四间上房，东西各两间厢房，东厢房里住的是管家范九城和车把式老姜，西厢房是马厩和仓房，马厩里养了三匹马，院子里有一挂胶皮轱辘大车。自从听说侄子秦若轩在城里因为闹共产党蹲了大狱，秦如河就担心起来。他很喜欢秦若轩，虽然久居乡下，但他读书多，关心时事，不仅知晓共产党的政治主张，且从心底认同，只是胆子小，不敢向外人流露而已。如今侄子因闹共产党犯事，秦如河既心疼又佩服，暗赞侄子年纪轻轻，敢作敢为，抱负可嘉。同情归同情，当哥哥捎信来，说要送秦若轩两口子来十八家子常住，他的心里还是打鼓了。侄子是被保安局从潭城赶出来的，谁肯收留都必然引起保安局的关注，另外，他知道侄子不是个安分的主儿，万一来十八家子以后仍然不消停，难免跟着吃挂落。他左思右想拿不定主意，赶紧把正在屋外簸豆子的媳妇喊过来，商量该怎么办。媳妇范月莲听了反问道："大哥要把若轩给咱送过来住，你能挡着不让来吗？""不能。""那你还瞎嘀咕什么？若轩闹共产党把腿都闹丢了半截，还有劲再折腾吗，有心也无力了。"秦如河摇摇头说："你是不知道他们那路人的轴劲儿，没听说前几年在三道崴子让日本人打死的那个抗联杨司令吗？他们都是一条道儿走到黑的主儿，撞了南墙不回头。"

"抗联手里有刀有枪才敢跟日本人斗，若轩有啥？咱十八家子有啥？他再想闹都没本钱，何况还有你我看着呢。"

秦如河不跟媳妇争执了，转了个话题问："他们来了住哪儿？"

"住咱西屋吧，他们愿意单独起火做饭还是跟咱家人一块儿吃随他们的便。"

秦如河同意了，媳妇转身去拾掇西屋。家里四间上房，秦如河两口子和闺女住两间东屋，西屋只有一间房，东西屋中间隔的是灶柴间。西屋原来归儿子住，儿子去四平上中学之后，屋子便空着。范月莲把西屋里儿子所用的东西都归置起来拿走，把屋子腾空，准备迎接秦若轩。秦如河蹒步出屋，站到院子中间仰头看天，天空被灰蒙蒙的薄云笼罩着，阵阵西北风把地上的枯草叶吹起来，唰啦啦地从地面上划过，落到墙角的积雪上，粘住不动了。寒风钻进脖领子，令他打了个寒战，他耸了耸肩，缩着脖子转身回屋。侄子即将到来，他着实有些坐立不安。

老姜的马车赶得好，人又可靠，秦如海就直接捎信，让老姜赶上大车来接儿子和儿媳妇，秦如河不放心，又让管家范九城也跟着。秦若轩挂着双拐走路尚不熟练，搬抬东西都帮不上忙，好在小两口儿的东西不多，两只木箱子加两个包袱便是全部家当，老姜、周大通、老刘和范九城四个人一次就把东西全都装到了大车上。儿子要走了，秦如海和佟莲送出大门口，本该互相说些道别的话，但大家都看见了散站在马路对面正盯着秦家大门的两三个人，显然，秦若轩仍然在保安局特务的监视之下。老姜见大伙儿都板着面孔不说话，故意抬高嗓门招呼道："老爷太太，天冷风大，回吧，俺们走啦！"说完，把掌中大鞭一甩，打了个脆响，三匹马伸开腰拉车上路，那几个人转身骑上各自的自行车，远远地尾随。老姜往后瞟了一眼说："这帮王八犊子尾巴似的跟着，癞蛤蟆跳脚面上，不咬人硌硬人，还要跟咱到十八家子？"范九城的脸上依然笑眯眯的："有挎王八盒子的卫兵护送，亚赛省长大人的排场，这辈子头一回，咱哥俩是借少爷的光喽。"秦若轩跟老姜和范九城认识，但并不十分熟悉，不敢深聊，只能陪着笑笑，说："对不住两位叔叔，连累你们了。"

"这么讲就外道了，怎么着咱们也沾亲不是，佩服你还来不及呢。"范九城回应道。

大车来到城门下，城门口有满洲国军人和日本兵持枪把守，详细盘查每一个进出城的人。老姜隔三岔五就赶着大车进一趟城，跟带班的排长熟识，互相打过招呼，简单问了两句，又把车上的箱子打开胡乱看了看就放行了。出城以后，石板马路变成了土路，车辙很深且有积雪，尾随的特务骑自行车很吃力，他们勉强跟了三四里地便不再跟着，返回城里去了。秦若轩望着逐渐远去的黑黢黢的城门，城楼顶的瓦脊间荒草萋萋，一片破败之象，他心中暗想，总有一天，我们的队伍将高举红旗，大踏步地占领这座城市并重新建设它，人民的城市终将回到人民的怀抱。无意间，他发现一个少年正急匆匆地从后面追赶上来，地上有冰雪，少年的脚下一跳一滑怎么也跑不快。尽管尚有一段距离，秦若轩还是认出来了，那人是狱中好友跟头，他赶紧喊老姜停车。看见马车停下了，跟头才稍稍放缓了脚步，来到马车近前时仍然气喘吁吁。

"跟头，你怎么来了？"秦若轩问。跟头从怀里掏出一个牛皮纸信封递给秦若轩说："有人托我把这东西送给你。刚才有野狗跟着你们，我没敢过来，怕挨咬。多亏你瞅着我了，不然两条腿撵四条腿的，累死也撵不上。"跟头说着话，目光却并没有直视秦若轩，眼珠子骨碌骨碌地转，扫视着老姜和范九城。秦若轩看出了跟头的警觉，接过信封问："还有别的事吗？"跟头扬了扬手，没说话，转身走了。信封上面空无一字，里面装的东西摸着挺厚实，秦若轩没有急于打开，同样把信封塞进怀里，他对范九城和老姜还不了解，小心为好。老姜揣摩到了秦若轩的心思，并不多言，大鞭子一摇，马车重新上路。

路上这段插曲让四个人之间的气氛凝重起来，大家一时都沉默不语，耳边只有马匹突突的打响鼻声和胶皮轱辘碾压积雪的咯吱声。路两边是高高的杨树和扭曲的榆树，干枯的枝条在寒风中呼呼作响，乌鸦和喜鹊在树下的雪地上蹦跳觅食，远处的山峦被白雪覆盖，冷寂肃穆。翠儿自打出家门便未开口说话，西北风吹红了她的脸，她望着远方山坡下忽隐忽现的村落禁不住问："范叔，知道俺们过去以后住哪儿吗？"范九城回答道："闺女就别操心啦，你婶子昨天就把屋子拾掇利索了，你们跟他们住对面屋。"

听说要跟叔婶住在一起，秦若轩的心里一动，如果今后要承担秘密联络点的任务，必须独居才行，他不动声色地问："我叔家在屯子里还有别处空房吗？"

"没有。乡下不像城里，有多余的房子能租出去，屯子里就那么二十来户人家，多盖房子只能养牲口喽。"

老姜听出了秦若轩有单独居家过日子的心思，接话说："你叔家虽然没有多余的房子，咱屯子里还真有一处房子空着，老范你忘了，屯子西头原来张葫芦家。"

"说笑呢，那破屋子能住人？别说是少爷少奶奶这金贵身子，逃荒要饭的都绕着走。"

"什么样的屋子，说来听听。"秦若轩提起了兴致。对他来说，住房无所谓好差，能遮风挡雨就成。野战部队的经历，让他对风餐露宿早就习惯了。范九城的脸上失去了笑模样，用手抹了一把脸上的胡茬子说："那房子在屯子最西头，孤零零的，跟谁家都离得老远。原来住的爷们儿姓张，关里人，身子骨单细得赛麻秆儿，撒尿背靠树放屁扶墙，庄稼地里活儿任啥也干不动，好在长了双巧手，有在葫芦上烫画的手艺，仰仗种葫芦、烫葫芦、卖葫芦勉强对付过日子，大伙儿都不喊他大名，只叫他张葫芦。媳妇比他小七八岁，一直没生养。大前年春上，东山老林子里下来一头找食的黑瞎子，不知怎么闯进他们家，张葫芦让黑瞎子咬死了，还啃光了半拉脸，小媳妇也给吓死了。平时他们两口子跟大伙儿走动少，死了半拉月才发现。以后那两间屋子就一直空着，听说半夜里常闹鬼，再没人敢进去。"

"一会儿咱先上那儿看看。"秦若轩急迫地说。老姜回过头来劝道："还是先到家安顿下来，日后得空儿再去吧，不然老爷太太知道了不好。另外那房子不靠大道，爬坡过坎儿地走过去，您腿脚也不方便。"小翠问："能瞅见吗？"范九城回答："一会儿进屯子的时候就能瞅见。"

距离十八家子还有约五里地，大路转向东南方向，马车离开大路，拐上向东的岔道。十八家子就坐落在前方背风的山洼里，屯子的北面是从东面绵延过来的山坡，南面是大片平展展的土地，一条小河从中间蜿蜒流过。转过山脚，稀稀落落的二十几户人家闪现出来，范九城伸手指向屯子西头说："顺我手瞧，最西头孤零零的那两间房子就是。"秦若轩和小翠抬眼望去，果然看见二里地开外有一处破败的土屋，四周被半人高的荒草包围着，院墙大部分已经垮塌，窗户和房门都没有了，留下了几个黑洞，阴森森似大骷髅。大家远望着那土屋，谁都没有说话。

马车进了屯子，秦如河和夫人范月莲带着闺女巧丫等在大门口迎接。刚进家门，巧丫和小翠就成了好朋友，巧丫拉着小翠在各个房间转了个遍。熟悉了环境，小翠便忙活起来，里里外外抢着婶子手里的活儿来干，让老夫妇一下子就喜欢上了这个勤快懂事的侄媳妇。吃罢午饭，小翠忙着收拾桌子、洗涮碗筷，秦若轩坐在炕上陪着叔婶说话，借机提出了要住到空屋子去的想法，范月莲脑袋摇得似拨浪鼓："不行不行，别说那房子不吉利，就是好房子你们也不能搬出去，让我跟你叔在你爹妈跟前怎么做人哪？"

"婶子，您想多了。我跟小翠过来又不是串亲戚住十天半月就走，日子长着呢，还是从长计议为好。我爹妈真要是怪罪了，我去跟他们讲清楚。"

"我不同意啊，你非要出去单过，跟你叔讲，反正这是你们老秦家的事，在这十八家子，他说了算。"范月莲故意把皮球踢给了丈夫，她清楚丈夫跟他亲哥哥的感情深，一准儿舍不得放秦若轩搬出去，没想到秦如河低头思索了一会儿说："依若轩的吧，如今的年轻人都讲究个自由。一会儿你把九城喊来，让他明天找人把那屋子拾掇拾掇，缺的门窗补上，家具锅灶配上，再拉一车柴火，选个吉日搬过去，等开春能动泥水了，再重修院墙，翻盖房顶。"

"你真是老糊涂了！"范月莲狠狠地瞪了丈夫一眼，出屋去了。

说服了叔叔，秦若轩的心里很敞快，叔侄二人又闲聊了几句，秦若轩惦记着怀里揣着的那封信，借口还要归置带来的东西，告辞回了西屋。

　　从上午跟头把信封从怀里掏出来的那一刻，秦若轩就判定，让跟头出城追赶自己送信的一定是刘娜老师。他小心地把信封撕开，里面装的是一份今天的《潭城日报》，展开报纸浏览，第一版右下角的一条新闻闯入他的眼帘，新闻的标题是：《制止流氓当街斗殴，保安局马姓职员因公殉职》。他快速看下去，文章的大致内容是：某夜，保安局职员马占超在街头偶遇流氓与日本浪人持械斗殴，果断挺身上前制止，不幸误受刀伤，当场殉职。为表彰其优秀的职业操守，保安局特别追授马占超三级功勋奖章。目前警方正全力缉拿凶手，市民能提供有效线索者，警方将给予奖励。

　　秦若轩把报纸的另外几个版面翻看了一遍，没有发现其他可以关注的内容，确认刘娜让他阅读的就是这条与马占超有关的消息。由此看来，民主救国同盟会用这条新闻擦干净了屁股，他们把暗杀马占超的脏水泼到了街头流氓和日本浪人身上，以保护真凶不被追查。秦若轩记起了刘娜对事件真相的分析判断，即保安局的高层里确有同盟会的人，那人一手把暗杀事件按下了，文章中提到的所谓流氓和日本浪人可能根本不存在，所谓的缉拿凶手无疑是遮人耳目，但是保安局今后是不是真的对事件不再追查？马占超的爹马长利对某些人编造的这个结论认可吗？秦若轩一颗悬着的心依旧放不下来，他把文章又仔细读了两遍，然后把报纸揉作一团，塞进灶坑里烧了。

　　五天以后，范九城带人把那处弃屋整修好了，整修之前，特别在屋子前面的小院儿里摆上八仙桌和香炉，燃了三炷香，放了一阵鞭炮，意在敬神驱鬼。房屋空置过久，不仅门窗均已缺失，还俨然成了山林小动物的家园，四面墙壁被掏出了几十个大大小小的窟窿，呼呼透风。在修房子的几天时间里，秦如河每天都要亲自过去看一下，指点干活儿的几位老乡哪里该再补补抹抹，哪里该再铲几铣。夫人范月莲在家里也没闲着，她把安置新家所需所用的锅碗瓢盆、水桶、水缸、扁担、耙子、米面、油盐、大酱、咸菜等一应物件凑了个齐整。当小翠点燃了灶膛里的第一根劈柴，搀扶着秦若轩并肩站在院子里，看着蓝色的柴烟从屋顶的烟囱中袅袅飘出，他们的心里说不出是个什么滋味。

夜幕降临，两人面对面盘腿坐在炕上，他们的中间是一张小炕桌，上面摆放着小油灯，蚕豆大的火苗散发出橘黄色的光，把两人放大的身影投射到各自背后的墙壁上。身下的炕席是老姜足足用了一天时间赶着编出来的，新席子散发着高粱秸的醇香。火炕被小翠烧得很热，坐在炕上，屁股和大腿暖暖的，很舒服，但是上身有些冷，寒风顽强地从门边和窗户框的缝隙中钻进来，冷了裸露的手和脸。秦若轩轻轻地握着小翠冰凉的双手，慢慢地搓着，想让它们在自己的手心里暖和起来。弱弱的灯光映照着小翠清纯的脸，那么和善、恬静、美丽动人。他们共同听着西北风从屋顶上呼呼刮过的声音，深情地感受着对方的呼吸。结婚已经是第三个年头，今夜四只手第一次相握，难分难解。秦若轩看着小翠迷离的眼睛，轻声问："冷吗？"小翠微微摇头；又问："害怕吗？"小翠又微微摇头；再问："恨我吗？"小翠还是微微摇头。秦若轩把小翠的手放到自己的嘴唇边轻吻，说："对不起，让你跟着我受苦受罪。""我愿意。"院子里不知是一只什么小动物突然到访并跳上了外面的窗台，跐溜一闪，不见了，吓得小翠身子一抖。秦若轩转头瞄了一眼黑漆漆的窗外，嘴角闪过一丝苦笑，继续对小翠说："你知道这几年我和东林在外面做什么吗？你知道东林现在去哪儿了吗？你知道保安局为什么抓我吗？今天都应当告诉你。"小翠看了看窗外，压低了嗓音："他们说你是共产党。你是吗？东林哥是吗？共产党是干什么的？"秦若轩从炕席边上折下一节秫秸篾，把油灯拨亮了些，说："每个人都有理想和追求，有的浅近，有的远大；有的渺小，有的宏伟。当一些理想相近志同道合的人聚在一起，愿意为共同的理想而奋斗牺牲，就结成了党。不同的党有不同的名字，共产党就是那些为争取世界上所有劳苦大众都能过上好日子的人组成的政党，他们的目标是推翻资产阶级和军阀的黑暗统治，建立一个人民大众当家做主的新政权。在那个新政权管理下，社会人人平等，没有剥削压榨和弱肉强食，没有高低贵贱富人穷人之分，社会美好，生活幸福。在咱们中国实现这个理想目标太难了，既有黑暗政权的统治，更有日本的野蛮侵略，不把日本侵略者赶出中国去，其他目标都无从谈起。我跟东林在关内，就是参加了共产党领导的八路军参加抗战，我们经历过很多次战斗，亲手杀死过日本鬼子。东林比我有出息，在部队里已经当上了连长，领导着一百多号人呢。"

"那你们还回来干什么？"

"咱们东北在日本侵略者的挟持下成立了所谓的满洲国，日满勾结，疯狂镇压抗日爱国志士，东北抗联和党的组织损失巨大。和关内相比，东北的抗日力量更薄弱，斗争形势更严酷。为了坚持抗战，也为了保证在抗战胜利之后，共产党有足够的力量收复东北建立新政权，组织上把我和东林以及好多人陆续派回来，补充东北的反满抗日斗争力量。没想到事情不顺，被叛徒出卖，我暴露了，被捕伤残了，但是我的心没残，我还要继续跟敌人战斗到底，不怕丢掉这条命。咱们搬到这十八家子来住，是我最不情愿的，被迫的，你要相信，我们迟早再回潭城。东林已经加入北满东北抗联的队伍中，等到他跟着队伍打过来的那一天，一定能来十八家子接咱们回去。到了那一天，我就兑现承诺，送你跟东林哥完婚。”

“胡说什么？我已经是你的媳妇了。”

“是，你是好媳妇，我真心喜欢你，但是喜欢不等于爱。跟东林哥相比，真爱你的是他。你们两小无猜是命中的一对，我的爹妈从中间横插一杠子棒打鸳鸯，我不能推波助澜将错就错。我现在最需要的不是好媳妇，而是一位战友，是能弥补我残腿的缺陷，在特殊时期共同跟敌人战斗的好战友。”

“我不清楚你说的好战友是什么样子，只知道女人结婚了，就要持家过日子，夫唱妇随。”

“能做到夫唱妇随就不简单，跟随我这个夫可能有生命危险。”

“你和东林哥都是好人，跟着你们我不怕。”

秦若轩再次握紧了小翠柔软的手，心里说：真是个痴情的小傻瓜，越是如此，越不能让她受到丝毫伤害，否则对不住周东林。

十八家子的第一夜，秦若轩睡得很不踏实，他仍然坚持与小翠分开睡，不跟她共枕相亲。到了后半夜，火炕的温度逐渐退去，身子下面越来越凉，屋里的温度骤降，屋外的西北风却越刮越猛，穿过山林，掠过屋檐，发出尖厉的呼哨声。朦胧中，他觉得那风声似保安局刑讯室里特务们疯狂挥舞的皮鞭声，似战场上敌人密集炮火打过来的炮弹撕破空气声，似大雪覆盖的茫茫森林中的阵阵狼嚎声。不久，风声减弱并逐渐平息，屯子里传来声声鸡鸣。天亮了，小翠早早地起来推开房门，惊呼：“下雪了！”秦若轩也起来，爬到窗前往外看，院子里和墙头上，铺着薄薄的一层白雪，那雪洁白耀眼，如少女般恬静，让人忘却了昨夜曾经肆虐的

282

狂风。小翠抄起扫帚出门扫雪，刚刚扫到院子门口，老姜挑着一担水进来了，小翠赶忙打招呼："姜叔叔好，您咋来得这么早，还挑水来，我们自己能行。"小翠一边说话，一边回身紧走几步给老姜开屋门。

"这不是下雪了嘛，你们这儿离水井远，一跐一滑挑一趟水不容易。老爷吩咐下了，今后你们吃水由我负责，每天送过来一挑，够用了吧？"

秦若轩听见了老姜的说话声，出来到外间屋，伸手掀开水缸盖子，看着老姜往水缸里倒水，不好意思地说："我们来了，还给您这挂车上加了载。"老姜放下水桶说："也挑不了几天，老爷昨天说，等到打春开化，就在这灶台边上打口井，那样使水就方便了。咱这地儿春脖子短，别看现在又是风又是雪的，过不了十几天就该暖和了。"说完，老姜从衣兜里掏出了一根裁缝用的软尺，对秦若轩说："少爷您进屋，我量量你那只断腿。""量它干什么？"秦若轩不解地问。"你这半截腿吊吊着不落地，干啥都使不上劲，双拐就离不开，这哪成？城里教堂有一个老毛子执事就是跟你差不多的断腿，戴假肢，平常走路就拄着一根文明棍，不知道的根本瞧不出来他的腿有残疾。他戴的假肢我见过，真假之间固定的皮箍跟马笼头差不多。做马笼头咱会呀。我手里正巧有一块好牛皮，再找一块分量轻的木头削了，做一副假腿假脚试试，做好了你方便，做不好就当练手艺了，咋样，少爷不怪我多事吧？"

"感谢还来不及呢。"

小翠忍不住在旁边插话说："姜叔以后别再称呼我们少爷少奶奶，听着别扭生分，还是喊我们俩的名字吧。"

"叫名字不成，若要改口，就喊大侄子侄媳妇吧，旁人挑不出理来。"

按照老姜的吩咐，秦若轩躺在炕上，老姜仔细量了断腿的尺寸，又查看了断腿截面的形状，仔细揣摩了半天，说："我回去先做着看，不一定成功，别着急啊。"秦若轩说："您没提这事儿的时候我真不急，着急也没用，一心等着世道安定了，再到大城市找做假肢的。现在您能给我做，恨不得明天就能做好戴上呢。"小翠插话问："大夫不是说要等三个月以后才能装假肢吗，是不是早了点儿？"老姜把软尺装起来说："皮肤是嫩了些，等做好了尽量垫软和点儿先试试。你们这些人见天舍身舍命的，图的是啥，我懂。别看你现在窝在咱十八家子小山沟，迟早有一天大鹏展翅、虎出深山，双拐都离不开怎么干大事？"

老姜突然讲出此番话来，让秦若轩始料不及，一时不知该如何应对。老姜挑起两只空水桶走了，空桶随着老姜的脚步摇晃，扁担钩和水桶梁摩擦，发出有节奏的吱吱声。看着老姜魁梧的背影，听着吱吱声远去，秦若轩陷入沉思：他是不是今后可用的帮手呢？

把儿子和儿媳妇送到乡下去了，秦如海的心里正如他的名字一般翻江倒海。他原本对儿子寄予很大期望，指望他到东洋用心读书，学成回来继承和经营家业，没想到不仅一切皆成泡影，还给家里带来了无数烦恼。从得知儿子被捕之后，他便四处奔走，不惜舍财舍脸，皆为保全儿子的性命，不论秦若轩怎样，毕竟他是秦家唯一的一条根，不能断了后。凭借秦如海多年积累的人脉和深厚财力，加之儿子在潭城的共产党组织中并非重要人物，又在抓捕过程中被打断了一条腿，基本丧失活动能力，勉强换来了保释出狱、驱逐出潭城的结果。已经确认是共党分子还能从监狱

284

里放出来，在潭城从无先例。儿子动身离家那天，秦如海没有上班，他眼看着儿子和儿媳坐着马车远去，马车的后面还尾随着几名特务，心中的伤感和担忧越发强烈，对儿子多年的心血，竟然化作悲剧般的别离，顿感心力交瘁，转天便一病不起。他终日躺在炕上，精神倦怠，两肋胀痛，食欲全无且反酸呕吐，几天下来，连下地上茅房的力气都没有了。起初佟莲要出去请大夫给他看病，秦如海执意不准，烦郁的心情令他厌见外人。眼看病情日渐加重，佟莲不再听顺丈夫的，吩咐车夫老刘去仁芝堂把坐堂的老中医孙先生请来。孙先生的医术在潭城的中医当中虽然不是最好的，但他跟秦如海交情深厚，多年来秦家长幼如有身体不适需要寻医问诊，都是请孙先生诊脉配方抓药。

孙先生年过六旬，精神矍铄，骨瘦身轻，慈眉善目，来到秦如海的卧房，一看他的气色便埋怨佟莲："太太怎么不早去叫我？早调治几日不至于元气大伤。"秦如海说："不怪她，是我觉得没有什么实病，挺几天就过去了，没想到越来越重。"孙先生撩衣坐下为秦如海把脉，又看了看舌苔，问了饮食起居等一应问题，说："舌紫苔白有淤，脉弦胃脘呕吐，您这是肝郁气滞的症状，从气上得的。少爷的事情闹的吧？""不是他还有谁？败家儿子快把他爹气死了。"佟莲赞同地说。

"先生亏您还是个读书知礼、政商有成的开明人，连当今的世道都看不清楚了？远的不说，近年来从孙中山开始，受新学教育的年轻人弃祖反叛的比比皆是，对他们的行为思潮多少人看不惯，可是如果没有那些人的反叛，哪有社会的更新？说不定现在还是留辫子的大清朝呢。如今少爷不按您画的道儿走不稀罕，反而证明他有个性，有主见，有担当，不一定是坏事情，若干年后，其成就比您强也是可能的，不值得上这么大的火。"

"话是这样讲，你不知道为了这个孽障，我受了多大气，挨多少人欺，赔了多少笑脸，连警察局、保安局那些流氓无赖我都得敬着，真是人在矮檐下，不得不低头哇。"

"人家不是给你面子了嘛？知足吧，后退一步，海阔天空。"

"先生您看我当家的这个病，吃点啥药好呢？"佟莲最关切的是如何让丈夫尽快好起来。孙先生回答道："肝郁气滞症的治疗方法从心疗、食疗、药疗三个渠道中，首推心疗。病从心上得，还要从心上去，多想些高兴乐呵的事，别自寻烦恼钻牛角尖。其次是食疗，病人胃口不好，厌食，可以多吃些利于疏肝理气的东西，比如萝卜、绿豆芽、山楂、大枣、枸杞。药疗只能是辅助帮一把，我回去开个方子，先抓三服药，吃完了看效果再说。"孙先生说完站起身，又嘱咐道，"第一位的是自个儿把心气儿理顺，您经商这么多年，什么大风大浪没见过，不是也都过来了？世上没有过不去的火焰山。"

送走了孙先生，佟莲吩咐用人张妈中午煮萝卜汤、蒸红枣糕，周大通从门房走过来小声对佟莲说："这两天咱家那几处铺子掌柜的都来过了，说最近上头天天下来人催买公债，要跟老爷讨个应对的主意。我看老爷身子不济，把他们都给挡回去了。刚才货栈的韩掌柜又来了，咋劝都不走，非要见老爷一面不可，现在还在门房儿蹲着呢，您看咋整？"

"上个月各家不是都买过公债了吗，怎么还买？"

"说是买的额度不够，必须加码。"

对家里几处店铺日常经营方面的事情，佟莲平常从来不过问，如今各店掌柜的遇到了难处，她无力做主，便无奈地说："请韩掌柜到上房来吧，让老爷听听究竟是咋回事。嘱咐他尽量少说话，别累着老爷。"

秦家的勤诚货栈是潭城规模最大的货栈，原有二十几挂大车，五六艘货船，还有货场仓库和专用码头，经营各种大宗货物的周转运输与批发销售。随着关内和南亚战事吃紧，不仅货船和码头被日本关东军全部无偿征用，能够经营的物资也越来越少，货栈的生意一年不及一年。韩掌柜原本五短身材，白白胖胖，如今因为过度操劳，体重锐减，脸上的皮肤松松垮垮，伙计们很难再看到他的笑模样。他最近受气太多，本想找东家痛痛快快地倒一倒苦水，没想到进门一看见秦如海病笃的神态，想说的话咽下去了大半。秦如海半坐起来，枕靠着卷起的被子问："有事了？"韩掌柜瞟了一眼正在给他倒茶的佟莲，咽了一口唾沫，把近日上头天天来人催着买公债的事情简单叙述了一番，之后又说："那些催债的人讲了，说咱秦家是潭城大户，老爷又在银行主事，秦家的店铺应当做出表率，比旁人家买得多才合适，还说这是市长大人亲口跟他们交代的。市长已经下令，全市各商家谁买不够分派的公债份额，就要派警察来封店销照。咱们家的店因为已经按分派的份额买过了，只是没有多买，所以暂时没来封店，但是架不住天天来骚扰，让你没法子正常做买卖。东家您得想个万全之策，不然实在是顶不过去呀。"

　　秦如海听罢，一层阴云浮上脸庞，本来因病黄蜡的脸色，变得更加难看了。他眉头紧锁，牙关紧咬，双目紧闭。佟莲见状，对韩掌柜说："好了，事情已经知道了，该咋办还得容我们再想想，你回去等着听信儿吧。"韩掌柜很不情愿地点头，转身挪步准备离开，秦如海睁眼唤道："留步，不用等，该决定了。"秦如海做了两次深呼吸以缓解腹内的胀痛，问："你们知道当局这回发行的公债是做什么的吗？"

　　"说是什么战时储蓄运动。"韩掌柜试探着回答。

"全称是战时紧急国民储蓄增强运动，总的发行额度五十多个亿。集这么多钱干什么？公开讲是投入于满洲国的经济建设，实际上是为日本军队补充征集战争经费，让他们拿着这些钱买枪炮、买子弹杀咱们中国人。这几天我躺在炕上想了又想，我的儿子为了抗日，弃学业上战场浴血杀敌，被捕坐监宁死不屈，我这个当爹的，却在银行里为倭寇敛民财、卖公债、为虎作伥，还有何脸面在若轩身前为父，在潭城百姓面前为人？老韩你回去把其他几家铺子的掌柜召集起来跟他们讲，从明天开始，铺子关门，伙计放假，我宁愿白给伙计发工钱，也不能继续助纣为虐。"

　　"东家准备关门多长时间？"

　　"先关三个月再说。"

　　韩掌柜领了主意走了，佟莲照顾丈夫躺下，担心地问："你真决定关铺子？"秦如海说："不仅关铺子，我还要辞职不干了，离开是非之地，否则，那个王八犊子市长放不过我。辞职信昨天我就写好了，在书房抽屉里，下午你就给银行送过去。"

　　"你上回因为贷款的事情得罪的就是市长？"

　　"就是。他大舅子贷款做生意赔了本钱，求我给他免债，我没答应，折了市长大人的面子，现在他借发行公债的机会，专找咱家店铺的麻烦，这是公报私仇。"

　　"你辞离银行，他就不找咱家麻烦了吗？"

　　"等过了这阵风头，我把几处产业变卖了，彻底脱离商界，回归农耕，告老还乡，老子再不伺候这群乌龟王八蛋，让他想找我也找不着。"

　　佟莲抬头环视棚顶的吊灯和室内陈设，想到再过几个月，眼前的一切都将舍弃，不禁伤感起来。

　　秦家所有的店铺一夜之间全部关门歇业，成了潭城爆炸性的新闻，一时街谈巷议，流言纷纷。一个上午，周大通就劝离了三拨记者，后来索性把大门紧闭，谁来敲门都不搭理了。秦如海对佟莲说："我自家的店铺经营与否，他人无权干涉，但是我的辞职他们不会不问不理，如果有人来，咱俩配合演一场戏，就说我得的是不治之症，让他们彻底断了念想。"

到了第三天，银行行长谷田拓果真来了，让秦如海没有想到的是，跟着谷田拓来访的还有市政府的翟姓副秘书长和警察局副局长马长利。

谷田拓和马长利都多次来过秦家，他们拒绝了周大通的引见，进了院门，径直奔向上房，周大通只能高声喊道："贵客来访，小心脚下台阶。"佟莲从卧房窗户看见三人来了，故意没有出门迎接，只等到他们拉开房门掀门帘，佟莲才从炕边站起身来。

谷田拓等人进屋，立即闻到扑鼻的草药味，屋地中间的煤炉子上，一只黑陶药壶里正咕嘟咕嘟地煎着中药，蒸气从壶盖四周突突地冒出来。秦如海合眼躺在被窝里，眼窝深陷，面色蜡黄，呼吸微弱。三人来到炕沿边，仔细观察着秦如海的状况，看了一会儿，谷田拓问佟莲："看过医生了吗？秦先生患的是什么病？"佟莲满脸泪痕，用很小的声音说："肝痨。"

"什么？肝痨？"谷田拓没有听懂，他不明白肝痨是个什么病。马长利嘴一撇，说："肝痨，就是最邪乎的肝病，没治。"说完，他似乎有些不相信，问佟莲："真是肝痨？谁给瞧的，准不准哪？"佟莲带着哭腔说："还有什么准不准，你看人都啥样了，汤药都快喝不进去了。"谷田拓紧皱眉头问："为什么不送陆军医院，我们日本军医的医术很高。"

"我们当家的就相信中医，不信西医，他不去呀，我也没办法。"

"那就这么干耗着？"翟副秘书长问。佟莲答："已经上奉天请大夫了，听说奉天有一位老中医能治这个病。"

谷田拓跟翟副秘书长交换了一下目光，铁青着脸对佟莲说："看来秦先生病得的确很重，怕是短时间内难以痊愈。我们尊重他的辞职请求，银行的工作就不用再操心了，安心治疗静养，希望秦先生早日康复。等身体养好了，如果有意再回银行，我们还欢迎。"说完，不等佟莲回话，转身离开，翟副秘书长见状，磨磨蹭蹭地跟着谷田拓出门，马长利走在最后。临出门了，马长利一只手掀着棉门帘，半拧着身子回头对佟莲说："听说你们把儿子从保安局捞出来送乡下去了？真他娘的有本事。他的案子在保安局消了号，在我警察局可还挂着号呢，啥时候回来了，我请他上局里喝茶。"马长利停顿一下，翻了翻白眼又说："还有，哪天你当家的一命呜呼了，记得给我送个信儿，老朋友嘛，怎么着也得来插三炷香送送，别忘了啊？"

马长利的几句话，翟副秘书长听得一清二楚。三人走出秦宅大门，翟副秘书长看着谷田拓的汽车开走了，便坐进马长利的汽车里，问道："咋没问两句话屁股连他家的凳子都没沾就出来了，秦行长得的病真是肝痨没治了？我就凭这跟市长回话？"马长利显得十分自信："你没瞅见他那张鬼脸，颜色跟黄表纸似的，划根洋火能点着了，进气儿没有出气儿多，不是肝痨是什么？凡是得了这种病，任请什么高明的大夫也无力回天，活不过半年。"

"也没问问秦太太，为什么一下子把店铺都关了？"

马长利做出老谋深算的样子说："这就是老东西的精明之处，他清楚自己不行了，趁着下头还没乱套，突然关店封账，让各店铺掌柜的没有机会趁火打劫、私分贪污，保住秦家的财产。"

"想让他们多买的公债咋办，直接找秦太太？"

马长利把头上的硬壳大沿帽子摘下来，用中指弹了两下，阴

290

笑着慢吞吞地问："秘书长想不想发财？"

"我是公职人员，吃官饷，不能讲发财。"

"别他妈装了。问你句实在的，想不想让秦家的店铺都改姓翟、姓马？"

翟秘书长眼睛一亮，似乎悟出了什么，即刻眼珠子乱转，脱口说："机会！"

"对喽！天赐良机。过不了几个月，我保证把秦家所有的产业都改成咱哥俩的姓，您说那些公债该怎么办？"

"那就，哈哈哈哈！"

正如老姜所言，十几天之后，天气便暖和起来，柔和的西南风吹过来，带着醇厚的泥土香味，阳光一照，房顶的积雪开始融化，雪水顺着房檐滴下来，结成长长短短的冰溜子，晶莹剔透。茫茫白雪铺就的农田里，一条条垄台从积雪中显露出来，表层化冻的黑土，脚踩上去软软的，很亲切。天气亲和怡人，老姜也送来了经过反复修改做好的假肢，捆绑上它，秦若轩借助一根拐杖就能走路，他迫不及待地提出要到屋后的山坡上看一看，搬来十八家子以后，他一直盼着登上那座不高的小山丘。父亲得重病的消息也传到了他的耳朵里，不能到父亲的病榻前探望，站在山顶上遥望一下也好，更重要的是，他天天盼望着党组织派人来与他联系，正式启用联络站，每天什么事情都不做，让他闲得心焦。

从房后到山脚下大约有百十米的距离，是一个平缓的漫坡，坡上积雪尚未完全化干净。秦若轩坚持不让小翠搀扶，深一脚浅一脚地踏雪前行。断腿与假肢间虽然垫了很多棉花，但是伤处皮肤鲜嫩，磨得很疼，还没走到山脚下，已经满头冒汗了。这处山丘远观不太高，走到近前才发现，其高度也有百米左右，登上去并不容易。小翠问："还上吗？"秦若轩咬牙说："上！"他拄着拐杖休息了片刻，开始爬山。上山没有路，他尽量选择坡度相对平缓，土石裸露没有积雪的地方下脚。山坡上，散乱生长着灌木和乔木，山顶有一片松树林，墨绿的松针顽强地表达着勃勃生机。断肢磨痛和剧烈咳嗽，迫使他中途不得不停下来喘息，受伤的肺叶难以支撑爬山所需的肺活量。休息了三五回之后，他终于站到了山顶。回头往山下看，自家的两间土屋仿佛近在咫尺，鸡犬之声可闻；往西远眺，潭城清晰可见。拂煦的暖风如丝巾般掠过脸庞，瞬间心情大好。他们的脚下是一块凸出的大青石，青石的旁边是一株百年老松，枝干苍劲，树冠舒展，一簇簇茂密的松针小心地托着一颗颗松塔，那是生命的延续和奉献。秦若轩和小翠并肩坐在青石上，望着远处的城市和更远处的山峦，秦若轩说："选好了，此处就是我新的阵地。翠儿，告诉你一个秘密，动身来十八家子之前，我接受了一项重要任务，组织上准备利用这次机会，把潭城党组织与抗日民主联军的秘密联络点设在这儿。"

秦若轩的一席话，让小翠一时惊呆了，什么秘密任务，什么联络点，她茫然地轻声问："你闹共产党已经蹲过监狱断了腿，躲到乡下来还要为共产党办事？"

"共产党领导全国人民正在进行的是一场最正义最神圣的事业，必将成功。现在的黑暗是暂时的，很快就会过去，日本人滚蛋、满洲国垮台的日子已经不远了。为了这一天的到来，多少共产党人牺牲在战场上，就义在监狱里，我经受的这点磨难又算得了什么？只要还活着，就要跟敌人战斗下去。"

"在这儿你又能干什么呢？"

"负责秘密联络点的工作，就是哪儿也不去，等着山里抗联的同志或者城里党组织派人来找我，完成他们要求传递的情报。"

"来的人你都认识吗？"

"可能认识，也可能不认识。今后还需要你帮忙留心着，如果屯子里来了卖锄头镰刀的小贩，一定记得领到家里来，他可能就是来找我的同志。秘密联络点的事情千万保密，只限于我们两个人知道，不能跟任何人说，否则很危险。今后革命成功了，也有你的一份功劳。"

"我不想什么功劳，只求你别再出事，平平安安的。"

秦若轩深情地望着远方，沉浸在即将投入战斗的亢奋之中，他指着远处对小翠说："看见那条从城里来的大路和岔道了吗？前些天咱们就是从那儿过来的，看得多清楚哇。从今往后，我要天天坐在这块石头上，看那大路上经过什么车、走过什么人，等着我的同志到来。如果有一天东林带着队伍回来了，也一定走这条路。想想吧，长长的队伍，红旗飘飘，战马嘶鸣，铁流滚滚，那是多么令人激动热血沸腾的场面，咱们一定能看得见。你准备一块红绸子，到了那一天，咱俩就站在这山顶上，挥舞着红绸子迎接东林哥。"

"你真要天天上山来吗？姜叔叔他们说过，这一带山里有狼，有熊瞎子。"

"日本鬼子我都亲手杀过，还怕什么黑瞎子。我练武的单刀带来了吗？"

"带来了，是娘把它装到箱子里的。"

"好，有单刀护身，还有身后这棵老松树遮风挡雨，你还担心吗？"

二人不再说话，各自想着心事。山风从耳边吹过，穿过身后的松林，坐在身下的青石冰凉，刚才爬山时累出的一身热汗很快落下去，身上有些发冷。小翠说："回家吧，别冻着了。"秦若轩有些不舍，懒懒地不想起身。小翠突然惊呼："你看，城里好像着火了！"秦若轩抬头往潭城方向望去，果然见到一团黑黄色的浓烟在城市的北部升起，那烟团越来越粗、越升越高，起初的烟柱尚未中断减弱，又有更大的两团从地面爆发，随之有沉闷的爆炸声传来。秦若轩站起身说："位置像是在火车北站附近。""那一片有火柴厂和木柴场。"小翠补充说。

爆炸持续了五六分钟才停息，燃烧形成的浓烟却丝毫未减，粗大的烟柱在风力作用下，向东北方向倾斜着升腾，升到高空后又横向飘散，形成一条黑色云带，很快如幽灵般笼罩了城市北部的上空。秦若轩急速思考，是火柴厂的生产事故还是我党地下组织实施的破坏行动？如果是抗联或地下党组织的行动，白天实施有些不可思议。

突发的情况让秦若轩忘记了寒冷，他站在老松树下，直到远处的黑烟逐渐减弱、消散，恢复平静。

十八家子的人口少，与外界交流十分有限，消息闭塞，城里究竟发生了什么变故，秦若轩很难立即知晓，他让小翠到屯子里找人打听。初春乍暖，地里的活儿还没开始，人们得闲，晴天阳光好的时候，老老少少习惯聚到屯子中间的井台周围，聊聊家长里短、道听途说，打发时光。小翠的初来乍到，让乡亲们感到很新奇，大伙儿知道她是东家秦如河的侄媳妇，纷纷热情上前打招呼。女人家毫无顾忌地指眉指眼夸赞小翠模样俊俏、皮肤白净，男人们则有的问秦若轩的伤腿，有的问秦若轩的学问，显然，他们或多或少听说了他们的一些故事，无形中，小两口的传奇成了井台周围的中心话题，小翠则什么有用的消息也没打听到。连着两天小翠一无所获，到了第三天，屯子里来了一个走村串巷卖农具的，是一个黑瘦的矮个子老人，肩挑一副货担子，老乡们都认识他，叫他黑老铁，据说他自家有个小铁匠炉。小翠想起秦若轩有过特别交代，便把他带到家里来。

看见小翠领来了一位老人，且是挑担卖农具的，秦若轩即刻激动起来，真希望他就是热切期盼来联系的同志。黑老铁把肩上的货担子放下，双手接过小翠递过来的一碗水，问秦若轩："小老弟想买啥家伙，我这儿镐头、锄头、四齿叉子、二齿钩子、犁铧头都有，自个儿打的，包好使。"

对方的第一句问话，就与刘娜老师在医院里告诉他的联络暗语不符，秦若轩有些失望，但是仍然不死心，干脆直接问："有镰刀吗？"对方笑了："我的小老弟，眼下地皮儿刚开化，庄稼还没种，离大秋老远，现在买镰刀，忒早了吧？"

"想买把新镰刀割柳条，编筐，原来的镰刀太钝，磨不出来了。"

"下回给你带一把来，着急使吗？"

"不急，我借邻居的先用着。"

可以肯定，黑老铁不是组织上派来的人，秦若轩很失望，但又觉得这种失望应当在情理之中，因为刘娜讲过，启用秘密联络点的基本前提，是组织上能够确认他已经不再被任何人所关注，自己来到十八家子的时间毕竟不长，各方面条件尚不成熟，还需要耐心等待。秦若轩转念又想，对方虽然不是来建立联系的同志，但是他走村串屯卖货，各路消息应当更灵通些，便随口问道："大叔经常进城吗？""十天半月地去一趟，最近不敢去了，听说城里警察又疯了似的抓人呢。""为什么？""官府衙门的事，咱老百姓哪闹得清。"

黑老铁已经被小翠特意领回了家，不买些什么秦若轩觉得过意不去，他选了一把斧头，黑老铁接过钱，乐呵呵地挑起担子走了。秦若轩沉闷地跟小翠打过招呼，一个人背上单刀，吃力地拄着拐杖上山去了。小翠看着丈夫的背影,知道他的心情不好,没有阻拦。

这座小山丘秦若轩已经连着登过两回,路熟了,捆绑的假肢亦逐渐适应,爬起山来没有第一天那么辛苦。他登上山顶,坐在老松树下的青石上,呆呆地望着远处的潭城,心里有一种很不踏实的感觉,难以平息。警察又在全城开展大搜捕,一定跟新近发生的爆炸有关,刘娜老师的安危再次受到威胁,她为什么不能暂时离开潭城躲一躲呢?远处的潭城如同一大片垃圾场,灰蒙蒙的,破败而毫无生气。他回忆着那里一条条熟悉的街道,默默流淌的江水,衣衫褴褛、目光呆滞的苦力,阴森森的教堂。他傻傻地坐在青石上,任凭时间在一次次呼吸中逝去。他的肺脏很不舒服,胸闷憋气,呼吸困难,甚至能听得见肺叶努力张合的沙沙声。他真切体会到了时间的可怕,当你需要更多地得到它时,它却冷漠无情地飞逝,抓也抓不住;当你盼望它加快脚步时,它却慢条斯理不紧不慢地前行,无视你的烦躁与心焦。

秦若轩在山顶呆坐着,不知道此刻家里已经来人了,是他的母亲佟莲和婶子范月莲。

自从儿子和媳妇离开家门,佟莲一直放心不下,最近两天丈夫秦如海的身体明显见好,便雇了一辆洋车,周大通在后头跟着,来了十八家子。妯娌俩刚进院门,小翠就迎了出来,问娘和婶子好。范月莲满脸不过意地说:"本来都排布好了,让他们小两口跟我们住对面屋,若轩非要出来单过,咋劝都留不住。你别说,这屋里屋外院里院外让他们拾掇得还挺齐整,像个过日子的模样。"

"若轩那孩子打小脾气就拗,家里只有他爹能降得住,惹你们生气了,我替他给你们赔个不是。"

"哎呀嫂子,这是说哪家话,咱们老一辈儿的还不都是为了他们好?若轩呢,咋没瞅见他?"

"在山上呢。"小翠回答说。佟莲很吃惊："他的腿能爬山了，不用陪着？"

"姜叔的手可巧了，给做了一副木头假腿，若轩现在走得挺好。我喊他回来。"小翠说完，回屋取来洗脸盆和一根树棍，跑到屋后冲着山顶当当当地敲盆，这是他跟秦若轩约好的呼叫方式。佟莲见了哭笑不得，对弟妹说："你瞅瞅，跟召唤猪似的，就差喊喽喽喽。"周大通说："你们姐俩进屋说话，我去接少爷。"

意外见到来接他下山的周大通，秦若轩非常高兴，简单询问了近些日子父亲的病情和家里的其他情况，又忍不住急切地问："前几天我看见城北边好像失火了，知道是咋回事吗？"周大通说："是火车北站货场，不光着火，还炸了呢，听说毁的都是关东军准备装车往关里运的军用物资。"

"是吗？谁干的？"听说炸的是关东军，秦若轩的眼里激动得放光。

"都是传言，传得可邪乎了。说是东北抗联的几个人，扒着一列经过北站的货车过来，在货车经过货场的时候，人家跳下来泼汽油、点火、扔炸弹，然后飞身上车就撤了，行动快得前后没用半分钟，守备的日本兵发现情况不好，那货车早就开出大老远，开枪打都来不及。还有的传，说是日本人雇的装卸工里有共产党，他们趁着有货车经过北站的机会，把站台上关东军准备运走的汽油桶点着了，引发爆炸，然后跳上货车跑了，反正不管怎么传，日本人是瞪眼吃大亏，一个人也没抓着。"

"真的吗？太痛快了！"

"谁知道是真是假，传的可是有鼻子有眼。还有，这回不光日本人吃了大亏，警察局那个姓马的局长也因为防范不力，被上头给一撸到底，你说解气不解气？"

听了周大通带来的好消息如同喝下一壶好酒，让秦若轩周身热血沸腾，情绪亢奋。他满脸喜气地进屋见娘，佟莲看他的精神如此之好，大放心了。秦若轩说："娘、婶儿、周叔，晌午你们就在我这儿吃饭吧，贴大饼子，白菜松蘑炖汤，从婶子家拿来的蘑菇味道鲜着呢。"佟莲高兴地答应了，范月莲问："用不用我回家再拿点儿什么来，家里有鸡蛋。"佟莲说："不用不用，有啥吃啥，能在儿子家吃饭，咋都香。"秦若轩问周大通："周叔，您跟我娘是怎么来的？""老刘看家，街上另雇了一辆洋车。""洋车呢，回去了？""那不是，大门外等着呢。""咋不让拉车师傅进屋喝口水？""那人忒老实，不爱说话，愿意自个儿抽烟待着。""我出去看看。"秦若轩说完走出屋门，来到院子门口，见那车夫正坐在洋车的脚踏板上抽旱烟袋，仔细一瞧不禁大呼："侯大哥，是你呀！"原来送佟莲来的，竟然是牛马街小院的邻居老侯，老侯站起身憨憨地笑答："可不是我嘛。"

"嫂子和谭大哥、谭大嫂、二奶奶都好吗？没受我挂连吧？"

"把你抓走的过晌警察又来了，把小院翻腾个底朝天，任嘛没搜着，拍拍屁股走了。如今你住过的西厢房还空着呢，蔡二奶奶不敢随便往外租，怕再招进来一个共产党。"

"还有其他人来小院儿找过我吗？"

"再没有了。那几天院子外头的牛马街上，总有保安局的便衣探子来回转悠，贼眉鼠眼地盯着，就是有人打算找你也登不了门。不过前两天我在火车站看见你让我送过的那位报馆先生了，不知道为啥，那人一下子老了许多，又黑又瘦，胡子挺长，戴个大棉帽子，眼镜子也不戴了，完全没有原来那种老教书先生的相儿。"

"您没认错？"

"错不了，那天傍黑在江边上你让我送过他之后，我还拉过他一回，在《新报》报馆门口上的车。他没认出来我，我可认出他，但是没跟他搭话。潭城的地盘没个屁股大，出门能坐得起洋车的人有限，好记。"

陶先生没被遣送矫正辅导院，还在城里，这个情况对刘娜老师和党组织来说太重要了，必须立即传递出去。秦若轩对老侯说："侯大哥，我写一封信，你帮我带回城寄出去。屋里正做饭，饭好了咱们一块儿吃。"

"我是穷拉车的，没那规矩，再说雇主给车钱了。"

"咱俩谁跟谁，没事请你还请不到呢。我先去写信了。"

秦若轩回屋翻箱子找笔和信封信纸，佟莲问："跟拉车的师傅说了这么半天话，认识啊？"

"巧了，那侯大哥是我在牛马街一个院儿对门住的邻居，人可好了，我喊他一会儿饭好了一块儿吃。"

"既然都不是外人，我出去陪他说说话。"周大通从腰里掏出烟荷包，出去了。

秦若轩在小炕桌上摊开信纸，略微思考了一下写道："刘经理台鉴：多日未见来信，很是想念。近日偶遇原合作伙伴T先生，见其苍老许多，黑瘦，蓄髯，且老花镜亦去除，可叹商场残酷，人生苦短。望刘兄多加珍重，事业发达。"然后，在信封上写：本市邮政四十二号信箱刘经理收，寄信人地址为"内详"。

春天是青草从寂静的黑土地中露出星星嫩芽开始的。这一天，秦若轩坐在山顶的青石上，无意中发现脚下的土石缝隙中，有一颗嫩嫩的绿芽顽强地拱出头来，甚是可爱。仔细寻找，周围只要是向阳之处的土壤里，都能发现新生命的萌发，它们几乎在一夜之间都来向新春报到了，仔细分辨，空气中亦增添了丝丝清新，他的脑海中，瞬间涌出韩愈的一句诗："新年都未有芳华，二月初惊见草芽。"他体会到了诗人意外见到新春草芽的惊喜心情，正如此时自己的感受。他闭上眼睛，静静品味着春天的气息，想象着即将到来的山花烂漫的日子。雁群在蓝天上向着北方高高飞过，隐约听见头雁的声声鸣叫。他仰头目送雁群远去，心想，东林就在北方，这群大雁能经过东林所在部队的驻地吗？他是否恰巧也看见了这群南来的大雁而想起我和小翠？古有鸿雁传书，今日观雁寄情，秦若轩倾心地目送自由的雁群，直到那些阵列整齐的黑点在视野中消失，目光久久没有收回。一只松鼠从身后的老松树上窸窸窣窣地爬下来，肆无忌惮地来到秦若轩的脚边，抬起头，晶亮的小眼珠好奇地看着他，秦若轩伸出手想摸一摸，忍不住一阵剧烈短促的咳嗽，把松鼠吓得转身便逃，飞快地又爬回老松树上面去了。秦若轩用手按住隐痛的胸脯不禁苦笑，多好的一个主动来做伴的朋友，被我吓跑了。他觉得嗓子眼里有腥腥的痰，无疑又咯血了。他扭头望一望山下自家的土屋，柴烟悠然地从屋顶的烟囱里飘出，他忽然讨厌那柴烟的没心没肺、不温不火。侯大哥带着书信回城已经十多天了，至今没有任何回音，不知道那封报警的书信老师收到了没有。前天老姜赶着大车又进了一趟城，回来说警察在潭城的大搜捕刚刚消停下来，据说拘捕了上百人。潭城党组织和刘娜老师的无声无息，让他有一种不祥的预感，这种感觉日见强烈，他痛恨自己的无所作为。

　　转眼间又一个多月的时间过去了，地里的高粱和苞米已经长了半尺高，秦若轩仍然没有等来任何与他联系的人。他的肺病更重了，身体消瘦，皮肤苍白，痰中带血，喘息困难，如今爬上屋后的小山丘，中途需要休息五六次。小翠不放心他一个人上山，每次都要全程陪着，也为的是能陪着他说说话，减轻烦躁与寂寞。叔叔秦如河从城里请来大夫看过两次，两位大夫诊脉后都摇头，开过药方子便走了，他服下那些汤药以后病情并不见好转，再请大夫则说什么也不愿意来。秦若轩病重的消息传回家里，秦如海让夫人佟莲请仁芝堂的孙先生一同来了十八家子，孙先生给秦若轩仔细看过，对满脸愁云的佟莲说："夫人，恕我直言，少爷得的病可不好哇，十有八九是白瘟，病的起因可能跟他在狱里受刑伤了肺，后期又有严重感染有关。"

"吃啥药能治好呢，咱不怕花钱。"

"不是花多少钱的事。少爷现在是肺肾阴阳两虚，元气大伤，且病情发展得太快，体内正不压邪，药力抵不过恶病凶险。俗话说病来如山倒，病去如抽丝，只能慢慢地调。调补的重点在肺，同时补脾肾，以滋阴为主兼以降火，太名贵的药材不一定管用。我先开张方子，抓几服药吃了试试。光靠吃药不行，还要注意饮食调养。如今兵荒马乱，市面上能买得着的东西有限，只能看汤下面，尽着能淘换着的东西，可以每天早晨用白糖水冲鸡蛋，下午和晚上喝点银耳冰糖红枣水，搞不到银耳用苞米须子加冰糖熬水也可，大地里的蒲公英和车前子挖来吃也有益。最关键的是少爷要静心，过忧伤肺，肺伤气消，有时候，精神的调解胜过丹药。"孙先生说完，收拾东西准备先回去，佟莲和小翠送到了院门外。临上车孙先生对佟莲说："晚上我打发小伙计把药送到府上，七天以后我再过来看看，根据情况调整方子。说一句不得不说的话，太太少奶奶你们要有精神准备，少爷如果得的病真是白瘟，就是神医下凡也无力回天，不仅中医没辙，西医也枉然。少则三月，最多半年，便是大限了。"

"您说的是真的吗？"孙先生的话如晴天霹雳，让小翠顾不得礼数抢着问。

"但愿不是。不管怎样，别灰心，少爷年轻，说不定就有奇迹出现。"

孙先生走了，佟莲和小翠心乱如麻，脚步沉重，四目相对，不知道该如何安慰对方。佟莲眼含泪对小翠说："你都听见了，若轩的病太重，需要好好休养，你们俩就暂时别同房了，对他对你都好。"小翠迟疑了半晌伤感地说："娘，您放心，我们俩从结婚到现在还没同过房。"

"你说什么？"佟莲惊诧地问。小翠小声说："我说我们俩还没同过房。"

"为什么？"

小翠摇头不再说话，佟莲似乎明白了什么，恨恨地说："这个若轩哪，气死我了。我也走了，免得看见他来气！"

母亲没吃饭就走了，小翠回屋后沉默不语，神态异常伤感，秦若轩猜到孙先生刚才在外面，一定跟她们娘俩讲了自己病况不好的话。为了让小翠宽心，秦若轩说："陪我上山去吧，坐在山顶上，空气清爽，视野开阔，心情也好些。"

初夏的大地，到处涂抹着充满生机的绿色，和风煦煦，鸟儿欢唱，秦若轩和小翠并肩坐在山顶的大青石上，秦若轩累得大口喘息，小翠拿出手帕为他擦汗。山坡上，两只野兔相互追逐着跑进灌木丛，激烈地交配，努力地延续新的生命。两人默默地坐了许久，秦若轩说："你知道人和其他动物的区别吗？""没想过。""人和其他动物最根本的区别是人有智慧，有信仰。有智慧就能制造工具和创造性地劳动，而其他动物则不能；有信仰就建立了精神支柱，就有了一生追求的目标。一个人如果没有信仰，每天只是饿了吃，困了睡，闲了交配繁育后代，便跟其他动物没什么两样。

302

有信仰的人无所谓生命的短长，他为信仰而奋斗的每一天都是有价值有意义的，而无信仰的人哪怕寿达百年，也是行尸走肉，徒具形骸。""所以你不怕死？"秦若轩坚定地点头，又说："在这里坚守，是组织上交给我的任务，只要有我在，这处秘密联络点就在，当革命斗争需要的时候就能发挥重要作用，这就是价值，就是我们住在这里的意义。"小翠握紧了秦若轩的手没有说话，她抬头往天上望去，天空中有很多燕子，欢快地穿插飞舞，小翠感叹地说："现在正是它们哺育小燕子的时候，你看它们飞得多高哇。"

转天上午，跟头来了，带来了仁芝堂的草药和几包银耳、红枣、冰糖、白糖。跟头进屯子的时候，正碰上刚刚挖野菜回来的小翠，省去了与人打听秦若轩和小翠住处的周折。跟头随小翠进屋，一眼看见重病的秦若轩，不免为之一愣，原本精神帅气的小伙子，如今面色苍白，瘦弱憔悴，只有目光中还透着不屈的精神。

对跟头的到来，秦若轩异常高兴，上次是刘娜委托跟头给他送来了传递消息的报纸，他真希望今天跟头带来的是组织上交付自己的重要任务，他兴奋地问："跟头，你怎么来了？"

"太太打发我来的，送药，正好我也想来看看你。"

"除了送药，再没旁的事儿啦？"

"没了。如果说还有别的事，就是顺便告诉你，我不在烧锅干活了。烧锅关张，太太把我介绍给顺发升鞋帽铺当学徒，已经拜了师傅学熟皮子，等我学会了手艺，一辈子不愁没饭吃。"

没有听到期待的消息，秦若轩刚才看见跟头时的兴奋感荡然无存，他忍不住问："上回托你给我送信的那位女士，后来你又见过吗？"

"没有。上回是她来烧锅找的我，以后再没来过。"跟头说完，

303

扭脸看了一眼正在外屋洗野菜的小翠，低声对秦若轩说："给你带来了一张十天前的报纸，上头有你们共产党的消息。"

"报纸呢？"

"包枣儿的那张就是。"

秦若轩急切地把包红枣的纸包打开，把里面的红枣倒在炕上，展开皱巴巴的报纸，一条粗黑体字的新闻标题十分醒目：《昨日三名共党分子被处决》。他急急地往下看，这条新闻的大致内容是：警方实施半个月大搜捕战果显著，共抓获犯罪嫌疑人四十余名。经法庭审理，无罪释放九人，依法执行枪决三人，判处有期徒刑五人，余者送矫正辅导院思想改造。昨日上午，三名共党分子已被执行枪决。

看过新闻，秦若轩的脸色大变，跟头又说："枪毙人那天，好多人都去看了，刑场就在城北兵营的旁边。那天正好掌柜的派我们清理库房收拾东西走不开，后来听说枪毙的共党分子里头还有一个是女的。"

突如其来的消息让秦若轩一时头晕，他仰面躺在炕上，双目紧闭，思考着应当如何面对眼前的现实。他在心里一遍一遍地默念：刘娜老师没有被抓，四十余人中间没有老师，被枪决的、判刑的、送辅导院的，都没有，都没有，都没有。但是如何确认有还是没有呢，唯一的办法是主动跟刘娜联系，必须这样做。他记得刘娜交代过的联络方式，在《新报》刊登猜花名的谜语。他立即起身，从箱子里翻出笔记本，那里记有准备好的十几条谜语，从中选了两条，抄写在稿纸上，装进信封里。他把小翠从外屋喊了进来，交代说："一会儿跟头回城的时候你跟他一起进趟城，把这份稿子送到《新报》文艺部，就说是一个谜语爱好者投的稿件，给不给稿费都行，只求快些刊登出来。"从秦若轩的神色中，小翠和跟头都意识到了这个信封的重要，跟头说："那就快走吧，进城晚了，万一人家报馆下班早送不进去。另外嫂子也能趁天黑之前赶回来，安全。""也好。"秦若轩同意了，小翠说："你看跟头好不容易来了，连咱家的热乎饭都没吃一口，只能揣两块凉饼子走了。"

小翠和跟头出门，秦若轩送了出来，跟头说："回去吧，有我陪着，信一定能送到，等有空了再来看你们。"

一个下午，秦若轩的心都是悬着的，他坐在院门的门槛子上，目不转睛地望着进屯子的那条路，既担心送去的稿件报馆不收，更担心小翠的安全，一个年轻女人独自走二十里地，兵荒马乱，不知道会发生什么事情，他痛恨自己的残腿和不争气的体格。太阳快落山的时候，小翠疲惫地回来了，不等秦若轩开口问，小翠就说："稿件没送成，那家报馆半个月之前就关门停办了。"秦若轩狠狠地用拳头砸了一下脑袋，他猛然想到，母亲上次来的时候告诉过他，父亲已经把秦家在潭城的所有产业店铺都关闭了，准备全部变卖，彻底退出商界。父亲是《新报》的最大股东和董事长，《新报》停办，一定是父亲所为。

与刘娜老师主动联系的通道被切断了，秦若轩剩下的只有被动等待，他剧烈地咳嗽，胸口憋闷得喘不上气来。小翠搀扶着他回屋上炕，靠着被褥垛半躺着，安慰他说："别着急，先把身体养好，其他事情慢慢想办法，孙先生不是还特别嘱咐你要静心吗？"秦若轩的双目微闭，他想：老师生死未卜，我的心如何静得下来？都说车到山前必有路，可是眼前的路又在哪儿呢？

这天晚上，秦若轩失眠了，脑子里纷乱如麻，加上咳嗽不停地干扰，让他辗转反侧，难以入睡。他怕影响小翠，悄悄地起来穿衣服下地，出了院子以后，漫无目的地往屯子里走去。

天上无月，密麻麻的群星把夜空装点得无比深邃，屯子里静悄悄的，一处处院落在夜色中安睡。秦若轩的拐杖和脚步声惊动了邻家的狗，汪汪地叫了起来，引得其他人家的狗跟着叫，打破了十八家子的寂静。秦若轩来到屯子中部的井台边，挨着井口的辘轳把，固定着一个长长的木头水槽，是给牲口饮水用的，他坐在水槽上，抬头望向北方天空。北斗星依旧挂在那里，明亮而庄严。没有了脚步声，狗也都安静下来，只听得见远处的山风和附近不知名昆虫的唧唧声。秦若轩的思绪又被刘娜老师占满了。他想：从跟头带来那张报纸的新闻内容中分析，警方最近展开的搜捕行动抓人不少，但不论其公布的数字是真是假，有三个人被残忍杀害是真实的。报纸上既然没有提及遇害者的名字，他们就不一定真的是共产党员。警方为了夸大功劳震慑百姓，杀几个无辜穷人之后买通记者编造假新闻是常用的手段。那么真实情况究竟如何？老师为什么至今音讯全无？往最坏处想，是她在这次警方的行动中不幸被捕甚至遇害牺牲；往好处想，是她避敌锋芒已经主动撤离潭城目前安然无恙，两种情况都会导致相互联系的暂时中断。地下斗争的残酷现实提醒他，任何情况下不能存有侥幸心理，自己今后需要应对的最糟糕情况，可能就是永远也见不到刘娜老师，跟潭城党组织的联系也从此中断，最后能来十八家子寻找自己的只有周东林，但是战场凶险，万一周东林也意外牺牲了又该怎么办？他挥手打了自己一记耳光，恨不该这样想。

　　秦若轩仰面苦苦思索，如同在浩瀚银河中追寻一个遥远星座的轨迹。面对残酷纷杂的斗争环境，他此时的选择只有坚守与等待，坚守是任务、是责任，等待是对最后胜利的企盼。

　　附近昆虫唧唧，似乎不知疲倦。秦若轩想起曾经多少次在夜色中与昆虫的鸣叫为伴：小时候跟周东林在郊外捉迷藏，在日本租住的木原纯一老夫妇家屋后的稻田旁，在山东战场夜间设伏的阵地上。一颗流星在夜空中划过，长长的痕迹转瞬消失。老人们都说，天上一颗星，地上一个丁，自己又是那群星中的哪一颗呢？跟头说秦家的烧锅关门了，他回忆起小时候第一次在烧锅偷喝高粱酒时的兴奋，想起在山东喝"鲁阳白"的那一夜，想起了那只蓝边儿粗瓷碗和酿酒作坊那块黑乎乎充满历史沧桑感的木质匾额。那天他的入党申请在支部党员大会上未获通过，情绪极度低落，是老乡的一碗"鲁阳白"，让他深刻思考并重新振作起来。生命过程的短暂如夜空中的流星，自己如今重病在身，人生之路可能即将走到尽头，最后的几步，应当更加铿锵有力，向着心中的崇高理想，坚定前行，矢志不移！

屯子里，谁家的公鸡喔喔地打鸣报晓，引来其他人家的公鸡也争先恐后地鸣叫起来，此起彼伏。秦若轩向东边望去，沿着天边的地平线，隐隐显出淡淡的清白色。新的一天又开始了。

地里的庄稼有一人多高了，秦若轩依然没有等到组织的任何消息和来人。他给四十二号信箱的刘经理又发出了一封信，结果如泥牛入海。异常情况持续时间之长，让他心如汤煮，病情恶化得更快了。仁芝堂的孙先生自认无计可施，向秦如海建议把秦若轩接回潭城，秦家的生活条件毕竟比乡下强得多，且方便再请名医，或者有利于治疗效果的改善。把人接回来了，即便是保安局知道了上门追究，特务亲眼见了秦若轩恶劣的身体状况也难有话说。秦如海如何不心疼儿子，便急匆匆带着周大通赶往十八家子。

秦如海第一次走进儿子和儿媳妇在十八家子的小院儿，推开屋门，未见有人，周大通说："他们保不准在后山坡上呢，听说若轩天天在那山头上坐着往西边看。您先坐下歇着，我上山喊他们回来。"秦如海说："我自己去吧，后山上的风景一定很美，

307

也该享受一下。"

被周大通猜中了，此刻秦若轩和小翠果然正坐在那块大青石上说话。盛夏的山野，草木早已茂密起来，草丛中，盛开着红的、黄的、紫的、蓝的、白的各色野花。小翠采来一大把抱在胸前，招来两只蝴蝶围着小翠翩翩飞舞。秦若轩从中拿了一枝蓝色的花，那花有五片花瓣，嫩黄色的花蕊，闻起来有淡淡的茶香，秦若轩说："你看这山上数不清的不知名野花，它们不惧风雨，争芳斗艳，尽情开放，各领风骚，不是为了贪图赞美，不是为了供人观赏，只为完成它们此生的目标，哪怕生长在悬崖峭壁、原始森林那些人迹罕至的地方，照旧盛开，乐此不疲。"

"人看不见它们，太阳能看得见。"

"说得太好了！它们的执着怒放，太阳看得见，大地看得见。就像我现在的寂寞坚守，组织知道，党知道。"

"不光是你，还有我。"

"对，我们俩。"

小翠忽然发现了已经爬到半山腰的秦如海，她不敢相信自己的眼睛，仔细辨认之后惊呼："若轩你看，爹来了！"

父亲的到来让秦若轩感到不安，秦如海看见眼前的儿子眼窝深陷、面色灰白、咳嗽不止，不免一阵心酸，他挨着儿子坐下，撸起他的裤管仔细看了看，赞许地说："土法子做的假腿还真不错。你们每天都上山来吗？"

"只要还能爬得动。"

"好啊。山顶上风光秀美，空气清新，站在这儿本该心旷神怡，可是看见你这腿和病怏怏的身体，很难让人高兴得起来。江山无限好，战乱何时休哇。"

"您今天怎么得空来了？"

"接你回去。孙先生说你的病情很危险，拖不得了。我辞了银行的职，家里的几处产业也全都出了手，无职无业一身轻，可以陪着你好好看看病。原来还担心把你接回去保安局来找麻烦，可是这些天美军的轰炸机连续在鞍山、抚顺、本溪轰炸关东军，大有继续向北扩大轰炸范围的趋势，上层惶惶如惊弓之鸟，我看他们未必还顾得上你。"

　　秦若轩的眼睛盯向远方，父亲带来的消息让他振奋，但仍然淡淡地说："算了吧，我的病我心里最清楚，怎么治也是枉然。我已经选好了最后的归宿，就是脚下这片山坡。你看这儿多美，视野开阔，一眼能望到天边。"

　　"现在就放弃最后的努力，白白浪费宝贵时间，不觉得可惜吗？"

　　"正因为我的时间不多了，才必须让今后的每一天都活得最有价值，而我的价值就在这儿，十八家子。"

　　对儿子讲的一番话，秦如海似懂非懂，他认真观察儿子的表情，看到的是坚毅、果敢和不容置疑。站在一旁一直没开口的小翠忽然说："快听，什么声音？"父子俩侧耳，果然听见了从潭城方向隐隐传来的呜呜声，是防空警报。秦如海自语道："说曹操曹操到，美军真要炸到咱潭城来了？"秦若轩凝神倾听着，但是过了许久，没有等到他希望听到的爆炸声。秦如海扫视着潭城方向的天空，问："你决定不回去了？"秦若轩坚定地点头。"好吧，战局千变万化，今后潭城不知道要混乱到什么程度，你待在这乡下反而更安全。"

　　"爸，您把买卖都出让了，今后想做什么？"秦若轩有意岔开话题，免得继续深谈下去惹得父亲不高兴。

　　"想好了，我准备把手里的钱拿出来先盖一所小学校。中华泱泱大国，为什么无端受到弹丸小国日本的欺辱，就是因为国民整体素质太低，国家极度落后。无论哪朝哪代，无论社会如何变迁，无论何人当政，文化教育是万万缺不得的。小学校盖起来以后，我准备免除初小阶段的学杂费，让潭城穷人家所有想念书的孩子起码读完四年级。这将是我一生所做的最后一件善事。"

"真希望能看见小学校落成的那一天，更盼望看见全中国的孩子都能进学校念书的那一天。"秦若轩伤感地说。

"我还有个决定，小学校建成以后，用你的名字命名，叫若轩小学。"

一场连阴雨无休止地下了七八天，潭城通往十八家子的土路被雨水浸泡得泥泞难行，进城办事的秦如河被这场雨隔在了城里，好不容易盼着雨过天晴，烈日高照，路面有些干了，他急匆匆回了十八家子，这些天他听到了太多的好消息，急于告诉侄子秦若轩。秦如河进屋的时候，秦若轩仍然背靠着被褥垛，盖着被子半躺着，如果完全躺下来则咳嗽得更厉害。连阴雨把屋子里搞得潮乎乎的，阴冷，因为持续发烧不退，让秦若轩更加惧寒。听见叔叔来了，他强睁开眼睛，欲坐起来，被叔叔制止了。秦如河笑呵呵地说："若轩，知道我给你带来了什么好消息吗？大大的好消息，你想都想不到。""什么消息，快说来听听。"秦若轩还是坐了起来，从叔叔的表情中，他预感到一定有大好事。自从来到十八家子，他还没见到叔叔像今天这样高兴过。秦如河侧身坐在炕沿上，兴致勃勃地说："第一条好消息，上个月底，咱们中国、美国和英国，联合发表了《波茨坦公告》，敦促日本投降，可是日本人咬着屎橛子就是不同意，结果美国人急眼了，前几天，往广岛和长崎扔了原子弹。那原子弹真叫个厉害，听说硬是把广岛

310

和长崎给炸平了。第二条好消息，苏联正式对日本宣战，苏联红军已经打进了咱们国内，眼下潭城上下全乱了套，满大街贴的都是反日反满标语，警察瞅见了都不管。小日本儿欺负咱东北人十几年，总算熬到天见亮儿。大侄子，好好养着吧，争取快点儿恢复，好日子就要来了。"

叔叔带回来的好消息，让秦若轩激动得说不出话来。接下来的几天里，他每天都是昏沉沉的，躺在炕上似睡非睡，似醒非醒，他又梦见自己还是处在一高坡之上，胯下白龙马，身着银盔银甲，肩披白色战袍，手持亮银长枪。他的前面是刘娜老师，骑红马，着金甲，披红袍，举令旗，他们的身后是数万铁甲兵将。他将手中长枪向空中一举，兵将们的吼声惊天动地，战马咴咴，尘土飞扬。刘娜手中的令旗一挥，他一马当先，带领着众兵将向高坡下的日军阵营冲去，无数面日本国膏药旗和满洲国五色旗被踏碎于马蹄之下，胜利的欢呼声震耳欲聋。他梦见上川真子满脸满身都是血，衣衫破碎，伸展双臂，疯狂地向他跑来，她身后紧跟着的，是遮天蔽日的火红色原子弹爆炸烟尘，上川真子瞬间被淹没在烟尘之中。他梦见自己站在一处河堤之上，河面宽阔，河水汹涌，河对岸的大路上行进着浩浩荡荡的八路军队伍，他看见队伍里有柴参谋长和程司令，他站在河堤上冲着他们大声喊："程司令，柴参谋长，我是秦若轩！"可是尽管他全力大喊，连自己都听不见喊出来的声音，急得他恨不得跳下河游过去，无奈河水湍急，眼看着队伍远去。他看见数百辆苏军坦克车滚滚而来，发动机声震耳欲聋，卷起的尘土遮天蔽日。有两辆坦克车径直开到自己身旁戛然停下，炮塔上的顶门打开，从里面跳下两个苏军士兵，摘下坦克帽，竟然是在日本的学友谢已然和郝喆，三个人热烈拥抱。

秦若轩连续多日昏睡，喂饭不吃，喂水不喝，小翠害怕了，她喊来了叔叔和婶子，老姜和范九城也跟着来了。秦如河看了直摇头，范九城说："看这样子可不好，赶紧让他家里来人接回去吧，再晚了怕来不及。"小翠说："若轩说过，他哪儿也不去。"范九城说："总该打个招呼，恐事后落埋怨。"婶子范月莲看丈夫未开口，便吩咐道："老姜明天进城跑一趟吧，从今晚起，我住在这儿陪着小翠。"事情商议妥了，几个人要离开，秦若轩忽然醒了，他睁大着眼睛说："听，枪声。"秦如河以为侄子在说胡话，凑近秦若轩问："你说什么？""枪声，城里有机关枪声。"范月莲过来安慰："别操那份心啦，城里就是打枪，离咱十八家子也远着呢。好好歇着，想吃啥婶子给你做。"秦若轩不语，又闭上了眼睛。

第二天下午，当佟莲坐着老姜赶的马车来到十八家子时，秦若轩正坐在院子里晒太阳，他今天感觉到身体状况好多了，头脑清晰，咳嗽不那么剧烈，憋气的状况似乎也有改善，中午还喝了一碗小米粥。佟莲看见儿子在院子里坐着，一颗忐忑的心放了下来。老姜上午到家里说儿子病重，终日昏迷，茶饭不进，恐怕将不久于人世，心里不知是个什么滋味，此时看见情况与老姜描述得大相径庭，转而埋怨老姜说："你可把我吓坏了，你看他不是好好的吗？"老姜说："少爷的病见轻，大伙儿都高兴。我还得跟若轩说，你的耳朵真灵啊，昨天冷不防说听见城里有枪声，我们大伙儿都不信。今天进城了才知道，果不其然，昨天城里真有大响动，但那不是打枪，是放鞭炮哇！"

"不年不节的，放什么鞭炮？"秦若轩问。佟莲说："大喜事。昨天日本裕仁天皇宣布无条件投降，戏匣子里一遍一遍地放天皇宣读的投降书，听着跟念经似的。听说新京皇宫里的傀儡皇帝溥仪也跑了，商户们都出来放鞭放炮庆祝，街上的人那个多，比过年都热闹。儿子，你不是一直闹着反满抗日吗，如今抗战胜利了，光复了，该满足了吧？"

胜利的消息来得如此突然，秦若轩高兴得难以自持，他问小翠："咱俩有多长时间没上后山坡了？""二十多天了。""走，陪我上山去。"佟莲担心地问："你能爬得动吗？千万别逞强。"老姜说："我陪着一块儿上去。"秦若轩摇头："不必了，我现在感觉特别好，万一走不动了我们就回来。"

小翠搀扶着秦若轩走到山脚下，秦若轩抬头向山坡上望去，觉得今天的草木格外绿，鸟儿鸣叫得格外欢。他们休息了一会儿，继续慢慢地往山上走。他们走走停停，终于又并肩坐在了久违的大青石上。小翠把头轻轻地靠在丈夫的肩膀上，轻声问："终于等到这一天了，以后你打算怎么办，回潭城吗？"

"你愿意回去吗？"

"怎么都行，你在哪儿我就陪着你在哪儿。"

"好啊，那你就继续陪着吧。日本人已经投降了，满洲国随着就要垮台，共产党领导的解放大军很快就会开进咱东北大地。在这重要关头，更需要最后的坚持。从明天开始，我还要天天坐在这山坡上，看前面的大道，看远方的山峦，听松涛送来山外的消息，日复一日，一直等到听见解放的炮声隆隆鸣响，等到漫山遍野飘满红旗，等到东林哥来接咱们回家。"

"还要等多长时间啊？"

"快了，快了，快了。"

秦若轩说话的声音越来越弱，他深情地望向天边，巨大的橘红色太阳正在徐徐沉入地平线，晚霞缓缓升起，越来越红，越来越亮，逐渐铺满了大半个天空。金红色的霞光映照着老松树下的秦若轩和小翠，把他们映照得亮丽灿烂。秦若轩闭上眼睛，尽情地享受着霞光的沐浴，他觉得身体被温暖的霞光慢慢融化了，变得体轻如羽。他悠悠然地被霞光托举了起来，飘上了老松树的枝头，老松树慈爱地抚摸了他的身躯并洒上松木味的香水。他继续上升，金色的云朵接纳了他，为他披上了彩虹色的美丽纱巾。他低头俯瞰大地，看见了在大青石上，小翠与自己幸福地并肩相依，他看见了那条通往潭城的亮闪闪的大路，看见了潭城的大街小巷贴满彩色标语，看见了街上兴高采烈放鞭炮扭秧歌的人群。他越飘越高、越飘越远，看见了成千上万的抗联战士，气宇轩昂地押解着长长的日军战俘队伍，看见了正策马扬鞭向着潭城飞奔的周东林。他看见了辽阔壮美的北方大地，山青水碧，沃野千里，郁郁葱葱。

若干天以后，小翠挎着空篮子一步一回头地走下山坡，她刚刚在丈夫的坟前烧过头七的纸钱。一个高个子男人在小院门口等着她，那人的左额头有一道明显的刀疤，像趴着一条虫子。男人礼貌地问："这位大嫂，当家的在吗？"

"当家的在后山上，有啥事跟我说。"

"家里买镰刀吗？"

"钢口怎么样？"

"用炮弹皮打的，刀身刀刃全是好钢。"

"是镰刀头还是带把儿？"

"带把儿的加钱。"